T0034603

Nadie como tú

ANNA CASANOVAS

Nadie como tú

LOS HERMANOS MARTÍ *Ágata*

TITANIA

Argentina • Chile • Colombia • España
Estados Unidos • México • Perú • Uruguay

1ª. edición Octubre 2022

Reservados todos los derechos. Queda rigurosamente
prohibida, sin la autorización escrita de los titulares del
copyright, bajo las sanciones establecidas en las leyes, la
reproducción parcial o total de esta obra por cualquier
medio o procedimiento, incluidos la reprografía y el tra-
tamiento informático, así como la distribución de ejem-
plares mediante alquiler o préstamo público.

Copyright © 2022 *by* Anna Casanovas
All Rights Reserved
© 2022 *by* Ediciones Urano, S.A.U.
Plaza de los Reyes Magos, 8, piso 1.º C y D – 28007 Madrid
www.titania.org
atencion@titania.org

ISBN: 978-84-17421-71-7
E-ISBN: 978-84-19251-01-5
Depósito legal: B-15.019-2022

Fotocomposición: Ediciones Urano, S.A.U.
Impreso por Romanyà Valls, S.A. – Verdaguer, 1 – 08786 Capellades (Barcelona)

Impreso en España – *Printed in Spain*

A las chicas y los chicos que se refugian en los libros.

«Nadie como tú,
con quien amanecer...
y quiera mañanas más que ayer...»

Nadie como tú
Presuntos implicados

PRÓLOGO

Barcelona, finales de 2005

Ágata no podía dejar de llorar. No era un llanto exagerado ni desgarrador, simplemente no podía dejar de llorar. Las lágrimas le resbalaban por las mejillas en silencio y ella iba secándoselas de vez en cuando con el pañuelo de papel que tan amablemente le había dado la azafata. En el último año de su vida se había subido a dos aviones; el primero, casi seis meses atrás, la llevó a Londres, donde perdió su corazón y recuperó su carrera profesional; el segundo la devolvía ahora a Barcelona, con un pedazo menos de alma, el corazón hecho añicos y enfadada como nunca lo había estado. Bueno, ella ya era mayorcita, y sabía a lo que se arriesgaba enamorándose de un hombre tan complicado como Gabriel.

—Tome otro pañuelo —le ofreció la azafata con una sonrisa—. Dentro de media hora llegaremos a Barcelona.

La azafata se fue y Ágata, tras secarse las lágrimas, intentó serenarse. Al menos no tenía a nadie sentado a su lado y podía regodearse en lo estúpida que había sido e intentar encontrar el modo de salir adelante. De eso sí estaba segura, en los últimos seis meses, a pesar del daño que le hubiera hecho Gabriel, había visto que su carrera valía la pena y que era buena en su trabajo, e iba a luchar por establecerse en Barcelona. Antes de irse a Londres, había entrado en una dinámica absurda de trabajos sin sentido y casi se había rendido. Pero ahora ya no, ahora sabía que era una buena profesional y no iba a permitir que ningún mequetrefe, con apellido ilustre o sin él, le dijera lo contrario.

Hubo un momento en el aeropuerto, antes de subirse al avión en que creyó ver a Gabriel corriendo por uno de los pasillos. Permaneció sentada para ser de las últimas en embarcar, con la esperanza de que, como en las series de la tele, él apareciera y le dijera que la quería y que no se subiera a aquel avión. Pero no. No apareció, y Ágata pudo partir sin ningún tipo de problema. Una vez sentada, no podía dejar de recordar la última «conversación» que habían tenido. La tenía grabada en su mente. Y tampoco podía quitarse de la cabeza que ella le había confesado sus sentimientos, mientras que, si era sincera, tenía que reconocer que él nunca había dicho nada. Se había convencido de que Gabriel se lo decía con sus ojos, con sus caricias, pero en realidad nunca había dicho que sintiera nada por ella, y ahora eso resultaba más que evidente. Los altavoces del avión anunciaron que iban a aterrizar y Ágata incorporó el respaldo del asiento. Con la mano escayolada le costaba un poco moverse, pero estaba tan cansada y enfadada que apenas se acordaba del yeso que cubría su muñeca izquierda. A esas alturas, que una moto la hubiese atropellado unos días atrás parecía una tontería. No había llamado a nadie, no sabía qué decirles, así que cuando saliera del avión y recogiera su maleta, tendría que buscar un taxi. Tal vez lo mejor sería llamar a Guillermo; si su hermano mayor estaba en la ciudad, seguro que iría a buscarla y le daría ánimos. El problema era que a Guillermo no podría ocultarle la verdad, nunca había podido esconderle nada, y seguro que en cuanto la viera se daría cuenta de que algo muy grave le había pasado. Bueno, con los ojos rojos e hinchados de tanto llorar, tampoco hacía falta ser Sherlock Holmes para averiguarlo. Se peinó un poco con la mano que no tenía escayolada y decidió que sí, que llamaría a Guillermo, que se instalaría en su piso de Barcelona, buscaría un trabajo que le gustara y se olvidaría de Gabriel Trevelyan.

Los tres primeros objetivos eran fáciles, el cuarto tal vez le costara un poco más, pero estaba segura de que lo lograría.

El avión aterrizó y Ágata bajó de él mucho más serena que como había entrado. Esas casi dos horas, y los kilómetros que separaban Londres de Barcelona, le habían servido para asimilar lo que había pasado, y para darse cuenta de lo que quería a partir de entonces. Su maleta fue de las primeras en salir, y Ágata la recogió pensando que era una señal del destino, de que su vida empezaba a mejorar. A continuación, llamó a su hermano. Guillermo, tras un pequeño interrogatorio, le dijo que tardaría unos veinte minutos en llegar al aeropuerto.

Arrastró la maleta hasta una cafetería situada justo al lado de la puerta de «Llegadas» y se sentó. Cuando se acercó el camarero, le pidió un té y le resbaló otra lágrima. Si cada vez que hacía algo que le recordaba a Gabriel empezaba a llorar, iba a tener un problema. Enfadada, se secó esa lágrima y le dijo al camarero que anulara el té y le trajera un agua con gas. Con él nunca había bebido agua con gas.

Se quedó observando a la gente que llegaba y cómo eran recibidos por quienes los esperaban. Había unos cuantos hombres y mujeres de negocios cuya única bienvenida era unos fríos carteles con sus nombres; un par de chicos que seguro que iban a Barcelona a estudiar y de los que, al parecer, se habían olvidado; una señora mayor a la que recibió su nieta con un fuerte abrazo, y sus favoritos, un hombre al que recibió su mujer, o eso creyó Ágata, con un beso de película. A ella nunca le había pasado eso. Ese día había llegado sola y llorando, una imagen nada alentadora, y seis meses atrás, cuando aterrizó en Londres, Gabriel...

—Ágata, peque. —La voz de Guillermo la sacó de su ensimismamiento—. ¿Qué te ha pasado? —le preguntó su hermano mirando la escayola. Luego se centró en los ojos enrojecidos de Ágata y se detuvo en los puntos que aún llevaba en la ceja.

—Nada —contestó ella, y con la mano buena se frotó la cara.

Guillermo se sentó a su lado, la abrazó y ella lloró durante unos minutos. Después se apartó y le miró a los ojos.

—Gracias por venir.

—De nada. —Él parecía muy preocupado—. ¿Vas a contarme lo que te ha pasado? ¿Por qué llevas esta escayola y esos puntos en la ceja?

—Luego. Ahora solo quiero llegar a casa y ducharme. —Después de todo lo que había pasado, Ágata solo deseaba meterse debajo del agua para ver si así desaparecía el dolor—. ¿Te importa que hablemos más tarde?

—No, no me importa. Solo dime una cosa. —Él se hizo cargo de la maleta y empezó a caminar hacia la salida—. ¿Te lo ha hecho Gabriel?

—El yeso y los puntos, no... —Se le entrecortó la voz—. Lo demás...

—Entiendo —dijo Guillermo, pero en realidad pensó que, tan pronto como le viera, iba a matar a ese infeliz—. No te preocupes. Cuando te sientas mejor ya me lo contarás.

Ágata supo entonces que iba a sentirse mejor, que iba a recuperarse del accidente, que iba a encontrar un trabajo estupendo y que iba a olvidar a Gabriel. Y si cuando él descubriera la verdad iba a buscarla, se encontraría con una Ágata muy distinta de la que había echado de su vida sin pestañear.

1

Aeropuerto de Barcelona. Seis meses antes

Ágata estaba muy nerviosa. Aún no sabía cómo se había dejado convencer; apenas hacía una semana que le habían quitado la escayola de la pierna, tenía el inglés muy olvidado y eso de instalarse en casa de Gabriel era una locura. ¡Hacía años que no lo veía! Era el mejor amigo de su hermano mayor y, por desgracia, el primer chico del que ella se había enamorado. Bueno, eso quizá era exagerar un poco. Cuando Ágata era pequeña y Gabriel era el complicado amigo de Guillermo, se había quedado atontada con él. Sí, esa era la palabra, atontada. Por suerte él nunca se dio cuenta, así que ahora podía ahorrarse la vergüenza.

—Ágata, ¿estás segura de que lo llevas todo? —preguntó su madre por enésima vez.

—Sí, estoy segura. Y si me olvido algo ya me lo mandarás; Londres está aquí al lado —respondió ella sin saber muy bien qué era lo que le estaba preguntando.

—Estoy convencido de que esta experiencia te irá muy bien —comentó su padre mientras cargaba las maletas en la cinta para facturarlas—. Ya era hora de que dieras un cambio a tu vida.

—Ya —replicó Ágata ausente.

Unos meses atrás, pocos días después de Reyes, Ágata se cayó por la escalera y se rompió la pierna por varios sitios. La historia no tenía demasiado glamur; estaba sola en su piso de Barcelona, un piso pequeño por el que pagaba un alquiler altísimo, cuando decidió ir a por las cajas de la mudanza que aún tenía por desembalar. Hacía casi un año que vivía allí y todavía no estaba del todo instalada. Las cajas que le faltaban por ordenar estaban en un trastero en el desván; un trastero que el portero del edificio le había cedido, muy amablemente, por un tiempo limitado. Bajaba cargada con las mantas y los abrigos y, como era habitual en alguien tan torpe como ella, tropezó por la escalera. Cuando se vio allí, en el suelo, con las mantas a su alrededor y sin su teléfono móvil encima, se echó a llorar. No solo porque la pierna le dolía mucho, muchísimo, sino porque estaba sola, cansada y hacía tiempo que nada le salía bien.

Por suerte, antes de que perdiera por completo los nervios, apareció su vecina, la señora Güell, con Boby, su perro. La señora Güell le dijo que, al oír todo ese ruido, había decidido salir al pasillo para ver qué pasaba y, claro, no iba a dejar a Boby solo dentro de su piso, porque cuando se quedaba solo se estresaba y luego no había modo de que dejara de ladrar durante horas. La señora Güell era la típica vecina cotilla con incontinencia verbal, pero cuando vio los ojos de Ágata llenos de lágrimas, se calló y se puso manos a la obra; en pocos minutos llegó una ambulancia.

En el hospital la historia empeoró. Le hicieron un montón de radiografías y un médico de urgencias, no demasiado amable y nada parecido a Doc MacDreamy, le comunicó que se había roto dos dedos del pie y el tobillo. No es que fuera muy grave, y como le habían dado suficientes analgésicos como para atontar a un caballo, a Ágata no le interesó en absoluto esa lección de medicina. Lo único que quería saber era en qué se traducía todo eso y la respuesta no le gustó: tenían que enyesarla desde la punta del pie hasta la rodilla y, como mínimo, iba a tardar unos dos meses en recuperarse del todo. ¡Fantástico!; seguro que a su jefe le iba a encantar. Cuando ya estuvo enyesada, la instalaron en una camilla en la sala de urgencias, en uno de esos cubículos que están rodeados de cortinas por todos lados, y le preguntaron si quería llamar a alguien. Tuvo que hacer cinco intentos antes de que uno de sus hermanos contestara. Tener familia numerosa para eso. Seguro que todos, incluidos sus padres, estaban en las rebajas. En fin, apoyó la cabeza en la almohada y se resignó a esperar a que Guillermo, el afortunado que había contestado a su llamada, fuera a buscarla. Tal vez pudiese dormir un rato, pero ni siquiera en eso tuvo suerte. A los pocos minutos, entró una enfermera. Si al médico no podía confundírsele con nadie de *Anatomía de Grey*, esa enfermera, en cambio, sí que parecía sacada de *Alguien voló sobre el nido del cuco*.

—Abra la boca, señorita Martí. —Fueron las primeras palabras que le dijo mientras miraba su nombre en la carpeta y le entregaba un vaso minúsculo con una pastilla intragable dentro y una botella de agua.

—Ágata, haz lo que te dice la enfermera.

—¡Guille!

La sargento de hierro aprovechó ese descuido, le lanzó la pastilla dentro de la garganta y le dio la botella de agua.

—Beba despacio. Muy bien, señorita Martí. —La enfermera salió del box de urgencias y la dejó a solas con su hermano. A ver si por fin lograba escapar de allí.

—¡Eres un traidor! Llevo más de dos meses sin ver a mi hermano mayor y, si no fuera por la pierna, ahora mismo me levantaría de esta camilla y te haría tragar la muleta. ¡No te rías! Aún no te he perdonado que no vinieras a casa en Navidad. ¡Incluso las familias que no se soportan se ven en esas fechas! ¡Te he dicho que no te rías!

—Lo siento, peque, pero si pudieras verte creo que también te reirías. ¿Necesitas algo más, aparte de huir de aquí?

Guille se agachó, le dio un beso en la frente y se dirigió a Administración para llevar a cabo los trámites de su liberación.

Tras salir del hospital, Guillermo la llevó a casa de sus padres, en Arenys, un pueblo cercano a Barcelona con unas preciosas vistas al mar y las mejores cerezas del país, o eso decía siempre su padre. Durante el trayecto, Ágata lloró y se durmió, pero antes, Guillermo tuvo que confesarle lo que había hecho durante esos dos meses en que no se habían visto, y justificar por enésima vez no haber ido a casa de sus padres en Navidad.

Guillermo trabajaba en una multinacional y, aunque él se negara a reconocerlo, era un adicto al trabajo y a los aviones. Cuando llegaron a la casa, toda su familia estaba allí.

La familia Martí era difícil de definir; si no se formaba parte de ella, no se lograba entenderla, y si era así, tampoco. Eran agotadores; siempre se peleaban y al mismo tiempo gritaban a pleno pulmón que se querían, y cualquiera de ellos habría ido a la cárcel por los demás. Esto solían decirlo en broma. Los padres, Elizabeth y Eduardo, las dos «e», como los llamaban sus incorregibles hijos, llevaban juntos toda la vida, y aún parecían ser novios. Eduardo Martí estaba totalmente convencido de que podía controlar el destino y que, por lo tanto, a sus hijos nunca les ocurriría nada malo; y que, además, y esa era la parte más complicada, ellos siempre harían lo que él quisiera. Elizabeth, la matriarca, una mezcla curiosa entre una *mamma* italiana y una intelectual francesa, había educado a seis fieras, siete si contaba a su marido, con la más estricta suavidad. Era dulce e implacable, e imposible de engañar; todos lo habían intentado sin éxito.

Sus seis hijos también eran únicos, en más de un sentido. Guillermo era el primogénito, tenía veintiséis años y era duro, serio y estricto, el mayor a todos los efectos. Álex y Marc eran mellizos, lo que implicaba que nadie sabía nombrarlos por separado. A sus veinticuatro años aún discutían sobre quién era el segundo y quién era el tercero en la cadena de mando. Ágata, «Agui», tenía veintidós años y, hasta el momento, una vida un poco desastrosa. Helena y Martina eran «las niñas», y con sus respectivos veinte y dieciocho años, tenían una vida social muy ocupada.

La mañana siguiente a «la catástrofe», que era como Ágata llamaba a su caída por la escalera, todas sus pesadillas se hicieron realidad: perdió su empleo, pues su jefe no podía permitirse tener de baja a una diseñadora gráfica que ni siquiera estaba contratada oficialmente; Andrea, una de sus compañeras de trabajo, había ligado por enésima vez, mientras que a ella solo la llamaba su vecina, y su hermano mayor, Guillermo, se había pasado al bando enemigo, o lo que es lo mismo, se había aliado con sus padres para convencerla de que tenía que reorientar su vida.

Los primeros días, Ágata se negó a escucharlos, pero luego vio que tenían algo de razón; una chica de veintidós años, una edad fantástica, tenía que saber cuál era su objetivo en la vida, o al menos tener una vaga idea. No bastaba con que hubiera alquilado un piso en el Eixample y que tuviera un trabajo o lo hubiese tenido hasta hacía poco. Necesitaba un plan, una meta. Tal vez estuvieran en lo cierto y había llegado el momento de dar un giro radical a su vida.

Así que, tres meses después de «la catástrofe», ahí estaba: un poco coja y a punto de subirse a un avión destino a Londres.

—Ágata, ¿se puede saber en qué piensas? —preguntó Guillermo chasqueando los dedos delante de sus narices—. ¿Quieres tomarte un café o prefieres pasar ya el control?

—Perdona —respondió aturdida—. ¿Tengo tiempo de tomar un café? —Miró el reloj.

—Sí, si nos damos prisa —apuntó su madre, que ya caminaba hacia la cafetería.

Su padre la rodeó con el brazo.

—Ya verás cómo este trabajo en Inglaterra te irá muy bien. Y Gabriel cuidará de ti. Aún me acuerdo de cuando solía venir por casa todos los veranos. ¿Y tú?

—No, no mucho. —Ágata no creyó necesario informar a su padre, que era incapaz de guardar un secreto, de que cuando era pequeña había estado pendiente de todos los movimientos de ese chico.

—Pues yo sí me acuerdo. —Su madre se añadió a la conversación mientras pedían al camarero que les trajera unos cafés—. Me dio mucha pena que se fuera a vivir a Inglaterra con su padre y su abuela. Guillermo, ¿qué le dijiste a Gabriel cuando lo llamaste?

Ágata miró a su hermano, muy interesada por escuchar la respuesta a esa pregunta.

—La verdad: que Ágata se había roto una pierna y que, cuando se recuperara, quería dar una nueva orientación a su carrera profesional. Dado que él es el editor jefe de la revista en la que trabaja, pensé que podría ayudarla. Y así ha sido, ¿no?

Pagaron la cuenta y Ágata, con lágrimas en los ojos, se despidió de ellos. Si en ese instante se le hubiera ocurrido una excusa para poder quedarse, habría recurrido a ella sin dudarlo, pero todo su cerebro estaba centrado en lo que la esperaba al llegar a Heathrow: un nuevo empleo, una nueva oportunidad, una nueva ciudad y volver a ver a Gabriel.

El empleo le venía genial; siempre había deseado trabajar en una revista y seguro que aprendería mucho. La oportunidad: haría todo lo que estuviera en sus manos, y más aún, para no desaprovecharla. La ciudad: Londres siempre le había encantado y estaba ansiosa por vivir allí durante seis meses, en principio, lo que iba a durar su contrato en la capital británica. Gabriel..., bueno, seguro que después de trece años una ya ha superado la tontería del primer chico que le gusta, ¿no? Tan malo no podía ser. Al cabo de unas tres horas se dio cuenta de que era aún peor.

A Gabriel no le extrañó que Guillermo lo llamara un jueves a la una de la madrugada. Ellos dos solían hablar mucho y, como Guillermo viajaba tanto, a menudo lo hacían a horas raras. Lo que sí le extrañó fue el motivo de su llamada: Ágata.

Hacía trece años que no la veía. Era la hermana favorita de Guillermo y siempre que Gabriel estaba con ella se sentía incómodo, pues era como si pudiera leerle el pensamiento. Al principio de vivir en Inglaterra incluso la había echado de menos. ¡Vaya tontería! La recordaba pequeña, delgada, con los ojos más grandes y oscuros que había visto nunca, y tremenda. Era un caos: se caía continuamente, se olvidaba de las cosas y tenía una conversación imposible de seguir, al menos cuando estaba con él.

Siempre se acordaría del día en que él cumplió diecisiete años. Sus padres se estaban peleando, como de costumbre, y optó por ir a casa de Guillermo. Ya no se le pasaba por la cabeza llamar antes, sabía que allí siempre era bien recibido, así que hizo las maletas y se fue para allá. Era verano, y cuando llegó a la casa solo encontró a Ágata. Estaba en el jardín, leyendo un libro, como siempre; levantó la vista y lo miró a los ojos. Él nunca supo qué fue lo que ella vio en ellos, pero su cara cambió de golpe y se puso de pie.

—Gabriel, ¿estás bien? —preguntó levantando una ceja por encima de las gafas. Por aquel entonces aún llevaba gafas.

—Sí, claro. —Carraspeó él—. ¿Dónde está Guille? —¿Cómo podía ser que una niña de trece años pudiese ponerlo tan nervioso?

—En la playa —contestó ella, acercándosele—. Todos están allí.

—¿Y tú qué haces aquí? —Él se apartó y se sentó en el escalón que separaba la casa del jardín.

—Yo, bueno... —Ágata se sonrojó—. Estaba leyendo y... no me gusta leer en la playa; el viento, la arena, el sol... —Parecía como si se estuviera justificando—. Además, la playa no se moverá, mañana seguirá allí mismo, y yo necesitaba saber cómo acababa el libro.

—¿Qué libro es? —preguntó él.

—*Charlie y la fábrica de chocolate*. ¿Lo has leído?

—No, creo que no. ¿Es el de los niños que ganan el sorteo de las chocolatinas?

—Sí.

—Pues no, no lo he leído.

Ella volvía a estar a su lado, y lo miraba de una manera extraña.

—¿Qué?

—Acabo de acordarme de una cosa —dijo Ágata sin apartarse.

Él la miró extrañado.

—Hoy es tu cumpleaños.

—¿Y?

—Nada. Felicidades.

Ágata se acercó a él para darle un beso en la mejilla, pero Gabriel giró la cabeza para que sus labios encontraran los de ella. Siendo sincero consigo mismo, todavía no tenía ni idea de por qué lo había hecho; tal vez una parte de él quería sentir que alguien lo quería, que para alguien, él era especial. Fue una tontería, pero aún se acordaba del vuelco que le dio el corazón al sentir los inexpertos labios de ella bajo los suyos. Fue una leve caricia y Ágata enseguida se apartó. Gabriel se sonrojó de la cabeza a los pies.

Él sabía que en aquella familia se besaban a la más mínima y nunca había entendido el porqué. La verdad era que al principio esa costumbre lo incomodaba un poco; en su casa nunca se besaban, ni siquiera se abrazaban, mientras que los Martí eran muy cariñosos. Con los años, ya se había acostumbrado; ya no le sorprendía ver a Elizabeth y a Eduardo dándose un beso, ni que Álex y Guillermo se abrazaran después de insultarse, pero aun así nunca lograría acostumbrarse a ser él quien recibiera esas muestras de cariño. Cada vez que la madre de Guille le abrazaba, no sabía dónde poner las manos y cuando se apartaba tenía miedo de que todos notaran que él no sabía hacerlo, que no sabía ser cariñoso. Pero el beso de Ágata lo sacudió, tuvo ganas de llorar y aun entonces, trece años después, se acordaba de lo dulce que había sido ese momento.

—Gracias —consiguió responder él—. Eres la primera persona que me felicita.

—Me alegro —dijo ella—. ¿Vas a ir a la playa o prefieres esperar aquí? —Ágata abrió de nuevo el libro y siguió leyendo.

—Esperaré aquí. ¿Te molesto? —preguntó él tumbándose en la hamaca que había en el jardín.

—No —contestó ella sin levantar la vista.

Él se quedó mirándola. Era curioso, había salido de su casa con ganas de matar a alguien y, tras hablar con ella unos minutos, ya se había olvidado de sus padres, de sus gritos, de su tristeza.

—¡Ya está! —exclamó Ágata sacándolo de su ensimismamiento. No sabía si habían pasado diez minutos o dos horas.

—¿El qué?

—El libro. Lo he terminado. —Se levantó y se acercó a la hamaca en la que él estaba tumbado—. Toma, te lo regalo.

—Ella le dio el libro y, al ver que él la miraba sorprendido, añadió—: Es tu cumpleaños, ¿no? —Le besó en la mejilla y se fue.

Con el recuerdo de ese beso tan inocente, se durmió y no se despertó hasta que el bruto de Guillermo lo duchó por completo con el agua helada de la manguera para felicitarlo. A partir de ese verano las cosas cambiaron mucho. Sus padres iniciaron ya los trámites definitivos del divorcio, y la vida de Gabriel se convirtió en un infierno hasta que por fin se fue a vivir a Inglaterra con su abuela. Toda la familia Martí se despidió de él, lo abrazaron y le dijeron que siempre sería bien recibido. Nunca volvió a esa casa, ni tampoco a ese pueblo, pero él y Guillermo habían seguido siendo amigos; de hecho, Guillermo era su mejor amigo. Y *Charlie y la fábrica de chocolate* estaba guardado en el primer cajón del escritorio de su despacho. Hacía años que no se acordaba de ese beso ni de ese verano, ¿por qué diablos lo había hecho ahora?

Bueno, tampoco tenía demasiada importancia. Ágata no llegaría hasta dentro de unas semanas y seguro que ella ni lo recordaba. La trataría como si fuera su hermana; lástima que no tuviese ninguna. La ayudaría en el trabajo y se esforzaría para que se sintiese a gusto durante los meses que pasara en Londres. Después de lo bien que esa familia se había portado con él, era lo mínimo que podía hacer.

2

Londres. Tres semanas más tarde

Gabriel se pasó toda la mañana revisando los últimos detalles de la edición de esa semana. *The Whiteboard*, la revista en la que él trabajaba, empezaba a funcionar.

Había nacido como una pequeña publicación semanal independiente que contenía tanto artículos políticos como de economía o sociedad. Pertenecía a un grupo editorial especializado en periódicos y con *The Whiteboard* querían abrir una nueva línea de negocio. En un principio, no habían escatimado recursos, pero si no tenían beneficios pronto, tampoco dudarían en cerrarla. El director era Sam Abbot, uno de los mejores periodistas y editores del Reino Unido. Gabriel llevaba años «soportándolo»; de hecho, se habían hecho amigos años atrás, cuando Sam lo rescató y le ofreció trabajo en el periódico que entonces dirigía. Cuando tomó las riendas de la revista, no dudó en confiarle a Gabriel el cargo de editor jefe. Al principio, a Gabriel le había entusiasmado la idea. Ahora seguía entusiasmándole, pero a menudo tenía la sensación de que toda su existencia se centraba en esa revista, y si algo le había enseñado su abuela era que la vida era mucho más que trabajo.

Tenía la sensación de que se le olvidaba algo, pero no lograba averiguar qué era. ¿Llamar a su abuela? No, había hablado con ella el día anterior, y quedaron en volver a llamarse el sábado. ¿Encontrarse con Jack en el gimnasio? Tampoco. Abrió la agenda del ordenador. ¡¡Mierda!! A las seis de la tarde, la hermana de Guillermo llegaba al aeropuerto. ¿Qué hora era? Las cinco y media. Se levantó de un salto, se puso el abrigo y echó a correr. ¡Vaya desastre! Era imposible que llegara a tiempo; el primer día ya iba a quedar mal con Ágata.

¡Típico de él! Rezó para que el avión llegara con retraso, pero con la suerte que tenía últimamente, seguro que incluso se adelantaría.

Ágata se despidió de sus padres y de su hermano mayor (por enésima vez) delante del control de pasaportes. Por suerte, sus otros hermanos no habían podido ir al aeropuerto, porque si llegan a estar todos allí, tal vez no hubiera subido al avión. Cuando por fin se sentó en su asiento, 22C, pasillo, sacó la libreta y un bolígrafo de su bolso. Siempre viajaba con una de esas libretas negras. Bueno, la verdad era que siempre llevaba una en el bolso. A pesar de haber estudiado diseño gráfico y de ser una enamorada de las nuevas tecnologías, creía que anotar sus pensamientos, o lo que era lo mismo, sus neurosis, en una libreta era mucho más romántico.

En ese momento podría llenar todas las páginas con las preguntas y los miedos que la inundaban. Una parte de ella sabía que aceptar ese trabajo en Londres, aunque fuera solo por seis meses, era lo mejor que podía hacer; en Barcelona no tenía nada, y era una oportunidad única de mejorar su currículum. Pero había otra parte de ella que tenía miedo de los cambios; tenía miedo de no hacer bien ese trabajo, tenía miedo de haberse equivocado y, sobre todo, tenía miedo de reencontrarse con Gabriel. ¿Y si era aún más encantador que de adolescente y ella perdía la cabeza por él de nuevo? Empezó a escribir todo eso, y cuando la voz del piloto anunció que en diez minutos iban a aterrizar, se dio cuenta de que la cosa no era tan grave; no iba a pasar nada.

Seguro que aprendería mucho en el trabajo, haría nuevos amigos y conocería a fondo una ciudad que siempre le había encantado. Si las cosas no iban bien, siempre podía regresar. Total, Londres y Barcelona estaban a dos horas de avión, y había un montón de vuelos cada día. Esos seis meses no tenían por qué cambiar su vida en absoluto.

Ágata descendió del avión sin prisa, nunca había logrado entender a esa gente que baja corriendo, aun a sabiendas de que todos van a tener que detenerse en el control de pasaportes. Llegó a la cinta y vio que su maleta todavía no estaba entre las afortunadas, pero no tardó demasiado en aparecer y a eso de las seis y media ya estaba plantada esperando en mitad del aeropuerto. Su hermano le había dicho que Gabriel iría a buscarla. Ella le dijo que no era necesario, que era perfectamente capaz de buscar un taxi o un autobús y llegar sola al piso de él, pero Guillermo le había recordado que Gabriel era su mejor amigo, y que de ningún modo iba a permitir que su hermana tuviera que hacer todo ese periplo sola. Así que Ágata empezó a observar a todos los chicos morenos y guapos que veía por allí. No, o Gabriel había cambiado mucho desde las Navidades o aún no había llegado. Ella hacía trece años que no le veía, pero su hermano había estado con él en Roma unos días antes de las fiestas navideñas. Solo de pensar en esa fotografía de los dos juntos, Ágata se sonrojó. Debería estar prohibido que el primer chico que te gusta y te ignora se convierta en uno de los hombres más atractivos que conoces. Pero, en fin, seguro que solo era fotogénico.

Gabriel llegó a Heathrow a las siete en punto. Una hora tarde. No solo había encontrado tráfico, sino que había tenido que pelearse por una plaza de aparcamiento. Se había puesto tan nervioso, que hasta había empezado a sudar, cosa que, en Londres, en esa época del año, era casi imposible. Para ver si lograba calmarse un poco, se quitó la corbata, que solo llevaba los días que tenía reunión, se desabrochó dos botones de la camisa y corrió hacia la terminal.

Ágata llevaba media hora allí de pie, sin rastro de Gabriel, y al final decidió sentarse; le dolía un poco la espalda de arrastrar la maleta. Además, así podría buscar el móvil para llamarlo y decirle que ya había llegado. Tal vez estuviera esperándola en otra terminal. Pero al llegar al banco que había junto a una de las puertas automáticas se quedó paralizada. ¿Aquel chico que se pasaba las manos por el pelo e intentaba recuperar la respiración era Gabriel? Imposible. Su teoría de la fotogenia se desmoronó por completo y Ágata tuvo que hacer un esfuerzo por recordarse que tenía veintidós años, no trece.

—¿Gabriel?

Él se dio la vuelta y a Ágata se le cortó la respiración.

—¿Ágata? ¿Eres tú?

Ella tardó unos segundos en contestar. Su mente no paraba de repetirle: «Tranquila, imagina que estás hablando con Guillermo». Pero le fue imposible. Ágata siempre había pensado que, si volvía a verlo, sentiría como un revolotear de mariposas en el estómago, pero en eso también se había equivocado. ¿Mariposas? Era como tener una estampida de búfalos en su interior. Se acordaba de que Gabriel tenía los ojos verdes, pero se había olvidado de lo impactantes que eran, con esas vetas doradas en el iris. Era mucho más alto que ella, seguro que llegaba al metro noventa, como Guillermo, y tenía los hombros más anchos que había visto nunca, al menos tan de cerca. Se acordó de que su hermano le había dicho que Gabriel practicaba remo y en ese instante dio gracias al inventor de ese extraño deporte; Gabriel tenía los brazos y la espalda más sexis del mundo. Ágata decidió que lo mejor sería apartar la mirada de aquellos pectorales, pero eso tampoco ayudó mucho, pues el estómago y las piernas eran igual de impresionantes. Hizo un esfuerzo por controlar la estampida que corría desbocada por su interior y levantó la vista. Gabriel seguía pasándose la mano por el pelo y le gustó ver que este continuaba igual; todavía lo tenía de aquel color castaño miel y, a pesar de que ahora lo llevaba corto, un mechón rebelde seguía cayéndole sobre los ojos como entonces. Sonrió y, cuando él le devolvió la sonrisa, se acordó de que tenía que contestarle:

—Sí, soy yo. —Vio que él la miraba de un modo extraño—. ¿Estás bien? Pareces acalorado.

—Sí, claro. —Gabriel tomó aliento—. Estoy bien, es solo que he venido corriendo —respondió, aunque en realidad quería decir «Acabo de descubrir que la hermana de mi mejor amigo es la chica más impactante que he visto en la vida»—. Siento haber llegado tarde.

—No te preocupes. —Ágata se encogió de hombros—. Supongo que aquí el tráfico es igual de horrible que en Barcelona.

—Peor. —Gabriel sonrió, y se tranquilizó al ver que ella no estaba enfadada—. ¿Esta maleta es todo tu equipaje? —le preguntó señalando su maleta azul.

—Sí. —Al ver que él no decía nada más, ella añadió—: Pesa mucho, pero es muy fácil de arrastrar, ¿ves? —Dio un empujoncito a la maleta. Si no mantenía la mente ocupada, no lograría calmar a los búfalos.

—No te preocupes. Yo la llevo. —Gabriel sujetó el asa—. Pero, antes que nada, bienvenida a la capital del Imperio británico. —Y, agachándose, le dio un beso en cada mejilla.

Ágata se quedó inmóvil. Aquellos dos besos fueron una tontería, los típicos besos con los que se saluda a alguien en las bodas, o cuando hace tiempo que no se ve a un amigo, o cuando felicitas a una amiga por su cumpleaños. Una tontería. Pero los búfalos volvieron a descarriarse. Olía muy bien.

—Gracias —respondió ella fingiendo no haberse inmutado—. Y gracias por venir a buscarme. No hacía falta que te molestaras.

—Claro que hacía falta. ¿Acaso quieres que Guillermo me mate la próxima vez que nos veamos? —añadió él con una sonrisa—. Además, no es ninguna molestia. Vamos, seguro que estás cansada.

Salieron de la terminal y se dirigieron hacia el coche de Gabriel. Como en todos los aeropuertos de las grandes ciudades, había muchísima gente, muchos coches y mucho tráfico. Tardaron más de media hora en salir de aquel caos y en todo ese rato Gabriel le estuvo preguntando cómo había ido el vuelo y si ya se había recuperado del todo del accidente.

—La verdad es que sí —contestó Ágata—. Fue una tontería, pero con dos dedos rotos y el tobillo dislocado tuve que hacer mucho reposo, y eso casi me vuelve loca.

—¿Ya no lees? —preguntó él.

—¿Perdona?

—Te he preguntado si ya no lees. Recuerdo que cuando eras pequeña siempre tenías un libro bajo la nariz.

Ágata se quedó perpleja y tardó unos segundos en contestar.

—Sí, aún leo. Mucho. —Se sonrojó. ¿Cómo podía ser que se acordara de eso?—. Demasiado, según mi madre.

—¿Demasiado? —Gabriel levantó una ceja sin apartar la vista del tráfico.

—Sí, bueno, ya sabes. —Levantó las manos como para justificarse—. Mi madre cree que debería salir más. ¿Falta mucho? —preguntó de repente, no porque tuviera prisa por llegar, sino porque quería cambiar de tema. No iba a contarle que uno de los motivos por los que leía tanto era porque tenía casi todas las noches libres.

—No demasiado. Mi apartamento está muy cerca de Covent Garden. Por desgracia, ahora es una zona muy turística, y muy cara, pero a mi abuela y a mí nos gustó mucho y decidí alquilarlo.

—¿Tu abuela sigue viva?

—Claro que sí. Estoy convencido de que Nana ha hecho un pacto con el diablo y que nos enterrará a todos. —Tomó la siguiente salida y entró en la ciudad—. ¿Conoces a Nana?

—No, pero me acuerdo de que cuando éramos pequeños solías hablar de ella, y como mis abuelos ya han muerto creí que... ya sabes.

—Siento lo de tus abuelos. Guillermo siempre me ha mantenido al tanto de las cosas que sucedían en vuestra familia. A él le afectó mucho la muerte de tu abuelo.

—Sí, tenían una relación muy especial. —Ágata fijó la vista en el paisaje. Siempre se emocionaba al hablar de sus abuelos.

Gabriel se dio cuenta y decidió tratar de animarla.

—Nana vive en Bath. ¿Te gustaría conocerla? —Al ver que ella asentía, añadió—: Si quieres podemos ir a verla este fin de semana, o el próximo. Seguro que ella estará encantada de conocerte.

—Por mí estupendo, pero no quiero causarte ninguna molestia. Seguro que tú ya tienes planes para el fin de semana, y yo puedo arreglármelas sola.

—No digas tonterías. —Gabriel pensó en que había quedado con Jack y sus amigos para cenar, pero sabía que a ellos no les importaría que no fuera—. Si mañana no estás cansada, la llamo y vamos. ¿De acuerdo?

Gabriel le tocó el brazo con la mano para que ella se volviese hacia él.

—De acuerdo —respondió Ágata.

—Además, también hay un montón de gente impaciente por conocerte. Todos mis amigos sienten curiosidad por ver a la «hermanita» de Guillermo.

—¿Ah, sí?

—Sí. Digamos que tu hermano ha causado sensación en cada una de sus visitas. Pero me temo que no puedo contártelo. Ya sabes, no quiero perder ningún brazo. —Le guiñó un ojo.

Ágata se rio y Gabriel se alegró de que ya no estuviera tan pensativa.

—Sí, tienes razón. Guillermo es un poco... quisquilloso con sus cosas.

—¿Quisquilloso? Yo lo definiría de otro modo, pero como es tu hermano...

—¿Y tú?

—¿Yo qué? —Gabriel entró en la calle donde estaba el garaje en el que tenía alquilada una plaza para el coche.

—¿Eres tan reservado como Guillermo?

—Peor —respondió sin pensar.

—¿Peor? —Ágata se quedó perpleja—. Recuerdo que de pequeño eras incapaz de guardar un secreto y que nunca te importaba hablar de tus ligues. —Por mucho que eso le doliera a ella.

—Ya, bueno. Ha pasado mucho tiempo y... —Se quedó en silencio un momento—. He cambiado. El Gabriel que tú recuerdas ya no existe.

¿A qué venía esa frase?, pensó Ágata.

—¿No existe?

—No.

Gabriel aparcó el coche y paró el motor. Ágata puso una mano encima de la de él, que aún mantenía sobre el cambio de marchas. Fue como si esa caricia le recordara que no estaba solo. Sacudió la cabeza y, cuando la miró, toda su seriedad había desaparecido.

—No me hagas caso. Estoy cansado. —Abrió la puerta—. ¿Vamos? Mi casa está a dos minutos de aquí. Si te apetece, de camino podemos comprar algo para cenar. Me temo que no he tenido tiempo de llenar la nevera antes de tu llegada.

Ágata salió también del coche y sacó el bolso que había dejado en la parte de atrás. Él ya había sacado la maleta y se disponía a arrastrarla.

—No pasa nada. Si quieres, el lunes yo puedo ir a hacer la compra. Como no me vas a dejar pagar ningún alquiler, así podría compensarte.

—No hace falta.

Iban caminando por una calle adoquinada, acompañados por el ruido de las ruedas de la maleta.

—Ya sé que no hace falta. Pero me encanta cocinar, y me sentiré mucho mejor si puedo ayudar en algo.

—De acuerdo. Pero que conste que no hace falta. —Gabriel se detuvo delante de una puerta de color naranja y empezó a buscar la llave por todos sus bolsillos—. ¿En serio te gusta cocinar?

Ágata estaba embobada mirando aquella fachada tan colorida y aquella puerta tan chillona.

—Sí. ¿Esta es tu casa? —Señaló con el dedo—. ¿Naranja?

—A mí no me mires. Ya estaba así cuando la alquilé. Cuando te acostumbras no está tan mal. Los repartidores la encuentran con facilidad. —Ladeó un poco el labio superior para sonreír.

—No, si me gusta, me gusta mucho. Es solo que me extraña que a ti te guste. Pareces tan serio... De pequeño creo recordar que eras «naranja», pero ahora definitivamente no, aunque no sé qué color eres..., verde quizá. Siempre me ha gustado relacionar a las personas con los colores. —Ágata empezó a sonrojarse al acabar la frase.

—¿Verde? ¿Se puede saber por qué ya no soy naranja? —Gabriel encontró la llave y, satisfecho con ese pequeño triunfo, la sacó del bolsillo y abrió la puerta—. Dejo la maleta y, mientras tú te instalas, iré a comprar unos bocadillos aquí al lado. ¿Te parece bien?

—Perfecto. —Ágata lo miró a los ojos y sintió un gran alivio al no tener que contestar a su pregunta sobre los colores—. ¿Seguro que no tienes ningún plan para esta noche? Yo puedo quedarme aquí sola. La verdad es que estoy tan cansada que me dormiré enseguida.

—Seguro. Vamos, no te preocupes. —Casi sin ser consciente de lo que hacía le colocó un mechón de pelo detrás de la oreja—. Además, quiero que me cuentes toda esa teoría tuya de los colores.

El alivio había durado muy poco.

Gabriel le enseñó la habitación que iba a ocupar durante esos meses. Era una habitación pequeña que seguramente él había estado utilizando como trastero, pero la cama era preciosa, y las sábanas combinaban con las cortinas que cubrían una ventana que daba a un pequeño jardín interior.

Ágata lo miró sorprendida.

—Lo escogió Sylvia —dijo Gabriel contestando a la muda pregunta que ella le había formulado con los ojos—. La mujer de Sam, el director de la revista.

—Dale las gracias de mi parte y dile que tiene muy buen gusto. —Ágata se sentó en la cama. Era muy cómoda.

—Se lo podrás decir tú misma. Ellos también están impacientes por conocerte. —Gabriel se pasó las manos por el pelo—. Voy a salir a comprar. ¿Te apetece algo en particular?

—Lo mismo que tú estará bien. —Ágata hizo el gesto de buscar en su bolso, pero la mano de Gabriel se cerró encima de la de ella.

—Espero que buscaras el móvil, porque si ibas a darme dinero tendré que adoptar medidas drásticas. —Volvió a guiñarle el ojo mientras con el pulgar le acariciaba el interior de la muñeca.

—¿Cómo de drásticas? —No podía creer que acabara de decir eso. ¿Cuándo había aprendido a flirtear?

Gabriel la soltó y se apartó de ella.

—No lo sé, pero seguro que se me ocurriría algo.

3

Ágata se despertó desorientada. ¿Dónde estaba? Se levantó para ir al baño y, cuando se tropezó con su maleta, se acordó.

Londres. Gabriel.

Bueno, tenía que ducharse, cepillarse los dientes e intentar disimular las ojeras que seguro tenía. Sus dos hermanas, Martina y Helena, se despertaban siempre frescas como una rosa, herencia de su abuela materna. Pero lo único que Ágata había heredado de su abuela era su afición al chocolate. La genética tiene un extraño sentido del humor. Abrió la maleta y rebuscó entre su ropa hasta encontrar el neceser; sacó lo que necesitaba y se dirigió al baño. Cuando abrió la puerta, se despertó de golpe.

—Buenos días. ¿Has dormido bien?

Gabriel estaba de pie delante del espejo, afeitándose, recién duchado. Llevaba únicamente una toalla atada a la cintura. Por la mente de Ágata empezaron a desfilar imágenes de anuncios de colonias, de *Nueve semanas y media* y de *Dirty Dancing*. Tenía que contestar algo, pero con aquellas gotas de agua que resbalaban por la espalda de Gabriel reclamando su atención no tenía ni idea de lo que él le había preguntado. Ante la duda, optó por lo seguro, no contestar nada.

—Buenos días. Iba a ducharme. Volveré más tarde —dijo ella dándose ya media vuelta.

—No te preocupes, yo ya me iba. Pasa. Entra y dúchate tranquila mientras yo preparo el desayuno. ¿De acuerdo?

Gabriel se echó agua en la cara, cerró el grifo y salió sin esperar a que Ágata le contestara.

«Ágata, tienes que serenarte», pensó ella para sí misma. «Martina y Helena tienen razón, hace demasiado tiempo que no sales con chicos; basta con que veas a uno medio desnudo para que no sepas ni caminar. Claro está que el espécimen que tienes delante es extraordinario. Menuda espalda, eso debería estar prohibido. En fin, lo mejor que puedes hacer es ducharte.» Mientras seguía aleccionándose a media voz, se fue desnudando, y solo se calló para abrir el agua. Tenía que hacer un esfuerzo y tratar a Gabriel como si fuera su hermano. Lo conocía desde pequeña y ahora ya no era una adolescente; era perfectamente capaz de controlar la atracción que sentía por él. Tampoco había para tanto, seguro que durante aquellos meses conocería a alguien y ella y Gabriel solo serían amigos.

Gabriel se vistió. ¿Estaba hablando sola? Sonrió. Según Guillermo, Ágata solía hacerlo a menudo. Aún se acordaba de un día de verano en que la oyó sermonearse durante horas por haber comido demasiado helado. Ante el recuerdo, sus labios esbozaron una sonrisa, y se dirigió hacia la cocina. Buscó la tetera y dos tazas y preparó unas tostadas. Debería tener naranjas, pero estaba convencido de que en algún lugar había zumo, así que empezó a abrir los armarios de la cocina. Como era sábado y no tenían que trabajar, Gabriel pensó que podrían aprovechar el día para que Ágata conociera un poco la zona o, si ella lo prefería, podían ir a Bath, a visitar a su abuela, y quedarse allí hasta el domingo. Sí, ese era un buen plan; llamaría a Nana enseguida. Se dio la vuelta tan rápido que chocó de frente con su invitada.

—Lo siento, no te había visto.

—No pasa nada. —Aún un poco nerviosa, se puso las manos en los bolsillos—. ¿Has preparado el desayuno?

Ahora que se había vestido, ya se veía capacitada para hablar con él. Se había duchado en un tiempo récord, y se había puesto sus vaqueros favoritos y un jersey ajustado negro, de lana muy fina. Siempre que llevaba ese jersey se sentía muy atractiva; era ceñido donde tenía que serlo y, citando a Marc, su terrible hermano, «Es una de esas prendas que hacen que un hombre se pregunte qué hay debajo». Se había secado el pelo y pintado un poco; si tenía que ir a la guerra, tenía que equiparse, ¿no? Lo único que desestimó antes de salir de la habitación fueron las botas; no quería parecer demasiado arreglada, así que optó por dejarse puestas las zapatillas.

—Gabriel, ¿quieres que te ayude? —Vio que él se movía por la cocina como si buscara algo.

—Lo siento, estoy buscando mi teléfono móvil. ¿Dónde lo habré dejado? —contestó él levantando los cojines del sofá, desplazando así la búsqueda a la sala de estar.

—Está aquí, junto a la tostadora. —Ágata se lo entregó, ante el asombro de su dueño.

—Gracias. He debido de dejarlo ahí cuando preparaba el desayuno. —Gabriel no estaba acostumbrado a olvidar dónde había dejado las cosas; siempre sabía dónde estaba todo y nunca era desordenado.

Pero esa mañana no era él mismo; no había logrado recuperarse de la visita de Ágata al cuarto de baño. No sabía si ella se había dado cuenta, pero ver cómo sus ojos le recorrían la espalda le había provocado una reacción más que evidente y, al contar solo con la protección de una toalla, había decidido salir de allí corriendo.

Ágata tenía los ojos negros. Gabriel no conocía a nadie más con ese color de ojos. Eran impresionantes, y cada vez que él se topaba con esa mirada, su infrautilizado corazón daba un vuelco; tenía la sensación de que ella podía ver todos sus secretos. Pero si el único problema fueran sus ojos, quizá podría evitar reaccionar ante su presencia. Por desgracia, esa sonrisa tan pícara y esa melena rebelde que se empeñaba en taparle la cara, también le resultaban muy difíciles de resistir. Ágata no se parecía en nada a las mujeres que a él solían gustarle. Más bien era todo lo contrario; no muy alta, delgada y con las piernas más increíbles que había visto jamás. Llevaba el pelo a la altura de los hombros y su color, un castaño cobrizo, distaba mucho del de las rubias con las que él acostumbraba a salir. Gabriel no lograba identificar qué era lo que tanto lo atraía de ella, pero sabía que no iba a hacer nada al respecto. Llamaría a Michael, saldrían y así Ágata podría conocer a más gente y ya no dependería tanto de él. Con lo simpática que era, seguro que pronto tendría muchos más amigos que él.

—¿Has dormido bien? —le preguntó Gabriel en un intento de recuperar cierta normalidad—. Eres la primera persona que duerme en esa cama —añadió, antes de dar un mordisco a su tostada.

—Sí, muy bien. La verdad es que estaba muy cansada. ¿Y tú?

—Muy bien, gracias. —Bebió un poco de té—. ¿Qué te apetece hacer hoy? —Al ver que ella levantaba las cejas le planteó las dos posibilidades—. ¿Prefieres quedarte aquí o te apetece ir a Bath a conocer a Nana?

Ágata se limpió los labios con la servilleta y contestó:

—Me gustaría conocer a Nana, pero si tú ya tienes planes...

—No digas tonterías —la interrumpió Gabriel—. La verdad es que había pensado que podríamos ir a Bath y pasar allí el fin de semana. Al fin y al cabo, en los próximos seis meses tienes tiempo de sobra para conocer todos los rincones de la ciudad... y a mí me apetece visitar a mi abuela. Así pues, ¿qué te parece?

—Me parece una gran idea, pero ¿seguro que a tu abuela no le molestará?

—Seguro. Cuando conozcas a Nana te darás cuenta de que le encanta tener gente en su casa. Prepara el pijama y el cepillo de dientes mientras yo la llamo para avisarla. —Dicho esto, se levantó y fue a por el teléfono.

Ágata se fue a la habitación a preparar una pequeña bolsa para el fin de semana. Por suerte, había traído una mochila. Una vez la hubo localizado la abrió y guardó en su interior un pijama, un neceser con las cosas básicas, una muda para el domingo y una camisa más atrevida por si esa noche iban a cenar a algún sitio. Cuando salió, Gabriel la estaba esperando sentado en el sofá.

—He hablado con Nana y está impaciente por conocerte. ¿Estás lista? —preguntó, señalando la mochila.

—Sí. ¿Tú no llevas nada?

—No hace falta. Nana aún conserva mi habitación y yo siempre tengo allí unas cuantas cosas. Me gusta quedarme a dormir en su casa y pasar tiempo con ella —añadió, encogiéndose de hombros.

—Claro.

Llevaban ya casi una hora de viaje cuando sonó el teléfono. Gabriel respondió con el manos libres del coche.

—¿Sí?

Desde los altavoces, se oyó la voz de Guillermo.

—¿Gabriel? Soy Guillermo, ¿me oyes?

—Sí, claro que te oigo, estás gritando.

—¡¡Hola, Guille!!

—¿Agui? ¿Qué haces en el teléfono de Gabriel?

—Es un manos libres, Guillermo. Tú deberías saberlo —respondió Gabriel, serio ante el tono amenazante de su mejor amigo.

—Claro. ¿Y adónde llevas a mi hermana favorita?

—A conocer a Nana. ¿Te parece bien?

—¡¡Eh!! Pareja de matones, ¿os importaría no hablar de mí como si yo no estuviera presente?

—Lo siento, Agui —respondieron los dos «neandertales» al unísono, y Gabriel se sonrojó a la vez que Guillermo carraspeaba.

—Así que llevas a Ágata a Bath. ¿Vais a pasar allí todo el fin de semana? Has vuelto a ver a Monique, ¿eh, campeón?

—Guillermo, ¿te recuerdo lo que significa «manos libres»? —Gabriel empezaba a ponerse nervioso y Ágata miraba el paisaje con el cejo fruncido, sin decir ni una palabra—. En respuesta a tus preguntas, «señor cotilla», hace meses que no veo a Monique —añadió, más para que lo oyera su indignada copiloto que Guillermo.

Al otro lado de la línea, y del mar, Guille respondió enigmático:

—Me alegro. Bueno, os dejo. Procura que Ágata no se meta en líos, ¿de acuerdo?

—De acuerdo.

—Agui, llámame. Ya sabes que me preocupas.

Entonces Ágata, con los ojos llenos de lágrimas que no quería derramar, respondió:

—Ya, bueno, no te preocupes. Te llamaré, lo prometo. Y tú cuídate, ¿vale?

—Vale, peque. Adiós. Dale recuerdos a Nana de mi parte.

Entonces colgó, y a Ágata empezaron a resbalarle las lágrimas que había contenido. «Con un poco de suerte, Gabriel no se dará cuenta», pensó, pero todavía no había acabado ese pensamiento cuando notó cómo los dedos de Gabriel recogían esas traidoras lágrimas.

—No llores.

Ágata dejó de mirar el paisaje y se volvió. La mano de Gabriel se deslizó entonces desde su mejilla hasta su cuello, bajó por su brazo, le tomó la mano, se la acercó a los labios y le besó suavemente los nudillos. Cuando acabó, devolvió la mano a su estupefacta dueña, y añadió:

—¿Mejor?

Ágata carraspeó, se volvió otra vez hacia el paisaje y, cuando encontró su voz, respondió:

—Sí. Mejor.

Y se hizo el silencio.

Gabriel conducía con la mirada fija en la carretera, totalmente concentrado en la conducción, pues eso era lo único que se le ocurría para controlar las ganas de parar el coche y abrazar a Ágata. No podía ver llorar a nadie, pero si encima era alguien con los ojos y la mirada de un ángel, le resultaba realmente insoportable. Además, si era sincero consigo mismo, abrazarla no era lo único que quería hacer. Tenía que distraerse con lo que fuera, porque conducir empezaba a dejar de tener efecto, así que optó por hablar:

—¿Has estado alguna vez en Bath? —No era una pregunta muy original, pero era la primera que se le había ocurrido.

—¿Eh? No, nunca. Cuando estuve en Londres estudiando quise ir, pero ya sabes, el tiempo pasa tan rápido... —respondió Ágata sin dejar de mirar el paisaje—. ¿Vas a menudo a ver a tu abuela?

—La verdad es que no. Intento ir siempre que puedo, pero... supongo que no es muy a menudo. Siempre pienso que tendré tiempo más adelante, y eso, por desgracia, casi nunca es así. —Gabriel se quedó pensativo, como si tuviera miedo de acabar la frase.

—¿Lo dices por tu padre? Guillermo me contó lo de su muerte. Lo siento. —Ágata volvió la cabeza para intentar ver la reacción de Gabriel.

—Gracias. Hace ya mucho tiempo. No merece la pena que te preocupes por eso. —Gabriel soltó el aliento—. No, no lo decía por mi padre o, bueno, quizá sí. —Carraspeó incómodo—. Bien, ya estamos llegando. Si miras a tu izquierda, creo que podrás ver la abadía; al lado están las termas romanas. Si Nana nos deja, tal vez podríamos ir a visitarlas por la tarde.

Con esta información turística dio por concluida la conversación, pero durante un segundo, Ágata vio que a Gabriel le dolía hablar sobre su padre... y se dio cuenta de que quería consolarlo, abrazarlo, hacerlo sonreír. Pero lo peor fue que sintió que el corazón le daba un vuelco y que los búfalos de su estómago volvían a descontrolarse.

—Sí, eso estaría bien. Me gustaría ir, si no es problema.

Ágata decidió que, si él estaba más cómodo dando por concluido el tema de su padre, ella no iba a forzarlo. Si algo recordaba del Gabriel de antes era lo cabezón que podía ser.

—Ningún problema; solo tenemos que convencer a Nana de que nos deje en libertad. Ya estamos, esta es su casa.

Gabriel aparcó, paró el coche y bajó a abrir la puerta de su acompañante.

La casa de Nana era una de esas casas de campo inglesas de postal. Tenía dos plantas, una entrada preciosa y un pequeño jardín lleno de rosales, flores de temporada y trastos de jardinería. Allí, arrodillada entre las plantas, estaba ella. Nana, Whildemia Trevelyan, era una mujer de unos ochenta años con una cabellera blanca que escapaba del pañuelo más excéntrico que Ágata había visto jamás. Era bajita y delgada, pero aunque era pequeña, la primera imagen que acudió a la mente de Agui fue la de un dragón.

—¡Malditas tijeras! Sabía que tenía que comprar otras. Es la última vez que me dejo engañar por el dependiente; ¡será cretino!

Estas palabras y otras peores empezaron a salir de la boca de la menuda anciana y Ágata confirmó así su primera impresión: era un dragón.

—¡Nana, recuerda que me prometiste dejar de decir tacos! —la regañó Gabriel a la vez que la abrazaba cariñosamente y la levantaba de entre los rosales.

—¡Gabriel! No seas bruto, devuélveme al suelo. Así, mucho mejor. Ahora dame un beso.

—¿Se puede saber qué hacías ahí arrodillada? ¿No recuerdas lo que te dijo el médico sobre tu artrosis? —Gabriel intentaba intimidar sin éxito a Nana, que se volvió para alcanzar sus utensilios de jardinería para cortar una rosa—. Y ahora, ¿qué estás haciendo? —Gabriel empezaba a impacientarse.

—Lo que estoy haciendo ahora, señor maleducado, es cortar una rosa para dársela a tu amiga, a quien todavía no has tenido la delicadeza de presentarme.

Al verse introducida en la conversación, Ágata se ruborizó por completo en un tiempo récord y se presentó a sí misma:

—Lo siento, señora Trevelyan, soy Ágata Martí. Encantada de conocerla. Tiene un jardín precioso. —Alargó la mano para saludarla.

Ante este gesto, Nana sonrió y abrazó sin ningún preámbulo a Ágata. Cuando la soltó, le dio la rosa y se sujetó de su brazo para encaminarse hacia la casa.

—No lo sientas; el que debe sentirlo es el bruto de Gabriel, que no tiene modales —añadió Nana sonriendo.

—Nana, estoy aquí detrás; puedo oír perfectamente lo que dices —dijo Gabriel mientras cerraba la puerta del jardín y seguía a las dos mujeres.

Dentro de la casa el ambiente era aún más acogedor que en el jardín. Todo estaba lleno de libros, fotografías y flores. Había libros en español y en inglés de poesía, de ficción, de arte, y las fotos ocupaban los espacios que quedaban libres. En la pared principal del salón había una foto preciosa de una mujer tumbada en la hierba, con un niño durmiendo a su lado. Ágata estaba hipnotizada mirándola cuando notó una mano en su espalda.

—Soy yo. Yo con Nana. —Gabriel le habló tan cerca que pudo notar cómo su aliento le rozaba la piel del cuello y empezó a temblar. Se dio media vuelta tan rápido que tropezó con el pecho de él.

—Perdón —susurró mientras se apartaba. Si quería mantener una conversación coherente, tenía que estar lejos de él—. Es preciosa. ¿Quién la hizo?

Ágata volvió a mirar la foto, que era muy bonita. Se notaba que la mujer y el niño eran felices y estaban tan relajados que daban ganas de entrar en ella.

—Gabriel, cuéntale a Ágata la historia de la fotografía mientras yo preparo un poco de té.

Nana se puso las gafas que había olvidado junto al libro que estaba leyendo y se dirigió silbando hacia la cocina.

—Esta foto la hizo mi padre. Creo que fue el último verano que mis padres pasaron juntos. Fuimos de viaje a Escocia. Allí mi abuelo, el marido de Nana, tenía una casa, y fue fantástico. Recuerdo las excursiones, las ovejas. Cada tarde, Nana me convencía de que yo era uno de los caballeros de la Mesa Redonda y jugábamos a rescatar doncellas. Solo tenía siete años. Ese día, después de jugar, nos quedamos los dos dormidos sobre la hierba. Ya está, fin de la historia.

Gabriel empezó a ordenar los libros de la mesita del salón como si fuera de vital importancia que todos los lomos estuvieran alineados.

—Es una fotografía increíble. Tu abuela está preciosa y tú estás tan dulce que te comería a besos. —Al ver la cara de Gabriel, Ágata se dio cuenta de que lo había dicho en voz alta—. Quiero decir, que te comería a besos como a un niño pequeño, no que..., bueno, ya me entiendes.

Estaba tan avergonzada que Gabriel sonrió y le respondió:

—Tranquila, lo entiendo. Ya sé que ahora no me comerías a besos. «Aunque yo a ti, sí», pensó él.

—¡Besos! Chicos, os dejo solos unos minutos y ya estáis hablando de besos.

Nana entró en el salón cargada con una bandeja en la que había una tetera, tres tazas y un pastel de limón. Ágata la ayudó, y aceptó luego la taza de té que le sirvió la anciana.

—Gracias, señora Trevelyan. Tiene usted una casa preciosa.

—De nada, pero llámame Nana. Cuando oigo «señora Trevelyan», tengo la sensación de que mi suegra va a aparecer en cualquier momento. La vieja bruja... Espero que esté en el cielo, pero a mí me hizo la vida bastante difícil, y me da terror pensar que alguien nos pueda confundir. Así que Nana está bien, ¿de acuerdo?

—De acuerdo, Nana. Gracias.

—Bueno, así que has venido a trabajar a Inglaterra. Y ¿dónde vives? ¿Desde cuándo conoces a mi nieto? ¿Cuánto tiempo vas a quedarte?

—¡Nana, no seas cotilla! Si interrogas a mis amigos no vendré más —respondió Gabriel antes de que Ágata pudiera abrir la boca.

—Lo siento, pero no deberías enfadarte, tesoro. Solo lo pregunto porque me interesa. Es la primera vez que me presentas a una chica normal, y la verdad es que estoy muy intrigada.

Ante la astuta respuesta de Nana, Gabriel se sonrojó y empezó a recoger las tazas.

—¿Has terminado ya con el té, Agui? —le preguntó a la vez que le retiraba la taza y el plato y se levantaba para llevarlo todo a la cocina—. Nana, recojo los trastos y nos vamos. Si quieres acabar con el tercer grado, te quedan cinco minutos. Quiero enseñarle a Ágata las termas y luego, si te portas bien, iremos los tres a cenar —dijo, levantando una ceja hacia su abuela, que parecía imperturbable, y se fue.

—Bueno, al fin solas. —Nana sonrió y añadió—: Es la primera vez que veo al témpano de hielo de mi nieto sonrojarse. Si eres capaz de lograr eso en menos de un día, estoy impaciente por ver lo que harás con él dentro de unos meses.

—Creo que te equivocas, Nana. Si Gabriel se sonroja es porque tiene ganas de matarme por haberle fastidiado el fin de semana —respondió Ágata, incómoda.

—¡Tonterías! Nadie puede alterar los planes de mi nieto si él no quiere. Créeme, lo he intentado. Además, eres la primera chica a la que invita a venir a mi casa, y eso será por algo.

—Bueno, supongo que lo hace por Guillermo, mi hermano.

—Entonces ¡tú eres Agui, la hermana de Guillermo! Ahora lo entiendo todo—. Sonrió y añadió—: Pequeña, espera y verás.

Con estas enigmáticas palabras y con unos golpecitos en la mano de Ágata, Nana se levantó y gritó para que desde la cocina su nieto pudiera oírla.

—¡Podrías haberme dicho que era «ella»!

Se oyó cómo se rompía una pieza de porcelana.

—Creo que eso ha sido una de mis tazas. Será mejor que vaya para allá antes de que me quede sin vajilla. Nos vemos luego para cenar. —La besó en la mejilla y se fue riéndose de un chiste que solo ella parecía conocer.

Agui seguía sentada cuando apareció Gabriel y le dijo:

—Si quieres ir a visitar las termas, tenemos que irnos ya.

—¿Las termas? ¡Ah, sí! De acuerdo, si a ti te parece bien, podemos ir. Gabriel, ¿qué ha querido decir tu abuela con lo de que yo soy «ella»?

—Nada, no ha querido decir nada. Cosas de gente mayor. ¿Quieres ir o no?

Gabriel parecía tenso. Aquel hombre era capaz de hablarle con dulzura un instante y ponerse a dar órdenes al siguiente. «Y luego dirán que las mujeres somos complicadas», pensó ella.

—Está bien, lo siento, mi general.

Descolgó su abrigo, se despidió cariñosamente de Nana, que parecía ser la única que entendía por qué su nieto se había puesto de mal humor, y se fue de la casa mirando por última vez la fotografía de Gabriel soñando con los caballeros del rey Arturo.

En el coche ninguno de los dos habló. Afortunadamente, el trayecto no duró mucho; las termas romanas de Bath estaban solo a diez minutos y, una vez allí, la logística de buscar aparcamiento, comprar las entradas y recoger la guía los tuvo ocupados. Tras pasar la puerta principal, Ágata se quedó paralizada. Había leído mucho sobre esas termas y estaba harta de ver las reposiciones de *Yo, Claudio* por televisión, pero el impacto de estar delante de aquellas magníficas ruinas fue mayúsculo. Como no se movía, Gabriel le colocó una mano sobre el hombro para empujarla, pero tras lograr que reaccionara, decidió dejar la mano allí. A Ágata no parecía importarle, y a él le gustaba caminar con ella pegada a su cuerpo.

—Es precioso —balbuceó ella mirando el claustro principal, con la piscina llena de agua. Tan pronto como los dedos de Gabriel empezaron a acariciar descuidadamente su hombro y, casi sin querer, llegaron a la clavícula, Ágata sintió cómo se le formaba un nudo en el estómago—. ¿Te das cuenta? Parecen vivas.

—¿Vivas? —preguntó Gabriel notando cómo una especie de calor le subía por los dedos de la mano hacia el cuello y le anidaba en el pecho. Era como si el muro que había construido en su interior empezara a agrietarse.

—Sí, vivas. Las piedras, las columnas, parecen vivas, como si quisieran contarnos algo. Como si fuera importante que siguieran aquí para hablarnos, para escucharnos. Como si, no sé, como si todo tuviera algún sentido. ¿Lo entiendes?

—No, Agui, no lo entiendo, pero no importa.

Gabriel no apartó la mano, y caminando uno al lado del otro empezaron la visita. Pasaron por los baños secundarios, por el baño del rey, tiraron monedas en la piscina circular y acabaron la visita en la tienda de recuerdos.

—¿Sabes que Bath se llamaba «Aquae Sulis» en la época de los romanos?

Gabriel rompió así el silencio que se había instalado entre ellos desde hacía rato. No lo hizo porque fuera un silencio incómodo, sino todo lo contrario, y como eso lo aterrorizaba intentó volver a la situación inicial. Empezó a contarle la historia romana de Bath mientras apartaba la mano despacio. Ágata lo escuchó con atención, pero no porque le interesara especialmente lo que estaba diciendo, sino porque intentaba entender cómo hacía ese hombre para alterarla de ese modo. Habían pasado dos horas mágicas. Ágata había recorrido casi la mitad de las ruinas con el brazo de él sobre su hombro y sabía lo suficiente sobre los hombres como para reconocer cuándo uno se sentía atraído por ella. Y ahora, allí estaba él, contándole la historia de Bath como si fuera un presentador del National Geographic.

—¿Qué te ha parecido? ¿Te ha gustado la visita? —preguntó Gabriel al final de su clase magistral.

—Sí, mucho. —Aunque lo que más le había gustado a Ágata había sido que, durante un rato, Gabriel había sonreído, recordándole al chico de todos aquellos veranos—. Me gustaría comprarme una postal, ya sabes, no dejo de ser una turista. ¿Te importaría? —Ágata le sonrió.

—No, solo que no tenemos mucho tiempo. Compra la que quieras y luego iremos a recoger a Nana para salir a cenar. ¿Te apetece eso o prefieres quedarte en casa?

—No, no. Lo de la cena suena genial. Así podré sonsacar a tu abuela sobre tus aventuras de adolescente. Seguro que fuiste tan malo como Guillermo —dijo ella sonriéndole de nuevo.

Su sonrisa era fulminante. Cada vez que Gabriel la veía, tenía ganas de besarla, y como esa alternativa estaba descartada, optó por ser seco. Así aprendería a no utilizarla con él.

—Te espero en el coche —le espetó, y salió del museo dejando a Ágata aún más estupefacta que antes.

Escogió dos postales; una del baño principal, con las columnas rodeando el agua a la luz del atardecer, y otra que era una reproducción de la antigua ciudad romana en la que se podía leer en un mosaico «Aquae Sulis», y se dirigió al coche, que ya estaba en marcha.

Llevaban solo un par de minutos circulando cuando Ágata se durmió. Había sido un día largo, y la noche anterior tampoco había dormido mucho; demasiadas emociones. Al verla dormida, Gabriel se relajó; ya no sabía cómo actuar. A lo largo del día había pasado por diferentes fases, seguro que parecía un lunático. Había momentos en que pensaba que podía tratarla como a una hermana, pero cuando su vista se desviaba hacia sus labios, se le aceleraba el pulso y se moría de ganas de hacer algo al respecto. Luego se acordaba de cómo había mirado esa foto de él con Nana, y pensaba que eso era imposible. Una mujer como Ágata se merecía algo mejor. Por no hablar de lo que le haría Guillermo si le hacía daño a su hermana. El peor momento del día había sido, sin duda alguna, cuando su abuela le había dicho que ella era «ella». ¡Maldita Nana! Se había olvidado de que su abuela tenía una memoria de elefante, y de que hacía años, en un momento de locura, le había contado la fascinación que sentía por la hermana de su mejor amigo. Sin duda, la CIA podría aprender de las técnicas de interrogatorio de Nana. Por suerte, esa fascinación infantil ya no existía, y Ágata nunca se había dado cuenta de nada. Ahora, lo único que pasaba era que estaba cansado, tenía demasiado trabajo y necesitaba dormir.

Gabriel, Ágata y Nana fueron a cenar a un bullicioso restaurante situado en un edificio antiguo del casco histórico de la ciudad. La cena fue muy agradable. Nana le contó a Ágata un par de travesuras que Gabriel había cometido de niño y logró que Gabriel se relajara y se sonrojara. A cambio, Ágata le contó las trastadas que él y su hermano mayor habían hecho durante los veranos que pasaron juntos en España. Gabriel se sonrojó aún más, pero en un par de ocasiones se rio a carcajadas.

—Hacía tiempo que no te veía tan contento —señaló Nana.

—No exageres —respondió él un poco a la defensiva.

—No exagero. Ya no me acordaba de que cuando sonríes se te marcan hoyuelos. —Su abuela le acarició cariñosa la mejilla.

—Yo nunca podría olvidarlo. —Al darse cuenta de que lo había dicho en voz alta, Ágata se puso un poco nerviosa.

—¿Te ha gustado la visita a las termas? —le preguntó Nana a Ágata guiñándole el ojo y fingiendo no haber oído ese último comentario.

—Sí, mucho —contestó ella sin mirar a Gabriel, que parecía un poco confuso—. Es impresionante que los romanos levantaran todo eso hace tantos siglos. Seguro que las construcciones de hoy en día no aguantarían lo que han resistido esas piedras.

—Seguro que no —comentó Gabriel, que ya se había recuperado.

—Bueno, niños, deberíamos pedir la cuenta e irnos a casa. Yo ya no tengo edad para estos trotes.

Gabriel hizo un gesto al camarero y, antes de que ninguna de las dos pudiera rechistar, pagó la cuenta. Fueron paseando hasta casa de Nana. La noche era muy cálida para ser solo principios de primavera, y habían decidido ir a pie hasta el restaurante.

—Gabriel, no sé si te lo había comentado, pero estoy repintando la habitación que da al jardín, así que Ágata y tú tendréis que compartir tu habitación.

—¿Qué? —preguntaron al unísono los dos afectados.

—No te preocupes, tu habitación tiene dos camas, y supongo que no os molestará; al fin y al cabo, sois casi hermanos —añadió Nana con picardía. Estaba convencida de que, si no le daba un empujoncito, su nieto nunca acabaría de decidirse.

—No, en absoluto —contestó Ágata sin levantar la vista del suelo—. Pero yo puedo dormir en cualquier lado, incluso en el sofá.

—No digas tonterías —la riñó Gabriel—. Si alguien tiene que dormir en el sofá seré yo. Tú pareces cansada, y necesitas dormir.

—No voy a permitir que duermas en el sofá. ¡Tú mides casi dos metros, y ese sofá apenas tendrá metro y medio! —Ágata levantó la vista, pero no miró a Gabriel.

—No mido dos metros y si digo que voy a dormir en el sofá, es que voy a dormir en el sofá. —Gabriel se detuvo en medio de la calle.

—Niños, niños. —Nana intentó disimular la sonrisa que dibujaban sus labios—. No discutáis. Los dos podéis dormir en una cama. Lo único que tenéis que compartir es la habitación, nada más. ¡Ni que eso os obligara a contraer matrimonio!

—Tienes razón, Nana. Discúlpame, Ágata. —Gabriel se pasó la mano por el pelo—. Supongo que yo también estoy cansado.

—No, perdóname tú —dijo Ágata avergonzada—. Supongo que he leído demasiados libros románticos de época —añadió, en un intento de aligerar la situación.

Nana sonrió e intervino de nuevo:

—Bueno, como ya está solucionado, no veo ningún inconveniente para que no continuemos. Tengo ganas de acostarme. Yo, a mi edad, necesito mis horas de sueño.

Dicho esto, los tres echaron a andar y, pasados unos pocos minutos, llegaron a casa. Nana les dio las buenas noches y se fue a su habitación. Ágata y Gabriel se quedaron solos, mirándose el uno al otro sin saber qué decir. Al final, fue Gabriel quien rompió el silencio:

—Ponte el pijama y acuéstate, yo aún no tengo sueño. —Pero el bostezo que no pudo controlar lo traicionó—. Me quedaré aquí leyendo un rato.

—No seas terco —dijo Ágata—. Me pongo el pijama en el baño y los dos nos acostamos. Vamos, te prometo que tu virtud no corre ningún peligro conmigo.

Le sonrió y se dirigió a la habitación para buscar sus cosas y cambiarse.

—Pero la tuya sí corre peligro conmigo —murmuró Gabriel para sí mismo, y no pudo evitar preguntarse qué le estaba pasando. A él no solían gustarle las chicas dulces, con sonrisas que hacen que tiemblen las piernas y ojos negros capaces de engullirlo a uno. Gabriel hizo un esfuerzo por recordar que Ágata era la hermana de su mejor amigo, y que Guillermo era cinturón negro de un montón de artes marciales. Con Ágata no se jugaba. Finalizado su autosermón, se frotó la cara con las manos y se dirigió al dormitorio.

4

—Gabriel, ¿estás despierto? —Ágata ya sabía que sí. Llevaba más de dos horas intentando dormir y estaba convencida de que su compañero de cuarto también sufría de insomnio, pues no paraba de moverse ni de refunfuñar.

Él tardó unos segundos en responder, como si dudara entre decir la verdad o fingir que no la había oído.

—Sí, estoy despierto —contestó al fin con un suspiro—. ¿Tú tampoco puedes dormir? —Estiró el brazo para encender una luz, pero Ágata le detuvo.

—No, no enciendas la lámpara.

Gabriel volvió a meter el brazo bajo las mantas y se apoyó en un costado para mirar a Ágata. Por la ventana de la habitación se colaba la luz de la luna y la de las farolas que había en la calle, así que podía ver la silueta de ella y distinguir el brillo de sus ojos negros.

—Hacía años que no dormía con alguien —empezó Gabriel, pero antes de que pudiera continuar, las risas de Ágata lo detuvieron—. No te rías... Ya sabes a qué me refiero.

—Sí, claro. —Ella hizo un esfuerzo por dejar de reírse—. Tranquilo, no voy a poner en entredicho tu virilidad. Ya me imagino que no tienes problemas en ese sentido.

Hubo un silencio, y finalmente Gabriel añadió:

—Quizá tenga más de los que te imaginas.

—¿A qué te refieres? —preguntó Ágata colocándose también de costado para poder verlo, aunque en la oscuridad él fuera solo una sombra.

—No sé, supongo que estoy cansado de que las relaciones que tengo, a pesar de que las mujeres sean distintas, sean todas iguales. No sé, a veces me gustaría saber que hay alguien especial para mí. No es que quiera casarme, ni nada por el estilo..., me gusta mi vida tal como está. —Tomó aire—. Es solo que me gustaría saber que esa persona existe. Bueno, no me hagas caso. Vamos a dormir.

Gabriel se volvió hacia el otro lado, dándole la espalda.

—Seguro que existe.

Ágata pensó que él no la había oído, y cuando iba a intentar dormirse por enésima vez, Gabriel habló de nuevo:

—¿De verdad lo crees? Recuerdo que de pequeño veía a tus padres besarse y me preguntaba por qué los míos no lo hacían. Luego lo entendí. Los míos no se querían, pero aun así habían tenido un hijo, y se pasaban los días amargándose mutuamente la existencia hasta que se divorciaron. Mi madre, bueno, si es que puedo llamarla así, volvió a casarse enseguida, y se olvidó de mi padre y de mí. Si ni siquiera ella fue capaz de quedarse conmigo y quererme sin condiciones, es difícil de imaginar que pueda encontrar a alguien que lo haga. Así pues, creo que es mejor no buscar a nadie; de este modo me ahorro el mal trago y puedo seguir disfrutando de mi vida tal como está. —Se frotó los ojos—. No sé por qué te cuento estas cosas.

—Estoy segura de que existe alguien especial para ti, alguien que te querrá pase lo que pase, y que será incapaz de olvidarte. —Para intentar calmar los latidos de su corazón, optó por cambiar de tema—: ¿Te acuerdas de cuando cumpliste diecisiete años?

—Sí, claro. Me regalaste *Charlie y la fábrica de chocolate*. Aún lo guardo. ¿Por qué?

—¿Solo te acuerdas de eso? —Ágata dio gracias por la oscuridad que ocultaba el sonrojo que seguro que ahora cubría sus mejillas.

—No. También me acuerdo de que te besé. —Gabriel se volvió de nuevo hacia ella.

—Fuiste el primer chico que me besó. —Notó cómo él sonreía—. Nunca lo he olvidado. Fue muy especial, inocente, todo lo que se supone que tiene que ser un primer beso. Gabriel, estoy convencida de que conocerás a alguien que hará que todos los besos sean perfectos, que logrará que tu vida sea especial... Solo espero que, cuando lo hagas, te des cuenta y sepas conservarla.

—¿Crees que seré tan estúpido como para no saberlo?

—No sé. A veces uno tiene delante de las narices lo que necesita para ser feliz y no se da cuenta. Fíjate en tus padres; los dos sabían que no estaban bien juntos y, sin embargo, tardaron años en hacer algo al respecto.

—Supongo que tienes razón. Espero ser más listo que ellos.

—Seguro que lo eres. —Aprovechando la valentía que le daba el estar a oscuras, preguntó—: ¿Quién es Monique?

—¿Por qué quieres saberlo?

—No sé. Supongo que, ya que somos amigos, podré asesorarte sobre si ella es ese alguien especial o no.

—¿Tú y yo somos amigos? —Gabriel no sabía qué eran él y Ágata. De pequeño, había sentido un vínculo especial con ella, como si el destino la hubiera enviado allí para él. Al hacerse mayor, descartó todos esos sentimientos y, tras el divorcio y la enfermedad de su padre, había aprendido que esas cosas no existían. Para él, Ágata era ahora la hermana de Guillermo. Pero si era solo eso, ¿por qué tenía ganas de contarle sus pensamientos más íntimos? ¿Por qué quería levantarse y acostarse junto a ella, aunque solo fuera para abrazarla?

Afortunadamente, Ágata respondió antes de que su mente pudiera tomar caminos más complicados.

—Espero que sí.

Ágata se movió para colocarse bien en la cama, y la mente de Gabriel volvió a lugares muy peligrosos.

—Bueno, dime, ¿quién es Monique?

—Nadie. —Al oír que ella refunfuñaba, añadió—: Está bien, supongo que sí es alguien o, mejor dicho, era alguien.

Ella movió una mano para indicarle que continuara.

—Era una chica con la que pasaba algún fin de semana. Ya sabes.

—No, no sé —respondió ella, un poco a la defensiva.

—Salíamos por ahí, y cuando nos apetecía...

—Os acostabais. —Ágata terminó la frase por él.

—Vamos, no me digas que tú nunca has tenido una relación así.

—Pues no, nunca la he tenido. Y espero no tenerla —respondió ofendida—. El sexo así es como hacer gimnasia; solo sudas y no sientes nada.

Gabriel soltó una carcajada ante el comentario y se sintió muy aliviado al comprobar que Ágata no era tan frívola como Monique. Pensar algo así lo sorprendió, por lo que optó por no analizarlo y seguir en cambio con la conversación.

—Tienes razón..., pero a veces con eso es suficiente.

—Para mí, no.

—Me alegro.

—¿Por qué?

—Porque no me gustaría que te conformaras con tan poco.

—Ya.

Gabriel bostezó, y Ágata sintió cómo le empezaban a pesar los párpados.

—Deberíamos intentar dormir.

—Sí, deberíamos intentarlo, o mañana, cuando mi abuela nos despierte, no serviremos para nada.

—Buenas noches, Gabriel.

—Buenas noches, Ágata... y gracias por la conversación.

—De nada —respondió ella ya casi dormida.

El domingo amaneció nublado y Nana los despertó a eso de las diez para que pudieran desayunar con ella antes de regresar a Londres. Después de la charla de la noche anterior, entre Gabriel y Ágata había surgido algo muy especial; no era solo «el principio de una gran amistad», que lo era, ni una mera atracción física, que también existía y era muy potente. Era más bien como si ambos se hubieran dado cuenta de que entre ellos había magia; de esa de la que se habla en las películas y en las grandes novelas. Pero como ninguno de los dos sabía muy bien qué hacer con ella, iban con cautela para no estropearla ni echarla a perder. Nana, que desde que había visto a su nieto con Ágata era la mujer más feliz del mundo, decidió darles tiempo y margen de maniobra, y se juró que solo intervendría si Gabriel era tan idiota como para dejar escapar a la única chica capaz de hacerlo sonreír. A las doce ya habían recogido todas sus cosas y se despidieron de Nana con besos y abrazos, no sin que ella les hiciera prometer a ambos que regresarían a pasar otro fin de semana con ella el mes siguiente. A Gabriel le hizo prometer además que, como siempre, la llamaría una vez a la semana. Hechas todas las promesas pertinentes, Ágata y Gabriel se subieron al coche y se dirigieron a Londres, donde al día siguiente iba a empezar una nueva etapa en sus vidas.

—¿Estás nerviosa por lo de mañana? —preguntó Gabriel cuando ya estaban de nuevo en su apartamento.

—Un poco. —Ágata se mordió el labio inferior—. Mucho.

—No lo estés —sonrió él—. Ya verás cómo todo sale bien. La gente de tu sección es fantástica. Jack, el jefe del departamento, es uno de mis mejores amigos. Seguro que te ayudará mucho y que con él aprenderás un montón de cosas.

—No estoy nerviosa por eso. Seguro que todo el mundo es fantástico.

—Entonces, ¿de qué tienes miedo? —preguntó Gabriel sin entenderla.

—De hacerlo mal —contestó ella sin mirarle.

—¿De hacerlo mal? ¡Vaya tontería! Pues claro que lo harás mal.

—¿¡Qué!?

—Quiero decir —prosiguió él antes de que Ágata pudiera recuperarse de su asombro— que es normal que hagas mal ciertas cosas cuando empiezas un trabajo nuevo. Pero estoy convencido de que aprenderás rápido, y que pronto lo tendrás todo bajo control.

—¿Lo dices en serio?

—Claro. Por muy hermana de Guillermo que seas, no te habría contratado si no creyera que estás capacitada para el puesto. —Le apretó la mano para transmitirle su confianza.

—Gracias —dijo Ágata mirándolo a los ojos, y tuvo que hacer un esfuerzo para no echársele encima y abrazarlo allí mismo—. Por todo.

—No tienes que darme las gracias —contestó Gabriel sin apartar la mirada de la suya—. Cuando los conozcas a todos, no estarás tan contenta. —Le guiñó un ojo.

Ágata sonrió y apartó la mano de debajo de la suya.

—Debería acostarme. Seguro que me costará dormir y mañana tengo que estar fresca. Buenas noches.

—Buenas noches, Agui.

Al oír que Gabriel utilizaba el diminutivo por el que la llamaba de pequeña, se dio la vuelta.

—Buenas noches, Gabriel.

Ágata se volvió de nuevo y se dirigió a su habitación, pero antes vio que él se había sonrojado.

5

El despertador sonó a una hora indecente, sobre todo teniendo en cuenta que Ágata no había pegado ojo en toda la noche. Ese día empezaba a trabajar en *The Whiteboard* y no tenía ni idea de lo que iba a hacer. Además, estaba convencida de que ya no sabía nada de inglés y que el diseño gráfico era algo que había aprendido hacía demasiados años y no recordaba mucho. «Agui, serénate. Tienes veintidós años y estás preparada para hacerlo bien. Eso, siempre y cuando no te vuelvas loca; deja de hablar sola de una vez.» Finalizado el autosermón, se desperezó y fue a ducharse.

Bajo el agua, Ágata invirtió todo su tiempo en resolver una cuestión completamente absurda, pero de vital importancia dado su estado de ánimo: cómo vestirse en su primer día de trabajo. ¿Vaqueros estilo estudiante de Bellas Artes? ¿Traje estilo diseñadora italiana? ¿De negro y con un par de collares estilo intelectual barcelonesa? ¿Falda? En fin, la única opción que tenía era llamar a Helena. Ella era genial con lo de las primeras impresiones; siempre sabía qué ponerse. Seguro que era un gen que a ella no le pusieron. Logrado su primer objetivo, ducharse, Ágata se puso el albornoz, se peinó y salió del baño para llamar a su hermana.

—¿Helena?

—¡Ágata! ¿Sabes qué hora es? ¿Qué te pasa? ¿Estás bien?

—Claro que estoy bien, y para ti son las 7.30. ¿Te pasa algo a ti?

—No, nada, que es de lo más normal que me llames a estas horas de la mañana al móvil —respondió sarcástica Helena mientras bostezaba.

—Perdona, no me acordaba de lo bien que se vive siendo universitaria.

—Bueno, en fin, ¿qué quieres? No, no me lo digas. ¡Te has acostado con ese bombón!

—No. Te juro que no me he acostado con nadie. —Ágata se estaba sonrojando con la conversación. ¿Cómo se le había ocurrido llamar a la cabra de su hermana pequeña?

—Está bien. Si no me llamas para contarme eso, ¿qué te pasa?

—¿Qué me pongo para ir hoy al trabajo? No, no te rías, ya sabes que eres infinitamente mejor que yo para combinar la ropa. Por favor, ayúdame, es mi primer día.

—Vamos a ver, tengamos en cuenta todos los factores: es tu primer día, vas a trabajar con fotógrafos y periodistas y, lo más importante, ese tío bueno va a estar contigo... Ya sé, ponte el pantalón negro de cintura baja con la camisa roja, el pañuelo que le robaste a mamá en el pelo, como si fuera una diadema y las botas negras. Así estarás interesante y atractiva, y píntate un poco los ojos, ¿vale?

—Vale. Eres la mejor. Muchas gracias, te llamaré cuando vuelva. Besos.

—De nada, pero a no ser que te acuestes con como se llame, la próxima vez llámame a una hora normal. Me vuelvo a la cama. Adiós y, como dice papá, a por ellos, que son pocos y cobardes. Besos.

Resuelto el problema de la ropa, Ágata colgó el teléfono y se dispuso a seguir al pie de la letra las instrucciones de Helena. Cuando estuvo vestida, se secó el pelo y se maquilló un poco los ojos. Al mirarse al espejo, decidió que no estaba nada mal; se veía atractiva y, si sus nervios no la traicionaban, podía incluso causar buena impresión. Ya eran las 7.30. Gabriel le había dicho que tenían que salir de casa a las 8.00, así que aún le quedaba un ratito para desayunar algo. Se dirigió a la cocina.

—Buenos días. —Gabriel le sonrió a la vez que le servía una taza de té.

—Buenos días. Gracias. —Ágata aceptó la taza y se sentó. Estaba nerviosa y no quería echarse el té por encima; eso sí que sería un problema.

—¿Estás nerviosa? —Gabriel se sentó delante de ella—. No lo estés. Todo irá bien, ya lo verás. —Quería tranquilizarla y le acariciaba los nudillos con el pulgar.

—Eh... No, bueno, sí. Sí, estoy nerviosa. No sé qué voy a hacer. Seguro que, sea lo que sea, no sabré hacerlo. La pifiaré y tendré que volver a Barcelona, tú te enfadarás y Guillermo me matará. Así que sí estoy nerviosa y... ¿Se puede saber por qué sonríes?

—Por nada. Cuando te pones nerviosa, empiezas a hablar sin sentido y me recuerda a cuando eras pequeña.

—¡Vaya! Eso sí que es tranquilizador. Ahora resulta que parezco una niña pequeña. —Ágata notaba que estaba cada vez más nerviosa, y el hecho de que él la mirara con aquellos ojos tan dulces y que le acariciara la mano, no la estaba ayudando en absoluto.

—¡Eh! Yo no he dicho eso. Vamos, no te preocupes, todo saldrá bien. Tenemos que irnos ya. Por el camino te cuento lo que vas a hacer y ya verás cómo dentro de una semana lo tienes todo controlado.

Gabriel se levantó, dejó las tazas en el fregadero y recogió unos papeles que había en la mesa del comedor.

—Agui, ¿vamos? —le preguntó a la vez que abría la puerta de la calle.

—Sí, solo espero que no te arrepientas.

Ágata se colgó el bolso y, cuando iba a salir, Gabriel le puso ambas manos encima de los hombros y la miró.

—¿Sí? —preguntó ella ante su silencio.

—Nada. Solo quería decirte que estás guapísima.

Dicho esto, salieron del piso y Gabriel cerró la puerta.

En la calle se notaba que era lunes y que la gente tenía que ir a trabajar; todo el mundo parecía llegar tarde. Ágata y Gabriel se dirigieron al metro. *The Whiteboard* estaba solo a dos paradas y, mientras esperaban, Gabriel le contó los distintos caminos que podía utilizar para ir al trabajo y las ventajas e inconvenientes de cada alternativa. Cuando salieron del vagón, a Ágata empezaron a temblarle las piernas y se sentó en un banco de la estación.

—¿Qué te pasa? ¿Te encuentras mal? —le preguntó Gabriel preocupado.

—No, bueno... —respondió ella sin mirarlo a la cara—. Estoy nerviosa y, cuando estoy nerviosa, además de hablar sin sentido, me tiemblan las piernas. Es solo un momento.

Gabriel se sentó a su lado y le puso una mano sobre la rodilla.

—No te preocupes. —Tras un silencio, añadió—: Creo que nunca me había sentado en un banco del metro, ¿sabes? Aguí, desde que has llegado, y solo hace tres días, me siento distinto. El problema es que aún no he decidido si me gusta o me molesta.

Este último comentario consiguió llamar la atención de Ágata, que levantó la cabeza y se encontró mirando directamente a Gabriel a los ojos, con lo que él se atrevió a añadir:

—Aunque hay una cosa que sí tengo clara.

—¿Ah, sí?

—Sí, y es que me da miedo averiguarlo.

Ágata vio que hablaba en serio. Aquel hombre de casi dos metros, que había cruzado medio mundo persiguiendo noticias, le tenía miedo. Pero en sus ojos verdes había algo más que miedo; había curiosidad. La misma curiosidad que había en los de ella. No era la fascinación infantil que había sentido de pequeña, sino algo más profundo, más real. Gabriel desvió la vista hacia sus labios. Seguía sin decir nada y ella tampoco sabía qué responder a su último comentario. Él la miraba concentrado, como si estuviera sopesando qué decir y cómo decírselo. A Ágata se le empezó a acelerar el pulso, y la estampida de búfalos que había sentido cuando lo vio días atrás volvió a atravesar su estómago. Gabriel parecía fascinado, y despacio levantó la mano y la acercó al rostro de Ágata. En ese instante, el resto del mundo desapareció. La estación de metro, la gente, el ruido, todo. Solo estaban ellos dos mirándose a los ojos como si fuera la primera vez. Gabriel le acarició la mejilla; sus dedos temblaban casi tanto como las piernas de Ágata. Le recorrió la ceja con el dedo índice, resiguió lentamente la nariz y se detuvo encima de sus labios. Una breve pausa y su boca siguió el mismo destino. Gabriel se apartó como si de repente se hubiera dado cuenta de dónde estaban. Respiró hondo y carraspeó. Cuando volvió a hablar, Ágata no supo si habían pasado dos minutos, dos segundos o dos horas.

—Deberíamos irnos. —Se levantó y esperó a que ella hiciera lo mismo—. Es por aquí —señaló Gabriel. La tomó del brazo y se detuvo de nuevo delante de ella—. Ágata, lo siento.

—¿El qué? —Ella fingió no saber a qué se refería.

—Eh... —Gabriel se sonrojó de nuevo—. Haberte... besado. —Ni él mismo sabía cómo definir lo que acababa de pasar.

—Ah, eso. —Hizo un esfuerzo por no ruborizarse y aparentar normalidad—. No te preocupes. Ya sabes, los del mediterráneo somos muy cariñosos, y al fin y al cabo tú solo eres medio inglés, ¿no? —Ágata no sabía cómo se le había ocurrido semejante tontería—. Además, seguro que no te has olvidado de que en mi familia todo el día nos estamos besuqueando y abrazando. Aún me acuerdo de lo incómodo que te sentías cuando mi madre te achuchaba.

—Ya, claro —farfulló Gabriel agradecido por el cambio de enfoque—. No quisiera que te sintieras incómoda conmigo. No debería haberlo hecho.

—Para ya, pareces sacado de una novela de Jane Austen. No me siento incómoda contigo, y tampoco voy a llamar a mi padre o a mis hermanos para que te obliguen a casarte conmigo.

—Me alegro. —Gabriel empezaba a relajarse de nuevo, pero siendo sincero consigo mismo, tenía que reconocer que le molestaba un poco que ella no estuviera más afectada por su beso—. Deberíamos acelerar el paso o no llegaremos.

Caminaron a más velocidad y, tras unos doscientos metros, se detuvieron delante de un edificio negro con cristales tintados y un guardia de seguridad en la puerta. En una de las placas de la pared se leía «The Whiteboard». «Bueno, supongo que aquí empieza mi futuro», pensó Ágata.

—¿Preparada? —preguntó Gabriel.

—Sí. Preparada.

—Tu departamento está en el primer piso. Yo estoy en el segundo, junto con los periodistas y Sam, el señor Abbot, el director. Ahora está de viaje, pero cuando vuelva te lo presento. ¿De acuerdo?

—De acuerdo.

Estaban en el ascensor, por suerte con más gente, oficinistas de otras empresas que ocupaban también el edificio. Se paró en la primera planta y ellos dos salieron.

—Tu trabajo será sencillo al principio. Luego ya se irá complicando. Vamos a buscar a Jack para que te presente al resto del equipo y te cuente los detalles. ¡Jack!

En ese momento, Jack, que estaba sentado delante de un ordenador, se levantó y se dirigió hacia ellos.

Debía de tener unos treinta años y era la viva imagen del típico aventurero. Nada más verlo, Ágata pensó que sería genial para sustituir a Harrison Ford en el papel de «Indiana Jones», o como imagen del National Geographic.

—Jack, te presento a Ágata Martí, la nueva diseñadora del departamento. —Al ver que la miraba con curiosidad, añadió—: Fui a buscarla al aeropuerto el viernes. ¿Recuerdas que te lo comenté?

—Sí, claro. Es un placer, Ágata. —Le besó la mano—. Y dime, ¿a pesar de que Gabriel llegó tarde al aeropuerto has decidido quedarte? —Le soltó afectuosamente la mano—. Te juro que los ingleses auténticos no somos así. Nosotros sí que sabemos cómo tratar a una dama. —La ayudó con el abrigo—. ¿Cómo has pasado el fin de semana?

—Bien, gracias. Y sí, al final me quedo. Tampoco tengo adónde ir.

—Eso es porque no quieres —respondió Jack flirteando, como era costumbre en él.

—Déjate de tonterías, Jack. A las diez tengo una reunión y quiero dejar a Ágata instalada en su sitio. —«Además —pensó Gabriel—, si vuelves a mirarla de esa manera te saco los ojos de las órbitas.»

A Ágata, ajena a esos pensamientos, le sorprendió el tono de Gabriel, y para quitarle aspereza a sus palabras, le dijo:

—Tranquilo, vete. Seguro que Jack me tratará muy bien. Intentaré no hacerte quedar mal.

Jack se dio cuenta de que entre aquellos dos pasaba algo, y decidió optar por hacerse el tonto y dejar de flirtear con Ágata antes de que Gabriel decidiera arrancarle la cabeza.

—Nosotros también tenemos mucho trabajo, así que si quieres seguirme te presentaré a diseñadores, fotógrafos y otros lunáticos del departamento. Gab, nos vemos luego y te cuento lo del reportaje sobre China. Adiós.

Dicho esto, Jack y Ágata dejaron solo a Gabriel frente al ascensor. Se quedó refunfuñando entre dientes algo así como «¡Que no sé cómo tratar a una dama!». Al final, decidió subir al segundo piso por la escalera, a ver si así se relajaba un poco.

Jack presentó a Ágata a todo el departamento gráfico, la condujo a un pequeño cubículo al lado del suyo y le explicó qué se esperaba de ella. Su trabajo iba a consistir básicamente en maquetar las páginas. Tenía que revisar los tipos de letra y los espacios, y asegurarse de que las fotografías estuvieran colocadas correctamente antes de enviar la versión definitiva a imprimir. No era muy creativo, pero le permitiría conocer el mundo de la edición y, si era lista, quizá algún día podría dar el salto hacia algo más. Además, en su currículum iba a quedar muy bien el hecho de haber trabajado en una revista inglesa y, cuando volviera a Barcelona, seguro que encontraría la manera de sacarle partido. Eso era lo que Ágata más deseaba, que al volver a su ciudad todo aquello hubiera servido para algo; si no, no sabía qué narices estaba haciendo en Londres sin su familia, rodeada de gente con un peculiar sentido del humor y enamorándose de un hombre que por el momento no quería tener ninguna relación y que se reservaba para alguien muy especial a quien ni siquiera conocía aún.

Por suerte, gracias a Jack y a sus otros compañeros, su primer día de trabajo fue todo un éxito. Ágata se hizo rápidamente con los programas de la revista y enseguida captó en qué consistía su tarea. Las horas pasaron volando y, cuando llegó la hora de salir, Jack apareció por encima de su cubículo.

—Esto es todo por hoy. Vamos, no nos hagas quedar mal haciendo ya horas extra y vete a casa. ¿Esperas a que venga Gab o te vas sola?

—¿Gab?

—Sí, Gab. La hija de Sam, nuestro jefe, no sabía pronunciar la «r» cuando era pequeña y empezó a llamarlo así; luego su padre la imitó y, a continuación, todo el mundo empezó a hacerlo, así que... —Levantó las manos.

—Supongo que no está tan mal cuando te acostumbras. Pero a mí me sigue gustando más Biel —respondió Ágata—. Era como lo llamábamos de pequeño.

—Bueno, así que, ¿esperas a Gabriel o no? Yo voy a ir saliendo.

Ágata estaba pensando qué debía hacer cuando se abrió el ascensor y de él salió su objeto de preocupación.

—¿Estás lista para que nos vayamos?

—No puedo creer lo que ven mis ojos —intervino Jack, burlón—. Gabriel yéndose de la revista antes de la una de la madrugada. Imposible. Ágata —prosiguió dirigiéndose a ella—, te has ganado mi admiración para toda la vida.

—No digas tonterías —respondió ella sonrojada.

—Eso mismo. No digas tonterías —la secundó Gabriel, y recuperó el abrigo de Ágata, que estaba colgado en el perchero que había junto al ascensor—. Vamos, antes de ir a casa me gustaría enseñarte un poco el barrio.

Jack, que no podía dejar de sonreír, observó cómo los dos se iban juntos, e iniciaban así una rutina que se repetiría a lo largo de toda la semana.

En efecto, a partir de ese día, siempre que le era posible Gabriel iba a buscar a Ágata para irse juntos a su casa. Pero la verdad era que tardaban horas en llegar. Al final de la jornada de trabajo, los dos tenían tantas cosas que contarse que solían dar un paseo para poder charlar. Ella acostumbraba a detenerse a comprar lo que iba a cocinar esa noche y, para compensarla, él la llevaba a los rincones más insólitos y bonitos de la ciudad. Con Ágata, Gabriel estaba descubriendo un Londres que nunca había visto. Era como si la ciudad se hubiera llenado de olores y colores que antes no estaban allí. Una tarde que salieron de la revista un poco antes de lo habitual, Gabriel la llevó a pasear a Hyde Park y la convenció para comer algo allí, sentados en un banco. En esa ocasión, le contó que no hablaba con su madre desde hacía diez años, y que lo peor de todo era que ya no la echaba de menos. Ágata no intentó consolarle ni le dijo ninguna sensiblería; se limitó a comentar que ella se lo perdía. Que si su madre no se daba cuenta de lo que estaba echando por la borda, entonces tampoco se merecía que él se sintiera culpable por no hablar con ella. Y tras estas dos frases, que le reconfortaron a Gabriel más de lo que ella creía, Ágata le explicó un cuento que su abuela solía contarle sobre cómo se formó la constelación de la Osa Menor. En ese mismo instante, Gabriel supo que jamás podría volver a visitar Hyde Park sin pensar en Ágata.

6

Hacía ya cinco semanas que había llegado a Londres; cinco semanas desde que trabajaba en *The Whiteboard;* cinco semanas viviendo con Gabriel; cinco semanas increíbles. Al principio, había creído que se le pasaría, que ella y Gabriel solo serían amigos. Nada más lejos de la realidad.

Durante esas cinco semanas, habían compartido muchas cosas. Cada noche, después de cenar, se quedaban hablando, recordando sus aventuras de cuando eran pequeños, o contándose cosas que ninguno de los dos había contado nunca a nadie. Luego, cada mañana, iban a trabajar juntos, y a la hora de salir, si Gabriel tenía que quedarse hasta más tarde, la llamaba para que se fuera con Jack o con otro de sus compañeros. Nunca dejaba que se marchase sola. Los fines de semana eran aún «peor». Gabriel la había llevado al teatro, a cenar con sus amigos, al cine. Le abría las puertas de los taxis, le decía lo guapa que estaba y, de vez en cuando, le daba la mano o le acariciaba la mejilla. Pero nada más. Si seguía así, Ágata iba a volverse completamente loca.

Trabajar en el mismo sitio y compartir piso ya era de por sí difícil de sobrellevar, pero si a eso le sumaba lo encantador que estaba cuando salían por ahí juntos, la cosa rozaba ya la tortura.

Ágata recordaba como especialmente «dolorosa» la noche del pasado sábado, cuando Gabriel la sorprendió con dos entradas para la ópera. La Royal Opera House estaba muy cerca de su piso, y era un edificio precioso que justo acababan de restaurar. Conseguir entradas para cualquiera de los espectáculos que allí se ofrecían no era solo muy difícil, sino también carísimo. Cuando le preguntó cómo las había obtenido, Gabriel se limitó a responder que eso no era asunto suyo y que lo único que ella tenía que hacer era disfrutar del concierto. Ágata no se acordaba de cómo se había vestido ella esa noche, pero nunca olvidaría lo atractivo que estaba él, con su traje oscuro y sus gafas. Gabriel era miope, y siempre llevaba lentillas, pero esa noche estaba demasiado cansado como para ponérselas, por lo que optó por llevar las gafas; la alternativa habría sido no ver nada. Durante el concierto, él le susurraba al oído sus comentarios. De todos es sabido lo educados que son los ingleses, y hasta qué extremos son capaces de llegar para no molestar a los demás, pero saber eso no evitaba que a Ágata se le pusiera la piel de gallina cada vez que él se le acercaba. Lo peor de todo fue cuando, al finalizar la ópera, fueron a tomar una copa con sus amigos. Jack, Amanda, su hermana Rachel y Anthony estaban en un local a unas cuantas manzanas, y de camino hacia allí, Gabriel la rodeó con el brazo; según él, para evitar que se cayera con los tacones que llevaba, pero Ágata no acabó de tragarse esa excusa. Casi cada día llevaba zapatos de tacón, y él no se preocupaba tanto. Tan pronto como cruzaron la puerta del local, Gabriel la soltó, respiró hondo (cosa que hacía cada vez más a menudo) y fue a charlar con Jack. Ágata se acercó a Amanda para hacer lo mismo, pero Anthony la interceptó, se sentó a su lado y, con sus bromas y piropos, logró que se sonrojara. Era incorregible; incluso la convenció para que bailara con él un par de canciones. Lástima que al final de la segunda Gabriel decidió que había llegado el momento de regresar a casa y, sin ningún tacto, tiró de ella hacia la salida.

Todas las noches, antes de dormirse, Ágata intentaba pasar revista al día para ver si lograba averiguar lo que de verdad pretendía Gabriel: había veces en que llegaba a la conclusión de que él solo quería que fueran . amigos. ¿Por qué si no le habría estado hablando de la guapa periodista que había conocido unos meses atrás en París? Pero había otras noches en las que estaba convencida de que él también quería algo más. ¿A qué venían si no esas caricias y esas miradas? ¿O ese instinto de protección que al parecer tenía hacia ella?

—¿Te apetece ir a cenar hoy con mis amigos? —preguntó Gabriel, sacándola así de su ensimismamiento.

Era viernes y seguro que los amigos de Gabriel habían reservado en algún sitio genial.

—Claro. —«A lo mejor esta noche lograré saber qué sientes por mí», pensó Ágata—. Si a ti te apetece, por mí no hay ningún problema.

—Perfecto —respondió Gabriel, y se sacó el móvil del bolsillo para llamar a Jack y confirmarle su asistencia. Era curioso, sus amigos ya daban por sentado que él y Ágata iban juntos a todos lados.

La cena era en un restaurante de Covent Garden, muy cerca de su casa; un sitio precioso, de esos donde los camareros van todos vestidos de negro. Esa noche, Jack y los demás parecían empeñados en vaciar la bodega del restaurante, y en que Ágata les contara los trapos sucios de la infancia de Gabriel.

—Vamos, Ágata, cuéntanos algo muy vergonzoso —suplicó Anthony por enésima vez mientras volvía a llenarle la copa.

—Ágata —la interrumpió Gabriel—, antes de hacerlo piensa en todas las cosas que yo sé de ti y que empezaré a contar. Sí, creo que comenzaré por aquel fin de año en que...

Ágata le tapó la boca con las manos. El vino se le estaba subiendo a la cabeza.

—No te atreverás.

Gabriel se calló de golpe al notar las manos de Ágata sobre sus labios. Ver cómo ella le sonreía era más de lo que podía aguantar; abrió un poco la boca y, cuando su lengua rozó los dedos de su carcelera, Ágata lo soltó de inmediato. A él también le estaba afectando la bebida, porque si hubiera tenido sus facultades intactas, nunca le habría lamido los dedos.

—Está bien, no lo contaré. Pero, a cambio de mi silencio, debes prometerme que no te dejarás convencer por estos canallas y que no te creerás nada de lo que te expliquen. —Guiñó un ojo a sus amigos y, afortunadamente, la conversación se dirigió hacia otros temas.

—Bueno, Ágata, ya que no vas a contarnos ningún trapo sucio de Gab, ¿por qué no nos explicas algo más sobre ti? —propuso Anthony mirándola a los ojos—. Aún no me creo eso de que no tienes novio. ¿Es que todos los hombres de Barcelona están ciegos?

Ágata se sonrojó, bebió un poco más de vino y respondió:

—No son solo los de Barcelona. Tampoco puede decirse que aquí hagan cola ante mi puerta.

—Eso es porque no miras en la dirección adecuada —replicó Anthony al instante.

—Ya, seguro que eso se lo dices a todas —dijo ella sonriéndole.

—¡Pues claro! —soltó Anthony, riéndose de sí mismo.

—Todos deberíamos seguir tu ejemplo, Anthony —intervino Jack cuando también dejó de reírse—. Menos en aquel caso en que tuve que pedirle a aquella mujer policía que no te arrestara.

—¿¡Qué!? ¿Casi lo arrestan? —Ágata miró entusiasmada a Jack—. Cuéntamelo.

—Eres un traidor —farfulló Anthony, pero sin enfadarse, pues seguía sonriendo—. Te advierto que si esa boca empieza a largar, yo les contaré a todos lo de la sueca.

Jack meditó durante medio segundo y luego, con una sonrisa de oreja a oreja, dijo:

—De acuerdo, cuéntaselo. Ya sabes que no soy vergonzoso.

—Sabía que podía contar contigo, Jack. Vamos, empieza a hablar y no te olvides ningún detalle. —Ágata volvió a servirse vino, e hizo lo mismo con la copa de Gabriel.

—¡Mierda! —Anthony usó la servilleta para cubrirse la cara y no ver ni oír cómo todos sus amigos se reían de él.

Así pasaron un par de horas más, riendo y bebiendo, hasta que Anthony, viendo que el restaurante estaba ya vacío, les advirtió:

—Chicos, esta gente tiene que cerrar.

—Sí, ya es muy tarde. Ágata, deberíamos irnos. Debes de estar cansada y a mí me iría bien dormir. Mañana tengo que revisar unos documentos... No todos podemos disfrutar de un sábado sin trabajo.

—Gab, eres un pesado —lo interrumpió Jack—, pero sigo queriéndote. Largaos, nos vemos el lunes en el trabajo. Ágata, como siempre, ha sido un placer.

—¡Eh! ¡No te olvides de darme dos besos! —gritó Anthony acercándose a ella—. Me encanta esa costumbre española, creo que voy a apropiarme de ella.

Ágata le dio un beso en cada mejilla y empezó a ponerse el abrigo.

A las despedidas de Jack y Anthony siguieron las de los demás. Todos fueron muy cariñosos, e intentaron sobornarla de varias maneras para que antes de irse desvelara algún chisme sobre Gabriel. Ella se despidió con una sonrisa y les prometió que en la próxima cena les contaría algo realmente «inspirador».

«Por fin solos», pensó Gabriel. La cena había sido muy agradable. Desde el primer día, Ágata había conectado muy bien con todos sus amigos, y ellos parecían adorarla. Especialmente Anthony, que esa noche la había estado mirando con mucho interés, tanto que había llegado a ponerlo nervioso. No era que a él le importara, pero ¿era necesario que cada dos palabras la piropease y no parase de darle palmaditas en la mano? ¿Y a qué había venido eso de los dos besos? Al día siguiente hablaría con Ágata para advertirle que Anthony, aunque era uno de sus mejores amigos, no era de fiar.

Iban caminando en silencio, hasta que ella interrumpió sus pensamientos.

—Gabriel, ¿te preocupa algo? Estás muy callado.

—No, no estoy preocupado. ¿Tú estás contenta? —Tras un silencio añadió—: Lo pareces.

Ágata sonrió, no paraba de hacerlo.

—Sí, lo estoy. Estoy contenta, feliz. Hace dos meses, estaba hecha un lío. No tenía trabajo, mi mejor amiga estaba más preocupada por su último ligue que por mí y tenía miedo de qué pasaría al venir a Londres. Temía verte de nuevo y no saber hacer mi trabajo, y volver a enamorarme de... —Al darse cuenta de lo relajada que se sentía por culpa del vino, cerró la boca de golpe.

—¿A enamorarte de quién? —Gabriel atrapó la mano que ella no había parado de mover mientras hablaba sin control. Estaban delante del portal, y Ágata lo miraba perpleja. Notaba cómo el corazón le retumbaba en los oídos y cómo se le erizaban los pelos de la nuca.

—De nadie. Tonterías, ya sabes. Hemos bebido demasiado —susurró ella, pero Gabriel seguía mirándola fijamente. Le había soltado la mano, pero ahora todo su cuerpo la tenía atrapada contra el portal. No la tocaba, sus manos estaban apoyadas en la pared a ambos lados de la cabeza de Ágata.

—No hemos bebido tanto, lo sabes perfectamente. —Soltó el aliento—. Mira, esto ya está durando demasiado. Si seguimos así, tarde o temprano voy a volverme loco, de modo que deberíamos hacer algo al respecto.

Los ojos de Gabriel estaban fijos en ella; eran más oscuros, más intensos que nunca. Ágata pensó que iba a besarla, y quería que la besara, pero él permanecía quieto, a solo unos milímetros de ella, sin hacer nada, mirándola como nunca nadie la había mirado; entonces se atrevió a preguntar:

—No sé a qué te refieres —mintió ella—. ¿De qué estás hablando?

—De esto.

En ese momento, Gabriel bajó la cabeza. Sus labios rozaron los de ella y, antes de besarla, dijo:

—Necesito tocarte. —Le rozó el pelo con las manos—. Te necesito.

Empezó de un modo tierno, lento, como una caricia y Ágata notó cómo se le derretían las rodillas. Era tan dulce... Gabriel le besó los párpados, las mejillas, e inició un camino de besos por sus pómulos y su mandíbula hasta la comisura de sus labios.

—Me encanta tu olor. Me vuelve loco. Hueles a..., no sé, pero me dan ganas de besarte todo el cuerpo. —Entonces posó la boca justo detrás de su oreja y, lentamente, se dirigió hacia sus labios. Ágata no sabía qué hacer, evidentemente la habían besado antes, pero no así; aquello era un ataque a todos sus sentidos. Tenía los ojos cerrados, esperando sentir sus labios de nuevo, cuando Gabriel susurró:

—Abre la boca, Ágata, separa los labios y bésame.

Ella obedeció, y en ese momento supo que estaba perdida y absolutamente loca por aquel chico. Cuando sus lenguas se tocaron, los dos perdieron el control. Gabriel apartó las manos de la pared y las colocó encima de sus hombros, solo unos segundos; a continuación, empezaron a deslizarse y recorrerle el cuerpo, hasta pararse en sus caderas. El único propósito de Gabriel era sentirla, tenía que estar más cerca de ella; le separó las piernas para así poder colocarse en medio. Ágata tampoco permanecía quieta. Empezó a acariciarle la nuca y el pecho; necesitaba tocarlo, lamerlo, o si no explotaría. Pero cuando empezaron a jadear, Gabriel se detuvo. ¿Qué estaba haciendo? ¡A su edad, en medio de la calle y con Ágata! Seguro que se estaba volviendo loco.

—Lo siento, no sé qué me ha pasado. —Fue lo primero que dijo, a la vez que sacaba las llaves para abrir la puerta.

—¿Que lo sientes? ¿Estás loco? ¿Por qué lo sientes? Yo, no.

Gabriel, que subía los peldaños de dos en dos, llegó a la puerta de su apartamento en un tiempo récord. Ágata intentaba seguirle.

—¡Malditos tacones! ¡Gabriel, para un segundo!

Nada, seguía haciéndose el sordo. Abrió la puerta, lanzó las llaves encima de la mesita que había junto a la entrada y, cuando iba a entrar en su cuarto, Ágata logró interceptarlo.

7

—Aparta y déjame entrar en mi habitación —refunfuñó Gabriel pasándose nerviosamente las manos por el pelo y sin mirarla a la cara.

—¿Se puede saber qué te pasa? Nos hemos besado y... yo..., bueno, a mí... me ha gustado. Mucho. —Ella intentó acariciarle la mejilla, pero él se apartó como si le hubiera quemado.

—Ágata, apártate, me quiero acostar. Estoy cansado, y lo que ha pasado abajo es solo una muestra más que evidente de lo mucho que necesito dormir, así que apártate y vete a la cama. Mañana será otro día y los dos nos habremos olvidado de esta tontería. —Levantó la ceja y, con una mano, intentó que se hiciera a un lado.

—No. No pienso moverme hasta que me contestes una pregunta. —A Ágata empezaba a temblarle la voz. Quizá todo lo que había sentido mientras se besaban estaba solo en su imaginación. Pero no, ella había notado cómo a Gabriel le latía el corazón, cómo se le aceleraba el pulso, así que tenía que saberlo—. ¿Por qué sientes haberme besado?

Entonces él la miró, se mesó el cabello por enésima vez, respiró profundamente y contestó:

—Lo siento porque ha sido un error, una tontería. El cansancio, la cena, el vino, esa camisa roja. Un error. Yo no puedo hacer esto. No contigo.

—No ha sido ningún error. —Y diciéndolo, le rodeó el cuello con los brazos y volvió a besarlo. Él se resistió unos segundos, pero enseguida respondió al beso con todas sus fuerzas.

—Ágata, para. Si no paras tú, yo ya no podré hacerlo. —Gabriel dijo esas palabras mientras, con una mano, le desabrochaba los botones de la camisa y con la otra abría la puerta de su habitación.

—¿Y quién te ha pedido que lo hagas?

Ella le lamió el cuello y empezó a levantarle la camiseta. Una pequeña parte de su cerebro le dijo que al día siguiente se arrepentiría, pero con los labios de él recorriéndole la clavícula, descartó esos pensamientos por completo.

Gabriel sabía que aquello no estaba bien, que Ágata se merecía mucho más de lo que él estaba dispuesto a darle en esos momentos pero, ¡Dios!, había intentado ser noble y ella se lo había puesto muy difícil. Debería apartarla, encerrarse en su habitación y no salir de allí hasta que supiera si estaba dispuesto a arriesgar su corazón por Ágata. Sin embargo, ahora, lo único en lo que podía pensar era en que su cuerpo la necesitaba; necesitaba sentir que ella le deseaba, sentir cómo sus manos le recorrían el cuerpo, cómo ella le entregaba un poco de su alma. ¡Dios, qué egoísta era! Tenía que apartarla sin perder un instante, mientras aún tuviera fuerzas.

—Ágata, princesa. —Le capturó las manos y las apartó de su abdomen, pero ella se soltó y las colocó encima de su entrepierna—. No puedo.

—¿No puedes qué? —Le besó la mandíbula.

—Esto... —Gabriel la miró a los ojos, y al ver el calor que brillaba en ellos, se rindió—. Bésame.

Y ella lo hizo.

Los dos se buscaron frenéticamente, con sus labios, sus manos, su piel. Era como si no pudieran respirar el uno sin el otro. Se desnudaron en segundos, sin delicadeza, con prisa, sin importarles nada más a ninguno de los dos.

Cuando estuvieron desnudos, Gabriel se detuvo un segundo para observarla.

—Eres preciosa. Ven aquí. —Sacó una caja de preservativos sin abrir—. ¿Estás segura? —preguntó una última vez antes de tumbarse a su lado.

—Cierra la boca —fue la única respuesta que obtuvo antes de que Ágata se sentara encima de él y lo besara.

Gabriel no pudo aguantar más; llevaba cinco semanas en un estado de permanente excitación y, al sentir su piel desnuda junto a la de él, su cuerpo tomó el control, entró dentro de ella y perdió la poca cordura que le quedaba.

—Biel —gimió Ágata, sorprendida, y con una mano buscó la de él.

—Me gusta que me llames así. Solo tú me llamas así. —Gabriel entrelazó sus dedos con los de ella y le acercó los nudillos a los labios.

Quería decir algo más, pero no sabía qué. Sabía que lo que estaba sintiendo no era solo placer, aunque fuera el mayor que había experimentado nunca; sabía que era algo más, pero no lograba identificarlo, de modo que optó por no decir nada.

Los dos se movían al unísono, diciéndose con sus cuerpos aquello que llevaban semanas sintiendo, y cuando ninguno de los dos pudo soportarlo más, ambos se abandonaron por completo.

Cuando dejaron de temblar, Ágata se acurrucó encima de Gabriel y le besó el hueco del cuello. Gabriel no dejaba de acariciarle el pelo mientras intentaba recuperar la respiración.

«Debería soltarla», pensó Gabriel, pero no podía. Acababa de tener el mayor orgasmo de su vida y aún estaba excitado. Eso no era normal, o al menos no para él. No podía parar, no podía dejar de moverse, quería, necesitaba volver a sentir cómo ella lo envolvía en su calor una vez más. Intentó obligarse a apartarse, pero cuando casi había reunido las fuerzas necesarias para hacerlo, Ágata volvió a mover las caderas, dándole permiso para volver a perder el control. Esta vez intentó ser más delicado, se dijo que la acariciaría, que la besaría…, pero se equivocó. En cuanto ella le lamió el lóbulo de lo oreja, todo su cuerpo se prendió fuego, y juntos se precipitaron de nuevo hacia el límite.

Pasados unos minutos, se dio cuenta de que con dos veces tampoco tenía bastante; tal vez nunca lo tuviera. Ágata se había dormido abrazada a él y, con mucho cuidado, la colocó a su lado y se levantó para ir al baño. Regresó enseguida y se quedó mirándola.

Había sido un error. Los dos llevaban semanas atormentándose con miradas furtivas y caricias inocentes, y esa noche el vino había destruido las pocas defensas que a ambos les quedaban. Aunque Gabriel era lo bastante honesto como para reconocer que había sido la mejor noche de toda su vida. Por mucho que quisiera engañarse y justificar su comportamiento por el nivel de alcohol en su sangre o por el cansancio acumulado, nada podía ocultar lo que había sentido al acostarse con Ágata. Él había tenido unas cuantas compañeras de cama y, sin embargo, en aquel instante cualquier experiencia anterior desapareció de sus recuerdos. Nunca había sentido tanto placer como cuando estaba con Ágata y lo que más asustaba a Gabriel era que no se refería solo al sexo. Si fuera solo eso, sería fácil.

¿Cómo podía saber si era algo más? ¿Cómo podía saber si valía la pena arriesgarse? ¿Que no acabaría como su padre? La respuesta era muy sencilla: no podía saberlo. Y, por el momento, Gabriel no estaba dispuesto a arriesgarse. Así que solo le quedaba una opción: seguir solo. Se abrazó a Ágata. Ella aún estaba dormida, y Gabriel aprovechó cada instante para acariciar su piel y grabar en su memoria cada detalle, porque cuando se despertara, le diría que esa noche maravillosa había sido solo una noche de sexo sin compromiso, y que él no sentía nada por ella. En resumen, iba a mentirle.

Cuando Ágata abrió los ojos, se dio cuenta de dos cosas: una, le dolían partes de su cuerpo que no recordaba que tuviese, y dos, el culpable de eso ya no estaba a su lado. Se desperezó un poco y cerró de nuevo los ojos para recordar los besos y las caricias de la noche. Hasta entonces, Ágata creía que esos ataques de pasión solo ocurrían en las películas y en esas novelas que a ella tanto le gustaba leer, y por primera vez en su vida se alegraba de poder decir que la realidad, en ocasiones, supera a la ficción. ¡Dios! Ese hombre debería llevar la señal de «peligro, inflamable» pegada a la frente. Pero a pesar de lo mucho, mucho, que le había gustado lo que habían hecho juntos, Ágata no podía dejar de sentir que faltaba algo; algo que hacía que no hubiera sido perfecto. Había una frase que se le había quedado grabada en la mente: «Yo no puedo hacer esto. No contigo». Le dolía que Gabriel lo hubiera dicho, y no podía fingir que no sabía lo que quería decir. Él nunca había ocultado que, por el momento, no quería tener ninguna relación estable con nadie, que lo único que quería y podía ofrecer a una mujer era una relación física. Ágata sabía perfectamente lo que él había querido decir con esa maldita frase. Gabriel solo estaba dispuesto a involucrar su cuerpo y, mientras su corazón no siguiera el mismo camino, lo único que podían compartir era sexo, y ella no estaba dispuesta a conformarse con eso. Ágata se dio cuenta de que quedarse allí tumbada, intentando imaginar lo que iba a suceder, no llevaba a ninguna parte, así que se desperezó por última vez y fue a ducharse. No sabía cómo iba a encontrar a Gabriel después de lo de la noche pasada, pero sí sabía que necesitaba tener la cabeza despejada antes de hablar con él.

Gabriel oyó el agua de la ducha y repasó todo lo que tenía intención de decirle a Ágata. Asumiría toda la responsabilidad de lo sucedido y le recordaría que ella era la hermana de su mejor amigo y, como tal, no podían tener una aventura. Sí, una aventura era todo lo que estaba dispuesto a ofrecerle. Él sabía que era insultante, y de hecho contaba con que ella se sintiera tan ofendida que nunca más quisiera saber nada de él. Eso era mucho mejor que correr el riesgo de tener una relación normal y acabar enamorándose o, lo que era aún peor, acabar como su padre. En cualquier caso, tampoco quería llegar a ese punto; lo que pretendía era convencer a Ágata de que lo de la noche anterior había sido una locura, que no volvería a repetirse y que lo mejor que podían hacer era olvidarlo. Ellos tenían que trabajar y vivir juntos. Por muy peligroso que pareciera, Gabriel no estaba dispuesto a permitir que ella se fuera de su apartamento. Se decía a sí mismo que era porque se lo debía a toda su familia, pero una pequeña parte de él sabía que eso era solo una excusa. Conveniente, sí, pero una excusa al fin y al cabo.

—Gabriel, ¿piensas contestar?

—¿Qué? —preguntó él, que ni siquiera se había dado cuenta de que Ágata había entrado en la cocina—. ¿Qué pasa?

—El teléfono. ¿Tienes intención de contestar?

—Claro. —Se dio la vuelta y abrió su móvil—. Trevelyan. —Siempre contestaba así cuando lo llamaban del trabajo—. De acuerdo. Voy para allá.

Tras esta escueta conversación, se dio la vuelta y se dirigió hacia la puerta.

—Gabriel, ¿quién era? ¿Pasa algo? ¿Por qué te llaman de la revista un sábado por la mañana? —preguntó Ágata preocupada.

Entonces, Gabriel pareció acordarse de que ella estaba de pie a su lado y se volvió para mirarla.

—Era Sam, el director de la revista —respondió él poniéndose la chaqueta—. Al parecer, en la edición de esta semana de la revista *The Scope* aparecen dos de los artículos que nosotros teníamos preparados para nuestro número.

Ágata no entendía nada, y eso debió de reflejarse en su rostro, porque Gabriel añadió:

—El mismo artículo exactamente. No el mismo tema, ni el mismo enfoque. El mismo artículo. Nos lo han robado.

—¿Robado? —Levantó las manos asombrada—. ¿Por qué?

—No lo sé. Supongo que en *The Scope* no deben de estar muy contentos con la competencia. No sé, pero tengo que ir a la revista para hablar con Sam y decidir qué hacemos al respecto.

Al ver que él no la invitaba a acompañarlo y que ya tenía un pie fuera del apartamento, Ágata se lo preguntó directamente:

—¿Quieres que te acompañe?

—¿Para qué?

Esa respuesta, acompañada de la frialdad que empañaba su mirada, le dejó claro que lo de la noche pasada no había cambiado su relación.

—Para nada —respondió, intentando disimular su decepción—. Llamaré a alguien para salir a dar una vuelta.

—Como quieras. Hablamos luego, ¿te parece? —Y cerró la puerta sin esperar a que ella respondiera.

¿Hablar? De acuerdo, hablarían, pero después de las inexistentes muestras de afecto de esa mañana, Ágata sabía que era una conversación que no iba a gustarle demasiado. Era evidente que el día no iba a ser para nada como ella se lo había imaginado antes de ducharse.

Gabriel salió del piso a toda prisa. No solo porque quisiera llegar pronto a la revista para hablar con Sam, sino también porque necesitaba huir de Ágata. Solo la había visto durante unos segundos y todo su estudiado discurso había desaparecido de su mente. Tenía que alejarse de ella, tal vez así se tranquilizaría y se olvidaría de lo bien que se había sentido en sus brazos. Si de algo estaba seguro era de que él no quería tener ninguna relación con nadie; era demasiado complicado, demasiado arriesgado. Su trabajo lo llenaba por completo y, en cuanto al sexo, no era demasiado difícil conseguirlo cuando le apetecía. «¿Y el amor?», le susurró una voz rebelde dentro de su cabeza. El amor había acabado con su padre, y le había demostrado a él que para lo único que sirve es para hacer desgraciado a quien lo siente y a todos los que lo rodean. No, Gabriel no quería saber nada del amor. Por eso, lo mejor para todos era cortar de raíz lo que había entre él y Ágata. Si ella fuera una de esas mujeres a las que les bastaba con la relación física y un par de cenas al mes, tal vez podrían seguir así durante los casi cinco meses más que ella iba a estar en Londres, pero él sabía que Ágata no era de esas. El día en que se enamorase lo haría por completo, y a ese hombre le entregaría su cuerpo, su vida y su corazón, pero Gabriel no estaba preparado para hacer lo mismo. Sin embargo, al imaginarse a Ágata con otro hombre, un impulso asesino lo invadió de golpe. Por suerte, en ese momento llegó a la puerta de entrada de la revista y no tuvo tiempo de analizarlo.

Entró en la sala de reuniones y vio que Sam estaba leyendo *The Scope*.

Sam Abbot era un hombre de unos sesenta años, excéntrico, brillante y quizá lo más parecido que tenía Gabriel a un ángel de la guarda. Se habían conocido cuando este trabajaba como becario en un periódico local y

Sam fue allí para estrangular al que se había atrevido a escribir un artículo satírico comparando el Parlamento británico con la caza del zorro. Pero cuando Sam conoció a su víctima, decidió que era mejor utilizar a «aquel muchacho descarado» para otros fines, y le ofreció un trabajo como periodista en uno de los periódicos de mayor tirada de Londres. Desde entonces, cada vez que Gab se metía en un lío por no saber cerrar el pico o por no entender el sentido del humor británico, Sam lo ayudaba, y cada vez que Sam quería obtener la mejor noticia, el mejor enfoque o disfrutar de una partida de *snooker,* llamaba a Gab.

—¿Piensas entrar o vas a quedarte ahí pasmado? —preguntó Sam frunciendo el ceño.

—Lo siento. —Gabriel tuvo que hacer un esfuerzo para no sonrojarse. Tenía que hablar con Ágata esa misma noche—. ¿Es esa la revista?

—La misma. —Sam se frotó la cara con las manos—. Están los dos artículos que íbamos a publicar esta semana. Míralo tú mismo. —Le ofreció la revista.

Gabriel le echó un vistazo y, pasados unos minutos, la tiró encima de la mesa.

—Tienes razón. ¿Qué vamos a hacer?

—Varias cosas. Primero, vamos a averiguar quién demonios nos ha robado esos textos, y segundo, tenemos que encontrar el modo de publicar el ejemplar de esta semana sin ellos. ¿Tienes alguna idea?

—Sobre quién ha robado los artículos, no, pero creo que sé cómo podemos publicar el ejemplar del miércoles sin problema. Hay un par de piezas que descarté en números anteriores y que podríamos utilizar en este.

—Perfecto.

—¿Y sobre el robo? —Gabriel aún no se podía creer que alguien les hubiera robado los artículos.

—Tenemos que pensar algo. Tenemos que averiguar qué ha pasado antes de que se repita. Tengo la sensación de que esto no va a ser un caso aislado.

—¿Por qué lo dices?

—Porque me duele la pierna.

Gabriel lo miró estupefacto.

—No me mires así. Desde que me rompí la pierna, cada vez que tengo un mal presentimiento me duele. Y nunca falla.

Gabriel sonrió aliviado. Tal vez la pierna de Sam fallara esa vez.

Sam y Gabriel se pasaron casi todo el día repasando los nuevos artículos y decidieron que, de momento, ellos dos serían los únicos que tendrían copias de los archivos.

—Deberíamos irnos —dijo Sam mirando el reloj—. Sylvia y las niñas querían ir a cenar a un restaurante y mañana tenemos un compromiso fuera de la ciudad, así que...

—Tranquilo. Yo también debería irme ya. —Gabriel se quitó las gafas y se dispuso a apagar el ordenador.

—¿Cómo van las cosas con esa chica, con la hermana de Guillermo?

—Ágata.

—¿Quién?

—Ágata. La hermana de Guillermo se llama Ágata.

—¡Ah! Bueno, pues, ¿cómo van las cosas con Ágata? —Sam empezaba a sonreír de un modo extraño. Nunca había visto a Gabriel ponerse tan nervioso por una simple pregunta.

—Bien. —Se puso la chaqueta, e iba a despedirse cuando Sam insistió.

—¿Solo bien?

—Sí, bien. Normal.

Sam conocía demasiado bien a Gabriel como para saber que no le estaba diciendo la verdad y que, además, no tenía intención de hacerlo. Así que optó por no insistir; ya encontraría el momento adecuado para volver a intentarlo.

—Me alegro. —Apagó la luz de la sala y los dos se encaminaron hacia el ascensor.

Bajaron en silencio, pensativos.

—Nos vemos el lunes. —Sam se despidió con una sonrisa. Algo preocupaba a Gabriel, y estaba dispuesto a apostarse su mejor taco de billar a que era esa chica con la que tenía una relación «normal».

Gabriel decidió regresar a su apartamento caminando. Así tenía más tiempo para pensar en lo que iba a decirle a Ágata cuando la viera. No debería haberse acostado con ella. Él siempre había tenido claro que no quería tener una relación con nadie, que con su trabajo y sus amigos ya tenía más que suficiente. Acostarse con Ágata había sido un error, un error. Ella era dulce, lista, divertida..., perfecta. Pero no para él. Sí, tenían que olvidar lo que había pasado y ser solo amigos. Ojalá ella pensara lo mismo.

Ágata vio la cara de Gabriel al entrar en el apartamento y supo que algo iba mal.

—Hola. ¿Habéis averiguado algo sobre el robo?

—No, nada. —Colgó la chaqueta y se sentó en el sofá como si no pudiera dar ni un paso más. Se lo veía muy cansado—. Ágata, tenemos que hablar.

—Esa frase nunca me ha gustado.

—¿Cuál?

—«Tenemos que hablar.» Cuando la dicen mis padres significa que he hecho algo muy malo; cuando la dice Guillermo, que me he metido en un lío, y cuando la dice una de las niñas, mis hermanas, que quieren pedirme dinero o ropa prestada. Y si lo dicen los gemelos, significa que ellos se han metido en un lío y quieren que yo los ayude a salir de él.

—Bueno, yo no quiero que me prestes dinero ni ninguna de tus faldas.

—Ya, pero seguro que estoy metida en un lío.

Ambos sonrieron, pero a Gabriel la sonrisa no le llegó a los ojos.

—¿Qué pasa? —preguntó Ágata.

—Tenemos que hablar de lo de anoche.

—Esto va de mal en peor —murmuró ella sin que él la oyese.

—¿Por qué no te sientas? —Gabriel dio unas palmadas en el sofá y, cuando ella se sentó, continuó—: Lo de anoche no debería haber sucedido nunca.

—¿Ah, no? —Ágata no podía creer lo que estaba escuchando, pero cuando iba a contestarle, vio que él se disponía a continuar y optó por dejarlo acabar antes de decir nada.

—Lo de anoche, aunque fue fantástico, no debería haber sucedido nunca. Los dos habíamos bebido demasiado y perdimos la cabeza. Pero tú estás en mi casa, y yo debería haber sido capaz de controlar mis impulsos y no abusar así de tu confianza.

Ágata tuvo que morderse la lengua para no interrumpirlo; ya volvía a sonar como un personaje de una novela de Jane Austen. Para ella, la noche había sido fantástica, y la única queja que tenía era que él lo lamentara.

—De hecho, intenté detenerme, pero bueno, tú... Bueno, ahora eso ya no tiene importancia. Tú eres la hermana de mi mejor amigo y yo no quiero perder su amistad, ni la tuya, por nada del mundo. Creo que lo mejor que podríamos hacer es olvidarlo y pasar página, ¿no crees?

Cómo Ágata no contestó, Gabriel continuó:

—Yo valoro mucho nuestra amistad —repitió.

—Y yo. —Ágata decidió interrumpirlo. Si de la boca de Gabriel salía la palabra «amigos» una vez más, iba a matarlo—. No te preocupes, ya está olvidado.

—¿En serio? —Gabriel parecía tan aliviado que a ella le entraron ganas de abofetearlo—. Me quitas un gran peso de encima; creí que te enfadarías.

—¿Enfadarme? ¿Por qué? —Levantó las cejas para dar más credibilidad a su actuación—. ¿Por no declararme tu amor eterno tras una noche juntos? Una noche de la que apenas recuerdo nada, por cierto.

Ante ese cínico comentario, Gabriel retrocedió un poco. Una cosa era que ella estuviera de acuerdo con él en lo de ser solo amigos, y otra muy distinta que no fuera capaz de acordarse de lo fantástico que había sido todo entre ellos. Porque lo había sido, ¿no?

—Ya, bueno. Me alegro de que hayamos aclarado las cosas. —Gabriel tenía miedo de mirarla a los ojos, pero sabía que tenía que hacerlo. Solo así lograría asegurarse de que ella no estaba fingiendo esa indiferencia—. Ágata.

—¿Sí?

—Creo que lo que pasó anoche fue porque en estas últimas semanas hemos pasado demasiado tiempo juntos. Ya sabes, aquí, en el trabajo, los fines de semana. Los dos bebimos y, bueno, tú estabas aquí, y yo...

Ágata estaba tan estupefacta que no podía pronunciar ni una sola palabra. Esa mañana no esperaba que él le propusiera matrimonio, ni que le declarara su amor incondicional, pero tampoco contaba con que dijera que todo había sido un error y que lo mejor era olvidarlo. Según él, solo se habían acostado porque estaban medio borrachos y porque en los últimos días se habían visto demasiado. ¡Menuda estupidez! Cuando Gabriel dijo «Tenemos que hablar», Ágata ya supuso que le soltaría el rollo «Seamos solo amigos», y acertó. Pero utilizar el alcohol y la proximidad física para justificar haberse acostado con ella, era el colmo.

Después de lo de la noche anterior, Ágata creía que su relación iría hacia delante, que los dos seguirían hablando cada noche hasta las tantas, que seguirían compartiendo cenas, cines, paseos..., pero que ahora todo eso iría acompañado de besos, caricias y sentimientos. Se había imaginado que, durante el tiempo que estuviera trabajando en Londres, se enamorarían y que luego ya encontrarían la manera de continuar con su relación. Si pasados esos meses su relación se rompía, o si ambos decidían no seguir con ella, lo superaría. Le dolería, pero lo superaría. Sin embargo, ver que él ni siquiera estaba dispuesto a intentarlo, que prefería pasar página y no arriesgarse, le dolía mucho más de lo que había imaginado. Tenía ganas de gritarle, de insultarlo, de decirle que era un cobarde. Pero no hizo nada. Si él no estaba dispuesto a darle una oportunidad, su relación estaba condenada desde el principio, y ella no sabía cómo decirle que se equivocaba.

—¿Estás de acuerdo? —preguntó Gabriel al finalizar su discurso.

—Sí. —Ágata apenas lo había escuchado.

—¿Sí?

—Claro. Seguro que tienes razón. Al fin y al cabo, así nos ahorramos problemas. Quién sabe, a lo mejor terminarías enamorándote de mí, y eso sería catastrófico.

Gabriel levantó las cejas e iba a decir algo, pero Ágata lo interrumpió:

—Tranquilo, estaba siendo sarcástica. Ya sé que eso es imposible. Tan imposible como que yo me enamore de ti. ¡Vaya tontería! Mira, no te preocupes, ya está olvidado. A partir de ahora, haremos tal como tú has dicho: tú seguirás con tu vida y yo con la mía. Es eso lo que quieres, ¿no?

—Sí —respondió Gabriel muy inseguro.

—De acuerdo. —Ágata se frotó los ojos. No estaba dispuesta a derramar ni una sola lágrima delante de él—. Me voy a dormir. Buenas noches.

—Buenas noches.

Ágata cerró el libro que estaba leyendo antes de que él llegara y se dirigió hacia su habitación. Estaba ya a punto de entrar cuando oyó que Gabriel la llamaba.

—¿Ágata?

—¿Sí?

—Mañana estaré fuera todo el día, he quedado con Sam. —Eso era mentira. Sam tenía un compromiso con su familia, y Gabriel más bien se pasaría todo el día en el gimnasio, o en casa de Jack. Vio la cara de Ágata y apretó los puños con fuerza para controlar las ganas que tenía de levantarse, correr hacia ella y abrazarla. Había conseguido decir todo lo que quería, y seguía creyendo que era lo mejor, pero al verla, lo único que deseaba hacer era besarla hasta que los dos perdieran el sentido. Así que decidió que debía distanciarse un poco, a ver si así conseguía recuperar su autocontrol.

—No hay problema. Yo también tengo planes.

—¿Qué planes? —no pudo evitar preguntar Gabriel.

—Nada en especial. He quedado con Anthony para ir a pasear por Hyde Park y luego iremos a almorzar —respondió Ágata mientras rezaba para que Anthony estuviera libre y pudiera convertir esa mentira en verdad.

—Ah, bueno. —Gabriel tuvo que hacer un esfuerzo para no gritarle y decirle que no quería que fuera a pasear a Hyde Park con Anthony, que ese paseo le pertenecía a él y que ella no tenía derecho a sustituir el recuerdo de ese día que ellos dos habían compartido en ese parque por uno nuevo con otro hombre. Pero no dijo nada de eso—. Espero que lo paséis bien. Dile a Anthony que lo veré el miércoles.

—Claro. —Ágata lo miró a los ojos una vez más y luego se volvió hacia la puerta de su habitación—. Buenas noches.

Y cerró sin esperar a que él respondiera.

8

Por suerte, gracias a Jack y a sus otros compañeros, a Ágata las horas en el trabajo se le pasaban muy rápido, y apenas veía a Gabriel. Por otra parte, cuando lo veía, él estaba tan distante y arisco que incluso era preferible no verlo. Lo echaba mucho de menos; echaba de menos sus conversaciones, sus sonrisas...

Ya hacía más de una semana de la noche fatídica, del «error», y Ágata llegó a la conclusión de que no podían seguir así. Era absurdo. Parecían dos novios de instituto. Era una situación ridícula y muy incómoda. Incluso sus amigos se habían dado cuenta, y a ella empezaban a agotársele las excusas para justificar que ella y Gabriel ya no salieran tanto juntos. Después de varias noches sin dormir y de un montón de llamadas a su madre, decidió que lo mejor sería que se buscase un piso donde pasar el tiempo que le quedaba en Londres. Al menos así podría estar tranquila y, si tenía suerte, tal vez lograra olvidarse de Gabriel.

Con esa idea en mente, empezó una nueva semana. El lunes, justo antes de que dieran las cinco, Jack apareció por encima de su cubículo.

—Ya es hora de salir. Vamos, apaga el ordenador. No te olvides de que soy tu jefe y tienes que hacerme caso —añadió sonriendo—. ¿Esperas a que venga Gab o quieres que te acompañe yo?

—La verdad es que he quedado con Anthony.

—¿Ah, sí?

—Sí, me ha llamado antes para invitarme al cine y hemos quedado allí dentro de media hora—. Mientras hablaba con él, Ágata apagó su ordenador y recogió el bolso del suelo.

—¿Qué película vais a ver?

—No sé, ya sabes cómo es Anthony. No ha querido decírmelo porque es una sorpresa. En fin, mañana te cuento. Gracias por ofrecerte a acompañarme, Jack, pero como ves, no hace falta.

—De nada. ¿Sabe Gabriel que vas a llegar tarde a casa? —le preguntó Jack levantando una ceja.

—No, no lo sabe. Pero no te preocupes, no creo que le importe.

Jack y Ágata estaban de pie ante el ascensor cuando las puertas se abrieron, y dentro vieron a Gabriel. Llevaba las gafas, señal de que estaba muy cansado, e iba cargado de papeles.

—Jack, suerte que te encuentro. ¿Podrías decirme por qué las fotografías del reportaje de China no son las que tú y yo decidimos y por qué la portada de este mes es tan horrible? Creía que todo había quedado claro.

—Gabriel, estaré encantado de hablar contigo. La verdad es que llevo todo el día persiguiéndote para hacerlo. ¿Te acuerdas de que esta mañana habíamos quedado?

—Ah, lo siento, he tenido un día horrible. ¿Podemos hablar ahora?

—Claro, tú eres el jefe —respondió Jack mirando a Ágata, que aún esperaba para entrar en el ascensor.

—¡Ágata! —exclamó Gabriel sonrojado—. No te había visto.

—Tranquilo, no pasa nada. ¿Ves cómo tenía razón? —añadió ella mirando a Jack—. En fin, me voy. Hasta mañana.

Entró en el ascensor y pulsó el botón para que las puertas se cerrasen. No tenía ganas de estar junto a aquel frío energúmeno ni un minuto más del necesario.

—Jack, ¿sobre qué tenía razón Ágata?

—Sobre ti. Dice que últimamente no te importa demasiado nada de lo que hace. Pasa, sentémonos y a ver si de una vez nos aclaramos con lo de este reportaje.

—No sé, a lo mejor podríamos dejarlo para mañana, así me voy a casa con Ágata.

—¡Ah! Ágata no va a tu casa; ha quedado con Anthony para ir al cine.

—En ese mismo instante, Jack vio cómo la cara de Gabriel pasaba de la sorpresa al enfado en un tiempo récord.

—¿Al cine? ¿Con Anthony? ¿Solos? —Al ver que Jack no contestaba, añadió fingiendo indiferencia—: Bueno, pues espero que les guste la película. ¿Miramos las fotografías de China de una vez o esperamos a que ellas solas decidan cuáles van en el reportaje? —Gabriel empezó a mover las carpetas y a refunfuñar.

—Yo ya estoy listo. Pásame las carpetas antes de que las rompas. —Jack intentó no reírse, y empezó a escoger las fotografías.

Cuando Ágata llegó al cine, Anthony la estaba esperando en la puerta con las entradas en la mano. Como ya era habitual en él, la saludó con dos besos y entraron corriendo a la sala, pues la sesión estaba a punto de empezar. Unas dos horas más tarde, cuando las luces se encendieron, Ágata estaba mucho más contenta y relajada, aunque la película había sido horrible. Anthony había escogido una comedia malísima, pero él no había parado de hacer comentarios en voz baja para que ella se riera. Pocos minutos después de aparecer los primeros créditos en la pantalla, Anthony se había sacado del bolsillo de su chaqueta una bolsa llena de regaliz, el favorito de Ágata. Salieron del cine aún riéndose y él la invitó a comer una *pizza* en un pequeño restaurante que había cerca, uno de esos sitios donde las venden en porciones.

—No puedo creer que me hayas invitado a ver esa película tan mala. ¿Se puede saber en qué estabas pensando al comprar las entradas? —le preguntó Ágata sonriendo.

—Está bien, voy a confesarte la verdad. —Se limpió las manos con la servilleta—. Cuando has aceptado salir conmigo me he quedado tan sorprendido, que he tenido que improvisar. —Al ver que ella se sonrojaba, añadió—: Vamos, no disimules. ¿Gabriel y tú os habéis peleado?

—¿Por qué lo preguntas? —Ágata no quería que ninguno de sus amigos supiera lo que había pasado entre ellos. Acabara como acabase su relación con Gabriel, ellos eran amigos de él desde hacía muchos años, y ella no quería dañar esa amistad.

—Vamos, desde que llegaste te habré pedido unas cien veces que salieras conmigo, y hasta hoy nunca habías aceptado.

—Eso no es verdad —replicó ella—. Nos vemos casi cada fin de semana.

—Ya, pero con los demás. —Al ver que ella iba a interrumpirlo de nuevo, levantó la mano para detenerla—. La única vez que hemos quedado solos, aparte de hoy, fue ese domingo por la mañana que me llamaste para pasear por Hyde Park, y creo que en todas las horas que estuvimos allí dijiste tres palabras. Las conté, fueron «hola», «Anthony» y «adiós».

—Lo siento —dijo Ágata avergonzada—. Esa mañana no me encontraba muy bien.

—Tranquila. Me gustó pasear contigo.

Ágata levantó una ceja, incrédula.

—De acuerdo, no me gustó —reconoció Anthony sonriendo—, pero me alegra ver que hoy ha sido distinto. Lo he pasado muy bien. —Le tocó la mano que tenía apoyada encima de la mesa—. Ágata, no es ningún secreto que creo que eres muy atractiva, ni que en otras circunstancias me gustaría que fuéramos algo más que amigos.

—¿Qué circunstancias? —preguntó ella.

—Si Gabriel y tú no os estuvierais empezando a enamorar el uno del otro —contestó él sin inmutarse—. No intentes negarlo. Todo el mundo cree que nunca me entero de nada porque siempre estoy bromeando, pero la verdad es que siempre he sido el primero en saber cuándo uno de mis amigos está pasando por un mal trago o si, como en este caso, está enamorado. A Gabriel se le nota a la legua.

—Pues lo notarás tú, porque yo...

—Ágata, tendrías que ver la cara que pone cada vez que te digo un piropo. En ocasiones he llegado a temer por mi integridad física. Y cuando te doy dos besos, su expresión es realmente cómica.

Ágata no sabía qué decir, pero como era obvio que no podía mentirle a Anthony, optó por ser sincera. Ella no tenía a nadie con quien hablar sobre esas cosas allí en Londres y con Anthony siempre había notado que había una química especial, como la que tenía con sus hermanos.

—¿De verdad?

—De verdad. —Anthony siguió agarrándole la mano—. Mira, me gusta mucho estar contigo, creo que lo pasamos muy bien juntos. ¿Tú no?

—Sí, yo también lo paso muy bien contigo.

—Gracias. Para mí es toda una novedad quedar con una chica solo para charlar y reírme un rato, así que quiero que sepas que me encantaría que nos siguiéramos viendo.

—A mí también. Además, así puedo hablar con alguien sobre Gabriel.

—Ahora que Ágata no tenía que disimular, estaba aún más contenta.

—Claro, será un placer torturar un poco al bueno de Gab. —Anthony sonrió—. Siempre he pensado que debería aprender a relajarse, y me encanta verlo sufrir por una chica. Aunque espero que ese sufrimiento no sea en vano, Gabriel se merece ser feliz.

—Ya lo sé. —Ágata dio un último sorbo a su bebida—. Bueno, ahora que ya conoces mi más oscuro secreto, ¿por qué no me cuentas algo sobre tu última conquista? Tal vez podríamos intercambiar consejos; tú me enseñas a volver loco a Gabriel y yo te desvelo los misterios de la mente femenina.

Anthony se rio y, tras pagar la cuenta, acompañó a Ágata a su casa. De camino, ella le contó que tenía intención de buscar un piso, y él se ofreció a ayudarla; le dijo que le parecía muy buena idea y que tal vez así Gabriel reaccionaría. Cuando llegaron al portal, se despidieron con un abrazo, y Anthony, como de costumbre, le dio su par de besos. Ágata sonrió y entró. Estaba contenta. Después de casi dos semanas pésimas, ese día todo había empezado a cambiar; tenía un amigo con quien poder reír y hablar sobre Gabriel, y buscar piso ya no le parecía tan horrible. Mañana mismo empezaría a hojear los anuncios de los periódicos.

Gabriel salió de la revista a las ocho, unas tres horas después de que Ágata se hubiese ido. Esperaba que le hubiera gustado la película. ¡Y una mierda! Si era sincero, esperaba que la película hubiese sido horrible, que Anthony la hubiera dejado tirada y que... Nada, lo que de verdad quería era haber sido él quien fuera al cine con ella. Con ese pensamiento, dobló la esquina que había justo antes de llegar a su casa y se quedó helado. Delante del portal estaban Ágata y Anthony abrazados. Gabriel cerró los ojos y se dio media vuelta: si se daban un beso no quería verlo, no se veía capaz de soportarlo. Sin pensar lo que hacía, empezó a andar en sentido contrario. Caminó sin rumbo durante más de una hora y, por más que lo intentaba, no podía quitarse de la mente la imagen de Ágata y Anthony abrazándose. ¿La habría besado? Él lo habría hecho, pero si Anthony se había atrevido a tocarle un solo pelo de la cabeza, iba a tener problemas.

Pero ¿qué estaba diciendo? Él no tenía ningún derecho a pensar esas cosas, al fin y al cabo, eso era exactamente lo que pretendía, ¿o no? Sí, sí lo era. Él no quería tener una relación con Ágata, solo quería que fueran amigos. Claro que una parte muy egoísta de él deseaba que ella no saliera con nadie durante los meses que le quedaban en Londres. Gabriel se dio cuenta entonces de que la echaba de menos, echaba de menos las charlas, los paseos. En las últimas casi dos semanas, él la había estado evitando y, al hacerlo, había eliminado la mejor parte del día. Desde aquella noche, él y Ágata apenas se habían visto; él se había concentrado en su trabajo y ella había empezado a salir a solas con sus amigos. Gabriel sabía que a menudo quedaba con Amanda y con otras compañeras del trabajo, y eso nunca le había preocupado, pero quedar con Anthony ya era otra cosa. No es que estuviera celoso, para nada, pero él conocía muy bien a su amigo, sabía que era un seductor y no quería que le hiciera daño a Ágata. Eso era lo único que le preocupaba. Gabriel se detuvo en seco en medio de la calle como si hubiera descubierto algo importante. Ya estaba. Por fin sabía lo que tenía que hacer; tenía que recuperar su amistad con Ágata, quería que volviera a sonreírle y quería volver a charlar con ella hasta las tantas. Aprovecharía una de esas charlas para advertirle sobre Anthony, y seguro que entonces todo volvería a la normalidad. Lo único que tenía que hacer era asegurarse de no tocarla de nuevo. Ya sabía lo que pasaría si lo hacía, y no quería arriesgarse a eso. Era valiente, pero no tanto, y con este último pensamiento tomó el camino de regreso a su piso.

Ágata se puso el pijama y decidió que leería un rato. No tenía sueño y a lo mejor así podía esperar a que Gabriel llegara y empezar a poner en práctica los consejos que Anthony le había dado. Según él, Gabriel se pasaba la mano por el pelo siempre que ella se mordía el labio, y eso era señal de que se ponía muy nervioso. Ágata se estaba preparando un té cuando sonó el teléfono. No tuvo tiempo de dejar la tetera encima de la mesa que el contestador ya respondió a la llamada.

—Gab, *babe*, ¿estás ahí? —Era Monique. Ágata se quedó helada. Según Gabriel, hacía más de tres meses que no la veía—. Supongo que no. —Soltó una risa tonta—. Te llamaba para decirte que he encontrado esa bufanda tuya que tanto te gusta detrás de mi sofá. —Hizo una pausa dramática y continuó—: Si quieres recuperarla, ya sabes dónde estoy. *Ciao*.

Ágata estaba tan furiosa que temió romper el asa de la taza que aún sujetaba entre los dedos. Intentó serenarse. Si analizaba con calma el mensaje de Monique, podía darse cuenta de que nada implicaba que Gabriel hubiera estado con ella. Esa bufanda, si en realidad existía, podía haber estado allí desde mucho antes de que ella llegara a Londres. Pero Ágata estaba tan enfadada que no era capaz de pensar. Dejó la taza y se sentó en una de las sillas que había en la cocina. Ahora lo veía todo claro: Gabriel no quería tener nada con ella. A él solo le interesaban las mujeres como Monique; mujeres que utilizaban una excusa tan cutre como una bufanda perdida para llamar su atención. Y pensar que había echado de menos sus conversaciones... Era obvio que para él eso no significaba nada. El muy cretino le había mentido, ¡Dios!, y ella que se había creído todo ese rollo sobre lo de encontrar a alguien especial. Ágata se dio cuenta de que ya no podía seguir en ese piso; una cosa era que él no quisiera ser su pareja y otra muy distinta, y mucho más dolorosa, era que él le hubiese mentido, que se hubiera burlado de ella. Por extraño que pareciera, Ágata no derramó ni una sola lágrima, y sin pensar en lo tarde que era, descolgó el teléfono y llamó a Anthony.

—¿Sí? —respondió este con voz soñolienta.

—¿Decías en serio lo de ayudarme a buscar piso? —preguntó ella sin disculparse siquiera.

—¿Ágata? —Anthony se despertó de golpe y encendió la luz de su habitación para asegurarse de que no estaba soñando—. ¿Estás bien? ¿Ha pasado algo?

—Claro que estoy bien. —Respiró hondo—. Y no, no ha pasado nada.

—Ya. —Anthony era perfectamente capaz de distinguir el dolor que se escondía en las palabras de Ágata—. Vamos, cuéntamelo.

—Ha llamado Monique.

—¿Monique? —Eso era mucho peor de lo que imaginaba—. ¿Y qué quería? Hace mucho que no se ven.

—Seguro. —Ágata estaba convencida de que Anthony intentaba encubrir a su amigo para cumplir con la solidaridad masculina y todas esas chorradas.

—Te lo juro. —Movió la almohada para estar más cómodo—. Y bien, ¿qué quería?

—Devolverle una bufanda.

—Ágata, piénsalo bien, casi estamos en junio. Nadie lleva bufanda en esta época; ni siquiera el estirado de Gab.

Ágata tuvo que reconocer que en eso tenía razón.

—Da igual. Esa llamada ha sido solo un aviso —replicó Ágata enigmática.

—¿Un aviso de qué? —Nunca lograría entender a las mujeres.

—De que si me quedo aquí acabaré pasándolo muy mal.—Respiró hondo de nuevo—. ¿Vas a ayudarme? —Claro que sí. Te ayudaré, y no solo con lo del piso. —Anthony siempre había pensado que Gabriel era un hombre muy inteligente, pero empezaba a tener serias dudas al respecto.

—Gracias. —Ágata comenzó a recuperar la calma, pero al ver la hora que era se sobresaltó —. ¡Dios mío, Anthony, es tardísimo!

—Ya lo sé. —Bostezó—. Deberías acostarte.

—Siento haberte despertado —se disculpó Ágata.

—No pasa nada. Para eso están los amigos. Buenas noches. —Anthony colgó antes de que ella pudiera desearle lo mismo.

Ágata se quedó en la cocina unos minutos más. Lavó la tetera y la taza que había ensuciado para nada y, cuando estaba a punto de apagar la luz, oyó cómo se abría la puerta del piso.

—¿Ágata? —Gabriel entró en la cocina—. ¿Aún estás despierta?

—Sí —respondió ella escueta—. Me he preparado un té, pero me temo que no puedo ofrecerte. Acabo de tirarlo todo.

—No te preocupes. —¿Eran imaginaciones suyas o Ágata estaba más seria que de costumbre?—. Lo único que tengo ganas de hacer es acostarme.

Ágata estuvo tentada de preguntarle si solo o con Monique, pero se mordió la lengua.

—Me voy a mi cuarto —dijo ella antes de darle la espalda y echar a andar—. Buenas noches.

Gabriel le colocó una mano en el hombro y la detuvo.

—No creo que puedas dormir si acabas de beberte una taza de té —comentó con una tímida sonrisa en los labios—. ¿Por qué no te quedas aquí conmigo a charlar un rato? Me gustaría hablar contigo sobre Anthony.

—El té lo he tirado —respondió ella apartando la mano de él—, así que no creo que tenga problemas para dormir. Y sobre Anthony no tienes nada que decir. No es asunto tuyo. —Lo miró a los ojos e, imitando su sonrisa, añadió—: Y si quieres «charlar» con alguien llama a Monique. Ella estará encantada de hablar contigo. —Al ver que Gabriel la miraba atónito, continuó—: Ha llamado hace un rato, *babe*.

Cuando Gabriel reaccionó, Ágata ya se había encerrado en su habitación. Fue hacia el contestador y escuchó el mensaje de Monique. El calificativo que utilizó sonaba fatal.

Arreglar eso iba a ser más difícil de lo que creía.

9

Al día siguiente, fiel a su promesa, Anthony la acompañó a visitar un par de pisos. Él era arquitecto, así que, además de darle ánimos, también le dio buenos consejos sobre los defectos y virtudes de cada apartamento que visitaron. Ágata no le había dicho a Gabriel que estaba buscando otro lugar donde vivir. No creía que le importara pero, además, no quería pelearse con él, y estaba segura de que cuando se lo contara se pelearían. No porque él quisiera que ella siguiera en su casa, sino porque Gabriel le había prometido a Guillermo que cuidaría de ella y, por muchos defectos que Gabriel tuviera, era incapaz de romper una promesa hecha a su mejor amigo.

Había sido un día de lo más raro. No podía decirse que Gabriel y ella hubieran hecho las paces, nada más lejos de la realidad, pero él había empezado a comportarse de un modo extraño. Como, por ejemplo, mandándole *e-mails* en el trabajo para decirle cualquier tontería. Después de la extraña conversación que la noche anterior habían tenido delante de la puerta de la cocina, a eso de las once de la mañana, Ágata recibió un *e-mail* que decía:

> ¿Te gustó la película? Si es buena, ¿te molestaría mucho acompañarme esta noche al cine?
> Por cierto, hace meses que no llevo bufanda. Creo que no volveré a usar jamás.
>
> Gabriel

Ágata tuvo que leerlo un par de veces para asegurarse de que no tenía visiones. No contestó hasta las tres de la tarde.

La película es malísima.
Yo no descartaría volver a usar bufanda.

Ágata

Las carcajadas de Gabriel al leer la respuesta de Ágata hicieron que Sam, que estaba en otro despacho, fuese corriendo para ver qué pasaba.

Esa noche, Ágata llegó tarde a casa. Después de visitar pisos con Anthony y descartarlos porque eran demasiado caros y viejos, estaba tan cansada que ni siquiera cenó. Gabriel aún no había llegado; tal vez al final hubiera decidido ir al cine solo, o con Monique. Solo de pensarlo se le ponían los pelos de punta. Pero justo en ese instante se abrió la puerta y llegó él.

—Hola —dijo mirándola de arriba abajo—. ¿Hace mucho que has llegado?

—No, ¿por qué?

—Por nada. Pareces cansada.

—Lo estoy. —Después de los *e-mails* de esa mañana, Ágata no sabía qué decir—. Voy a acostarme.

—¿No vas a preguntarme si he ido al cine?

—No. —Aunque le costara horrores no pensaba preguntárselo.

—Pues no he ido. —Ella se dio la vuelta y Gabriel continuó—: Sin ti no hubiera tenido gracia. Me he quedado trabajando hasta ahora. —Al ver que ella no iba a decir nada, se rindió—: Buenas noches, Ágata.

—Buenas noches.

El miércoles, antes de las diez de la mañana, Ágata recibió otro *e-mail*:

Según mi horóscopo, hoy es un día excelente para entrar en contacto con la naturaleza. ¿Quieres ir a Hyde Park?

Gabriel

Ágata le respondió a las doce:

No deberías creer en esas cosas. Nunca aciertan.

Ágata

Gabriel sonrió.

Esa tarde, Ágata fue a visitar un par de pisos más y, cuando le contó a Anthony lo de los *e-mails*, casi le dio un ataque de risa. Cuando consiguió calmarse, lo único que dijo fue:

—¿Lo ves, Ágata? Yo tenía razón.

—¿Sobre qué?

—Sobre lo de Gabriel. Sabía que estaba loco por ti.

Ella decidió ignorar ese comentario, pero tenía que reconocer que cada vez tenía menos ganas de encontrar el piso perfecto.

El jueves, a eso de las tres, Ágata aún no había recibido ningún *e-mail* y supuso que Gabriel ya se había cansado, pero a las tres y media vio que se había equivocado:

¡Oh, bella doncella! Estoy preso en una celda con el malvado tirano Sam y la bruja Amanda. ¿Seríais tan gentil de venir a rescatarme? Os prometo que luego os llevaré a la mejor posada del feudo.

Sir Gabriel (caballero de la Mesa Redonda)

Ágata tuvo que morderse los labios para no reír. Se había olvidado de que Gabriel y Sam tenían una reunión muy importante, y seguro que no había tenido ni un momento libre. Contestó en menos de dos minutos:

¡Oh, sir Gabriel! Me temo que deberéis liberaros solo. Me atrevería a sugerir que utilicéis vuestra espada, pero una doncella como yo no sabe de esas cosas.

Lady Ágata

Gabriel se sonrojó al leerlo, y cuando Sam le preguntó qué pasaba, lo único que se le ocurrió decir fue que tenía calor. ¡Y vaya si lo tenía! Ágata seguía sin querer hacer nada con él, pero al menos esa vez había tardado menos de dos horas en contestar, lo cual ya era una victoria. Esa noche, él volvió a llegar tarde y, muy a su pesar, vio que Ágata ya se había acostado. Al día siguiente volvería a intentarlo.

El viernes a las nueve de la mañana, Ágata abrió ansiosa su correo electrónico y vio que aún no había recibido ningún *e-mail* de Gabriel. Tal vez se lo enviaría más tarde. A las once seguía sin haber recibido nada. Ni a las once y media. Se juró a sí misma que no volvería a consultar el correo hasta las doce y media, y se obligó a esperar hasta entonces. A esa hora sí había un *e-mail* de Gabriel:

Echo de menos hablar contigo.

Gabriel

Ágata casi se cayó de la silla. Los otros mensajes habían sido simpáticos, medio en broma. Aquello no se lo esperaba. Antes de que pudiera pensarlo mejor, contestó:

Yo también.

Ágata

Gabriel abrió el mensaje de Ágata y respiró aliviado. Se había pasado toda la noche pensando qué escribir. Nada le parecía lo bastante ingenioso, así que al final optó por decirle simplemente lo que pensaba. Por suerte, Ágata había sido igual de sincera y por fin había bajado un poco la guardia. Como no quería que ella tuviera tiempo para cambiar de opinión, le mandó enseguida otro *e-mail*.

Llegaré tarde a casa.
¿Te importaría esperarme despierta?

Biel

Cuando Ágata vio que él le había mandado otro *e-mail* en apenas cinco minutos de diferencia, le dio un vuelco el corazón. Sonrió no solo por lo que le decía, sino también porque había firmado «Biel». Ella solo lo había llamado así la noche que se acostaron. No estaba segura de qué pretendía Gabriel con ese cambio de actitud, pero decidió arriesgarse.

Te esperaré.

Ágata

Ágata pensó que, si tenía que esperarlo, bien podía hacerlo con estilo, y decidió cocinar algo. A ella siempre le había gustado cocinar, la relajaba, y muchas de las mejores decisiones que había tomado en su vida, las había tomado delante de un horno o unos fogones. Por su parte, Gabriel se pasó toda la reunión mirando el reloj. Cuando por fin terminó, se despidió de todos los directivos sin perder un minuto y salió a toda prisa del edificio. Estaba impaciente por llegar a casa y hablar con Ágata. Lo tenía todo pensado: primero se disculparía otra vez por lo de esa noche, luego se disculparía por su comportamiento de las últimas dos semanas y más tarde le advertiría sobre Anthony. Seguro que después todo volvería a la normalidad: ellos dos serían amigos de nuevo y, dentro de más o menos cuatro meses, ella regresaría a Barcelona y él seguiría allí, con su corazón intacto y su vida tal como a él le gustaba.

—¿Hola? —saludó Gabriel al abrir la puerta.

—Hola. ¿Qué haces ahí quieto en la entrada? ¿Te pasa algo? —Ágata había salido de la cocina. Llevaba un pantalón de algodón gris con una sudadera rosa que le dejaba un hombro al descubierto, y blandía una cuchara en la mano.

—No. No me pasa nada. ¿Ese olor viene de mi cocina?

—Sí. Hacía tiempo que me apetecía comer lubina al horno y hoy me he decidido a prepararla. Espero que te guste.

—Sí, claro. Me sorprende que el horno funcione, creo que eres la primera persona que lo utiliza. Huele muy bien.

—Gracias. La verdad es que me ha costado un poquito encenderlo, pero ahora lo único que me falta es poner la mesa. ¿Quieres cenar conmigo o ya has cenado? —Ágata volvió a la cocina para comprobar que el pescado estuviera en su punto.

—No. Quiero decir, sí. —Gabriel titubeaba, no tenía ni idea de cómo reaccionar. El discurso que había preparado se le olvidó por completo y en lo único que era capaz de pensar era en dos cosas: la primera, Ágata iba vestida con una camiseta que daba ganas de empezar a besarle el hombro, el cuello..., y la segunda, tenía que cambiar la dirección de su pensamiento o iba a tener problemas. Ellos dos solo iban a ser amigos.

—No te entiendo. —«Cosa que ya es habitual», pensó Ágata—. ¿Quieres o no quieres cenar?

—Sí, quiero cenar. No, no he cenado antes, y si me das cinco minutos, me cambio de ropa y pongo la mesa. ¿Te parece bien?

—Sí, me parece perfecto, pero que sean dos minutos, el pescado casi está.

En su habitación, Gabriel se cambió de ropa. Se puso un pantalón de algodón que utilizaba a veces para ir a correr, y una camiseta, e intentó borrarse de la cabeza la insinuante imagen del hombro de Ágata. No pudo. Salió de la habitación y puso la mesa.

—¿Puedo hacer algo más? —preguntó luego.

—No, ya está. Siéntate. Pero luego tú te encargas de recoger los platos y limpias la cocina.

—Claro. Si tú cocinas, yo limpio. Como debe ser, ¿no? —dijo él, y le guiñó un ojo.

Ágata sirvió la comida y los dos empezaron a cenar. Gabriel fue el primero en romper aquel cómodo silencio:

—¿Aún sigues enfadada?

—Nunca he estado enfadada. —Al ver que él levantaba una ceja añadió—: Es solo que, en estas últimas dos semanas, no hemos coincidido mucho. —Ágata había decidido seguir los consejos de Anthony y fingir que ella no lo había echado de menos. Según Anthony, nada ponía más nervioso a un hombre que sentirse ignorado.

—Ya. —Como no sabía qué más decir, optó por seguir con el pescado.

—Esto era lo que querías, ¿no? —Ágata bebió un poco de agua y continuó—: Volver a tener tu espacio, recuperar tu vida. Al menos eso me pareció entender, y creo que tenías toda la razón. —No estaba dispuesta a que él creyera que ella no pensaba lo mismo que él.

Gabriel la miró estupefacto. Se había estado comportando como un idiota; la había estado evitando para nada. Entonces se dio cuenta de que había música, y sonrió.

—¿Sinatra?

—Sí, es ideal para cocinar y para bailar. Tiene un ritmo especial, como si te guiara. No sé.

—¿Sabes que eres la única persona que conozco que considera la música de ese modo? En fin, creo que solo hay una manera de comprobar tu teoría de Sinatra y, como no tengo ni idea de cocinar, ¿quieres bailar conmigo?

Gabriel se levantó de su silla y le tendió la mano mientras sonaba *Fly me to the moon*.

—¿Te has vuelto loco? ¿Bailar aquí?

—Sí, claro. Vamos, no seas cobarde. —La miró a los ojos, desafiándola.

—Está bien, pero luego no digas que soy yo la que hace cosas raras.

Se levantó de la silla y aceptó el reto.

Ella estaba de pie frente a Gabriel. Él le sujetó las manos y las llevó a sus hombros. Allí las soltó despacio, depositando cada una en el hueco que hay entre la clavícula y el cuello. Después, sin dejar de mirarla, movió las suyas lentamente por la espalda de ella hasta detenerlas en la cintura, justo encima de las caderas.

—Te he echado mucho de menos. Baila conmigo, Ágata. Por favor. —Gabriel sabía que eso le iba a causar problemas, y que era justo lo que no tenía que hacer, pero no pudo evitarlo.

—Yo también te he echado de menos.

Empezaron a bailar suavemente. Ágata apoyó una mejilla en el pecho de Gabriel y notó cómo le latía el corazón, cómo le temblaba la respiración. Él bajó la cabeza para así poder notar su perfume, el olor de su pelo y, a la vez, besarle el cuello, el hombro que lo había vuelto loco durante la cena, la mejilla. Le acariciaba la espalda, primero por encima de la sudadera, hasta que el tacto del algodón no fue suficiente, y decidió arriesgarse y tocarla de verdad, por debajo, sentir su piel. Al notar la mano de Gabriel por debajo de la camiseta, Ágata se apartó sorprendida, pero no tuvo tiempo de decir nada, pues Gabriel la besó con todas sus fuerzas, como si la vida le fuera en ello. Ella le respondió. Le encantaba cómo la besaba, como si la necesitara para respirar. Un beso siguió a otro, Gabriel seguía acariciándola y besándola, primero en la boca, luego en el cuello. La canción ya se había acabado, pero a ninguno de los dos parecía importarle. Ágata quería tocarlo a él, así que también se atrevió a meter las manos por debajo de la camiseta. Sonrió al notar cómo Gabriel se estremecía. Era increíble. Tenía un torso único y no tenía suficiente con tocarlo; quería verlo, así que se arriesgó y le quitó la camiseta.

—Ágata, ¿no te han dicho nunca que es de mala educación mirar así a alguien? —bromeó él mientras le besaba los nudillos de la mano y empezaba a recorrerle el brazo con los labios.

—¡Ah, sí! No sé. Creo que lo que de verdad sería de mala educación es no mirar. Y, sin duda, no besarte sería aún peor.

Él apartó la cabeza al oír ese comentario y la atrajo hacia él para besarla como hacía horas que deseaba hacer. Seguro que luego se arrepentiría, pero por el momento, estaba en el cielo. Gabriel se apartó entonces un poco, lo suficiente para poder quitarle a ella la camiseta, y entonces fue él quien se quedó sorprendido. La noche en que se acostaron, la habitación estaba muy oscura y apenas había podido apreciarla. Ágata, incómoda, se sonrojó e intentó recuperar su camiseta.

—No, por favor. Deja que te mire. Eres perfecta. —La recorrió lentamente con la mirada y con las manos, acariciando cada centímetro, como si quisiera aprenderse sus formas de memoria—. Princesa, no tienes ni idea de todo lo que tengo ganas de hacerte. Primero voy a tocarte, a acariciarte, después voy a besarte. Por todo el cuerpo. Y luego, cuando ya no podamos aguantarlo más, haremos el amor. Hasta el amanecer.

—Hablas demasiado, Biel.

Ágata lo besó como nunca había besado a nadie. A él le encantaba cómo lo hacía, cómo su cuerpo se adaptaba al suyo, cómo respondía a sus caricias, pero lo que más le gustaba era el calor que sentía cuando lo llamaba «Biel»; era como saber que todo iba a ir bien. Necesitaba estar con ella, tocarla, saber que ella lo deseaba tanto como él. Dejó de besarla, tenía que recuperar un poco el control o todo acabaría demasiado pronto. Sorprendida, Ágata preguntó:

—¿Te pasa algo? —Le acariciaba la nuca y le besaba el cuello.

—No, nada malo. —Él también le besaba el cuello dirigiéndose hacia los pechos.

—¿Y bueno? —Ágata se estremeció al notar cómo le desabrochaba el sujetador.

—¿Bueno?

Gabriel no tenía ni idea de lo que le preguntaba; apenas podía recordar su propio nombre.

—Sí, tonto. ¿Te pasa algo bueno? —Ágata tenía el pulso acelerado y las piernas ya no le respondían.

—¡Ah, sí! Compruébalo tú misma. —Guio la mano de Ágata hasta su entrepierna—. Tócame.

—Claro, siempre que tú hagas lo mismo.

Se atrevió a meter la mano por dentro del pantalón de Gabriel.

—¡Dios, Agui, para! No, no pares. Vamos a mi habitación. Quiero que estés en mi cama ya.

La alzó en brazos, besándola con toda la pasión que sentía.

Y entonces sonó el teléfono. Los dos primeros timbrazos no los oyó ninguno de los dos, pero el tercero logró captar su atención.

—Gabriel, el teléfono. —Ágata intentaba zafarse del abrazo para que él pudiera contestar.

—No voy a contestar, ahora mismo estoy ocupado. —Siguió besándola en el ombligo.

—Hazlo, puede que sea importante. —Aunque la verdad era que no quería que él dejara lo que estaba haciendo.

—Esto sí que es importante. —Empezó a bajarle el pantalón—. Ya saltará el contestador automático, princesa.

Y eso fue exactamente lo que pasó, que saltó el contestar automático y Guillermo empezó a hablar por el altavoz. Gabriel se quedó paralizado.

—Hola, Gabriel, supongo que para variar no estás en casa. Te he llamado al móvil y tampoco te he localizado, supongo que estarás por ahí, con alguno de tus ligues. —Al oír la palabra «ligues», Ágata se separó de Gabriel como si tuviera una enfermedad contagiosa—. En fin, solo te llamaba para preguntar cómo estaba Ágata, ya sabes que es mi debilidad. No quiero llamarla a ella para no parecer el típico hermano mayor histérico, pero como lo soy, he decidido llamarte a ti. Volveré a intentarlo más tarde. Cuida de mi pequeña. Adiós.

El pitido del contestador sacó a Ágata del estado de trance en el que había entrado. Gabriel, por su parte, estaba ya completamente vestido;

había recuperado su camiseta y su actitud de témpano de hielo al segundo de oír la voz de Guillermo.

—Ágata, vístete, por favor. —Le acercó el sujetador y la camiseta. Le temblaba un poco el pulso, pero su cara no mostraba ninguna emoción más allá del enfado y la vergüenza.

—¿Se puede saber qué te pasa? ¿Por qué pones esa cara? Gabriel, respóndeme, por favor. No entiendo nada. Hace un momento, estábamos tan bien, y ahora parece que no puedas soportar estar en la misma habitación que yo. —Notaba cómo la voz empezaba a temblarle de rabia y de algo más complicado que por el momento no quería analizar—. ¿Es por Guillermo?

Gabriel levantó la cabeza, que hasta ese momento había tenido entre las manos, y la miró. Durante un segundo fue como si quisiera abrazarla, pero enseguida desvió la mirada hacia el despertador y respondió:

—No.

—¿¡No!?

—Está bien, sí, pero solo en parte. —Se levantó de la silla y empezó a pasear por la habitación—. No sé qué me pasa contigo, pero me está volviendo loco y no me gusta nada. Nada. Cuando eras pequeña ya me pasaba. Siempre estaba preocupado por saber dónde estabas, si te veía sonreír me ponía nervioso... ¡Dios! Incluso le hablé de ti a Nana. Cuando había tan mal ambiente en casa, pasar un rato contigo bastaba para que volviera a tener un poco de confianza en el amor. Hubo un momento en que pensé que era tan evidente lo que me pasaba que si la policía lo descubría me arrestarían. —Ágata estaba paralizada, no se atrevía a interrumpirle—. ¿Sabes que cuando vine a vivir a Inglaterra te echaba de menos? Tú eras una adolescente y yo te echaba de menos. ¡Patético!

—No es patético. A mí también me pasaba todo eso.

—Ágata se levantó y empezó a andar hacia él. Decidió ser igual de sincera—. Yo también me estoy volviendo loca, también te echaba de menos y aún me pongo nerviosa si me sonríes. —Se atrevió a poner la mano en su espalda y notó que estaba rígido.

—No lo entiendes, Ágata. Yo no quiero sentirme así. He visto lo que hace el amor, he visto cómo aniquila todo lo que toca y no lo quiero en mi vida. Ni ahora ni nunca. No soy capaz. —Sonrió; una sonrisa que a Ágata le rompió el corazón—. Hasta ahora me ha ido bien, siempre he estado con mujeres que solo querían pasar el rato, divertirse. Contigo no sé si podría controlarlo. Y si saliera mal, no solo nos haríamos daño, sino que perdería al mejor amigo del mundo y tu familia nunca podría perdonármelo.

Se apartó de ella.

—¿No has pensado que podría acabar bien? ¿Que podrías ser feliz? —Ágata se notaba los ojos llenos de lágrimas que no tenía ninguna intención de derramar.

—El riesgo no merece la pena. —Suspiró y cerró los párpados un instante—. Creo que lo mejor será que no volvamos a estar solos. Está visto que eso nos trae problemas. Mira, en estas últimas semanas casi no hemos coincidido, de modo que lo único que tenemos que hacer es seguir así hasta que te vayas. —Al ver que ella no decía nada, preguntó—: ¿En qué piensas?

—Pienso que eres un cobarde y un exagerado. Podríamos intentarlo. La vida no es un culebrón; si sale mal, mi hermano no vendrá a matarte o a pedir que te cases conmigo. Y si sale bien, ¿quién sabe?, a lo mejor incluso eres feliz. Biel, cariño —añadió—, nunca había sentido por nadie lo que siento por ti. Ni cuando era pequeña ni ahora. —Intentó abrazarlo, pero él volvió a apartarse, y entonces ella comprendió que nada de lo que pudiera decir o hacer lo haría cambiar de opinión.

—No. Prefiero dejar las cosas como están. Lo mejor es que nos vayamos a dormir. —Se levantó y le abrió la puerta de la habitación—. Esto ha sido un error, solo tenemos que olvidarlo y actuar como compañeros de piso. Mañana será otro día.

Viendo que Gabriel daba por terminada la conversación, Ágata lo miró una vez más a los ojos, para ver si veía algo que le recordara al hombre que hacía solo unos minutos la besaba como si la necesitara para sobrevivir. Pero él ya no estaba allí. Entonces decidió decirle lo del piso.

—Esta semana he visto unos cuantos pisos que podría alquilar.

Si a Gabriel le sorprendió la noticia, lo disimuló a la perfección.

—No es necesario —dijo tras unos segundos.

—Sí lo es.

—Puedes quedarte aquí. —Gabriel se frotó los ojos—. No me importa.

—A mí, sí. —Ágata se obligó a mantener la mirada fija en sus ojos—. Supongo que la semana que viene ya lo tendré todo listo, entonces me iré. —Él seguía sin inmutarse—. Como mañana es sábado, si quieres me iré a pasar el fin de semana a casa de Anthony.

Al oír el nombre de su amigo, a Gabriel le tembló un músculo de la mandíbula.

—Ya te he dicho que no es necesario. —Apretaba el pomo de la puerta con tanta fuerza que empezaba a tener los nudillos blancos—. No creo que a él le guste ser plato de segunda mesa.

De la rabia que sintió, a Ágata se le llenaron los ojos de lágrimas, pero se negó a derramar ninguna delante de Gabriel e irguió en cambio la espalda para contestarle:

—Mira, una cosa es que tú seas un cobarde y que solo te sientas cómodo acostándote con mujeres por las que no sientes nada. Pero no te atrevas a insinuar que yo hago lo mismo. —Estaba furiosa, y al ver que a él le dolía esa acusación, sintió un poco de alivio.

—Lo siento, no quería decir eso —se disculpó Gabriel a media voz. En el mismo instante en que pronunció las palabras, sabía que se estaba equivocando. Ágata era incapaz de utilizar a Anthony, pero una parte de él había querido hacerle daño, había querido que ella dejara de mirarlo con aquellos ojos llenos de comprensión, porque sabía que, de lo contrario, él no iba a poder alejarse.

—Yo en cambio sí quería decir lo que he dicho. —Y con esto, salió de la habitación sin mirar atrás.

Como era de esperar, ninguno de los dos durmió. Gabriel pasó toda la noche recordando las discusiones entre sus padres, la horrible sensación de abandono que le persiguió toda la infancia, pero si era sincero, eso no había sido lo peor. Lo peor había sido ver cómo su padre, aún completamente enamorado de su mujer, se había ido consumiendo hasta morir. A Rupert Trevelyan no le había importado nada, ni su propia madre, que lo apoyaba, ni su hijo. Se había dedicado a beber hasta perder el sentido y, cuando lo consiguió, decidió que ese estado etílico se iba a convertir en su estado habitual. Incluso ahora, Gabriel tenía que esforzarse por recordar a su padre sobrio. Por suerte, Nana siempre había estado a su lado, y lo ayudó a no odiarlo. Con Ágata entre sus brazos, sentía como hacía años que no sentía. No solo porque lo excitaba más allá de la razón, sino porque con ella tenía ganas de temblar, de emocionarse, de arriesgarse a bajar la guardia; pero si valoraba todas las consecuencias, bueno, era mejor así. Sí, sin duda, no arriesgarse era la mejor decisión. No entendía por qué el corazón le daba un vuelco al pensarlo, y por qué su entrepierna se negaba a aceptarlo. En fin, ya lo lograría de alguna manera.

10

Ágata se pasó todo el fin de semana con Anthony, pero no se quedó a dormir en su casa porque, a pesar de que él se lo había ofrecido, no quería que cuando ella se fuera, Gabriel y él dejaran de ser amigos. Anthony la consoló lo mejor que pudo, y le dijo que estaba seguro de que Gabriel también lo estaba pasando muy mal, si no, no le habría hecho ese comentario tan desagradable sobre ellos dos. Ella no estaba tan segura.

Ágata no tenía ni idea de lo que Gabriel había hecho durante el fin de semana. Lo único que sabía era que había dormido en el piso, porque tanto el sábado como el domingo por la mañana, vio que se había duchado. De no haber sido por ese detalle, habría creído que no estaba. Aunque apenas había dormido en los últimos dos días, el lunes por la mañana se levantó, se vistió y se fue a trabajar como siempre. Ágata no iba a no permitir que su historia con Gabriel le estropeara también eso. Trabajar en la revista le gustaba realmente; sus compañeros eran fantásticos y estaba aprendiendo mucho. No quería que nadie se diera cuenta de que tenía el corazón hecho añicos. No porque se avergonzara, sino porque no quería que Gabriel se enterara. Si él era capaz de ignorar lo que había entre ellos dos sin parpadear, ella no iba a ser menos. Así que cada noche se repetía a sí misma que estaba a punto de lograrlo, que al día siguiente ya no tendría tantas ganas de abrazarlo, y que cuando lo viera ya no se le aceleraría el corazón.

Por su parte, Gabriel estaba agotado. Se había pasado prácticamente todo el fin de semana escondido en el gimnasio. No pensar en Ágata lo estaba consumiendo y ya se le estaban acabando las ideas. Se levantaba antes que ella, pero el cuarto de baño estaba repleto de sus trastos, y cada día tenía que controlarse para no oler su champú o su colonia. Nunca lo lograba. Los olía. En la revista, estaba un poco mejor, pero cuando alguien le comentaba lo bien que Ágata hacía su trabajo o lo dulce que era, volvía a empeorar. Por suerte, ella parecía ser capaz de ignorarlo, y casi no le dirigía la palabra, porque cuando lo hacía, Gabriel tenía que concentrarse en no mirarle los labios y pensar en lo bien que sabían. Para evitar encontrarse con Ágata en el piso, de noche iba al gimnasio un par de horas a ver si así se cansaba y podía dormir, pero ni así lo lograba. Lo único positivo de todo aquello era que, a ese ritmo, recuperaría los abdominales de cuando tenía veinte años. Al salir del gimnasio se compraba algo de comer e intentaba prepararse para el peor momento del día: entrar en casa. Cada noche se decía a sí mismo que estaba a punto de lograrlo, que al día siguiente ya no sentiría esas ganas de besarla, y que cuando la viera ya no se le aceleraría el corazón.

El miércoles, Ágata estaba almorzando con Jack y Amanda en una cafetería al lado del trabajo y Jack le agarró la mano, la miró a los ojos con cara de preocupación y le preguntó:

—Ágata, ¿qué pasa con Gab?

Haciendo uso de sus recientemente adquiridas dotes dramáticas, respondió:

—Nada. ¿Por qué lo preguntas?

—¿Nada? —Jack le soltó la mano, enfadado—. ¿Cómo que nada? ¿Acaso no lo ves? ¡Está agotado, más delgado y con un humor de perros!

—Ágata, Jack tienen razón, algo le pasa —añadió Amanda—. Estamos preocupados por él. Es nuestro amigo, y no tenemos ni idea de lo que lo tiene tan agobiado. Además, con los problemas que tenemos ahora en la revista necesitamos que esté al cien por cien.

Ágata necesitó unos segundos para procesar toda la información. Ella sabía que era imposible que ellos supieran nada de su relación. Gabriel nunca se lo habría contado y Anthony había jurado guardar el secreto, así que no tenía ni idea de qué estaban hablando.

—¿Qué tipo de problemas? —A Ágata ya le estaban sudando las palmas de las manos.

—Bueno, no sé si debería contártelo, es una especie de secreto, pero ya que eres tan amiga de Gab, supongo que puedo confiar en ti —dijo Amanda—. ¿Conoces la revista *The Scope*?

—Sí, bueno, la he visto en los quioscos y Gabriel tiene algunas en el piso. —Ágata estaba perpleja—. ¿Por qué?

—Últimamente, algunos reportajes que teníamos previsto publicar aparecen «milagrosamente» en esa revista una semana antes que en la nuestra —añadió Jack también susurrando.

Ágata, que ya estaba al tanto de lo del robo de los artículos, decidió disimular y fingir que no sabía nada. Por el modo en el que Jack y Amanda hablaban de ello, llegó a la conclusión de que Gabriel no les había contado que ella lo sabía y, como no quería tener otro conflicto con él, optó por no decir nada y hacerse la inocente.

—Bueno, somos una revista de información de actualidad, es lógico que los reportajes se parezcan. No es que haya muchos temas para tratar, ¿no?

—No, Ágata, no es que se parezcan, es que son los mismos reportajes, las mismas fotografías, el mismo ángulo de opinión, las mismas entrevistas. Los mismos. Nos los roban. ¿Lo entiendes ahora? —Jack y Amanda estaban tensos. Ágata no podía quitarse de la cabeza que toda la escena le recordaba a *Matrix*. Allí estaba ella, atónita, sentada delante de Jack y Amanda como Neo ante Morfeo y Trinity cuando estos le revelan la verdad.

—¿Lo entiendes ahora? —repitió Amanda.

—Sí, claro.

—Como ves, Gabriel tiene muchas preocupaciones. Para todos nosotros, la revista es importante, pero para él es su vida —dijo Jack—. Ya que tú vives con él, ¿podrías averiguar qué le pasa?

Ágata notó cómo se sonrojaba de la cabeza a los pies.

—¿Yo? —carraspeó ella—. Sí, bueno, podría intentarlo. Pero no creo que sirva de mucho. Tal vez deberías hablar con Monique. —Ágata no pudo resistir la tentación de hacer ese comentario.

—¿Monique? —preguntó Jack perplejo—. No digas chorradas.

—Si tú no eres capaz de convencerlo de que cambie de actitud, nadie podrá —añadió Amanda sonriendo.

—¿Por qué dices eso?

—Vamos, Ágata, todos sabemos que haría cualquier cosa por ti. —Jack le golpeó cariñosamente el hombro—. No te hagas la tonta. Por cierto —miró el reloj—, deberíamos regresar al trabajo.

—Sí, claro, seguro que Sam ya ha vuelto. —Amanda se levantó y salió apresurada, dejando a Ágata sola con Jack.

—¿De verdad estás preocupado por Gabriel? —se atrevió entonces a preguntarle.

—Sí. Estos días se lo ve muy cansado y menos concentrado. No sé qué le pasa; no creas que no se lo he preguntado, pero su respuesta estándar es «Nada. Todo va bien, como siempre». En fin, espero que tú tengas más suerte y que averigües algo. Vamos, tenemos que regresar.

Ágata volvió al trabajo, pero pasó la tarde pensando en cómo podía ayudar a Gabriel. Una cosa era que él no la quisiera, ni como amiga ni como nada, pero otra que, con su intento de evitarla a todas horas, acabara agotado y pusiera en peligro su trabajo. Tenía que hablar con él.

Gabriel tuvo, otra vez, un día horrible. Había empezado muy pronto, y nada más llegar a la revista, Sam lo llamó a su despacho.

—¿Puedo hablar contigo?

—Sí, claro.

—Siéntate. ¿Has visto el número de esta semana de *The Scope*? —A la vez que se lo preguntaba, le acercaba un ejemplar.

—¿Qué es esta vez? —Gabriel se puso las gafas y empezó a hojear la revista.

—Esta vez son de nuevo dos artículos. El de la entrevista con el primer ministro y el de los bodegueros británicos. Gab, tenemos que parar esta mierda. Nos hundirán, no podemos seguir rellenando nuestra revista con artículos rancios, tenemos que averiguar quién nos roba, cómo lo hace y por qué. Esto no puede seguir así. —Sam se reclinó en su asiento, lo que era mala señal; se aflojó la corbata, pésima señal, y sentenció—: Nos dan seis meses más, si no, cerrarán *The Whiteboard.*

Gabriel notó en ese momento cómo se le helaba la sangre y la espalda le quedaba empapada de sudor; contradictorio pero propio de él.

—No nos cerrarán. Averiguaré quién lo hace, y por los artículos de relleno no te preocupes, tengo un par de buenos reportajes «escondidos». Ahora te los traigo para que puedas leerlos, a ver qué te parecen.

—¿Escondidos? ¿De dónde han salido?

—Los he escrito yo, ya sabes, para eso me contrataste.

—¿Tú?

—Sí, yo. Últimamente no duermo mucho, y escribir me relaja. No te rías. ¿Se puede saber de qué te ríes? ¡Estamos en medio de una crisis!

—De ti, Gab, me río de ti. Tus problemas de insomnio no tendrán nada que ver con esa chica que tiene cara de duende, ¿no? Ágata, eso es, me encanta el nombre. Creo que deberías presentármela. De hecho, creo que los dos deberíais venir a cenar a casa un día de estos. Sylvia y las niñas estarán encantadas de conocer a la mujer que ha logrado quitarte el sueño. —Sam seguía riéndose.

—No, Ágata no tiene nada que ver con esto. No sé por qué lo dices. En fin, será otra muestra de tu edad senil. Voy a buscar los artículos antes de que digas más tonterías. —Y salió apresurado del despacho de Sam.

—¡Gab! ¡Piensa en lo de la cena! —Pero ya le hablaba a su espalda.

Por suerte, a Sam le encantaron los artículos, pero viendo el humor de Gabriel, no se atrevió a volver a mencionar lo de la cena. Ya encontraría el momento. Sam era así, nunca olvidaba nada, y cuando menos lo esperabas volvía a la carga. Superado este primer y gran incidente, la jornada de Gabriel fue a peor. Tenían que trabajar contrarreloj para modificar la revista y sacar una edición sin los artículos robados. Cuando encontrara al espía, le diría un par de cosas. Para variar, comió solo. Había pensado hacerlo con Jack, pero cuando vio que este salía con Ágata y Amanda, cambió de idea. No se veía capaz de tener a Ágata sentada delante de él. Era cierto que él quería que se distanciaran, pero ver cómo ella lo ignoraba adrede delante de sus narices, era más de lo que ese día se veía capaz de soportar. La tarde no mejoró en absoluto. Tuvo que quedarse bastante rato respondiendo *e-mails*, y el remate final fue cuando, al salir del gimnasio, lo pilló la lluvia. Calado hasta los huesos, lo único que quería era llegar a casa, tomarse dos aspirinas y darse una ducha para ver si lograba entrar en calor. Abrió la puerta, e iba a entrar en el baño cuando la voz de Ágata lo detuvo.

—¿Qué te ha pasado?

—La lluvia. ¿Qué haces despierta?

—Te esperaba. Pero antes, quítate esa ropa empapada y dúchate con agua caliente. Mientras te prepararé un té.

Ágata le estaba hablando desde la cocina y Gabriel seguía de pie, chorreando, estupefacto y sin moverse.

—¿Aún estás ahí? Dúchate o te resfriarás.

Entonces Gabriel reaccionó y se dirigió al baño. Ágata tenía razón, tenía que quitarse la ropa mojada, ya empezaba a notar los huesos helados y un dolor de cabeza que crecía a una velocidad vertiginosa.

Mientras, Ágata, en la cocina, le preparó el té y un sándwich. Jack y Amanda tenían razón, se lo veía cansado y tenía mal aspecto. Esa tontería no podía seguir. Ella ya había encontrado piso, así que lo mejor que podía hacer era decírselo y empezar el traslado ese mismo sábado. Tal vez así pudiesen recuperar algo de su amistad.

—Ya estoy aquí. —Gabriel se sentó en el sofá. Tenía ojeras y parecía agotado. Apoyó la cabeza en el respaldo y cerró los ojos.

—Toma, bébete esto caliente. —Ágata le dejó la bandeja con la improvisada cena delante, y añadió—: Voy a buscarte un par de aspirinas.

—Gracias, no hacía falta que preparases nada. —Gabriel estaba incómodo, le dolía mucho la cabeza y no tenía ni idea de lo que estaba pasando.

—Vamos, tómate las aspirinas y come. —Dejó que comiera un rato en silencio y luego continuó—: Gabriel, te estaba esperando porque quería hablar contigo de algo importante.

—¿De qué? —preguntó él antes de acercarse el sándwich para darle otro mordisco.

—Ya he encontrado piso. Solo tengo que firmar el contrato y podría mudarme el fin de semana.

Gabriel casi se ahoga con el trozo de sándwich que tenía en la boca y, después de un pequeño ataque de tos y dos sorbos de té, preguntó estupefacto:

—¿Mudarte?

—Sí, esta situación no puede seguir. Incluso en el trabajo están preocupados por tu salud.

—Vayamos por partes. —Gabriel no entendía nada—. ¿Qué situación?

—Tú y yo. Parecemos dos adolescentes. —Ágata se sonrojó al admitir su parte de culpa en la debacle—. Los dos somos lo bastante inteligentes como para darnos cuenta de que esto es insostenible. Lo mejor para ambos es que yo me vaya a vivir a otro sitio.

—No estoy de acuerdo, pero antes de discutir este asunto de la mudanza más a fondo, ¿qué es eso de que en el trabajo están preocupados por mí? ¿Por qué?

—Es evidente, ¿no? ¿Cuántas horas has dormido desde el pasado viernes? ¿Y cuánto hace que no te preparas una comida decente? ¿Te has visto? Estás más delgado, tienes ojeras, pareces agotado, y eso no es bueno para nadie.

—Estoy bien —balbuceó Gabriel, y con esa única frase, Ágata perdió los estribos.

—¡¡Bien!? ¿Cómo vas a estar bien? Lo que estás haciendo es ridículo y totalmente innecesario. —No paraba de mover las manos. Convencer a un hombre de que use la razón es a menudo bastante difícil.

—¿Qué estoy haciendo?

—Estás evitándome. ¿Crees que no me he dado cuenta? Yo estoy haciendo lo mismo y es igual de ridículo. —Entonces se sentó delante de él y lo miró directamente a los ojos. Gabriel fue a abrir la boca, pero Ágata lo interrumpió—. Mañana mismo firmaré el contrato del piso y el fin de semana me mudaré. No tiene sentido que sigamos así. Lo que pasó entre tú y yo ya está olvidado. —Ni ella misma se creía esa mentira, así que, para disimular, siguió hablando—: Mírate. En tu afán por no toparte conmigo te acuestas demasiado tarde, te levantas antes que yo, no comes con tus amigos, no cenas en tu casa. Un poco excesivo, ¿no crees?

—Creía que era una buena idea. —Encogió los hombros—. No quería que estuvieras incómoda.

—Ya, bueno, y si hace falta te matas en el intento, ¿no? Todos están preocupados por ti. ¿No crees que por cuatro días podríamos compartir piso e intentar hacer vida normal? Pero si lo prefieres, puedo preguntarle al de la inmobiliaria si puedo instalarme mañana. Me siento fatal por echarte de tu propia casa.

—Tú no me estás echando, y te repito que no es necesario que te vayas de aquí. —Estornudó un par de veces—. Siento que todos se hayan preocupado por mí, y creo que tienes razón, lo mejor que podemos hacer es intentar hacer vida normal. —Era un pésimo mentiroso—. Pero si de verdad quieres mudarte, yo mismo te ayudaré a hacer el traslado, aunque ahora quiero irme a dormir. Me duele mucho la cabeza y me parece que me he resfriado. Mañana quiero que me cuentes todo sobre ese piso, pero sigo creyendo que no tienes que irte. —Antes de que ella pudiera rechistar, se levantó del sofá y añadió—: Gracias por el té y, en fin, por todo.

Se tambaleó un poco, pero recuperó el equilibrio enseguida y se dirigió a su habitación.

—¿Gabriel? —Ágata tenía la sensación de que él se encontraba peor de lo que decía.

—¿Sí?

—¿Estás bien?

—Sí, claro, solo necesito dormir. Buenas noches.

—Buenas noches.

11

Por la mañana, Ágata se despertó más descansada; esa noche había dormido bien. Era bueno saber que entre ella y Gabriel las cosas iban a dejar de ser tan surrealistas. Cuando fue a la cocina a prepararse el desayuno vio que él aún no se había levantado; señal de que pensaba cumplir su palabra e iba a dejar de evitarla. Cuando llegó la hora de irse a trabajar, Gabriel seguía sin aparecer, y eso no era normal. Él era el espíritu de la puntualidad, así que Ágata pensó que algo iba mal. Se acercó a su habitación y pegó la oreja a la puerta. Nada.

—¿Gabriel?

Nada.

—¿Gabriel, estás ahí? —Seguía sin oír nada. Tal vez se había ido. Pero no, sus gafas, su ordenador, sus llaves, todo seguía encima de la mesa—. Gabriel, voy a entrar. —Abrió la puerta.

La habitación estaba a oscuras y podía oír la respiración entrecortada de Gabriel, que aún estaba dormido. Se acercó y encendió la lámpara que había al lado de la cama, lo que provocó las quejas del durmiente.

—¡La luz! —Él levantó el brazo para taparse los ojos.

—Gabriel, ¿te encuentras bien? —Le puso la mano en la frente—. ¡Estás ardiendo! —Le tocó también las mejillas y las tenía igual de calientes—. Voy a buscarte agua y una aspirina. —Iba a levantarse, cuando Gabriel atrapó su mano.

—Ágata, ¿qué haces aquí? Me gustan tanto tus ojos, parecen los de un duende.

—Sí, ya. Estás enfermo y no sabes lo que dices. Voy a buscarte las medicinas, ahora vuelvo.

Cuando Ágata volvió con las aspirinas y un vaso de zumo, el enfermo seguía igual.

—Vamos, Gabriel, tómate esto. ¿Te ayudo a incorporarte?

—No, ya puedo solo. Dame las aspirinas, tengo que ducharme, la revista. —No pudo continuar; lo interrumpió un ataque de tos.

—Ni hablar, tú hoy te quedas aquí, estás enfermo. Tienes fiebre. Mírate, estás temblando. No me obligues a atarte a la cama. —Ella se sonrojó con las imágenes que esa frase originó en su mente. Suerte que él estaba ya otra vez acostado y no se dio cuenta—. Voy a salir a la farmacia a comprar más medicinas y unos zumos. Tienes que beber mucho líquido. Estás ardiendo.

Ágata empezaba a estar muy preocupada.

—¿Agui?

—¿Qué? —Ella seguía tocándole la frente, y lo miró angustiada.

—Los artículos, necesito repasar los artículos, la revista, nos roban los reportajes. —Hablaba entrecortado, entre ataques de tos y estornudos, como si le costara incluso respirar.

—No te preocupes por nada. Dime qué tengo que hacer, pero tú no te muevas de aquí. Dame un minuto, voy a buscar tu portátil.

Salió de la habitación, pensando que tenía que llamar a Jack y a su madre, ella sabría qué hacer. Decidida, volvió a la habitación con el ordenador bajo el brazo.

—Ya estoy aquí. ¿Qué hago?

—Abre los archivos de Word. Me duele mucho la cabeza. —Él se tapaba los ojos con el antebrazo.

—Me pide un código secreto. ¿Quieres entrarlo tú?

—No.

Gabriel farfulló unos números y Ágata tecleó el código sin pensar, pero cuando acabó, se dio cuenta de que era el día en que ella había llegado a Londres. ¡Gabriel tenía como código secreto el día en que ella había llegado a Londres! No podía ser, seguro que solo era una casualidad.

—¿Qué estoy buscando?

—Abre los archivos que se llaman «Vacaciones Escocia», allí están grabados los artículos que necesitan para la próxima edición. Cópialos en el *pen drive* y llévaselo a Sam. —Se tapó más con la manta, temblaba y no paraba de sudar.

—¿Seguro que puedes quedarte solo? ¿Me llamarás si necesitas algo?

—Seguro, solo necesito dormir. Llévaselo, por favor —Bajó los párpados.

Ágata cerró el portátil, apagó la luz y, antes de salir de la habitación, le apartó los mechones sudados que tenía sobre la frente. Seguía ardiendo y se había quedado completamente dormido.

Cuando llegó a la revista, Jack la estaba esperando en la recepción con cara de preocupación.

—¿Qué ha pasado?

—Nada, Gabriel se ha puesto enfermo. Ayer llegó a casa empapado por la lluvia y tiene un resfriado de campeonato. Me ha pedido que le entregue esto a Sam. ¿Se lo puedes llevar tú? Yo aún no lo conozco.

—Bueno, eso tiene fácil arreglo. Hola, Sam. —Jack saludó a Sam, que acababa de salir en ese preciso instante del ascensor—. ¿Tienes un minuto?

—Hola, Jack. ¿Sabes algo de Gab? Llevo más de una hora buscándolo.

—Gab está enfermo.

—¿Enfermo? Él nunca está enfermo. ¿Qué le ha pasado?

—Que es un inconsciente. —Ágata hizo el comentario sin darse cuenta de que lo hacía en voz alta, y entonces Sam la miró directamente.

—Sam, permíteme que te presente a Ágata Martí. Ágata, te presento al señor Sam Abbot, director de esta casa de locos.

—Encantada, señor Abbot. Gabriel me pidió que le diera esto. —Ágata le entregó la memoria con los archivos.

—Es un placer, Ágata. Y, por favor, llámame Sam. ¿Qué le pasa a Gab, además de ser un inconsciente? —Sam sonreía, le encantaba esa chica. Ahora que la había visto de cerca, entendía que Gab estuviera medio loco últimamente. La chica tenía una chispa en los ojos...

—Está resfriado, muy resfriado. Pero además está agotado, y es testarudo como una mula.

—Tienes razón, es un cabezota. Si necesitas algo, llámame. Yo voy a revisar esto para la próxima edición. Jack, avísame cuando tengas las fotografías. Ágata, espero volver a verte. —Sonriendo, se despidió de los dos.

Ágata estuvo todo el día preocupada por Gabriel; seguro que no se había tomado las medicinas. Ella habría querido irse antes, pero sabía que, si lo hacía, Gabriel se enfadaría. Para él, lo primero era la revista. Así que intentó concentrarse al máximo en su trabajo; tenía que maquetar los nuevos artículos que Jack le había entregado. Los había escrito Gabriel y eran muy buenos. Eran originales, irreverentes, pero serios en la información que aportaban. Ágata pensó en los reportajes robados. ¿Quién podría hacer eso y por qué? Ojalá lo encontraran pronto. Mientras, ella haría todo lo posible por ayudar a Gabriel y a sus amigos; después de todo, ahora también eran amigos de ella y no quería que les pasara nada malo. Además, aunque fuera solo por unos meses, ella también trabajaba allí, y quería que la revista siguiera siendo un éxito. Cuando por fin llegó la hora de salir, Ágata apagó su ordenador a toda velocidad y corrió hacia la farmacia. Compró todo lo que creía poder necesitar: aspirinas, vitaminas, espray nasal, pastillas para la tos. Fue un poco exagerada. Luego, de camino al supermercado, llamó a su madre.

—Hola, mamá.

—Hola, cariño. —Al oír que tenía la respiración acelerada le preguntó—: ¿Dónde estás?

—En la calle. Tengo que ir a comprar comida. —Esquivó a un perro que casi la tira—. Gabriel está enfermo.

—¿Qué le pasa?

—Creo que está resfriado. Ayer lo pilló la lluvia.

—¿Y tú vas a ser su enfermera?

—¡Mamá! —exclamó Ágata sonrojada. Su madre era incorregible.

—¿Qué pasa? —preguntó ella, fingiendo no saber por qué su hija se indignaba.

—He comprado aspirinas. ¿Crees que necesitaré algo más?

—Bueno, yo le prepararía zumo para que tome vitaminas, y un poco de caldo. ¿Te acuerdas de cómo se prepara?

—Sí, claro. Tienes razón, eso le sentará bien.

—Yo siempre tengo razón. Es uno de los pocos privilegios que tiene ser madre.

—Te dejo, estás empezando a decir tonterías. Dale muchos besos a papá y a todos de mi parte.

—Igualmente. Cuídate.

Ágata colgó y compró las naranjas para hacer zumo y las verduras para preparar la sopa. Iba cargada como una mula, y tuvo que hacer malabarismos para que no se le cayera todo por la escalera, pero por fin llegó a casa.

—Hola, ya estoy aquí. —Dejó todas las bolsas en la cocina, se quitó la chaqueta y fue a la habitación de Gabriel.

—Gabriel, ¿hola? —Entró en la habitación, que empezaba a oler ya a enfermo, y se sentó en la cama—. Gabriel, ¿cómo estás? —Le puso la mano en la frente y comprobó que la tenía empapada de sudor y ardiendo.

—Ágata, ¿qué haces aquí? Vete, déjame. —Temblaba al hablar y seguía sin abrir los ojos.

—Vivo aquí, al menos de momento. —En ese instante se acordó de que se había olvidado de ir a firmar el contrato de alquiler—. No pienso irme hasta que te cures. Tienes que tomarte esto y beber algo. Vamos, seguro que te pondrás bien. —Se levantó de la cama y subió un poco las persianas para que entrara algo de luz del exterior—. Voy a prepararte un caldo. Descansa y luego te lo traigo.

—Los artículos.

—Ya están maquetados. La verdad es que son muy buenos; espero que no te moleste que los haya leído. —Le secó el sudor de la frente con una toalla—. Todos me han dicho que te mejores, y que no vuelvas al trabajo hasta que estés bien. Así que ya sabes, tienes que cuidarte. —Recogió el vaso y salió de la habitación. Gabriel volvía a estar dormido.

En la cocina, Ágata preparó el caldo de verduras. Mientras lo hacía, escuchaba a Nina Simone y pensaba en cómo habían cambiado las cosas. En tan solo unos meses había encontrado nuevos amigos, un nuevo trabajo y a Gabriel. Quizá no había sido tan malo lo de romperse la pierna. Preparó una bandeja con un plato de sopa, un poquito de zumo, los antitérmicos y una servilleta, y se lo llevó a Gabriel.

—Hora de cenar. He preparado sopa de verduras. Despierta. —Como Gabriel ni siquiera se movió, Ágata dejó la bandeja y se acercó a él—. ¡Dios mío! Estás ardiendo. Gabriel, por favor, despierta, vamos.

Estaba muy preocupada, tenía que hacer algo.

—Ágata, mi princesa. —Gabriel deliraba, sudaba sin parar y tiritaba.

—Gabriel, abre los ojos, por favor. —Nada—. Gabriel, tienes que tomarte esta pastilla, tienes que ponerte bien, si no, yo... —Notó cómo se le llenaban los ojos de lágrimas—. Vamos, Ágata, no seas histérica —se dijo a sí misma—. Solo es un resfriado. Lo que tienes que hacer es lograr que se tome la medicación y hacer que le baje la temperatura. Tranquilízate y piensa en lo que haría mamá.

Entonces se acordó de que su madre trituraba las pastillas y las mezclaba con el zumo, y decidió que no perdía nada por intentarlo.

—Biel, tienes que beberte esto. —Él seguía inconsciente, así que Ágata cogió una cucharilla y se la acercó a los labios—. Eso es —dijo al ver que así conseguía que se la tomara—. Espero que cuando te mejores me compenses por este susto. —Gabriel estaba ahora un poco más tranquilo, y Ágata logró que se bebiera todo el zumo.

Cuando acabó, le secó otra vez la frente, le arregló las sábanas y, antes de salir de la habitación, le dio un pequeño beso en la nariz. Fue una tontería, pero su madre siempre se lo hacía cuando estaban enfermos, así que seguro que eso también serviría para algo.

Ágata puso orden en la cocina y vio un rato la televisión. Estaba muerta de sueño, pero no quería acostarse antes de haberle dado otra vez la medicación a Gabriel, de modo que tenía que quedarse despierta hasta las doce. Cuando llegó la hora, volvió a preparar un poco de zumo para poder diluir en él las pastillas.

—Ya estoy aquí. Veamos cómo está mi enfermo favorito. —Se sentó en la cama y notó cómo se le iba todo el color y se quedaba blanca en cuestión de segundos. Gabriel estaba aún más caliente que antes. Tanto, que cuando ella le puso la mano en la frente, él se apartó como si no pudiera soportar nada más sobre la piel—. Biel, espero que cuando te recuperes, no te enfades por lo que te voy a hacer.

Dicho esto, se levantó, apartó las sábanas de la cama y empezó a desabrochar la camisa del pijama de Gabriel. Este no paraba de quejarse, pero por suerte para ella, estaba demasiado débil para oponer resistencia. Para calmarse los nervios, Ágata siguió hablando:

—¿Sabes una cosa? Nunca imaginé que el día que te quitara la ropa sería así. Y no me digas que ya te he visto desnudo antes. Esa noche que nos acostamos fue todo demasiado rápido. —Suspiró—. Siempre pensé que haríamos el amor en la playa, como en las películas. ¡Vaya tontería!, ¿no? —Con cada botón le confesaba algo más—. Otra cosa que me imaginaba era a ti desnudándome; despacio, lentamente, no como el otro día. ¿Recuerdas que te dije que lo había olvidado? Era mentira. Aunque supongo que tú sí lo has olvidado. En fin, es mi destino. Soy pésima enamorándome.

Ya le había quitado la camisa y el pantalón; solo le había dejado los bóxers.

—¡Gracias a Dios que te dejaste los calzoncillos debajo del pijama! No sé si habría podido hacer esto si hubieras estado totalmente desnudo. Por cierto, estás demasiado delgado, pero eso ya lo arreglaremos, ¿vale? Voy al baño a buscar toallas, no te muevas. No está mal eso de que no me repliques.

Ágata regresó con un par de toallas totalmente empapadas en agua fría, se sentó y empezó. Al notar el contacto con el agua, Gabriel tembló aún con más fuerza.

—Shhh... Tranquilo.

Primero se las pasó por la cara y el cuello, y cuando creyó que ya se había acostumbrado al frío, bajó al pecho. Gabriel volvió a estremecerse.

—No pasa nada.

Oír su voz parecía tranquilizarlo, así que continuó hablando.

—Espero que tengas el detalle de no acordarte de esto, aunque para mí será difícil de olvidar. Creo que vas a formar parte de mis sueños eróticos toda la vida. —Le mojó también los brazos—. Me encanta este vello que tienes en los brazos, es tan sexi... Nunca he entendido por qué hay hombres que se depilan. Bueno, basta de decir tonterías, creo que ya te ha bajado un poco la temperatura. Ahora tienes que tomarte otra vez el antitérmico.

Dejó las toallas y le volvió a dar la medicación. Por suerte, él se la tomó enseguida, y pareció quedarse tranquilo. Ágata estaba agotada. Tenía que dormir, pero no se atrevía a dejarlo solo. ¿Qué pasaría si Gabriel volvía a ponerse tan mal?

¿Cómo lo oiría? ¿Qué podía hacer? Tenía tres opciones: la primera, dormir en la cama con él. ¡No! La convención de Ginebra prohíbe la tortura. La segunda, irse a su habitación y dejar las puertas abiertas. Tampoco, al fin y al cabo les había prometido a Jack y a Amanda que cuidaría de él. Y la tercera, quedarse a dormir en la silla que había en la habitación, aunque al día siguiente le doliera la espalda. «Pero así podré vigilarle», pensó Ágata. De modo que fue a su habitación, se puso el pijama y, en menos de un minuto, regresó al cuarto de Gabriel para intentar dormir en aquella incómoda silla.

Debían de ser las tres o las cuatro de la mañana cuando Ágata se despertó sobresaltada. Gabriel se movía nervioso y hablaba en sueños. En realidad, no hablaba, pensó Ágata, discutía, gritaba.

—Papá, te he dicho que no bebas. ¿¡Hasta cuándo vas a seguir así!? —Tenía la respiración entrecortada—. ¡Deja esa botella! Si tengo que pegarte para que lo hagas, lo haré.

Ágata se levantó y se acercó a él. La cara de rabia de Gabriel le destrozó el corazón. ¿De qué estaba hablando? ¿Qué lo atormentaba tanto?

—Gabriel, es solo un sueño.

Estaba ya a su lado cuando Gabriel, completamente dormido, la apartó sin querer y ella se cayó encima de la mesilla que había junto a la cama. El dolor casi la dejó inconsciente durante unos segundos. Seguro que al día siguiente tendría el ojo morado, pero ahora tenía que encontrar la manera de tranquilizarlo a él antes de que se hiciera daño. Así que se levantó y se colocó encima de su estómago.

—Gabriel, estate quieto. Es solo una pesadilla, tranquilo. —Él seguía respirando entrecortadamente, pero el peso de Ágata sobre él le impedía moverse tanto—. Biel, despacio, tranquilo.

Pero entonces volvió a acelerarse.

—Papá, ¡es que no lo entiendes! No te quiere, ni a mí tampoco. Nunca nos ha querido.

Ágata notó cómo volvían a tensarse los músculos de él y, para evitar otro ataque, lo besó. No es que fuera muy buena idea, pero fue lo único que se le ocurrió. Primero solo tenía intención de colocarse encima de él, pero cuando vio la cara de angustia de Gabriel no pudo evitarlo. Pensó que él no respondería, y así fue durante unos segundos, pero cuando sus labios se entreabrieron, la besó como si ella fuera la única medicina que necesitaba para curarse. Sus manos ardientes por la fiebre la atraparon, le resiguieron toda la espalda hasta meterse por dentro del pantalón del pijama. Y, una vez allí, la apretaron fuerte contra su erección. Ágata le devolvió el beso con la misma pasión, pero con más dulzura. Quería tranquilizarlo, que él notara que alguien lo quería, y ella ya estaba harta de negar lo que sentía. Le acarició la nuca y, poco a poco, Gabriel fue relajando los brazos. Ella continuó besándolo; posó sus labios en sus párpados, que parecían húmedos de lágrimas, en la frente, en la nariz, y Gabriel fue relajando el ritmo de su respiración. Por fin se tranquilizó. Parecía ya totalmente dormido, de modo que Ágata intentó levantarse para volver a la silla, pero al notar que se movía, los brazos de Gabriel volvieron a apresarla, esta vez sin tanta fuerza. La abrazó como si no quisiera que ella se apartara de él.

—Bueno, supongo que después de esto, puedo perfectamente dormir en tu cama. Aunque dudo que seas consciente de nada. Seguro que ni siquiera sabes que soy yo a quien besabas.

Le dio un pequeño beso en el hombro y se acurrucó a su lado. Aunque solo fueran unas horas, tenía que descansar, si no, al día siguiente no daría una en el trabajo. Ya estaba casi dormida cuando Gabriel la abrazó un poco más fuerte y susurró:

—Ágata.

Al oírlo, ella se dio cuenta de que ya no había vuelta atrás; estaba enamorándose como nunca había creído posible.

12

Gabriel fue el primero en despertarse. Le dolía todo el cuerpo como si le hubieran dado una paliza, pero no había sido el dolor de la espalda lo que lo había despertado, sino notar la mano de Ágata en su abdomen y sus labios en el hombro.

¿Habían dormido juntos y no se acordaba? Era imposible. Si uno de sus sueños se hacía realidad, tenía que acordarse. Además, era imposible que él hubiese podido hacer nada. Por mucho que deseara a Ágata, y la deseaba mucho, estaba demasiado enfermo como para hacerle el amor. ¿O no? Iba a volverse loco. Tenía que saberlo, y el único modo era preguntárselo al duende que tenía pegado a su costado.

—Ágata, despierta. —Ella se acurrucó aún más. Él estaba encantado, pero entonces notó que ella desplazaba la mano que tenía descansando en su cintura más abajo. Peligro. Si bajaba un centímetro más, notaría lo recuperado que estaba. Le acarició la mano e insistió—: Agui, despierta.

Lentamente, ella abrió los ojos y se desperezó. Cuando su cerebro conectó todos los cables y se dio cuenta de dónde estaba, se despertó del todo y se incorporó sobresaltada.

—¿Cómo te encuentras? ¿Tienes fiebre? —Le tocó la frente, que ahora ya estaba fría—. Voy a buscarte las pastillas. —Iba a levantarse cuando Gabriel la detuvo.

—Estoy bien. —Le rodeó la muñeca con los dedos; por algún extraño motivo, no quería soltarla—. ¿Qué haces en mi cama? —preguntó él un poco sonrojado.

Ágata pensó que era fantástico ver que él también podía sentir vergüenza.

—¿No te acuerdas? —Ágata se apartó el cabello de la cara. Siempre se levantaba hecha un desastre, y en ese instante Gabriel vio el morado que le estaba apareciendo en la mejilla izquierda.

—¿Qué te ha pasado? —Le acarició la cara, preocupado—. ¿Cómo te has hecho esto?

Al principio, Ágata no sabía de qué estaba hablando, pero cuando notó la punzada de dolor debajo del ojo se acordó del golpe que se había dado al caer contra la mesilla.

—No es nada. Voy a la cocina a por tus medicamentos. —Él seguía sin soltarla. Había algo raro en Ágata aquella mañana—. Gabriel, ahora vuelvo. —Se liberó de la mano que le agarraba la muñeca.

«¡Gracias a Dios!», suspiró Ágata. Ya no podía más. Si llega a estar dos minutos más sentada en la cama con Gabriel mirándola con aquellos ojos y con la camisa del pijama desabrochada, se muere o se lo come a besos. Por desgracia, ninguna de las dos opciones era posible, así que tenía que recomponerse y seguir con su vida. Tardaría unos mil o dos mil años en olvidar a aquel hombre, pero lo lograría. Mientras, lo mejor que podía hacer era disfrutar de su amistad y sacar el máximo provecho de su experiencia británica. Ya lo había decidido; ahora solo tenía que creérselo y llevarlo a la práctica. Bebió un vaso de agua y preparó otro para el enfermo, alcanzó las pastillas, compuso su mejor cara de «solo somos amigos» y regresó a la habitación.

Cuando entró, vio que Gabriel se había abrochado la camisa del pijama y estaba sentado en la cama. Tenía la mirada ausente.

—¿Te sientes mal? Tienes que tomarte estas pastillas —dijo ella, acercándole el vaso de agua.

—Gracias. —Se tomó las pastillas, cerró los ojos como si intentara pensar y, cuando volvió a abrirlos, buscó con la mirada a Ágata—. ¿Cómo te diste ese golpe en la mejilla?

—Me caí y me golpeé con la mesita de noche. No es nada —respondió ella sonrojada.

—Ya. Ágata, te lo preguntaré directamente: ¿te lo hice yo? No sé qué me pasa, no puedo acordarme de nada. —Gabriel estaba nervioso y no dejaba de tocarse el pelo—. Lo último que recuerdo es que te pedí que llevaras los artículos a Sam. ¿Lo hiciste? ¡Vaya tontería! Seguro que sí. Esto ya me pasó una vez de pequeño, la fiebre se me disparó y..., no sé, mi abuela dice que no paré de hablar, pero yo nunca logré acordarme de nada. Ágata, por favor, dime si te lo hice yo antes de que me vuelva loco. —La miró directamente, esperando la respuesta.

—Claro que no. Tú eres incapaz de hacerle daño a nadie. —Estaba tan preocupado que Ágata decidió no contarle nada de sus pesadillas. Ya encontraría la manera de ayudarlo más tarde.

—Ya sabes que soy torpe; tropecé al salir de la habitación con las luces apagadas. No te preocupes, ahora lo más importante es que te pongas bien. Anoche estabas ardiendo de fiebre, casi me muero del susto, por eso me quedé aquí. —Ágata no podía dejar de tocarle la frente, necesitaba saber que ya estaba bien, y a Gabriel parecía no importarle—. Descansa un poco. Yo voy a ducharme para ir a trabajar y, antes de que lo intentes, no, tú no vas a ir a trabajar. Te vas a quedar aquí recuperándote, ¿de acuerdo?

Dicho esto, se levantó y le acarició el pelo por última vez.

—De acuerdo. —Gabriel la miraba hipnotizado. Realmente era preciosa. ¿Cómo había sido capaz de estar tantos días sin apenas verla y sin tocarla? Debía de estar loco. No había escuchado nada de lo que le había dicho, solo estaba concentrado en que no paraba de acariciarlo, le tocaba la frente, el pelo, como si no pudiera evitarlo. Cuando ella se levantó de la cama, reaccionó y le agarró la mano—. Ágata, gracias por cuidarme. —Le besó el interior de la muñeca.

—De nada. —Y salió ruborizada de la habitación.

A partir de ese momento, la relación entre Ágata y Gabriel cambió; dejaron de evitarse y volvieron a pasar más tiempo juntos. Ágata había perdido la oportunidad de alquilar el piso, pero ahora que las cosas volvían a estar bien, estaba encantada de que hubiera sido así. Gabriel tuvo que quedarse en cama un par de días, pero al empezar la semana siguiente volvió a incorporarse a la revista como si nada hubiera pasado. Seguía muy preocupado por los robos de los artículos, pero ya no utilizaba el trabajo como excusa para llegar tarde a su casa. Le encantaba cenar con Ágata, hablar con ella, contarle cómo le había ido el día y que ella le contara sus aventuras. Le encantaba oírla hablar de la nueva tienda que había descubierto, del último chisme que su hermana Helena le había contado o, sencillamente, mirar la tele con ella. El único problema era que cada día tenía más ganas de tocarla, y debía hacer esfuerzos para recordarse que él no era el hombre que ella necesitaba. Ágata era dulce, romántica y se merecía un hombre capaz de amarla con locura. Y si algo había aprendido de su padre, era que él nunca iba a amar de ese modo. Con lo que tema resuelto; Ágata y él solo serían amigos.

Unas semanas más tarde Gabriel estaba revisando unos documentos cuando Sam salió de su despacho y lo llamó.

—¿Puedes venir un momento?

—Sí, claro. —Se levantó y apagó el ordenador. Últimamente no se fiaba de nadie y, siempre que él no estaba delante, bloqueaba su ordenador.

—¿Pasa algo? Se te ve preocupado. —Gabriel se sentó y apretó la pelota antiestrés que Sam tenía encima de la mesa.

—Sí. ¿Quieres dejar esa pelota? Lo siento, estoy nervioso. —Sam andaba de un lado a otro—. ¿Has descubierto algo sobre el robo de los artículos?

—No, aún no. He estado preguntando y nadie parece saber nada. Incluso he hablado con un periodista de la revista *The Scope* y para él los artículos eran originales. Parece como si no hubieran existido antes de que ellos los publicaran. Todo sigue siendo muy confuso. ¿Por qué lo preguntas?

¿Has averiguado algo?

—No, bueno, no sé. He estado pensando que la persona que roba los artículos tiene que trabajar aquí. Antes de que te sulfures, escúchame. Tú mismo lo has dicho, es como si los artículos nunca hubieran existido, solo había tenido acceso a ellos nuestro personal. Los únicos que nunca han sido robados son los que escribes tú, y ni siquiera yo conozco los códigos de tu ordenador. Tiene que ser alguien que trabaje aquí y a quien no le gustamos demasiado.

—¿Adónde quieres llegar? —Gabriel estaba cada vez más confuso. A él no le gustaba desconfiar de sus compañeros. Algunos de ellos eran además sus amigos, pero la idea de Sam no era totalmente descabellada.

—He pensado que podríamos echar un vistazo a los currículums de todos, a ver si encontramos alguna pista. Yo empezaré con el equipo de dirección y los administrativos. Tú empieza con periodistas, fotógrafos y diseñadores. ¿Te parece bien?

—No, no me parece bien, pero acepto; quizá pueda sernos útil. Pero con una condición.

—Tú dirás.

—Solo lo haremos tú y yo. No quiero que nadie más se entere, y cualquier cosa que encontremos la hablaremos antes de hacer nada. Y, Sam, cuando digo nadie es nadie, ni siquiera Clive. —Gabriel le sostuvo la mirada a Sam.

—Está bien, solo tú y yo —suspiró—. No puedo entender por qué tú y Clive ya no os lleváis bien. Fuisteis a la universidad juntos, y ya sé que mi sobrino puede ser un poco difícil a veces, pero su trabajo aquí ha sido muy bueno.

Gabriel lo interrumpió,

—Como tú muy bien has dicho, Clive puede ser difícil. Dejémoslo en que tenemos estilos diferentes. —Gabriel no tenía intención de contarle a Sam que su sobrino era un egoísta que solo utilizaba a sus amigos, así que decidió cambiar de tema—. ¿Vas a pasar fuera este fin de semana?

—No, y ahora que lo pienso, a Sylvia y a las niñas les encantaría conocer a tu novia. La verdad es que desde que les conté lo de Ágata no hacen más que insistir en que os invite. ¡Vaya, no sabía que fueras capaz de sonrojarte tanto!

—Yo no me sonrojo, y Ágata no es mi novia. —Gabriel se arrepentía ya de haber preguntado por el fin de semana, y apretaba tanto la pelota antiestrés que temía por la integridad del artefacto.

—Suelta la pelota, la vas a romper. Ya, bueno, si no es tu novia es que eres idiota. La última vez que conocí a una chica como esa, me casé con ella y tú sabes que ha sido lo mejor que he hecho en mi vida. En fin, piénsalo. Ágata, tu «no novia», y tú podríais venir a cenar el sábado y, si quieres, os podéis quedar a dormir. A las niñas les encantaría y a mí me gustaría recordarte quién te enseñó a jugar al ajedrez.

—Está bien, lo pensaré. Pero prepárate para perder miserablemente.

—¡Ya, sigue soñando! Sal de aquí y vuelve a trabajar.

Ágata no había visto a Gabriel durante todo el día. Era raro. Desde que habían vuelto a hacer las paces, él iba a saludarla en algún momento; seguro que había estado muy ocupado. La verdad era que ella también había estado muy liada. Además, ese día se sentía muy melancólica; al marcar la fecha en el calendario que tenía encima de su escritorio, se había dado cuenta de que prácticamente solo le quedaban dos meses para volver a Barcelona. Dos meses. Era muy poco. En ese instante sonó el teléfono.

—¿Diga?

—Agui, soy yo. —Era Gabriel—. ¿Cómo estás?

—Bien. ¿Y tú? Hoy no te he visto. ¿Pasa algo?

—No, nada. Lo de siempre, trabajo. —«Y que no paro de pensar en ti», se dijo para sus adentros.

—¿Puedo hacer algo? —preguntó Ágata.

—No, pero gracias por preguntar. Nos vemos luego en casa. —Gabriel se dio cuenta de que le encantaba tener ese tipo de conversación con ella.

—Sí, claro, hasta luego. —Y colgó el teléfono.

Tras esa conversación, Gabriel se quedó pensativo. Era incapaz de recordar lo que había pasado la noche en que se puso enfermo, pero se acordaba perfectamente de que antes de que se fueran a dormir, Ágata le había dicho que iba a alquilar un piso. Supuso que al haber estado cuidándole durante todo el fin de semana no había podido ir a finalizar los trámites, pero le inquietaba saber si continuaba teniendo esa idea en mente. Él no quería que ella se fuera de su casa. No quería perderla antes de que ella regresara a Barcelona. Tenían que aclarar ese tema antes de que fuera demasiado tarde, pero no sabía cómo plantearlo. Cerró los ojos un instante para pensar y de repente tuvo una idea. Ella siempre le cocinaba platos maravillosos; había llegado el momento de que él hiciera lo mismo. Seguro que en Internet encontraría alguna receta que podría serle útil. Buscó por unas cuantas páginas web y, cuando dio con lo que necesitaba, apagó el ordenador y, ante la mirada atónita de Sam y Amanda, se fue a su casa.

Cuando Ágata salió del trabajo, decidió replantearse su actitud. Era verdad que ya solo le quedaban dos meses y pico, pero estaba en sus manos hacer que fueran increíbles, tenía que disfrutarlos al máximo. Además, Barcelona y Londres estaban al lado, seguro que seguiría viendo a sus amigos. Lo de Gabriel ya era más complicado. Desde que estuvo enfermo, Ágata había decidido dejar de engañarse: estaba enamorada. Pero no como lo había estado de pequeña, no, nada que ver. Ahora lo conocía, sabía que era un buen amigo, que era un nieto fantástico y que estaba muy herido y confuso. Tal vez pudiese ayudarlo de alguna manera. Tenía algo más de dos meses para averiguar qué había pasado con su padre y con su madre y, quizá, cuando se fuera, él la echaría tanto de menos como ella a él. No había tiempo que perder. De camino al piso, decidió poner en marcha su plan y llamó a Nana. Desde que llegó a Londres, se habían visto en un par más de ocasiones, y Ágata estaba convencida de que era la aliada que necesitaba.

—¿Diga?

—¿Nana? Soy Ágata, la amiga de Gabriel. —Las risas de Nana la interrumpieron.

—Ágata, ya sé quién eres, no hace falta que me lo recuerdes. ¿Cómo estás? ¿Vais a venir pronto? El pasado fin de semana Gabriel no me llamó. ¿Ha pasado algo?

—Estoy bien. No creo que podamos ir este fin de semana. Gabriel tiene mucho trabajo y ha estado enfermo; por eso no te llamó, y a mí se me pasó. Lo siento.

—¿Enfermo? Gabriel nunca está enfermo. —Nana parecía preocupada.

—Pues esta vez, sí. La verdad es que me dio un susto de muerte. Tuvo tanta fiebre que pensé... En fin, por suerte ya está bien.

—Ágata, ¿de verdad está bien? De pequeño una vez le subió mucha fiebre, tuvo pesadillas y llegó a delirar. Lo pasó muy mal. Espero que esta vez no haya sido así.

Ágata decidió arriesgarse y seguir con su plan.

—Sí, también fue así. Él no se acuerda y yo no se lo he contado. Nana, he llamado para pedirte un favor. —Esperó la respuesta mientras oía cómo Nana suspiraba:

—Sabía que no me equivocaba contigo. Dime, ¿qué necesitas?

—La verdad. Quiero saber qué le pasó al padre de Gabriel, quiero saber por qué Rupert empezó a beber y por qué no le importó que su hijo lo viera todo. Quiero saber por qué Gabriel tiene miedo del amor.

Silencio otra vez.

—Ágata, Rupert era mi hijo. Le quería y le querré toda mi vida, aunque no pueda perdonarle. No estoy dispuesta a que Gabriel pase otra vez por ese infierno. Así que, dime, ¿por qué quieres saberlo?

—Porque le quiero y quiero ayudarle.

—Esa es una gran razón, la mejor. —Suspiró—. La próxima semana tengo que ir de visita a Londres; te llamaré. Podemos vernos entonces y te contaré todo lo que sé. —Volvió a suspirar.

—Gracias. No puedo ni imaginar lo difícil que debió de ser todo aquello para ti.

—Sí, pero Gabriel merecía la pena. Es un chico fantástico y creo que tú eres una chica fantástica. Nos vemos en unos días y, Ágata, si quieres un consejo...

—¿Sí?

—No le cuentes nada aún a Gabriel.

—No iba a hacerlo.

—Ja, ja, ja... Sabía que eras lo que él necesitaba. Besos.

—Adiós.

Ágata colgó el teléfono. Ahora solo tenía que esperar.

Gabriel puso música y empezó a cocinar. Sinatra. Si a Ágata lo ayudaba a lo mejor a él también le funcionaría. La receta que había encontrado era para preparar fideos tailandeses. Siempre le había gustado la comida oriental, y durante los últimos meses había probado muchos platos nuevos. Por otra parte, en Londres era muy fácil encontrar todo tipo de ingredientes.

Cuando Ágata entró en el piso, tuvo que parpadear dos veces. No podía creer lo que estaba viendo.

—Gabriel, ¿estás cocinando? —preguntó mientras se quitaba la americana y la colgaba en la entrada—. Esa fiebre debió de afectarte más de lo que pensaba.

—Muy graciosa. Sal de aquí —la riñó Gabriel, que estaba muy ajetreado entre los fogones.

—Huele muy bien. ¿Qué es? —Ágata se apoyó en la puerta para no molestar al chef.

—Son fideos tailandeses, es una receta que he encontrado por Internet. No te atrevas a reírte y sé amable. —Se enjugó el sudor de la frente y repasó las instrucciones de nuevo—. Es la primera vez que los hago, así que no esperes demasiado.

—Seguro que estarán buenísimos. —El corazón de Ágata empezaba a estar descontrolado. Resistir a Gabriel en estado normal ya era difícil, pero ese Gabriel tímido e inseguro era letal para sus sentidos—. Tiene muy buena pinta.

—Ya, pero hazme un favor: no se lo digas a mi abuela o si no, cuando vaya a su casa, me va a tener esclavizado cocinando para ella.

Los dos sonrieron, pero Gabriel seguía preocupado pensando en que Ágata decidiera finalmente mudarse.

—Tranquilo, tu secreto está a salvo conmigo. Soy una tumba. —Volvió a sonreír—. ¿Qué hago? ¿Pongo la mesa?

—¿Por qué no vas primero a cambiarte? Pareces cansada y, ahora que lo pienso, ¿por qué llegas tan tarde?

—Porque me he parado a alquilar una película. Como creía que ibas a llegar tarde...

—¿Qué película es? —Gabriel estaba concentradísimo en su receta.

—*Drácula.*

—*¿Drácula?* ¿La versión de hace unos años?

—Sí, esa. A mis hermanas y a mí nos encanta, y cuando alguna de nosotras está un poco «depre» o tiene mal de amores, la vemos juntas, lloramos, luego nos reímos de nosotras mismas y todo nos parece menos grave.

—Ya, bueno, creo que no lo entiendo, pero si quieres podemos verla. Aunque no esperes que llore.

Ágata se rio.

—No te preocupes. Si además de cocinar lloras al ver *Drácula,* tendré que casarme contigo. —A Gabriel se le cayó la espátula de la mano—. Es broma. Voy a cambiarme.

—Date prisa, esto casi está. —Gabriel recuperó la compostura y probó los fideos con la cuchara de madera para ver si necesitaban sal. Al comprobar que sabían bastante bien se sintió muy orgulloso de sí mismo.

Ágata regresó en menos de cinco minutos y, cuando fue a poner la mesa, se llevó otra sorpresa. Gabriel había comprado flores. No iba a poder resistirlo.

—¿Flores?

—Sí, las he visto mientras compraba las verduras y he pensado que te gustarían —contestó desde la cocina—. ¿Te gustan?

—Son preciosas. —Como no sabía qué más decir se concentró en poner la mesa. Ágata dudó que jamás lograra recuperarse de esa cena.

Gabriel apareció con un plato en cada mano.

—Bueno, a ver qué tal me ha salido esto.

—Ya te he dicho antes que huele muy bien.

—Gracias. Ahora a ver qué tal sabe.

Los dos probaron la comida.

—Genial. De lo mejor que he comido nunca. Te felicito.

—No exageres —respondió Gabriel un poco incómodo por el piropo. Tras unos segundos, se le dibujó una sonrisa en los labios—. Acabo de darme cuenta de una cosa.

—¿De qué? —preguntó Ágata llevándose el tenedor a la boca.

—Si he cocinado yo, a ti te toca limpiar. —Le guiñó un ojo.

—Esas son las normas —convino ella también sonriendo.

—Pues te advierto que he ensuciado mucho.

—No importa.

Comieron unos minutos más en silencio hasta que Gabriel ya no pudo aguantar y le preguntó directamente:

—¿Sigues teniendo intención de mudarte a otro piso? —Ágata se atragantó con la comida.

—¿Quieres que lo haga?

—No —respondió él sin dudar ni un instante. Desde la noche en que estuvo enfermo, Gabriel había empezado a plantearse que tal vez estuviera equivocado. Tal vez enamorarse no fuera tan malo; además, era incapaz de imaginarse sintiendo todo eso por alguien que no fuera Ágata. Aún tenía muchas dudas, pero lo único que tenía claro era que no quería que ella se fuese de su casa.

—Entonces no lo haré. La verdad es que yo tampoco quiero. —Se limpió los labios y continuó—: Ahora que tú y yo volvemos a ser amigos, no me apetece vivir sola. —Sintió la tentación de confesarle que lo echaría de menos, pero no se atrevió, y en vez de eso dijo—: ¿De verdad no te molesta que me quede?

—Pues claro que no. Todo lo contrario. —Bebió un poco de vino—. Me alegra ver que volvemos a ser amigos; echaba de menos... —Como no sabía cómo describir lo que había entre ellos, movió las manos—. Esto.

—Yo también. —«Sea lo que sea», pensó Ágata.

—Recuerdo que me dijiste que estabas a punto de firmar el contrato de alquiler. ¿Llegaste a hacerlo? —Gabriel hablaba sin apenas mirarla. Estaba nervioso.

—No. Estabas tan enfermo que al final no fui —respondió Ágata también nerviosa. No quería decirle que estaba tan preocupada por él que se había olvidado completamente del tema.

—Lo siento.

—No te preocupes. Le pedí a Anthony que llamara a la inmobiliaria para anular la cita. —Anthony se había portado como un sol. Tan pronto como supo que Gabriel estaba enfermo, se ocupó de solucionar el tema, y cada día la llamaba para preguntarle cómo iban las cosas. Ágata se alegraba mucho de contar con alguien como él, pero por la cara que puso Gabriel, vio que él no pensaba lo mismo. Ágata quería confesarle que solo eran amigos, pero como Anthony le había aconsejado que aún no dijera nada, se mordió la lengua. Los consejos de ese adorable canalla solían ser acertados. Ágata optó por cambiar de tema—. ¿Te ha pasado algo interesante hoy?

—He tenido una reunión con Sam. —Gabriel se dio cuenta de que ella no quería hablar de Anthony. Bebió un poco de vino y pensó que ya volvería a sacar ese tema más tarde. Por el momento prefería seguir disfrutando de la tregua que se había instalado entre ellos.

—¿Ah, sí?

—Sí, y el sábado nos ha invitado a su casa de campo. Su mujer y sus hijas quieren conocerte. ¿Te apetecería ir? Si no, no pasa nada, pero he pensado que podría estar bien. —Gabriel intentó que su tono de voz no delatara lo importante que era su respuesta para él.

—Sí, podría estar bien. Si tú quieres ir, vamos —respondió Ágata, aunque no sabía por qué querían conocerla.

—Entonces iremos. —Gabriel acabó de comer—. ¿Has terminado? Pues siéntate en el sofá y prepara la película mientras yo ordeno esto.

—De eso ni hablar. Hoy me toca a mí recoger. —Se levantó y recogió los platos.

Gabriel puso la película y se sentó a esperar a Ágata. No le gustaba nada que estuviera recogiendo la cocina sola, pero ella había insistido en que esas eran las normas.

—¿Tienes velas? —preguntó Ágata al salir de la cocina.

—¿Velas? —se sorprendió Gabriel—. ¿Para qué?

—Una película como esta no se puede ver con luz normal. —Ágata lo miró como si la respuesta fuera obvia.

—¡Ah, claro! Perdona. Supongo que en el último cajón del mueble que está al lado de la tele habrá algunas. Aunque no sé si será lo que buscas. Las compré el año pasado, cuando hubo unos cortes de luz. —Gabriel se levantó y empezó a rebuscar dentro del cajón—. Aquí están. ¿Estas te parecen bien? —Le ofreció tres velas.

Ágata las colocó encima de la mesilla baja y las encendió. Luego apagó la luz y se sentó en el sofá con las piernas cruzadas, como una india. Le encantaba sentarse así para ver películas.

—Vamos, Gabriel, ven aquí. —Dio unos golpecitos al sofá indicando que esperaba que él se sentara a su lado.

—Ya voy. —Gabriel aún estaba de pie, observando el ritual de Ágata. Al ver que ella ya lo daba por finalizado, se acercó al sofá y, para mantener un poco las distancias, puso un cojín entre los dos con la excusa de apoyarse mejor. No quería estropear la noche, y si se sentaba demasiado cerca no se veía capaz de controlar las ganas que tenía de besarla. La película empezó. Gabriel no la había visto, pero estaba más interesado en mirar a Ágata que en otra cosa. Era fascinante ver cómo se sorprendía y se asustaba, y eso que, según ella, ya la había visto un montón de veces. Pero cuando Drácula intenta morder a Keanu Reeves, a quien, en opinión de Ágata y sus hermanas, habría que considerar patrimonio de la humanidad, ella se abrazó a él y Gabriel se quedó petrificado.

—¿Qué te pasa?

—Odio esta escena. Me pone los pelos de punta. —Ágata tenía la cabeza pegada a su pecho.

—Pero si ya la has visto, ya sabes lo que va a pasar. —Gabriel estaba perplejo, y empezaba a costarle respirar; por no hablar del problema que empezaba a tener entre las piernas.

—Ya sé que no tiene lógica, pero no puedo evitarlo. Cuando acabe, me avisas. —Ella seguía sin moverse y su cerebro no paraba de repetirle que le encantaba el olor de Gabriel.

—Ya está, ya ha salido de la habitación, ya puedes darte la vuelta. —Él no hizo ningún esfuerzo para que ella se soltara.

Ágata se volvió, pero no recuperó su posición inicial, sino que se quedó a su lado, apoyó la cabeza en el pecho de Gabriel y puso la mano encima de su cadera. La excusa de los sustos de la película era perfecta, pero además a él parecía no importarle; incluso se movió para que ella pudiera acercarse más y le rodeó la espalda con un brazo. A medida que la historia de Drácula avanzaba, Gabriel y Ágata estaban cada vez más abrazados, él le acariciaba el brazo cuando ella se asustaba y ella le recorría suavemente con las manos los abdominales o el muslo. Ninguno de los dos decía nada. Cuando llegó la escena final, Ágata empezó a llorar. Fue a enjugarse las lágrimas con la manga de la camiseta, pero notó cómo Gabriel se incorporaba y le sujetaba la cara entre las manos. Seguro que se reía de ella, pero no, sin decir nada, recogió con el pulgar una de sus lágrimas, la miró directamente a los ojos, sonrió y susurró:

—No llores. Solo es una película. —Seguía acariciándole las mejillas.

—Es tan triste... —Ágata continuaba llorando—. Y se quieren tanto... Todas las historias de amor que me gustan acaban mal.

—¿Todas? —Ahora él le acariciaba el pelo; parecía totalmente concentrado en desenredarlo.

—Todas. —Dejó de llorar y sintió cómo a cada pequeña caricia de Gabriel se le aceleraba el pulso. Si no la soltaba, iba a tener un problema—. Ya estoy bien.

—Yo no. —La miró a los ojos. Le temblaban las manos; bajó suavemente la cabeza y la besó. Eran unos besos suaves, ligeros, como de mariposas. Le besó las mejillas, los párpados, los labios, la nariz. Ágata estaba perpleja, las veces anteriores en que Gabriel la había besado era como si no pudiera evitarlo, pero en esa ocasión era como si quisiera hacerlo, como si ella fuera lo único que le importara. Gabriel la tomó de las manos y empezó a besarle las puntas de los dedos.

—Gabriel, ¿qué haces? —A Ágata empezaba a costarle respirar.

—Besarte. Pero no debo de estar haciéndolo muy bien si tienes que preguntármelo. —Él sonrió, pero siguió con el camino de besos que estaba dibujando ya en su muñeca.

—No, lo haces muy bien. Estoy segura de que te lo habrán dicho muchas veces. Demasiadas. Lo que quiero saber es por qué. —Ágata cerró los ojos; Gabriel le estaba besando el cuello y le acariciaba la espalda.

—Nunca nadie como tú. Agui, ¿me escuchas? Nunca ha habido nadie como tú. Me estás volviendo loco, no puedo concentrarme en el trabajo, ando como trastornado todo el día, pensando en lo que debes de estar haciendo, y por las noches no puedo dormir. Estas últimas semanas me he dado cuenta de una cosa. —Se separó un poquito de ella, aunque sin soltarle las manos; quería seguir tocándola—. No sé cómo decirte adiós.

A Ágata le temblaba el labio inferior y volvía a estar al borde de las lágrimas.

—Pero tampoco sé cómo pedirte que te quedes.

—¿Quieres que me quede? —Ágata le acarició la rodilla. Gabriel se levantó y empezó a pasear por delante del televisor, que ahora tenía la pantalla azul.

—Sí, creo que sí. Pero me da miedo. No se me da muy bien lo de necesitar a los demás. Nunca me he en... —antes de decir «enamorado», rectificó—: sentido tan bien con nadie, pero no sé si puedo. No sé si tengo determinados sentimientos o, mejor dicho, no sé si quiero tenerlos.

—Tranquilo. —Ágata se puso también de pie y le acarició la espalda.

—No quiero hacerte daño. No me lo perdonaría y... —Levantó el labio en una media sonrisa—. Seguramente Guillermo me mataría.

—No te preocupes, sé cuidarme sola. Los problemas que tengamos, si es que llegamos a tenerlos, los solucionaremos en su momento. Solo quiero saber una cosa: ¿estás seguro?

—Ágata se paró delante de él, mirándolo directamente a los ojos.

—Sí —respondió él sin dudar ni un segundo—. ¿Y tú? ¿Quieres quedarte?

—Sí.

Gabriel soltó el aire que no sabía que estaba reteniendo en los pulmones y la besó. Ágata estaba apoyada contra la pared y Gabriel la tenía atrapada. Había colocado cada una de sus manos al lado de su cabeza, y con el vientre y las piernas la mantenía prisionera. Tampoco era que Ágata quisiera ir a ninguna otra parte; por nada del mundo lo haría. Los besos habían comenzado dulces, despacio, pero ahora eran cada vez más hambrientos. Los dos hacían esfuerzos por respirar, una actividad demasiado sobrevalorada. Gabriel se apretó aún más contra ella, como si quisiera fundirse con su cuerpo, y abandonó su boca para centrar su atención en su cuello. Le lamió el interior de la muñeca y Ágata gimió. Notar los labios de Gabriel contra su piel era algo que pensaba que no volvería a suceder.

—Gabriel —a ella le costaba respirar—, me tiemblan las rodillas.

—Eso es bueno. —Él seguía besándole el cuello. Con una mano empezó a quitarle la camiseta a la vez que metía una rodilla entre sus piernas. Apretó su erección contra su cuerpo y volvió a besarla. La boca de Ágata lo volvía loco; su forma, su textura, cómo temblaba cuando él estaba cerca, cómo se movía al ritmo de la suya. Nunca se había fijado en esos detalles, pero con ella todos parecían importantes. Sus suspiros, sus temblores, todo.

—Tu olor. Casi me vuelvo loco estas semanas oliéndote. ¿Sabes que antes de meterme en la ducha huelo tu perfume? —Estaba tan excitado que no se daba cuenta de lo que decía; solo era consciente de que necesitaba tocarla, besarla, estar dentro de ella. Tenía que recuperar el control o todo acabaría demasiado pronto, y si de algo estaba seguro era de que Ágata merecía más que un revolcón rápido en el suelo. Así que dejó de besarla y volvió a centrar la atención en su cuello. Era preciosa, tenía la piel suave y respondía a sus caricias con una naturalidad que lo volvía loco. ¿Cómo había podido pasar tanto tiempo viviendo con ella sin tocarla todos los días? Los dos habían perdido un tiempo precioso. Ágata colocó una de sus manos en su erección, lo acarició y, cuando notó que él se apretaba aún más contra su mano, lo acarició con más fuerza. Apartó la mano un segundo con la intención de repetir la caricia, esta vez sin la barrera del pantalón. Aunque este no era un gran impedimento; el algodón del pantalón de Gabriel era delgado, el de unos pantalones que se han lavado mucho, pero él no se veía capaz de aguantar las caricias de Ágata directamente sobre su piel. Quería, necesitaba, que ella estuviera tan al límite como él antes de hacer el amor. No se planteó el porqué, siempre había sido un amante generoso y siempre se había preocupado de sus parejas, pero Ágata era... No sabía qué era, solo sabía que todo aquello era nuevo para él y que quería que fuera especial, tanto en la cama como fuera de ella. Quería que Ágata se quedara, que fuera suya. La mordió suavemente. Primero solo iba a besarla otra vez en el cuello, pero al sentir cómo temblaba, le vino a la cabeza la película que acababan de ver. Era una idea infantil, pero en ese momento pensó que quizá Ágata y él sí tenían un futuro juntos, y que quizá estaban destinados a estar el uno con el otro. La mordió un poco más fuerte, sin hacerle daño; nunca le haría daño. Solo quería sentirla suya, y cuando la notó temblar y apretarse aún más contra su vientre, vio que a ella también le gustaba.

—Creo que empiezo a entender a Drácula; tu sabor es mejor que tu olor, más intenso. —Y antes de que ella pudiera contestar, la besó. Un beso húmedo, profundo, que ninguno de los podría olvidar nunca. Sus lenguas se acariciaron, ella le mordió el labio inferior y él tomó posesión de su boca. Se saborearon. Para Ágata, el sabor de Gabriel era un sueño hecho realidad. Le encantaba cómo la acariciaba su lengua; como si fuera una fruta exótica, como si quisiera impregnarse de ella. Ágata se notaba el pulso acelerado, tenía que tocar a Gabriel, sentir su piel contra la suya, comprobar que su corazón latía tan rápido como el de ella, cómo temblaba si lo tocaba, cómo sudaba al tenerla cerca, de modo que le quitó la camiseta y le acarició la espalda. Cuando sintió que él temblaba tanto como ella, la recorrió un escalofrío. Los labios de Gabriel volvieron al cuello de Ágata. Miró la marca que sus dientes le habían dejado y se la besó y chupó. Ágata se movía contra su erección, le acariciaba la espalda y le lamió el sudor del cuello. Él centró ahora su atención en los pechos; primero le recorrió el cuello con la lengua hasta encontrar la tira del sujetador, que resiguió hasta llegar a su objetivo. No la desnudó, sino que besó el encaje rosa y luego la acarició.

—Me gusta tu ropa interior. Es femenina y delicada, como tú —dijo todo esto sin separarse ni dos milímetros de ella. Ágata notaba cómo su respiración le acariciaba la piel. No recordaba haber estado tan excitada en su vida. Gabriel estaba concentrado besándola y, al rozar sus pechos, se excitó aún más al ver cómo se erguían sus pezones contra el algodón del sujetador.

—Biel. —Él le besaba el pecho como si tuviera todo el tiempo del mundo. Con la lengua dibujó su forma y con los labios los resiguió—. Biel. —Ágata le apretaba los hombros y le notaba la espalda húmeda de sudor—. Biel, vamos a la cama.

—No. —En esos momentos estaba muy ocupado besando su estómago. Había dejado los pechos en un intento de recuperar un poco de control, pero las pecas que Ágata tenía en el abdomen lo estaban desconcentrando.

—¿¡No!? —No podía ser que otra vez se apartara de ella. Ágata ya notaba las lágrimas en sus ojos cuando Gabriel añadió:

—No, antes tengo que hacer una cosa.

Él seguía besándole todas y cada una de las pecas que encontraba, pero ahora una de sus manos estaba en la cintura de su pantalón de algodón gris.

—¿Qué es lo que tienes que hacer? —Ágata no entendía nada, pero le bastaba con que él no dejara de besarla.

—Tengo que olerte entera, comerte. Además —resiguió con la lengua la forma de sus costillas—, así tú estarás tan excitada como yo.

Él se había agachado y le besaba el ombligo. La mano que había apoyado en su cadera le acariciaba otra vez la espalda y, cuando encontró el cierre del sujetador, lo desabrochó. Entonces Gabriel se incorporó, volvió a colocarse a su altura y la besó. Ágata temblaba. Le devolvió el beso con fuerza; ella también estaba al límite. Él le quitó el sujetador y lo tiró al suelo. Se besaban y ahora que estaban piel contra piel, los pulsos de ambos se aceleraron. El sudor de los dos, las lenguas de los dos, el corazón de los dos parecía tener el mismo objetivo: entrar en el otro. Ágata fue la primera en separarse. Tenía que serenarse; nunca había sentido nada parecido y estaba un poco asustada. Era la primera vez que hacían el amor. La noche en que se acostaron había sido increíble, pero no había sido hacer el amor. Esa noche había habido pasión, fuego, pero ahora, además, había sentimientos. Ahora Gabriel le estaba entregando mucho más que su cuerpo y Ágata estaba tan excitada que era como si su propia piel le quemara, como si el corazón le explotara. La respiración se le había descontrolado y ya no sentía nada que no fueran los labios, las manos de Gabriel sobre ella.

—No tienes que preocuparte por eso. Estoy a punto de... Él le desató también el cordón de los pantalones con una mano y cayeron al suelo. Bajó la cabeza y le miró los pechos, que sin el sujetador eran aún más bonitos, perfectos. Se los besó, esta vez desnudos. Le mordió suavemente cada uno de ellos y luego besó las pequeñas marcas de sus dientes.

—Biel...

Ágata ya había perdido totalmente el control; temblaba y solo quería que él la tocara, que le hiciera el amor. Gabriel bajó aún más y volvió a besarle el ombligo y cada una de las pecas que encontró a su paso hasta llegar a la ropa interior. Entonces lamió la piel que quedaba justo sobre la cinturilla y con una mano empezó a desnudarla.

—Biel, no hagas eso. —Ágata tenía la cabeza apoyada en la pared, los ojos cerrados y los dedos entre el pelo de él, que ahora estaba totalmente de rodillas frente a ella.

—No puedo evitarlo. —Le besó el vientre y lenta, muy lentamente, la desnudó—. No puedo dormir pensando en esto. O lo hago o me vuelvo loco. —Le puso las manos en las nalgas y la empujó suavemente contra su boca.

—Biel. —Ella temblaba por completo, las piernas se le derretían, el sudor le resbalaba por el cuello, tenía el pulso descontrolado, y entonces sintió cómo él también se estremecía, cómo la besaba, cómo la acariciaba y cómo le afectaba aquello. —Biel. —Estaba tan excitada que ni siquiera podía pensar—. Biel, llévame a la cama. —Se mordía el labio inferior—. Por favor. —Él seguía besándola, devorándola. Era sexi, dulce, quería absorber su olor, su sabor, su pasión. Ágata apretó los dedos que tenía entre el pelo de Biel y sintió cómo se le doblaban las rodillas. Él la tomó en brazos, se levantó y echó a andar. Ella lo besó en el cuello. Le encantaba cómo olía. Ágata flotaba, soñaba, seguía besándolo. Entraron en su habitación y la tumbó en la cama.

—Agui, princesa —depositó unos besos en sus mejillas—, ¿estás bien? —Se había tumbado a su lado, con la cabeza apoyada en una mano y con la otra acariciándole un brazo.

—Sí, pero te echo de menos. —Se incorporó y lo besó con pasión—. Quiero hacer el amor contigo. —Le tembló un poco la voz; nunca había estado así con nadie. Evidentemente, había estado con hombres antes, chicos que le habían gustado y con los que había disfrutado, pero nunca con nadie que la completara, que la hiciera sentir que todas las películas de amor tenían sentido.

—Yo también quiero hacer el amor contigo. —Biel pronunció «hacer el amor» como si fuera la primera vez que lo decía, como si le costara creérselo.

Ella volvió a besarlo; no quería que él se preocupara por nada. Le acarició el pecho y deslizó su mano hasta el pantalón.

Sus labios empezaron entonces un camino descendiente; le besó la mandíbula, la nuez, dibujó sus pectorales con su lengua lenta, húmeda. Le encantaban los ruidos que hacía Gabriel y sus esfuerzos para no gritar. Llegó adonde quería; le bajó los pantalones, e iba a besarlo, cuando él se incorporó.

—No. —Se sonrojó—. Estoy demasiado... Ejem... La próxima vez, princesa. Ahora o entro dentro de ti o pierdo el poco control que me queda.

Gabriel la besó con urgencia y se sentó en la cama. Abrió el cajón de la mesilla de noche y Ágata vio con satisfacción que la caja de preservativos estaba tal como la habían dejado la noche que se acostaron juntos. Gabriel extrajo uno y se lo colocó él mismo. No confiaba en aguantar más si dejaba que lo hiciera ella. Se volvió y ella lo abrazó. Volvieron a besarse; era como si nunca fueran a tener suficiente. Agui temblaba otra vez; estaba muy excitada y muy nerviosa. Gabriel lo notó y dulcificó sus besos y sus caricias.

—Tranquila, yo también estoy nervioso. Pero esto está bien, tiene que estarlo. Yo nunca, nunca, había estado así por nadie. —La besó intentando transmitir en su beso lo que no podía decirle con sus palabras—. ¿Me crees? —La miró inseguro.

—Te creo. —Para evitar llorar delante de él en un momento como ese, le atrajo hacia su pecho y le susurró al oído—: Hazme el amor, Biel. —Le recorrió la oreja con los labios.

Él se estremeció.

—Tus deseos son órdenes, princesa.

Entró dentro de ella con cuidado; quería recordar ese momento, quería saborear cómo era hacer el amor con la única chica capaz de atrapar su corazón. Por otra parte, pensó que así controlaría un poco más su propio deseo. Se equivocó. Cuando notó cómo Ágata lo envolvía, cómo su cuerpo se fundía con el suyo, perdió el control. Ambos lo perdieron; se movían al mismo ritmo, con el mismo latido. Se devoraban y, de golpe, todo fue demasiado para los dos; las miradas, los besos. El cielo se derrumbó, el infierno se abrió y todos los tópicos se hicieron realidad. Ágata y Gabriel entendieron que estaban hechos el uno para el otro, aunque quizá ninguno sabía qué hacer al respecto.

Se quedaron tumbados, abrazados, mirándose el uno al otro asombrados, como si no pudieran creer lo que acababa de pasarles. Él le apartó un mechón de pelo que tenía en la frente y ella lo peinó un poco. Los dos tenían el pulso muy acelerado. Gabriel fue el primero en hablar.

—Ágata, yo... —No continuó, cerró los ojos unos instantes para recuperar el control—. Yo... —No sabía qué decir.

—Tranquilo. A mí me pasa lo mismo.

—¿Sí? ¿Qué te pasa? —Buscó su mano y, cariñosamente, le besó los nudillos.

—Que no sé cómo explicar lo que hay entre tú y yo. —Ágata se incorporó un poco y le dio un beso muy dulce.

—¿Y no te da miedo? —preguntó él, asombrado de que ella estuviera tan tranquila.

—Un poco. Pero creo que merece la pena que nos arriesguemos.

—Espero que tengas razón. —Gabriel le pasó la mano por el pelo. Tenía que irse de allí. Necesitaba estar solo para pensar en lo que había pasado—. Tengo que levantarme.

—Claro. —Ágata se apartó, pero antes de que él se incorporara del todo, lo detuvo tocándole el brazo—. Gabriel, lo único que te pido es que lo intentes. ¿De acuerdo?

—De acuerdo. —Él le dio uno de aquellos besos que la dejaban sin sentido y se fue hacia el baño.

Ágata se durmió en pocos segundos. Nunca había sido tan feliz.

13

Gabriel estaba sentado en el suelo del cuarto de baño, con la espalda contra la puerta y la cabeza entre las rodillas. ¡Dios! ¿Qué había sido aquello? No solo acababa de tener el mejor sexo de toda su vida, sino que había habido un momento en que creyó que mataría al que intentara separarlo de ella. No podía dejar de pensar que tenía que serenarse, que tenía que recuperar el control.

—¡Seré idiota! —se autocensuró Gabriel—. Estaba convencido de que si nos acostábamos todo se iba a normalizar, que yo volvería a ser yo, y mírame, aquí estoy, hablando solo y congelándome el culo con este suelo tan frío.

Se levantó, se refrescó por enésima vez la cara y volvió a la habitación dispuesto a quitarle importancia al asunto. Se repetía una y otra vez que no había para tanto, que toda aquella pasión acabaría apagándose un poco, que su corazón recuperaría su velocidad habitual. Se lo repitió unas diez veces mientras se acostaba en la cama y se acercaba al cuerpo dormido de Ágata, y lo repitió una vez más cuando ella se acurrucó e, inconscientemente, se abrazó a él. Entonces, Gabriel se dio cuenta de que era feliz, y que si la dejaba escapar quizá jamás volvería a sentir todo eso por nadie. Cerró los ojos y dijo en voz baja:

—¡Qué demonios! Lo voy a intentar.

Gabriel no durmió en toda la noche. La verdad era que lo aterrorizaba pensar que su perfecto y ordenado mundo iba a cambiar. Se veía capaz de controlar el sexo, pero la pasión y el amor eran otra cosa. Además, la única cosa que había aprendido con el divorcio de sus padres y con la muerte de su padre era que los sentimientos sin medida son destructivos, dañinos, y que él iba a luchar contra todo, incluso contra sí mismo, para no sentirlos. Sabía que no podría sobrevivir a ellos; su padre lo había intentado y había acabado convirtiéndose en un alcohólico solitario hasta que murió.

Cuando Ágata se despertó, estaba sola. «A lo mejor lo he soñado todo», pensó. Pero no, vio que estaba en la cama de Gabriel y oyó la ducha. Se desperezó; todo era maravilloso. Seguro que debía de tener cara de idiota; no recordaba haberse sentido nunca tan feliz.

—Buenos días. —Gabriel la saludó desde la puerta de la habitación. Estaba recién duchado, llevaba solo una toalla atada a la cintura y a Ágata se le hizo la boca agua con solo mirarlo.

—Buenos días —le sonrió ella—. ¿Qué hora es? No quiero ir a trabajar. Tendría que haber una ley que prohibiera levantarse después de haber hecho el amor con el hombre más maravilloso y sexi del mundo. ¿No estás de acuerdo? —Lo besó antes de que él pudiera contestar.

—No sé. —La abrazó y le susurró al oído—: ¿Esa ley incluiría no tener que contarle a tu jefe el motivo de no haber ido a trabajar el día de la reunión con los principales accionistas de la revista? Vamos, no me tientes. —Le dio un beso—. Ve a ducharte antes de que cambie de opinión.

—Está bien. —Antes de cerrar la puerta del baño, Ágata dijo—: De pequeño también eras un aguafiestas.

Gabriel rio.

Fueron juntos a la revista, como venía siendo habitual desde la recuperación de Gabriel, pero ahora había detalles distintos; se tocaban, se miraban. Estuvieron hablando de tonterías. A Ágata le hubiera gustado que Gabriel le dijera algo como «Anoche fue la mejor noche de mi vida», pero se conformó con los besos que le daba cada vez que se paraban en una esquina.

—Ágata, princesa, ¿en qué piensas? Te he preguntado si te parece bien que mañana vayamos a casa de Sam y no me has contestado.

—Lo siento, la verdad es que no pensaba en nada.

Estaban parados en un semáforo, pues habían decidido ir a pie, y él bajó la cabeza para darle un beso. Nada complicado, fue solo un leve contacto, pero la sonrisa que después lucía Gabriel le llegó al corazón.

—Algún día este vicio tuyo de soñar despierta me volverá loco. En fin, ¿quieres ir?

Cruzaron la calle; estaban ya a escasos metros de la entrada.

—Sí, claro. —Ágata sabía que, si él le sonreía de ese modo, ella aceptaría hacer cualquier cosa que le pidiera.

Entraron y Ágata vio a Jack salir del ascensor. Estaba muy serio e iba acompañado de un hombre de unos treinta y cinco años que parecía no caerle demasiado bien. Oyó cómo Gabriel murmuraba entre dientes.

—¡Mierda!

Lo miró y vio que tenía la vista clavada en ese tipo.

El hombre era atractivo, rubio, iba muy bien vestido y daba la sensación de tenerlo todo pensado. Cuando vio a Ágata y a Gabriel se dirigió hacia ellos con paso decidido, observándolos.

—¡Hombre, Gab, cuánto tiempo sin verte! —Le tendió la mano a Gabriel, quien lo saludó sin ningún entusiasmo—. Veo que ha habido incorporaciones interesantes durante mi ausencia. —Y repasó descaradamente a Ágata—. ¿No vas a presentarnos?

Gabriel estuvo unos segundos callado, meditando sus alternativas. Finalmente, optó por la vía diplomática.

—Claro. Ágata, te presento a Clive Abbot, sobrino de Sam y miembro del consejo de administración de la revista. Clive, ella es Ágata Martí, la nueva diseñadora del equipo de Jack.

—«Y si te atreves a tocarla o sigues mirándola así, no respondo», pensó Gabriel.

—Es un placer, Clive. —Ágata le tendió la mano, y tuvo un escalofrío cuando vio que el hombre se la levantaba y le daba un beso en los nudillos.

—Créeme, Ágata, el placer es todo mío —respondió guiñándole un ojo—. ¿Desde cuándo trabajas aquí? —No soltaba la mano de Ágata.

—Desde hace unos cuatro meses. —Seguía sin soltarla, y empezaba a ponerla nerviosa.

—Cuatro meses. —Dirigió su mirada a Gabriel—. Nunca habías sido tan lento, Gab. Debes de estar perdiendo estilo. —Levantó burlón el labio superior.

Antes de que Gabriel pudiera contestar o hacer algo peor, a juzgar por su mirada y el puño que mantenía apretado en el costado, Ágata respondió:

—No creo que Gabriel haya perdido ningún estilo. En cualquier caso, perderlo siempre es mejor que no haberlo tenido nunca. —Se desprendió de la mano de Clive—. Me voy. Jack me está esperando. —Se dirigió entonces a Gabriel—. Si puedes, llámame. Adiós.

Gabriel esperó a que Ágata entrara en el ascensor para enfrentarse de nuevo a Clive.

—¿Qué haces aquí? —Se metió las manos en los bolsillos; tenía que controlarse.

—Cuido de mis intereses. Como muy bien le has dicho a tu «amiguita», soy miembro del consejo de administración de *The Whiteboard*. —Iba a seguir, pero Gabriel lo interrumpió.

—No hables de Ágata en ese tono o haré lo que llevo años deseando hacer.

—¿Qué? ¿Pegarme? —La postura chulesca de Clive no podía ser más exagerada.

—No. Eso lo dejo para tipos como tú. Me refiero a contarle la verdad a tu tío. Nunca entenderé los misterios de la genética, cómo pueden pertenecer a la misma familia alguien tan honrado como Sam y una serpiente tramposa como tú.

—Vamos, los dos sabemos que no se lo dirás nunca. A lo mejor a mí me echan, pero tú perderías mucho más. Recuerda que tengo ciertas fotos no muy dignas de tu «querido» papá.

Vio que Gabriel retrocedía como si hubiera recibido un golpe.

—¿Qué haces aquí? —Gabriel repitió su pregunta. Sería mejor centrarse en Clive y dejar a su padre y a Ágata fuera de la conversación.

—Los negocios que tenía en Nueva York ya han concluido. Además, he oído que os están «robando» artículos. —Chasqueó la lengua—. Gab, como he dicho, estás perdiendo facultades. En la universidad no te despegabas de tus apuntes ni de tus notas por nada del mundo. —Esperó a ver si Gabriel reaccionaba, pero este se mostraba impasible—. Los números no son muy buenos. Si esto no se soluciona pronto, tal vez tengamos que cerrar. Por eso estoy aquí. Por nada del mundo me perdería ver cómo mi tío se queda sin la niña de sus ojos, y comprobar además cómo no eres más que un perdedor. —Empezó a andar hacia la puerta de salida.

—¡Clive! —Gabriel lo llamó para que se volviera—. Yo que tú me lo tomaría con calma. Hasta la próxima. —Y se marchó a la reunión a la que ya llegaba diez minutos tarde.

La reunión fue relativamente bien. La revista empezaba a obtener beneficios, pero lo que había dicho Clive era cierto: si no mejoraban, el cierre era una amenaza real. Tanto Sam como Gabriel eran conscientes de que tenían que encontrar al responsable de los robos antes de que fuera demasiado tarde. Era evidente que alguien intentaba hundirlos y tenían que averiguar quién y por qué. No había tiempo que perder.

—Cuéntamelo. —Sam se quitó las gafas y sonrió. Estaban solos en su despacho y llevaba ya horas deseando interrogar a Gabriel.

—¿El qué? —Gabriel seguía mirando las fotografías de la edición de aquella semana y ni siquiera levantó la cabeza.

—No disimules. Hace meses que no te veía sonreír, y hoy tienes una cara de felicidad que dan ganas de sacudirte. Vamos, desembucha. —Estiró las piernas.

Gabriel dejó las fotografías. Se había ruborizado de la cabeza a los pies. No tenía escapatoria.

—Tenías razón. —No pensaba decir nada más.

—Ya lo sé, siempre la tengo, es uno de los privilegios de ser mayor. Pero dime, ¿en qué tenía razón? —No iba a dejarlo escapar.

—En lo de Ágata. Es fantástica. —Le sudaba la espalda. Siempre había sido muy reservado en cuanto a sus relaciones, y tampoco quería poner a Ágata en un compromiso delante de Sam.

—Me alegro. —Se levantó y le colocó la mano en el hombro—. Siempre he pensado que estabas demasiado solo. A pesar de todas tus teorías al respecto, te mereces ser feliz, y creo que esa chica puede convencerte de ello.

—Gracias. —A Gabriel no se le ocurrió qué otra cosa decir.

—¿Vais a venir el sábado a casa?

—Sí, pero prométeme que controlarás a Sylvia y a las niñas. Tú ya me has torturado bastante; no sé si podría sobrevivir a un interrogatorio de tus chicas.

—Lo intentaré. Vamos, a ver si acabamos de repasar esto. —Sam volvió a sentarse y retomó la lectura del artículo que tenía entre manos.

—Sam, al llegar me he encontrado con Clive. ¿Le has dicho lo del robo de los artículos?

—No, no ha hecho falta, ya lo sabía. Supongo que no es necesario que te diga que cree que eres el único responsable. Está convencido de que todo es culpa tuya.

—Ya me lo imagino, pero lo importante es lo que pienses tú. —Y enarcó una ceja a modo de pregunta.

—No digas tonterías. Ya sabes que confío en ti. Aunque desde luego estaré más tranquilo cuando hayamos encontrado al ladrón. ¿Has averiguado algo?

—No. Hoy empezaré a repasar los datos que tengo sobre los periodistas más «sospechosos». Odio hacer esto. Y tú, ¿tienes algo?

—Tampoco, pero creo que se me ha ocurrido una cosa. Cuando lo tenga más claro te lo cuento. ¿Tienes hambre? ¿Qué te parece si pedimos que nos suban algo de la cafetería?

—Me parece que es la primera buena idea que has tenido en todo el día, jefe.

Ágata tuvo también un día ajetreado. Pasó toda la mañana preparando el nuevo diseño de las páginas de la revista. Jack había pensado que un modo de contrarrestar en cierta medida el robo de los artículos era ofreciendo un diseño más innovador a los lectores, y la idea le había gustado mucho a Sam. Sin embargo, para poder llevarla a cabo, todo el departamento de diseño y maquetación llevaba días trabajando al doscientos por cien.

—Ágata —la interrumpió Jack—, necesito descansar un poco y voy a salir a comer, ¿me acompañas? —Ella dejó lo que estaba haciendo y fue a por el bolso.

—Sí, claro. La verdad es que tengo hambre. ¿Viene Amanda con nosotros? —preguntó.

—No. Me ha dicho que Sam y Gab están repasando unos artículos y prefiere quedarse arriba por si la necesitan. Cariño, no sé qué le has hecho a Gab, pero sea lo que sea, me alegro.

Habían salido ya de la revista y Jack dudaba entre el hindú de la esquina y la pequeña cafetería italiana que había dos calles más abajo.

—Yo prefiero comer un *panini* —decidió Ágata. —¿Por qué crees que le he hecho algo a Gabriel?

Caminaban apresurados. Con todo el trabajo que tenían, no podían perder demasiado tiempo comiendo. Una vez llegaron a la cafetería y tuvieron sus *panini* delante, Jack le contestó:

—Porque está contento. Creo que hacía años que no lo veía así. —Vio cómo Ágata se sonrojaba—. Además, en mi opinión, hacéis una pareja fantástica. Ahora come y no insultes mi inteligencia diciendo que solo sois amigos.

Ella se atragantó y tuvo un ataque de tos. Cuando se le pasó, se atrevió a mirar a Jack.

—No sé si somos una pareja fantástica. Para serte sincera, no sé qué somos.

Jack enarcó las cejas y, en un gesto de amistad, le tomó la mano.

—Gab siempre ha sido muy frío, al menos por lo que yo lo conozco, pero desde que tú llegaste es distinto. Al menos ya no esconde tan bien sus emociones; parece más humano. —Al ver que ella levantaba una ceja, continuó—: Bueno, tengo que reconocer que durante unos días pensé que iba a matar a alguien. Nunca le había visto tan enfadado ni tan confundido. Pero hoy estaba..., no sé, más relajado, más joven, incluso le he oído contar un par de chistes. Eso significa algo, seguro. —Siguió comiendo su *panini* y bebió un sorbo de café.

—Ya, bueno, para mí todo esto es nuevo. Estoy tan contenta que no puedo parar de sonreír. —Se acabó su almuerzo—. Jack, ¿puedo preguntarte algo?

—Dispara. —Él también había acabado, y estaba dándole un mordisco a una manzana.

—¿De qué conoce Clive a Gabriel? Esta mañana, cuando nos hemos tropezado con él, ha sido como estar en medio de un duelo del Lejano Oeste. Me ha parecido que entre los dos había algo más, aparte de la revista.

—Clive es un imbécil, pero no te equivoques, no es estúpido. Clive y Gabriel se conocieron en la universidad, creo que al principio incluso fueron amigos, buenos amigos. No sé qué pasó entre ellos, pero debió de ser grave. Su amistad se rompió y, si no fuera porque Sam es el tío de Clive, no creo que pudieran estar juntos en la misma habitación sin pelearse. Hace unos años, en una fiesta de Navidad de la revista, oí cómo Clive amenazaba a Gab con no sé qué de su padre. Nunca olvidaré la mirada de Gab, pensé que iba a matarlo. Evidentemente, nuestro Gab no hizo nada, solo le susurró algo a Clive y este se marchó de la fiesta y del país. Tardó varios meses en volver a aparecer. Extraño. Le pregunté a Gab qué había pasado y se hizo el loco. —Miró el reloj y se levantó—. Deberíamos volver.

—Vamos. —Ágata anduvo en silencio; no podía quitarse de la cabeza la historia que Jack le había contado. Bueno, la próxima semana vería a Nana, seguro que ella sabía algo. A Gabriel le habían hecho daño, de eso estaba segura, y ella iba a encontrar el modo de compensarle por ello. O a intentarlo.

Llegó la hora de salir y Ágata aún no había tenido noticias de Gabriel, nada, ni una llamada; seguro que había estado muy liado con la reunión. No sabía qué hacer. ¿Lo esperaba? No, mejor no, mejor actuar como si nada. Recogió sus cosas y se fue hacia casa. Estaba cansada, no había dormido mucho y, aunque estaba enamorada del culpable, tenía ganas de tumbarse un rato y descansar. De camino, aprovechó para llamar a sus hermanas; ellas siempre se habían contado todo lo que les pasaba con los chicos, pero lo de ella y Gabriel tenía ganas de guardárselo uno días más; quería disfrutarlo y asegurarse de que no se lo había imaginado. Así pues, solo les explicó que ya no iba a mudarse, y que ese fin de semana lo iban a pasar fuera.

Gabriel no había telefoneado a Ágata en todo el día. Era verdad que había estado muy ocupado, pero no tanto como para no poder hacer una llamada. No se le había quitado en todo el rato de la cabeza, y por eso mismo había decidido que era mejor no hablar con ella. Los hombres siempre han sido animales extraños. Quería reflexionar sobre cómo actuar a partir de entonces. No había llegado a ninguna conclusión, y lo único que había logrado había sido tener una erección permanente durante todo el día. Solo con recordar lo de la noche anterior, se le aceleraba el pulso y le sudaba la espalda. Nunca había sentido con tanta intensidad al hacer el amor, quizá exceptuando la primera vez que se acostó con Ágata, e incluso entonces fue distinto. Y nunca había relacionado el sexo con el amor, pero con ella le era imposible no hacerlo. Él se había acostado con bastantes mujeres; no tantas como Guillermo, pero tampoco había sido un monje. Nunca había tenido una relación afectiva estable; como máximo, alguna compañera de viaje como Monique, una mujer que solo se amaba a sí misma y que lo único que quería y ofrecía era buen sexo sin obligaciones. A él eso siempre le había funcionado; era una manera de no tener que hacer frente a sus demonios personales. A su padre, amar a su madre lo había convertido en un alcohólico, en un mal padre y, al final, en un cadáver, mientras que a su madre, la increíble Gloria, nada de aquello le había importado lo más mínimo. El amor no existía, y si existía, nunca acababa bien. No, seguro que enamorarse no podía ser bueno, pero Ágata se merecía que lo intentara. Se merecía que él arriesgara su corazón tanto como ella. Sí, eso iba a hacer, iba a cuidarla y a quererla, y a esforzarse por que fuera feliz allí con él. Y, si algún día quería volver a Barcelona, la apoyaría. Solo esperaba recuperarse de su partida. Apagó el ordenador y se fue a casa.

Cuando abrió la puerta del apartamento, lo primero que notó fue que no veía a Ágata por ningún lado. Dejó sus cosas y oyó correr el agua. ¡Ah! Se estaba duchando. Intentó no pensar en ella mojada, pero fue inútil. Volvió a intentarlo. Espuma. Tenía que hacer algo, de modo que entró en el baño silenciosamente. La mampara de la ducha estaba totalmente empañada, pero dejaba adivinar la figura de Ágata, que era preciosa. Ella estaba levantándose el pelo y, cuando acabó, enfocó el chorro de agua hacia su nuca; debía de dolerle la espalda. Sin pensarlo, Gabriel se desnudó con sigilo y se metió en la ducha.

—¿Gabriel? ¿Qué haces aquí? —le preguntó Ágata sorprendida, mientras intentaba taparse con las manos.

—Ágata, ya te he visto desnuda, ¿te acuerdas? —Él sonreía viendo los malabarismos que ella estaba haciendo—. ¿Te duele la espalda? —La acercó lentamente a él. Ahora los dos estaban empapados. Antes de que pudiera responder, la besó y le abrió la boca con la lengua, lamiendo las gotas de agua que ella tenía en la comisura de los labios. La había echado de menos.

—Hola —le dijo al separarse de ella un momento para volver a besarla enseguida. La acariciaba; tenía la piel caliente.

—Hola —respondió ella, mirándolo directamente a los ojos—. ¿Estás bien? —Notaba algo en sus besos, como una necesidad que no lograba entender.

—Ahora sí. —Le pasó cariñosamente la mano por el pelo—. Date la vuelta.

Ella levantó la ceja a modo de pregunta.

—Voy a darte un masaje —respondió él poniéndola de espaldas. Ágata estaba nerviosa, no sabía qué se suponía que debía hacer. Él debió de notarlo—. Relájate. Cierra los ojos.

—Empezó a masajearle la nuca, apretando los puntos que notaba más cargados—. Deja que te mime.

—Mmmmm...

—¿Te gusta?

—Ajá... Mucho. —Apoyó las manos y la frente en la pared que tenía delante.

Gabriel se puso un poco de jabón en las manos y pegó su cuerpo al de Ágata. Le mordió los hombros; el recuerdo de su sabor lo había obsesionado durante todo el día. Empezó a acariciarle los pechos; con el agua y el jabón, su piel era aún más suave. Era la primera vez que estaba tan obsesionado con una mujer; quería saberlo todo de ella, conocer todos sus sueños, sus miedos. Nunca había sentido esa conexión sexual y emocional con nadie. Seguro que con el tiempo se apagaría. Eso, o los dos acabarían exhaustos de tanto hacer el amor. Notó cómo ella temblaba y cómo intentaba darse la vuelta para poder quedar frente a él.

—Shhh... Quieta, déjame hacer. —Ágata quería volverse, besarlo y ver sus ojos, pero se dio cuenta de que hacer aquello para él era importante. Parecía como si quisiera demostrar algo.

—De acuerdo —susurró ella. Gabriel siguió besando, lamiendo, mordiendo su espalda, su nuca, pegado a su cuerpo. Estaba tan excitado que su erección le rozaba. Con los dedos, le dibujó los pechos, se los acarició, se los pellizcó, y luego deslizó sus temblorosas manos hasta el lugar más ardiente de Ágata. Jugó con ella, la apretó aún más contra la pared, le besó el cuello, le susurró al oído lo excitado que estaba y, finalmente, introdujo los dedos en su interior. Notó cómo sus movimientos seguían el ritmo de la mano de él, cómo su respiración se alteraba aún más. Nunca lo había excitado tanto la respuesta de una chica. Ella ni siquiera lo había tocado y ya estaba a punto de perder el control. Ágata bajó una de las manos que tenía apoyadas en la pared y la colocó encima de la suya.

—Gabriel, para, quiero hacer el amor. No puedo aguantar más.

—Pues no lo hagas. —Él le susurró lo sexi que le parecía, lo mucho que le gustaba acariciarla, sentir su calor por toda la piel. A cada palabra le besaba la nuca, la oreja, la espalda y movía la mano rítmicamente, con la de ella encima, hasta que Ágata empezó a estremecerse, su espalda se tensó y, finalmente, cayó rendida en sus brazos. Gabriel la abrazó y, ahora ya frente a frente, la besó con dulzura.

—¿Aún te duele la espalda?

Ágata entreabrió los ojos y, con una media sonrisa, respondió:

—¿Qué espalda?

Gabriel salió primero de la ducha y preparó un albornoz para Ágata, que permaneció un par de minutos más bajo el agua antes de salir. Una vez fuera, vio que Gabriel le había dejado preparado su pijama para que no tuviera que ir a la habitación a buscarlo. Se vistió y fue a su encuentro.

—¿Gabriel?

—¿Sí? —Él se había puesto una camiseta blanca y un pantalón de algodón. Aún tenía el pelo mojado—. ¿Estás bien?

—Sí —respondió ella sonrojándose—. ¿Y tú?... Tú no..., bueno, ya me entiendes.

Gabriel soltó una carcajada.

—Te entiendo perfectamente, pero no te preocupes. Estoy muy bien.

—¿Ah, sí? —Ágata se acercó a él, que estaba sentado en el sofá con el ordenador portátil abierto encima de la mesa.

—Sí. Me gusta cuidarte. —Le dio un beso—. Me gusta hacerte feliz.

—Y a mí. —Ella le devolvió el beso y vio que hablaba en serio. A él no le importaba que ella no le hubiera hecho nada en la ducha.

—¿Tienes hambre? —le preguntó Gabriel acariciándole el pelo cariñosamente.

—Sí, un poco. —Su estómago hizo un ruido escandaloso—. Mucha.

—Yo también —dijo Gabriel relajado—. ¿Qué te parece si voy a la esquina a comprar un par de esos sándwiches que tanto te gustan?

—Genial. ¿De verdad no te importa?

—Claro que no. —Se levantó del sofá y le dio otro beso—. Espérame aquí. Ahora que te he encontrado no quiero perderte de vista.

—Aquí estaré. Por nada del mundo me iría a ninguna parte. —Ágata quería abrazarse a Gabriel y comérselo a besos, pero como su estómago volvió a entrar en acción, supuso que lo mejor sería aceptar su ofrecimiento de comida.

—Enseguida vuelvo. —Él se fue del piso con una sonrisa en los labios. Entró en la tienda de comestibles favorita de Ágata y, mientras hacía cola para que le atendieran, se acordó de que a Anthony también le gustaba mucho la comida de allí. Él nunca había llegado a preguntarle a Ágata qué había pasado entre ellos dos y, aunque se repetía que no debía importarle, sabía que le importaba. Tenía que preguntárselo. Al menos, así dejaría de torturarse con la incertidumbre.

Ágata se estaba durmiendo en el sofá. Había sido un día lleno de emociones y aquella ducha la había dejado muy, muy relajada. Se esforzó por mantener los párpados abiertos, pero no lo consiguió.

—¿Has dormido bien, princesa? —le preguntó Gabriel cuando ella abrió los ojos.

—Me he quedado dormida. Lo siento. —Vio que los sándwiches que Gabriel había comprado estaban esperándola encima de la mesa—. ¿Cuánto rato he dormido?

—Una media hora. No te preocupes, he aprovechado para trabajar un poco. —«Y para torturarme con imágenes de ti con Anthony», pensó—. ¿Quieres comer? —Se levantó y empezó a preparar los cubiertos.

—Sí, estoy muerta de hambre.

Estaban acabando de cenar cuando Gabriel le preguntó:

—Mañana vamos a casa de Sam, ¿te acuerdas? —Había querido preguntarle otra cosa, pero al final no se había atrevido.

—Sí, claro. —Ágata no podía dejar de bostezar—. Creo que lo mejor será que me vaya a la cama. ¿Vienes?

—No puedo, tengo que acabar de repasar unas cosas.

—¿Vas a quedarte mucho rato? —Ágata le dio un beso entre cada palabra—. No quiero estar en la cama sin ti.

—Un poco. Quiero acabar esto para enseñárselo mañana a Sam. —Ella volvió a besarlo—. No me tientes. Vamos, vete. Te prometo que no tardo nada. Pero antes de que te vayas, me gustaría preguntarte una cosa. —Se le formó un nudo en la garganta.

—Lo que quieras —respondió ella al instante, sorprendida por el cambio de actitud.

—¿Pasó algo entre tú y Anthony? —Y apretó los puños a la espera de su respuesta.

—¿Y si te dijera que sí? —preguntó ella a su vez, mirándolo a los ojos.

—Entonces te pediría que no volviera a suceder, por favor. Quiero darle una oportunidad a lo nuestro.

—¿No te importaría que me hubiera acostado con él?

Él tardó unos segundos en contestar.

—Sé que se supone que debería decir que no —se pasó nervioso las manos por el pelo—, pero mentiría. Me importaría. Mucho. Muchísimo.

—Pues no pasó nada —explicó ella sincera al ver que él, sin saberlo, le estaba ofreciendo un pedacito de su corazón—. Nada.

—¿De verdad? —Gabriel empezó a tranquilizarse.

—De verdad. Yo nunca haría algo así. Y Anthony tampoco. Él te quiere mucho, ¿sabes?

—Ya, bueno. Supongo que sí. —Gabriel sonrió—. De lo contrario, seguro que habría intentado acostarse contigo.

—¿Y tú? —Ya que él había sacado el tema, Ágata decidió preguntarle sobre Monique.

—¿Yo qué? —Él no entendía la pregunta.

—Monique. —Ágata se limitó a pronunciar ese odioso nombre.

—¿Monique? —Gabriel pareció realmente ofendido—. No creo ni que lograra excitarme.

Ágata se ruborizó al oír ese comentario tan gráfico y a la vez tan sincero.

—En cambio, contigo, ese parece ser mi estado permanente. —Gabriel se acercó a ella y le dio otro beso—. Vamos, vete ya o no acabaré esto nunca.

—De acuerdo. —Ágata se rio y se apartó de él.

Caminó hacia el pasillo y, por un instante, tuvo una duda: ¿entraba en su habitación o en la de Gabriel? Él ya estaba sentado frente al ordenador y Ágata oyó cómo las teclas dejaban de repicar un segundo. Notó los ojos de él clavados en su nuca y, sin dudarlo, abrió la puerta de la habitación de Gabriel. Sintió que él sonreía a su espalda.

—Buena elección, princesa —dijo en voz baja. Ágata no lo había oído, pero seguro que sabía que eso lo había hecho feliz. Por desgracia, Gabriel tuvo que quedarse un par de horas más trabajando en el nuevo artículo. La próxima edición estaba a punto de salir y quería tenerlo acabado por si volvían a ser víctimas de un robo. También aprovechó para revisar un par de currículums. Odiaba desconfiar de sus compañeros, pero tenía que reconocer que la teoría de Sam tenía cierta lógica. Por suerte, no encontró nada y decidió irse a dormir.

Abrió sigilosamente la puerta. Ágata ya estaba dormida y él se desnudó y se metió en la cama. No sabía cómo ponerse; era la primera vez que dormía con una chica sin haber tenido antes relaciones sexuales. Estaba rígido, no sabía qué hacer y pensó que no pegaría ojo en toda la noche, hasta que Ágata se movió y se abrazó a él. Estaba dormidísima, pero se acurrucó a su lado y susurró su nombre. Entonces, Gabriel cerró los ojos y se durmió.

14

Cuando sonó el despertador, Ágata fue la primera en despertarse. Abrió los ojos y, tras comprobar que Gabriel seguía dormido, se levantó y se fue a la ducha. Luego preparó su bolsa para ir a casa de los Abbot. Estaba un poco nerviosa. Aparte de Nana, ellos eran lo más parecido a una familia para Gabriel, así que no quería causar mala impresión. Mientras escogía la ropa se le ocurrió que quizá Sam y su esposa supieran algo sobre la muerte del padre de Biel; tendría que encontrar el modo de hablar con ellos. Ya vestida, preparó el desayuno y fue a comprobar si él se había despertado.

—Gabriel, ¿estás despierto? —Vio que la cama estaba vacía y oyó correr el agua. Se estaba duchando. Por un instante, estuvo tentada de interrumpir su ducha igual que él había hecho el día anterior, pero descartó la idea. Quería que Gabriel confiara en ella y el sexo, aunque era fantástico, solo servía para que él ejerciera un control más fuerte sobre sus emociones. Tenía que encontrar el modo de que bajara la guardia y, la próxima vez que hicieran el amor, el señor Trevelyan no sería capaz de controlar nada. Ya se encargaría ella de eso.

Gabriel apareció en la cocina duchado y con una bolsa de viaje en la mano. Vio que Ágata estaba desayunando tostadas y leyendo un libro. Se la veía feliz, y a él le dio un vuelco el corazón.

—¿Qué estás leyendo?

Ágata acabó de masticar el bocado que aún tenía en la boca.

—*El conde de Montecristo*. ¿Lo has leído?

—No, pero he visto la película.

—La película no está mal, pero el libro es genial. Yo lo he leído varias veces, es uno de mis favoritos. Siempre que viajo, lo llevo conmigo. —Señaló el libro que ahora estaba encima de la mesa—. Me lo regaló mi abuelo.

Entonces Gabriel se dio cuenta de lo vieja que era la edición y de lo gastado que se veía el libro. Recordó que el abuelo de Guillermo y Ágata era un señor serio y reservado, pero que quería a sus nietos con locura.

—¿Tu abuelo?

—Sí. Supongo que heredé de él la pasión por los libros. Murió hace seis años. —Ágata cambió de tema—. En fin, ¿a qué hora tenemos que irnos?

—No hay prisa. Hemos de estar allí a la hora de comer. —Se acercó a la mesa y hojeó la novela—. ¿Me lo dejarás? —Antes de que ella pudiera contestar, él bajó la cabeza y le dio un beso.

—Claro —respondió Ágata.

—¿Sabes una cosa? —dijo él mientras le colocaba un mechón de pelo detrás de la oreja—. Aún tengo *Charlie y la fábrica de chocolate*. Siempre lo he llevado conmigo; en la universidad, en mis trabajos. Ahora está guardado en el primer cajón de mi escritorio.

Ella se sonrojó al acordarse del día en que le regaló ese libro y lo miró sorprendida. No esperaba que él lo hubiera guardado todos esos años. No sabía qué decir, así que optó por una salida fácil:

—Yo ya estoy lista. Cuando quieras podemos irnos.

Gabriel la miró, y vio en ella una determinación que no había visto antes. Algo estaba tramando, pero si Ágata no se lo contaba, él, de momento, no iba a preguntárselo.

—Pues vamos.

En el coche, a él se le veía pensativo. Conducía sin decir nada; no podía dejar de dar vueltas a cómo le estaba cambiando la vida.

—No pienses tanto —dijo Ágata sin dejar de mirar el paisaje.

—No estoy pensando —contestó él enfurruñado.

—Sí lo haces. Oigo tus pensamientos desde aquí. —Entonces ella se volvió y lo miró—. Si sigues así, se te arrugará la frente. —Le acarició el entrecejo con suavidad.

—Está bien —reconoció él—, estaba pensando.

—¿En qué? —le preguntó ella, dejando de acariciarle.

—¿En qué? ¿Cómo que «en qué»? —Ella no contestó. —Pues en «lo nuestro» —prosiguió él, malhumorado.

—¿Lo nuestro? —Ágata sonrió—. ¿Te han dicho alguna vez que te preocupas demasiado?

—Constantemente.

—Pues deberías dejar de hacerlo. —Volvió a acariciarlo, esta vez en la nuca.

—Ya. —Le costaba pensar con ella tocándolo—. Me preocupa que acabe haciéndote daño. No me lo perdonaría.

—No vas a hacérmelo. —Notó cómo se le tensaban los músculos del cuello—. Tranquilo, ya soy mayorcita y sé dónde me estoy metiendo. —Seguía acariciándole y él fue relajando la respiración.

—Me alegro de que, al menos, uno de los dos sepa lo que está haciendo. —Soltó el aliento—. Mira, estamos llegando; es esa casa.

La vivienda de fin de semana de la familia Abbot era preciosa. Se trataba de una antigua granja que Sylvia, la mujer de Sam, había restaurado. Estaba en medio de una enorme pradera verde, y en una esquina se veían unas vacas y unas ovejas acompañadas por dos grandes perros. Aparcaron el coche, y en el mismo instante en que Gabriel detuvo el motor, por la puerta salieron corriendo dos niñas de unos siete y nueve años.

—¡Gab! —gritó la más pequeña al mismo tiempo que se le colgaba del cuello—. Hacía mucho que no venías.

—Tu padre es muy malo y me tiene todo el día trabajando —contestó Gabriel sonriendo y besando a la pequeña en las mejillas.

—Tú sabes que eso no es verdad —dijo Sylvia descolgando a Natalie del cuello de Gabriel para poder darle ella también dos besos—. Me alegro de verte. —Le peinó cariñosamente el pelo—. ¿Vas a presentarme a Ágata?

—Mamá —dijo Alicia, la mayor de las hijas de Sam—, no entiendo lo que decía papá de la cara de idiota de Gab. Yo lo veo igual que siempre.

Gabriel se sonrojó y, para intentar ocultar un poco la vergüenza que sentía, se agachó delante de Alicia.

—¿No vas a darme un beso? —le preguntó a la causante de que todos lo llamaran «Gab».

—Claro. —La niña lo besó cariñosamente—. ¿Te vas a quedar a dormir?

—Si a tu madre le parece bien. —La despeinó un poco.

—A su madre le parece bien —contestó Sylvia.

—¿Podremos jugar a los piratas? —preguntó Alicia, ansiosa.

—Por supuesto.

La niña, satisfecha con la respuesta, agarró a su hermana pequeña del brazo y echó a correr hacia el cobertizo que hacía las veces de barco pirata. Ágata había observado toda la escena fascinada. Le encantaba ver esa faceta dulce y cariñosa de Gabriel, le daba esperanzas. Si era capaz de ser tan afable con unas niñas pequeñas, tal vez lograría que confiara en el amor.

—Ágata —Gabriel le acarició el brazo—, me gustaría presentarte a Sylvia, la mujer más valiente del mundo, la esposa de Sam.

—Gab, no digas tonterías —lo riñó cariñosa—. Estoy encantada de conocerte, Ágata.

—Lo mismo digo. Tienes unas hijas maravillosas.

—No te dejes engañar, son malísimas —dijo sonriendo—, aunque creo que gran parte de culpa la tiene Gabriel. Cuando eran más pequeñas, él solía pasar mucho tiempo aquí. —Sylvia se calló y recordó cómo se había quedado Gabriel después de la muerte de su padre, y cómo Sam lo había obligado a vivir con ellos durante un tiempo. Se pasaba los días casi sin hablar, y las noches al lado de la cuna de Alicia, como si viéndola dormir pudiera combatir la pena que lo abrumaba—. En fin, podrás verlo por ti misma esta noche, cuando los piratas nos ataquen. —Ante la mirada perpleja de ambos, añadió—: Vamos, voy a enseñarte vuestro cuarto.

—¿Nuestro cuarto? —preguntó Gabriel tropezando con la bolsa que había sacado del maletero. Ágata no sabía dónde mirar.

—Gabriel Trevelyan, ¿vas a insultar mi inteligencia diciendo que quieres cuartos separados? —dijo Sylvia desafiante.

Gabriel no contestó, pero Ágata sí lo hizo.

—No creo que Biel sea capaz de articular una palabra, pero yo sí. Tienes razón, Sylvia, una habitación es todo lo que necesitamos. Bueno, no todo, pero basta para empezar.

—¿Biel? —repitió Sylvia, curiosa—. Me gusta, y también me gustas tú, Ágata. Ya era hora de que Gab recordara que tiene corazón. Es por aquí.

Gabriel continuó mudo, pero levantó la bolsa del suelo y siguió a Sylvia hacia el interior de la granja.

—Esta habitación es la que solía ocupar Gab cuando pasaba largas temporadas con nosotros. El año pasado decidí redecorarla; espero que estéis cómodos. Podéis utilizar el baño del pasillo.

—Es perfecta, Sylvia, gracias —contestó Ágata mirando las vistas desde la ventana—. Me encanta este lugar.

La mujer sonrió.

—Os dejo para que os instaléis —dijo. A continuación, abrazó a Gabriel y le susurró de modo que Ágata no pudiera oírlo—: Cuando recuperes la voz, me gustaría que me contaras cómo has logrado que una chica así se enamorara de ti.

—No tengo ni idea —respondió él devolviéndole el abrazo.

—Os espero en la cocina —se despidió Sylvia al salir de la habitación—. Supongo que Sam ya habrá regresado de correr, y que las niñas estarán ansiosas por jugar contigo.

Ágata y Gabriel se quedaron solos. Ella seguía mirando por la ventana; le fascinaba el paisaje, que parecía una escena de *Orgullo y prejuicio*. Gabriel abrió la bolsa y empezó a guardar la ropa en los cajones de la cómoda, como si fuese algo que hubiera hecho miles de veces.

—Es precioso —musitó Ágata. Gabriel seguía ordenando la ropa—. ¿Estuviste mucho tiempo aquí?

—Bastante —respondió él escueto, sin dejar de hacer lo que estaba haciendo.

—¿Cuándo? —Ágata insistió sin darse la vuelta, deseando con todas sus fuerzas que Gabriel confiara en ella.

Él dejó de moverse por la habitación, se sentó en la cama y se pasó nervioso las manos por el pelo.

—Cuando murió mi padre. —Tomó aliento—. Creí que me iba a volver loco. De no haber sido por Sam y Sylvia, no sé si Nana hubiera podido consolarme. ¿Sabes qué fue lo peor de todo?

Ágata se dio la vuelta y se sentó a su lado en la cama.

—¿Qué? —Ella entrelazó sus dedos con los de él. Gabriel cerró los ojos y bajó la cabeza.

—Saber que yo no había sido suficiente.

Ágata no dijo nada y esperó a que él decidiera o no continuar.

—Cuando mi madre se fue, mi padre empezó a beber. El cáncer fue únicamente el último golpe. Durante años, él se había encargado de acabar por sí solo con su hígado y con parte de sus pulmones. —Respiró hondo—. Nunca logré convencerle de que dejara de beber. —Cerró los ojos—. Igual que nunca logré convencer a mi «queridísima» madre de que aceptara verlo. —Levantó la cabeza—. No sé por qué te estoy contando esto. Al parecer, tengo tendencia a decirte cosas que nunca le he dicho a nadie antes. —Le soltó la mano y se puso de pie.

—Yo tampoco lo sé, pero me gusta que sea así —replicó Ágata acercándose a él. No tenía intención de permitir que se arrepintiera de haber compartido esos sentimientos con ella, así que le acarició suavemente la mejilla—. ¿Vamos a buscar a Sylvia y a las niñas? Estoy impaciente por ver qué es eso de jugar a los piratas.

Ágata iba a abrir la puerta de la habitación cuando Gabriel le puso una mano en el hombro y la obligó a darse media vuelta. Unos escasos centímetros los separaban y él buscó sus labios con suavidad. Fue un beso dulce y lento. Mientras, con las manos le acariciaba la cara, como si quisiera grabarse en el tacto de sus dedos la forma de sus facciones. Gabriel no sabía muy bien qué le estaba pasando, pero sí sabía que necesitaba recordar su sabor, recordar que aún era capaz de sentir y, al parecer, solo Ágata hacía posible ese milagro. Ella le acariciaba la espalda, parecía entender lo que estaba pasando, y con sus labios y su cariño quería que él se sintiera tranquilo, feliz. Los dos se abrazaron con fuerza, sus lenguas no dejaban de acariciarse, sus corazones latían acelerados al unísono. Gabriel deslizó una mano por debajo del jersey de ella para sentir su piel. Entonces, poco a poco, fue bajando la intensidad del beso y, con los ojos aún cerrados, apoyó su frente contra la de Ágata. Se apartó unos centímetros de ella y le colocó detrás de la oreja un mechón de pelo.

—Vamos, te enseñaré a jugar a los piratas.

Jugar con las hijas de Sam y Sylvia fue agotador, pero valió la pena con tal de ver a Gabriel sonreir de esa manera. Horas más tarde, estaban los cuatro adultos alrededor de la mesa, y Ágata tuvo el presentimiento de que eran muy pocas las personas que veían alguna vez esa faceta de Gabriel. Nana, por descontado, y tal vez Guillermo, pero dudaba que nadie más. Saber que él, quizá sin ser consciente de ello, le estaba abriendo esa ventana a su alma hacía que se le acelerase el corazón casi con tanta rapidez como sus besos. Se sonrojó al pensar en eso, en los besos. Por suerte la voz de Sylvia la devolvió a la realidad antes de que se avergonzase a sí misma suspirando allí en medio.

—Sam, si cuentas otra vez lo de esa fiesta, juro que dormirás solo lo que te queda de vida —lo riñó Sylvia sonriendo —. No puedo creer que me convencieras de hacer esas locuras.

—¡Eh! No todo es culpa mía —respondió él entre carcajadas—. No soy yo el que se apuntó a clases de danza del vientre.

—No pienso dignificar ese comentario con una respuesta. —Sylvia se levantó sonrojada de la silla—. Ágata, ¿quieres que te enseñe los artículos que Gab escribió en la universidad, mientras los «chicos» recogen la mesa y friegan los platos?

—Me encantaría —respondió ella aún riendo—. ¿Ya se han ido a dormir las niñas?

—Sí, hace un rato. Sam, Gabriel, espero tener todos los platos y las copas limpias y enteras en unos veinte minutos. Nosotras os esperamos sentadas delante de la chimenea.

—Se dirigió a Ágata—. ¿Vamos?

—Sí, claro.

Se levantó y siguió a Sylvia hasta una habitación que hacía las veces de biblioteca y despacho y en la que había una chimenea con el fuego encendido. Sylvia se dirigió a un escritorio y de un cajón sacó una carpeta azul, se sentó en un sofá y le indicó a Ágata que se sentara a su lado.

—Siempre he guardado los artículos de Gab.

—¿Seguro que no quieres que vaya yo a fregar los platos y así Sam y tú estáis un momento tranquilos a solas? —preguntó Ágata un poco incómoda por haber dejado a su anfitrión atrapado en la cocina.

—¡Vaya tontería! A Sam le encanta fregar platos, y así podrá interrogar a Gab sobre ti. Vamos, siéntate. Aparte de los artículos también tengo algunas fotos que quiero enseñarte.

Ágata no pudo resistir la tentación y se acomodó al lado de Sylvia.

—¿Desde cuándo conoces a Gab?

—Desde que murió su padre, hace nueve años. Me acuerdo porque Alicia acababa de nacer, y a Gab le encantaba quedarse en su habitación, mirándola mientras dormía. —Rebuscaba entre los papeles de la carpeta—. Mira, este artículo es el primero que Sam descubrió.

Ágata empezó a leerlo; era fascinante la fuerza y la rabia que se desprendía de cada línea. Oyó cómo Sylvia se levantaba y elegía una fotografía que había encima de una mesita.

—Esta fotografía es de ese invierno. —Se la acercó a Ágata—. Siempre ha sido una de mis favoritas. Sam quería que la incluyera en una de mis exposiciones, pero siempre me he negado. Es demasiado íntima, demasiado mía.

—Lo entiendo —susurró Ágata ensimismada mirando la foto. En ella, Gabriel estaba sentado en un sofá, con Alicia en los brazos. Los dos estaban dormidos y por la ventana de la habitación entraba una luz mágica que hacía que los dos parecieran igual de inocentes, igual de necesitados de protección—. Recuerdo ese día —explicó Sylvia—. Yo volvía de fotografiar unos terneros recién nacidos y cuando entré en la habitación y los vi no pude resistir la tentación. Se los veía tan dulces, tan tranquilos... Creo que era la primera vez que Gab dormía en dos semanas.

Ágata notó cómo los ojos se le llenaban de lágrimas y, para relajar un poco el ambiente, decidió cambiar de tema.

—¿Eres fotógrafa?

—Sí, bueno, lo intento. —Sylvia la tomó de la mano—. No te preocupes por llorar; él no ha sido capaz de hacerlo, así que está bien que alguien que le quiera llore por él.

—Ya —susurró Ágata frotándose los ojos con los puños del jersey—. La verdad es que aún no sé qué va a pasar con nosotros.

—Nadie lo sabe —contestó Sylvia—. ¿Quieres ver las fotografías que tomé de las niñas el año pasado por Halloween? Con una de ellas gané un concurso.

—Me encantaría —respondió Ágata sonriendo de nuevo—. A ver si así dejo de hacer el ridículo durante un rato.

Mientras, en la cocina, Sam estaba haciendo lo que Sylvia había anunciado; es decir, estaba interrogando a Gabriel.

—Bueno, ¿cómo van las cosas? —Era un primer intento de acercamiento sutil y ambiguo.

—Bien, como siempre —respondió Gabriel mientras fregaba una de las bandejas.

—¿Como siempre? —Sam le guiñó un ojo—. Yo no recuerdo haberte visto nunca sonreír más de dos veces seguidas en la misma noche. Hasta hoy.

—Ya.

—¿Cómo que «ya»? —Sam optó por abandonar la sutileza—. Hace diez años que te conozco, y es la primera vez que te veo feliz. ¿Crees que te voy a dejar escapar sin que me cuentes todos los detalles? Ni loco. Si lo hago, Sylvia me mata. Vamos, compadécete de mí y cuéntamelo.

—Pues —Gabriel carraspeó— no sé. —Se sonrojó—. Primero pensé que solo me sentía atraído por ella, que la deseaba.

—Para, para. —Sam levantó la mano con la que secaba los platos—. Piensa que tengo el corazón de un hombre de cincuenta y siete años.

Gabriel continuó como si no lo hubiera oído.

—Pero por desgracia es peor.

—¿Peor? —preguntó Sam sorprendido.

—Mucho peor. —Gabriel fregaba los platos completamente concentrado—. No dejo de pensar en ella.

—Eso no es malo. —Sam le puso una mano sobre el hombro—. Se llama «amor» y cuando te acostumbras está bastante bien.

Gabriel cerró el grifo y colocó el último plato en el escurridor.

—Es que me da miedo acostumbrarme.

—¿Miedo? ¿A qué tienes miedo? —Sam intuía la respuesta, pero quería oírselo decir a Gabriel.

Este se dirigió a la puerta de la cocina y colgó el delantal.

—Tengo miedo de convertirme en mi padre —contestó, sin atreverse a mirar a Sam a la cara.

Él le puso la mano en el antebrazo para poder decirle lo que pensaba de semejante estupidez, antes de ir a reunirse con Sylvia y Ágata.

—Gabriel, tú no eres tu padre; nunca lo has sido y nunca lo serás. Y Ágata no es tu madre. —Buscó su mirada—. Tú nunca elegirías el camino que tomó Rupert cuando Gloria os abandonó. ¿Lo entiendes?

—Lo entiendo. ¿Vamos a ver qué están tramando esas dos?

—Vamos —convino Sam, pero estaba convencido de que Gabriel no había escuchado ni una palabra de todo lo que le había dicho.

—¡En esta están guapísimas! —exclamó Ágata sonriendo.

—Siempre he dicho que se parecen a mí —contestó Sam desde la puerta.

—Ya, eso quisieras —lo pinchó Gabriel, que entró el último.

—Sam, Gabriel, estoy aburriendo a Ágata con batallitas de las niñas. Cada vez me parezco más a mi madre. —Sylvia le acercó otra caja de fotografías—. Si estás harta —dijo dirigiéndose a Ágata—, podemos dejarlo.

—No, en absoluto. Me encanta ver fotografías. Mi padre también nos hacía muchas cuando éramos pequeños. Bueno, la verdad es que aún lo hace; es un poco pesado, pero vale la pena.

Ágata estaba tan enfrascada con las fotos que no se dio cuenta de que Gabriel se había sentado a su lado en el sofá hasta que él empezó a hablar.

—Me acuerdo de un verano en que fuimos a la playa. Yo debía de tener nueve o diez años. Guillermo y yo estuvimos nadando y jugando en el mar durante horas. —Le acarició el pelo—. Tú estabas con una de tus hermanas en la arena, intentando construir un castillo, y vi cómo tu padre se ponía en cuclillas y os sacaba una foto. —Le acarició la mejilla—. Nunca la he visto, pero seguro que estás preciosa.

A Ágata le costó encontrar la voz, pero lo logró.

—Es una de mis fotos favoritas. Cuando cumplí dieciochos años mis hermanos me la regalaron en una tela y la tengo colgada en mi habitación. ¿Cómo te diste cuenta de que mi padre nos hacía esa foto?

—Porque te estaba mirando —contestó Gabriel sin dudarlo, pero al notar que se sonrojaba, decidió cambiar de tema—. Sam, ¿has leído los artículos que te he traído?

—No, y no pienso hacerlo. Hoy es sábado —miró el reloj— y ahora mismo me voy a la cama. Mañana hablamos de ello. —Le tendió la mano a su esposa para ayudarla a levantarse del sofá—. Buenas noches, Ágata.

—Buenas noches, Sam. Sylvia, gracias por todo —respondió ella sabiendo que Sylvia entendería a qué se refería.

—De nada, buenas noches.

—Tú y yo también deberíamos irnos a dormir —prosiguió Ágata, dirigiéndose ahora a Gabriel—. Creo que mañana nos espera la venganza de los piratas. —Se levantó del sofá y se dirigió hacia la puerta—. ¿Vienes?

Él levantó la vista de las fotografías que aún tenía en el regazo y no dijo nada.

—¿Vienes? —volvió a preguntarle Ágata.

—Claro. —Se levantó del sofá y la tomó de la mano.

Una vez en la habitación, ninguno de los dos sabía muy bien cómo comportarse, y Ágata optó por disimular buscando el pijama y el neceser en la bolsa que aún no había deshecho. Gabriel abrió un cajón y sacó el pijama que antes había guardado.

—Voy al baño —dijo tras carraspear—. ¿O prefieres ir tú primero?

—No, gracias —contestó Ágata—. Ve tú.

Ella aprovechó que estaba sola para cambiarse y para preparar la cama.

—Ya tienes vía libre —le comunicó Gabriel cuando volvió a la habitación, ya con el pijama puesto.

—Gracias, solo tardaré un minuto.

Él se puso las gafas y abrió un libro. Necesitaba distraerse, tenía que dejar de pensar en las ganas que tenía de hacer el amor con Ágata, ya que de ninguna manera iba a hacerlo con Sam y Sylvia durmiendo a escasos metros de ellos. Tenía que relajarse, a ver si así lograba volver a respirar con normalidad y que la sangre le circulara por todo el cuerpo, y no se concentrara solo bajo su cintura. Se tumbó en la cama e intentó meterse en la lectura. No tenía ni idea de lo que estaba leyendo. Ágata abrió la puerta y caminó en silencio hacia la cama.

—¿Quieres que deje la luz encendida o tienes suficiente con la de la mesita de noche? —le preguntó a Gabriel antes de acostarse.

—¿Eh? No, gracias. Con la de la mesilla tengo suficiente —contestó él sin apartar la mirada del libro.

—Buenas noches, pues —dijo ella, disponiéndose a dormir. Pero pasados unos segundos se echó a reír.

—¿De qué te ríes?

—De nada. —Seguía riéndose a carcajadas.

—¿De nada? —Gabriel sonrió—. Vamos, dímelo.

—Es que —dijo Ágata mientras se incorporaba en la cama— toda esta escena me ha recordado a mis padres.

—¿Escena? —preguntó él enarcando una ceja.

—Si, ya sabes, tú tan serio, leyendo, y yo preguntándote si necesitas más luz. Una escena muy doméstica. —Ágata sonrió y le pasó la mano por el pelo. Gabriel dejó el libro en la mesilla y se quitó las gafas.

—Yo nunca he visto una escena así —contestó mientras apagaba la luz.

—Ahora ya sí. Buenas noches —replicó ella, y cerró los ojos. Sabía que Gabriel no estaba cómodo con Sam, Sylvia y las niñas tan cerca. Empezaban a pesarle los párpados cuando sintió cómo él se pegaba a su espalda y la abrazaba, creyendo que ya estaba dormida. Notó su respiración en la nuca y resultó más que evidente lo excitado que estaba. La mano de Gabriel se deslizó por su espalda hasta ir a posarse con suavidad encima de su estómago; luego él se movió hasta quedar encajado con ella. Ágata iba a darse la vuelta cuando Gabriel empezó a besarle cariñosamente la nuca y el cuello. Solo fueron un par de besos.

—Agui, mi princesa —susurró entre los besos—, tengo miedo. —Suspiró profundamente y le dio un último beso en el cuello.

Ágata esperó un instante y, al ver que él respiraba cada vez más despacio, se atrevió a mover su mano hasta colocarla encima de la suya, y cerró los ojos.

Por la mañana, Gabriel fue el primero en despertarse, y vio a Ágata aún dormida acurrucada a su lado. Le encantaba verla dormir. Intentó salir de la cama, pero cada vez que se movía, ella se pegaba aún más a él, así que optó por rendirse y quedarse tumbado disfrutando del momento. Poco a poco, Ágata se fue despertando.

—Buenos días —susurró aún medio dormida.

—Buenos días —contestó Gabriel mirándola a los ojos—. ¿Has dormido bien?

—Sí, ¿y tú?

—Sí —respondió él mientras le acariciaba la espalda—. Me gusta dormir contigo. —Bajó la cabeza y la besó.

Estaban abrazados. Él le acariciaba la espalda al mismo ritmo que su lengua devoraba su labios; ella subió lentamente una pierna recorriendo la de él, para poder estar más cerca.

—¡¡Gab!! —gritó Alicia entrando de golpe en la habitación y casi provocando un infarto a sus ocupantes—. Natalie y yo hace rato que te esperamos para jugar. ¿Por qué no te has levantado aún?

—Ya voy —contestó él dando gracias a Dios por haber estado vestido en el momento de la invasión—. Ve con Natalie y yo ahora mismo voy.

—¿De verdad? —preguntó Alicia, suspicaz—. Estás raro.

—De verdad. Y no estoy raro. —Le tiró una almohada—. Vamos, vete ya, pirata. Enseguida voy.

Alicia salió riéndose de la habitación y Ágata, que de la vergüenza se había escondido bajo el edredón, por fin pudo respirar tranquila.

—¿Se ha ido?

—Sí, creo que es mejor que vaya a ducharme. No se debe hacer esperar a los piratas.

—Está bien, capitán Jack.

Gabriel se duchó y vistió a la velocidad del rayo, y mientras él jugaba a la isla del tesoro, Ágata permaneció en la cocina, hablando con Sam y Sylvia.

—¿Puedo preguntaros una cosa? —Ágata se dirigió a ambos y se sirvió un poco más de té. Le fascinaba que en ese país creyesen que esa bebida podía solucionarlo casi todo.

—Claro —respondió Sylvia en nombre de los dos, aceptando la taza que le ofrecía—, dispara.

—¿Cómo era el padre de Gabriel?

Sam y Sylvia se miraron el uno al otro como decidiendo quién iba a contestar, y finalmente lo hizo Sam.

—¿Tú no lo conocías?

—No mucho —contestó Ágata y tomó un sorbo—. Gabriel pasaba mucho tiempo en mi casa, pero a sus padres solo los vi un par de veces cuando venían a buscarlo. Creo que nunca juntos. Su padre era muy guapo, creo que Gabriel se parece mucho a él, y muy serio. Su madre era también muy guapa y siempre iba muy arreglada.

—¿Sabes por qué se divorciaron?

—No muy bien, pero me acuerdo de lo triste que estaba Gabriel. Recuerdo que vino a casa con una maleta, y que cuando mi madre lo abrazó, se echó a llorar. —Ágata se emocionó al pensar en ese día—. Guillermo, mi hermano mayor, le dio también un abrazo, y sin decir nada salieron a pasear. Siempre ha sido parco en palabras...

—Gloria dejó a Rupert por otro hombre —la interrumpió Sylvia—. Según nos contó el propio Gabriel, ya hacía meses que se veían, y cuando ella se quedó embarazada, los abandonó. Rupert se derrumbó. No podía entender lo que estaba pasando y empezó a beber.

—Al principio no bebía mucho —continuó Sam—, pero a medida que avanzaba el divorcio y que él veía que ella había formado una nueva familia, como si él y Gabriel no existieran, bebía cada vez más. Seguía viviendo en España, pero venía a Inglaterra muy a menudo. —Sam se pasó las manos por el pelo—. Yo conocí a Rupert en la universidad y, aunque no éramos amigos, siempre lo admiré como periodista. Su mejor amigo era Steve Gainsborough, el director de *The Scope*, y creo que este intentó ayudarlo tanto como pudo. Aunque no sirviera de mucho.

—Todo lo sabemos por Gabriel —intervino Sylvia—, y por su abuela. ¿Conoces a Nana?

—Sí —respondió Ágata aturdida. No sabía cómo digerir tanta información—. ¿Y el cáncer? Mi hermano me contó que Rupert murió de cáncer.

—Es cierto, pero él se encargó de ahorrarle mucho trabajo —respondió Sam—. ¿Te he contado alguna vez cómo conocí a Gabriel?

—No.

—Yo trabajaba como director de contenidos para un grupo editorial al que pertenecen casi todos los periódicos locales de Inglaterra, y un día casi me da un infarto al leer un artículo publicado en uno de esos periódicos.

—Es ese artículo que leíste ayer —apuntó Sylvia.

—Mi primera reacción fue despedir a quien lo había escrito, pero luego pensé que sería mucho mejor utilizar todo ese talento para mejores fines. Así que fui a buscarlo. Cuando llegué a la redacción de ese periódico, me dijeron que Gab se había ido, que su padre acababa de morir y que, si quería encontrarlo, podía intentarlo en el *pub* de la esquina.

—¿En el *pub*? —Ágata estaba sorprendida. Esa imagen no encajaba con la idea que tenía ella de Gabriel a esa edad, y menos teniendo en cuenta la causa de la muerte de Rupert. Pero desde su llegada a Londres estaba descubriendo que el Gabriel real, el de verdad, era mucho más complejo que el que se había quedado viviendo en sus recuerdos durante todos esos años. Y se le encogió el corazón al pensar en él, un chico que acababa de perder a su padre y que se sentía completamente perdido.

—Sí. —Sam se frotó los ojos—. Cuando entré allí, vi a un chico roto, vacío, intentanto contener las lágrimas, y con tanta rabia que prácticamente le salía por los poros. Estoy convencido de que si no me hubiese acercado a hablar con él esa noche se habría peleado con alguien.

Sylvia acarició la espalda de su marido para animarlo a continuar.

—Me presenté y le dije que quería contratarlo. Él no me respondió; se limitó a mirarme a los ojos y a preguntarme si conocía a Rupert Trevelyan. Le dije que sí, y entonces me dijo: «Pues cuéntame cómo era, porque lo que yo sé de él quiero olvidarlo». Le conté lo que yo recordaba de su padre de nuestra época universitaria, y poco a poco empezamos a hablar de otras cosas. Cuando el *pub* iba a cerrar, lo invité a venir aquí.

—Yo estaba embarazadísima —añadió Sylvia— y recuerdo que cuando vi a Gabriel me entraron ganas de llorar. Ya sabes lo sensibles que están las embarazadas. Parecía tan triste y solo...

—Lo contraté —prosiguió Sam—. Al principio nos peleábamos constantemente, ya sabes lo testarudo que es, pero nos hicimos amigos.

—La verdad es que los dos lo queremos mucho —dijo Sylvia—. Por eso estamos tan contentos de que te haya encontrado.

—Bueno, no sé si él me ha encontrado a mí o yo a él, pero no tengo intención de dejarle escapar. Lo único que quiero es encontrar el modo de hacerle feliz. —Ágata se mordió nerviosa el labio—. Y para lograrlo necesito vuestra ayuda.

—Él nunca habla mucho de todo aquello —comentó Sam—, pero al parecer su madre no solo abandonó a su padre, sino también a él. Por lo que sé, Gloria no quiso volver a saber nada de su hijo.

—¿Cómo pudo ser capaz de hacer algo así? —preguntó Sylvia indignada—. Una cosa es querer divorciarte de tu marido, pero ¿no querer ver más a un hijo tuyo? ¡Es indignante!

—Además, cuando Rupert empezó a beber, no solo arruinó su salud, sino también la reputación que tenía como periodista. Ya sabes cómo es la gente. Desde su muerte, lo que se recuerda de él es que era un borracho. Nadie se acuerda ya de lo fantásticos que eran sus artículos antes de la bebida. Gabriel lo pasó muy mal, no puedo ni imaginar lo que se debe de sentir al ver cómo tu padre se destruye por culpa de una mujer que ni siquiera se lo merece. —Sam tomó aire—. Bueno, ahora ya sabes todo lo que nosotros sabemos.

—Gracias por contármelo —respondió Ágata aún emocionada.

—Será mejor que cambiemos de tema —propuso Sylvia mirando por la ventana de la cocina—. Por ahí vienen Barbanegra y sus compinches.

Ágata se bebió el té que quedaba en su taza, se levantó y salió al jardín al encuentro de su pirata favorito.

En el coche, de regreso a Londres, Gabriel no dejó de hablar en todo el rato. Ágata le preguntó por Alicia y Natalie, y él empezó a contarle todas las travesuras que les había visto hacer desde pequeñas. Le explicó en qué consistía el juego de los piratas, de qué se habían disfrazado todos los años, lo malas que eran con él. De vez en cuando, mientras hablaba, Gabriel descansaba la palma encima de la pierna de Ágata y, en un semáforo, incluso la tomó de la mano y le besó los nudillos. A Ágata le gustaba ese Gabriel dulce y relajado; un Gabriel que parecía cómodo en su piel. Aparcaron el coche y caminaron hasta el edificio del portal naranja.

—Lo he pasado muy bien —dijo Ágata subiendo la escalera—. Sam y Sylvia te quieren mucho.

—Pareces sorprendida —contestó Gabriel abriendo la puerta y entrando en el apartamento—. ¿Crees que soy difícil de querer? —preguntó sonriendo.

—Para nada —respondió ella cerrando tras de sí. Iba a encender la luz cuando Gabriel colocó las manos en sus hombros y la empujó suavemente hacia la puerta. Dejó las palmas a ambos lados de su cabeza y la besó con toda la pasión que llevaba dos días reprimiendo.

—He pasado todo el fin de semana pensando en esto —murmuró Gabriel, apartándose de ella un instante para tomar aire—. Ya no puedo aguantar más. Volvió a besarla con fuerza. Con su lengua seducía sus labios, mientras con las manos le desabrochaba la camisa y le acariciaba los pechos.

—Yo tampoco —susurró Ágata antes de seguir su ejemplo y desabrocharle también la camisa—. Me encanta tocarte.

Le deslizó la mano por el abdomen. Gabriel se la apartó antes de que pudiera llegar a su objetivo y, ante la mirada sorprendida de ella, contestó a la pregunta no formulada.

—Me queda muy poco autocontrol. —Le besó el cuello, le recorrió la clavícula con la lengua y le desabrochó el pantalón—. Yo en tu lugar no me pondría a prueba.

Ágata optó por ignorar su consejo y le desabrochó el cinturón. La estaba volviendo loca con sus labios y con sus manos, que le recorrían todo el cuerpo, y quería que él sintiera lo mismo. Así que al cinturón le siguieron todos los botones de los vaqueros.

—Ágata, te deseo. —Él posó la mano en su entrepierna—. Necesito hacer el amor contigo.

Era como si le pidiera permiso, y a Ágata la emocionó esa ternura.

—Yo también necesito hacer el amor contigo.

Al oír esa frase, a Gabriel le brillaron aún más los ojos y tardó solo unos segundos en encontrar un preservativo y colocárselo.

—No vayamos a la habitación —dijo él con la respiración entrecortada—. Quedémonos aquí. Agárrate a mí.

Ágata notó cómo la levantaba del suelo y la penetraba en el mismo movimiento. Ella le rodeó el cuello con los brazos y, con las piernas, se apretó contra su cintura. Los dos seguían parcialmente vestidos. Ágata nunca se había imaginado capaz de hacer algo así, pero con Gabriel todo le parecía posible. Sentía todos sus movimientos en lo más profundo de su interior, mientras la besaba como si quisiera devorarla y con las manos la sujetaba y apretaba contra él para que su espalda no rozara demasiado la pared. Ella le acariciaba la espalda por debajo de la camisa y le besaba el pecho y los hombros, que empezaban a cubrirse de sudor. Sintió cómo él llegaba al límite, cómo tensaba la espalda; ella también estaba muy excitada.

—Agui, mírame —le pidió Gabriel con la mandíbula apretada—. Mírame.

Ágata abrió los ojos y lo miró, y en sus ojos vio todo lo que él aún no sabía cómo expresar con palabras.

—Gabriel, me estoy enamorando de ti —fue lo único que se atrevió a decir. Él no respondió, pero en su mirada apareció un brillo especial, y la besó como nunca la había besado. Con ese beso, intentó decirle que él también se estaba enamorando, aunque tenía miedo de reconocerlo, y con sus caderas ejecutó los últimos movimientos que los llevaron a ambos al paraíso.

Pasados los temblores, Gabriel siguió de pie, sujetando a Ágata entre sus brazos mientras ella aún se estremecía. No sabía qué hacer con lo que estaba sintiendo. Por un lado, quería gritar a los cuatro vientos que era feliz; pero por otro, tenía un miedo atroz de decirlo en voz alta, porque entonces, si daba ala a esos sentimientos, podían escaparse de su vida. Cerrados en su interior estarían más a salvo, y él también. Todavía no podía creerse lo que le estaba pasando. Ágata se estaba enamorando de él. ¡Dios! Seguro que en una vida anterior había hecho algo muy bueno para merecer que una mujer como Ágata se enamorase de él. Y, aunque no fuera así, ahora que la tenía no iba a dejarla escapar; iba a encontrar un modo de convencerla de que se quedara con él. Aunque hacerle el amor como un salvaje contra la pared quizá no era el mejor modo de hacerlo.

—¿Te he hecho daño? —le preguntó preocupado mientras la soltaba y la apoyaba en el suelo.

—No. —Ágata lo miró perpleja—. ¿Por qué lo preguntas?

—Bueno —Gabriel se sonrojó—, la pared... No sé qué me ha pasado.

—¿Ah, no? —Ella le acarició cariñosamente el pecho—. Se llama «pasión», y ahora que la he descubierto, creo que me encanta. Así que no te atrevas a arrepentirte de lo que has hecho.

—¿Ahora que la has descubierto? —preguntó Gabriel mientras la tomaba en brazos y se encaminaba con ella hacia su habitación.

—Sí. —Ahora fue Ágata la que se sonrojó—. Yo nunca había hecho algo así. —Le besó el cuello—. Aunque no sé si debería decírtelo. Ahora se te subirán los humos a la cabeza.

—Los humos no es lo único que se me está subiendo, princesa. —Y la soltó encima de la cama sin contemplaciones.

Cuando Ágata entendió a lo que se refería, le tiró una almohada en la cabeza.

—¡Serás engreído! —dijo riéndose y maravillada al ver que tenía razón, y que se le había elevado algo más que el ego—. Eres insaciable.

—Solo contigo, princesa.

Y se pasó toda la noche demostrándoselo.

15

Ágata era feliz, muy feliz. Había pasado la noche haciendo el amor con el hombre más maravilloso del mundo, se habían explorado y saboreado mutuamente, y luego habían hablado. Gabriel le contó cómo conoció a Jack en la universidad, y cómo su abuela lo había cuidado de pequeño. Incluso le contó un par de secretos con los que algún día podría chantajear a Guillermo. A cambio, Ágata le habló de su interés por el arte, de su pésima carrera laboral y del patético accidente en el que se rompió la pierna. Gabriel no habló de sus padres en ningún momento y Ágata no quiso insistir; era una noche demasiado mágica como para que unos malos recuerdos la enturbiaran. Ambos se levantaron cansados, pero a ninguno de los dos le importó; ya dormirían más tarde. De todos modos, dormir es una actividad sobrevalorada.

Llegaron a la revista juntos y, antes de subir a su despacho, Gabriel le dio un beso al despedirse. Nunca la había besado en el trabajo. Ágata creía que se debía a su temperamento reservado, pero si había decidido cambiar, ella no iba a impedírselo. Finalmente, se despidieron y se fueron cada uno a su lugar de trabajo.

Ágata se sentó frente a su ordenador y, justo cuando empezaba a concentrarse, sonó el teléfono.

—¿Sí?

—Ágata, ¿eres tú? —Era Nana—. ¿Te pillo en mal momento?

—No —contestó ella sorprendida—. ¿Pasa algo? —Nana se rio.

—Nada, tranquila. Es que pensé que sería mejor llamarte al trabajo si no queremos que Gabriel se entere de nuestra pequeña reunión.

—Claro. Ya me había olvidado. ¿Cuándo vas a venir?

—El miércoles, si a ti te va bien.

—Perfecto.

—Ágata, ¿estás bien? —preguntó la anciana preocupada.

—Sí, muy bien. ¿Por qué?

—Suenas distinta. Mi nieto se está portando bien, ¿no?

—Sí —sonrió—, demasiado.

—¡Ah! —Nana también sonrió—. Entiendo. Bueno, me alegro de que por fin se haya decidido a hacer algo bien.

—Yo también.

Las dos se rieron.

—Nos vemos el miércoles. —Nana hizo una pausa—. ¿Puedo pedirte un favor?

—Por supuesto —contestó Ágata sin dudarlo—. Dime.

—¿Conoces a Steve Gainsborough?

—No personalmente, pero sé quién es. Es el director de la revista *The Scope*. ¿Por qué?

—Era el mejor amigo de Rupert. —Nana tomó aliento—. Nunca he hablado con él de todo lo que pasó, y creo que ha llegado el momento de hacerlo. ¿Podrías conseguirme su número?

—Sí, claro. Si quieres, puedo intentar llamarlo.

—Te lo agradecería mucho. No sé, supongo que, lo mismo que a Gabriel, aún me duele recordar a Rupert.

—No te preocupes. —Ágata decidió cambiar de tema—: ¿A qué hora llegas el miércoles?

—A las diez, pero no hace falta que vayas a la estación. Cuando llegue, te llamo y nos organizamos.

Ágata vio que Jack se acercaba a su mesa.

—Nos vemos el miércoles. Ahora tengo que colgar. Besos.

—Adiós.

Ágata colgó el teléfono e intentó concentrarse en su trabajo. Una cosa era que Jack y ella fueran amigos, y otra que no tuviera que cumplir con sus obligaciones.

—Buenos días —la saludó Jack sonriendo—. ¿Qué tal ha ido el fin de semana?

—Genial —contestó Ágata, sin poder evitar ruborizarse—. ¿Y el tuyo?

—Bien, fuimos a cenar a ese sitio de Covent Garden y luego a tomar una copa. Descubrimos un local muy interesante, tal vez Gab y tú podáis venir la próxima vez.

—Me encantaría.

Jack miró el ordenador.

—¿Estás trabajando en la nueva propuesta que te pasé?

—Sí. —Ágata movió el cursor para enseñarle los cambios que había hecho—. Creo que podríamos aumentar el contraste si las fotografías tuvieran un color más intenso. ¿Qué te parece?

Jack estudió la fotografía.

—Estoy de acuerdo. Sigue con ello. ¿Nos vemos a la hora del almuerzo?

—Por supuesto.

«Seguro que tengo cara de idiota», pensó Ágata. «¿Quién me iba a decir que rompiéndome la pierna acabaría encontrando al amor de mi vida y a tantos amigos?».

Como siempre, almorzó con Jack y Amanda, quienes le contaron que la afición de Sylvia, la mujer de Sam, por la fotografía, era mucho más que una afición, y que, bajo el pseudónimo de S. H. Wells, se escondía una de las más prestigiosas fotógrafas del mundo. Típico de Ágata no enterarse de ese tipo de cosas a tiempo.

Era casi la hora de salir cuando sonó el teléfono.

—¿Sí?

—Te he echado de menos. —La voz de Gabriel sonó al otro extremo de la línea.

—Y yo a ti. ¿Sales ya? —preguntó Ágata.

—No, aún tengo para un rato —suspiró él cansado—. Por eso llamaba; no me esperes. Vete a casa, yo iré más tarde.

Ágata se acordó entonces de lo que le había pedido Nana. Si Gabriel iba a estar en la oficina un par de horas más, como era habitual en él, tal vez fuera un buen momento para buscar el teléfono de Steve Gainsborough y llamarlo.

—Ágata, ¿estás ahí?

—¡Ah, sí! Lo siento —carraspeó ella—. Estaba pensando.

—¿En las ganas que tienes de acostarte conmigo? —Se rio—. Ya sé que es difícil, pero tienes que aprender a controlarte.

—No, tonto. —Ella también se rio—. Y el que tiene que controlarse eres tú. Estaba pensando que, si vas a llegar tarde, aprovecharé para pasarme por casa de Anthony y ver cómo evoluciona su última conquista. —Odiaba mentirle—. ¿De acuerdo?

—De acuerdo. Nos vemos en casa. —Gabriel vio que Sam lo miraba divertido desde la puerta de su despacho—. Tengo que colgar. Besos.

—Besos.

Sam no pudo evitar reírse.

—Cuando me cuelgas a mí no me mandas besos.

—No creo que a Sylvia le gustara —contestó Gabriel apretando los labios.

—Yo tampoco lo creo. —Sam no podía dejar de sonreír—. Vamos, pasa al despacho, a ver si acabamos esto y nos podemos ir a casa.

A Ágata no le fue difícil encontrar el teléfono de Steve en la agenda de su ordenador. Lo mismo que en las de los demás empleados, tenía introducidos en ella los datos básicos de todos los periódicos y revistas del sector, y el de *The Scope* no era una excepción. Ahora solo tenía que llamar. Lo hizo un par de veces y, en ambas ocasiones, colgó antes de que le contestaran. Tenía que pensar en qué iba a decirle al señor Gainsborough. A la tercera va la vencida. No podía ser tan difícil; solo tenía que pedirle al director de una revista de la competencia que aceptara quedar con ella y con la madre de su mejor amigo, que llevaba casi diez años muerto.

Marcó. Sonó. Una recepcionista descolgó.

—*The Scope*. Dígame, ¿con quién desea hablar?

—Con el señor Gainsborough, por favor. —A Ágata le sudaban las manos. Volvió a oír tono de llamada.

—Despacho del señor Gainsborough, ¿en qué puedo ayudarla? —preguntó una secretaria con tono eficiente.

—Desearía hablar con el señor Gainsborough, por favor.

—Ahora mismo está muy ocupado, ¿de qué se trata? Ya le extrañaba a Ágata que todo fuera tan fácil.

—Es personal. —Tomó aliento y decidió arriesgarse—. Dígale que es de parte de Rupert Trevelyan.

—¿Rupert Trevelyan? —preguntó sarcástica la eficiente secretaria. Era evidente que había reconocido el nombre y sabía que los fantasmas no podían llamar por teléfono.

—Sí, Rupert Trevelyan. Gracias.

Ágata volvió a oír la señal de llamada, y estaba convencida de que «la secretaria maléfica» la había vuelto a pasar con la centralita, cuando una voz muy irritada respondió.

—¿Se puede saber qué tipo de broma es esta?

—¿Señor Gainsborough?

—Sí, ¿y usted quién es? —preguntó enfadado.

—Soy Ágata Martí. —Hizo acopio de valor—. Llamo de parte de la señora Trevelyan, la madre de Rupert Trevelyan. A la señora Trevelyan le gustaría mucho poder hablar con usted sobre Rupert.

—Ya, ¿y eso por qué? —Cada vez sonaba más antipático—. ¿Por qué ahora? Rupert lleva casi diez años muerto.

Era lógico que estuviera sorprendido.

—Para ella no ha sido fácil, y para el hijo de Rupert tampoco. Lamento haberle molestado, señor Gainsborough.

—Oiga, no cuelgue. Aún no le he dicho que no. —Se frotó los ojos—. Mire, estaba a punto de salir y no me gusta hablar de algo tan personal con alguien a quien no conozco. Usted podría ser otra periodista sensacionalista interesada en la tragedia de una vieja figura del periodismo. Así que, ¿sabe dónde está el café Meridien?

—Sí, claro. —Ágata conocía ese café perfectamente, estaba muy cerca de casa de Anthony.

—Perfecto. —Él tomó aliento—. Tiene suerte de que hoy esté de humor, señorita Martí. Estaré allí dentro de media hora y ya veremos qué pasa.

—Bien. —Ágata miró el reloj; tenía tiempo de sobra para llegar—. Le espero allí, y no se preocupe por encontrarme, ya le encontraré yo a usted.

—De eso no tengo ninguna duda, señorita. —Colgó.

Ágata se colgó el bolso y salió apresurada a buscar el metro. En el trayecto, pensó en todo lo que quería preguntarle a Steve Gainsborough. Tenía que averiguar lo que le había pasado a Rupert en los años previos a su muerte y cómo había afectado eso a Gabriel.

Llegó al café Meridien y vio al hombre sentado a una mesa, al lado de una ventana. Aparentaba unos sesenta años y se le veía muy atractivo y elegante. Ágata lo reconoció gracias a las fotografías que había visto de él en diferentes revistas. Solía acudir a muchos eventos sociales, siempre acompañado de su mujer y, a veces, incluso de alguna de sus hijas. Ágata siempre había pensado que parecía un buen hombre, pero ahora que tenía que hablar con él no estaba tan segura.

—¿Señor Gainsborough? —Ágata se acercó a él y le tendió la mano—. Soy Ágata Martí.

Él aceptó su mano, dobló el periódico que estaba leyendo y la estudió detenidamente.

—No parece una periodista.

—No lo soy. —Se sentó a su lado—. Soy diseñadora gráfica.

—Dígame, ¿Nana sigue siendo tan entrometida como siempre?

Ágata enarcó una ceja al oír el apodo cariñoso de Nana.

—Vamos, no creerá que me pasé toda mi adolescencia en casa de Rupert llamando a su madre «señora Trevelyan». Nana me hubiera matado.

—Tiene razón. —Ágata sonrió—. Señor Gainsborouhg, supongo que querrá saber a qué viene todo esto.

—Estoy impaciente. —Se apoyó en el respaldo del asiento para ponerse más cómodo—, pero llámame Steve. Me temo que coincido con Nana en lo de las formalidades.

Ágata volvió a sonreír y empezó a contarle por qué Nana y ella querían hablar con él.

En el despacho de Sam, este y Gabriel seguían repasando el reportaje sobre el cambio climático.

—¿De verdad crees que es buen tema? —preguntó Sam.

—Ya sé que no es muy original, pero todo el mundo está hablando de ello. Además, creo que nosotros le hemos sabido dar un enfoque distinto. ¿No te gusta?

—Sí, me gusta. Es solo es que aún no hemos logrado averiguar nada de los robos de los artículos y, aunque en estos últimos números no ha vuelto a ocurrir, no estoy tranquilo. Además, la semana que viene tengo que asistir a esa convención en Escocia, y no me gustaría irme dejándote solo con todo esto.

—No estoy solo. —Gabriel lo miró serio—. En esta revista hay gente de sobra para ayudarme, no te preocupes.

—Claro que me preocupo. Si quieres, puedo pedirle a Clive que venga a echarte una mano.

Gabriel sonrió burlón.

—Antes prefiero que me cortes un brazo.

—Está bien. —Sam se quitó las gafas—. Algún día me gustaría que me contaras a qué viene todo esto entre vosotros dos.

—No creo que ese día llegue nunca —respondió Gabriel con sinceridad—. Pareces cansado. ¿Por qué no lo dejamos por hoy?

—De acuerdo. —Sam apagó su ordenador—. Mañana será otro día.

Gabriel se dirigió a su escritorio y miró el reloj. Solo hacía cuarenta minutos que Ágata se había ido. Si se daba prisa, aún la encontraría en casa de Anthony, y quizá podrían cenar fuera. Sí, seguro que eso le gustaría.

Mientras, en el café Meridien, Ágata y Steve seguían charlando.

—¡Vaya! —dijo Steve observando a Ágata—. Lamento oír que Gabriel lo pasó tan mal con el problema de Rupert con la bebida. La verdad es que fue horrible ver cómo se destruía, y todo por una mujer que no merecía la pena.

—¿No merecía la pena? —preguntó Ágata—. ¿Por qué?

—Porque Gloria solo se quiere a sí misma. —Steve levantó una ceja—. Y cuando vio que Rupert tenía prestigio, pero no dinero, no dudó en buscar a otro que sí lo tuviera. ¿Me equivoco si digo que su segundo marido tiene mucho dinero?

Ágata hizo memoria y se acordó de que Guillermo le había contado que la madre de Gabriel se había casado con un hombre muy rico de la clase alta barcelonesa.

—No, no te equivocas —contestó Ágata—, pero aun así no logro entenderlo.

—Mira, Ágata, lo que tú no entiendes es exactamente lo mismo que nunca entendió Rupert. Gloria no le quería, nunca le quiso. Aún me acuerdo de cuando la conoció. Rupert y yo estábamos de vacaciones en Ibiza y Gloria estaba allí con unas amigas. No sé si fue el acento inglés o si creyó que Rupert era una especie de lord, pero no se separó de él ni un instante. Al principio, todo iba bien. Rupert se convirtió en un periodista muy prestigioso en todo el Reino Unido y nació su hijo, Gabriel. —Steve miró a Ágata a los ojos—. Pero a Gloria no le gustaba vivir aquí, y no paró hasta convencer a Rupert de que se trasladaran a vivir a Barcelona. No sé qué pasó durante esos años, la verdad es que lo único que sabía de él era a través de los artículos que escribía, pero tras el divorcio regresó. Aunque no era el mismo; parecía una copia barata del que había sido. Dejó de escribir, de trabajar. —Cerró lo ojos un instante—. Era el mejor escribiendo historias, y en cambio no supo darse cuenta de que la suya necesitaba un cambio de orientación.

—Nana quiere hablar contigo sobre esos años. Creo que ella no sabe muy bien por lo que pasó su hijo y quiere entenderlo.

—Bueno, no sé si yo podré ayudarla —miró el reloj—, pero estaré encantado de volver a verla. Esa señora siempre me gustó.

—Ya, entiendo a qué te refieres. —Ágata también miró el reloj—. Debería irme. —Se mordió el labio—. ¿Puedo preguntarte una cosa?

—Claro —contestó él mientras se levantaba—. Tú dirás.

—La reputación de Rupert. —Lo miró indecisa—. ¿Se podría recuperar?

—No lo sé. Quizá.

—Nana va a venir a Londres el miércoles. ¿Te parece bien si te llama para reunirse contigo?

—Sí —contestó él buscando en el bolsillo interior de su americana—. Aquí tienes también el número de mi casa.

—Gracias. —Ágata aceptó la tarjeta—. Por todo.

—De nada. —Los dos caminaron juntos hacia la puerta—. Hasta el miércoles, Ágata.

Gabriel no podía creer lo que estaba viendo. ¿Qué demonios hacía Ágata hablando con el director de *The Scope*? ¿Desde cuándo conocía ella a Steve? ¿Por qué no se lo había dicho? Le dolían las manos, y se dio cuenta de que tenía los puños apretados con fuerza. Se negaba a creer que Ágata tuviera algo que ver con el robo de los artículos. No, era imposible, seguro que había una explicación lógica para todo aquello. Sí, seguro que sí. No podía creer que su corazón se hubiera equivocado tanto. Cerró los ojos y se dio la vuelta; a lo mejor así se convencía de que no la había visto. Empezó a caminar y debió de hacerlo muy rápido, porque llegó a su casa enseguida. Una vez allí, se desnudó y se metió bajo la ducha, como si el agua que se iba por el desagüe pudiera llevarse con ella toda su tristeza.

—¿Gabriel? Ya estoy en casa —dijo Ágata al entrar en el piso, pero nadie le contestó—. ¿Gabriel?

—Estoy aquí —contestó él saliendo de la habitación recién duchado—. ¿Cómo ha ido con Anthony? —le preguntó tenso, esperando a ver qué le decía.

—Bueno —respondió ella mientras colgaba el bolso en el perchero—, al final no he ido a verlo.

—¿Ah, no? —Él levantó una ceja. Tal vez no iba a mentirle—. ¿Y qué has hecho?

Ella se dio la vuelta y lo miró a los ojos.

—No puedo decírtelo —contestó, mordiéndose el labio inferior.

—¿Por qué no? —Gabriel estaba cada vez más intrigado.

—Porque es una sorpresa. —Se puso de puntillas y le dio un beso.

—¿Una sorpresa? —Le rodeó la cintura con las manos.

—Sí, una sorpresa.

Al ver que ella no continuaba, Gabriel le dio un beso; eso siempre lograba despistarla. A lo mejor así le contaba que había visto a Steve.

—Ya sé lo que estás tratando de hacer —dijo ella apartándose un poco para poder respirar.

—¿Lo sabes? —Le besó el cuello.

—Sí, quieres despistarme.

Gabriel le desabrochó el primer botón de la blusa para poder besarle el escote.

—Y está funcionando. Pero si te digo algo más, Nana me matará. —Ágata le tiró del pelo y capturó sus labios en un beso.

¿Nana? ¿Qué diablos tenía que ver Nana con todo aquello? ¿Era todo mentira? ¿Conocía Nana a Steve Gainsborough? Fuera lo que fuese, tenía que averiguarlo. Su padre ya había cometido el error de enamorarse de una mujer mentirosa y él no iba a seguir sus pasos. Una parte de Gabriel sabía que Ágata no se parecía en nada a su madre, pero había otra que llevaba demasiados años convencida de que el amor no existía, no para él. Así que lo mejor que podía hacer era resolver pronto el misterio del robo de los artículos, llamar a Nana para preguntarle lo de esa misteriosa y seguramente inexistente «sorpresa», y proteger su corazón. Si Ágata le había mentido, se le rompería en pedazos, y dudaba que jamás pudiera recomponerlo.

—Gabriel, ¿estás bien? —Dejó de besarlo al notar que él había empezado a distanciarse.

—Sí, claro —contestó, pasándose las manos por el pelo—. Creo que voy a ir al gimnasio, hace mucho que no voy. ¿Te parece bien?

Entonces Ágata se dio cuenta de que la bolsa con la ropa de deporte estaba junto a la entrada. Gabriel no había vuelto al gimnasio desde que dejó de evitarla.

—Sí —dijo ella sin entender lo que estaba pasando. Un segundo antes, él la estaba besando y ¿ahora quería ir al gimnasio? —Yo llamaré a mi madre, hace días que no hablo con ella, y luego podemos cenar algo.

—No, no te preocupes por mí. —Él buscó la bolsa con la ropa de deporte y le dio un beso en la mejilla—. Llegaré tarde.

Se fue, y Ágata se quedó atónita mirando la puerta. Bueno, seguro que estaba preocupado por la revista.

Gabriel decidió ir andando y de camino llamar a Nana, pero ella no contestó. Estaría cenando con alguna de sus amigas. Durante todo el rato que estuvo en el gimnasio, no pudo dejar de darle vueltas al asunto. Cuanto más lo pensaba, menos lo entendía. ¿Qué podían tener en común Nana, Ágata y el director de *The Scope*? ¿Una sorpresa? ¿Qué sorpresa? ¿Por qué? ¿Para qué? La única relación que existía entre *The Scope* y Gabriel era el robo de los artículos, y él se negaba a creer que Ágata tuviera algo que ver con ello. Los robos habían empezado unas semanas después de que ella llegase y Ágata no tenía ningún motivo para colaborar con Steve. O al menos ninguno que él conociera. Tal vez quisiera encontrar un trabajo de más categoría, o quizá mejorar su currículum. Aunque ¿de ese modo? Pero ¡qué tonterías estaba pensando! ¿Cómo podía plantearse que Ágata pudiera hacer algo así? Subió la velocidad de la cinta en la que estaba corriendo. Por mucho que le doliera reconocerlo, sabía la respuesta a esa pregunta. Tenía miedo de confiar en Ágata, tenía miedo de que ella le hiciera daño, y cualquier excusa era buena para evitar enamorarse de ella. Detuvo la cinta y fue a ducharse.

De camino a casa se dio cuenta de que ella no le había mentido cuando él le había preguntado por lo que había hecho esa tarde, pero tampoco podía quitarse de la cabeza que no le había dicho la verdad. A lo mejor no era tan complicado, tal vez solo era casualidad y se estaba preocupando por nada. Quizá debía arriesgarse a confiar en ella.

Mientras Gabriel estuvo en el gimnasio, Ágata llamó a su madre y estuvieron charlando. Ella le contó lo feliz que era con Gabriel y lo mucho que le gustaba el trabajo que hacía en la revista. Parecía que por fin todo empezaba a tener sentido. Elizabeth le contó las últimas aventuras de sus hermanos y ambas decidieron que, de momento, era mejor que Guillermo no supiera nada de lo que había entre ella y Gabriel. El mayor de los Martí era excesivamente protector con sus hermanas pequeñas. Después de colgar, Ágata se preparó algo de cena y se acostó. Estaba muerta de sueño.

Gabriel llegó y vio que todo estaba a oscuras. Mejor. Aún estaba hecho un lío y se alegró de ver que Ágata ya estaba dormida. Se desnudó y se acostó a su lado. Ella, sin despertarse, se movió hasta apoyar la cabeza en su pecho, y él la rodeó con el brazo. Desde el día en que vieron *Drácula* dormían juntos. Esa noche «hicieron el amor» por primera vez. En esa ocasión, Gabriel entendió la diferencia que había entre tener sexo con alguien y hacer el amor. Ágata y él se habían acostado juntos una vez, y fue espectacular, pero no se podía ni comparar con lo que tenían ahora. Ni él ni ella habían hablado nunca de eso, pero cuando dormían juntos y Ágata se abrazaba a él de ese modo, Gabriel suponía que era la manera que ella tenía de decirle que entre ellos dos había mucho más que una relación física y que quería estar con él.

—¿Estás bien? —preguntó Ágata sin abrir los ojos.

Él tardó un instante en contestar. Allí, con ella en sus brazos, no lograba acordarse de por qué estaba tan preocupado. Con Ágata sentía una paz que nunca había sentido antes; era como si todo estuviera bien, como si nada fuera tan grave. Seguro que lo del encuentro con Steve tenía una explicación, así que, por primera vez en su vida, decidió arriesgarse y seguir a su corazón:

—Sí. Ahora sí —contestó él, y le besó el pelo—. Sigue durmiendo.

16

Gabriel había decidido confiar en Ágata y disfrutar del amor por primera vez en su vida. No es que fuera a confesarle a ella que estaba enamorado, nada tan drástico, pero sí había decidido dar una oportunidad a todos esos sentimientos que siempre había creído que no existían. La verdad era que no estaba tan mal. Lo único que lo incomodaba era la sensación de que cualquiera que lo mirase a la cara, se daría cuenta de que parecía un idiota. No podía dejar de sonreír. Era como cuando vas de vacaciones y toda la comida sabe mejor que en casa; estando con Ágata todo sabía mejor. Por no mencionar el sexo. Él siempre había disfrutado del sexo, pero cuando hacía el amor con Ágata, cuando se acariciaban, cuando se besaban, era como si todo lo anterior hubiera sido una pérdida de tiempo y de esfuerzos. Como si lo de antes solo hubiese sido una clase de gimnasia con un final feliz.

Tan solo faltaba un mes para que Ágata regresara a Barcelona, pero a pesar de ello, se sentía feliz. Tan feliz que empezaba a preocuparse por su salud mental. Desde la noche en que Gabriel se fue al gimnasio, las cosas no podían ir mejor. Él se había relajado, ya no la miraba como si se sintiera culpable de estar con ella, ni como si creyera estar abusando de la hermana de su mejor amigo. Poco a poco, le había ido contando más cosas de sus padres, de su horrible divorcio, de la enfermedad de su padre. Lo único que no mencionaba nunca era el problema que este había tenido con la bebida, ni cómo había luchado él contra eso, pero Ágata no lo presionaba; suponía que ya se lo diría cuando estuviera preparado.

Por su parte, Nana se reunió con Steve el miércoles, tal como Ágata había organizado y, tras unos instantes muy emotivos, ambos decidieron que tenían que hacer algo para recuperar la memoria de Rupert y conseguir que tanto sus amigos como su familia, y su hijo en especial, lo recordaran por algo más que por su adicción al alcohol.

Steve tuvo una idea genial: su revista podía publicar un artículo sobre Rupert; al fin y al cabo, él había sido uno de los mejores periodistas de Inglaterra de todos los tiempos, y en ese artículo podrían hablar de su carrera y sus premios y así lograr que por fin recibiera el homenaje que se merecía. Nana sugirió una cosa, arriesgada pero genial: en ese artículo, se podría mencionar a Gabriel, y cómo Rupert luchó, a su modo, para cuidar de su hijo y guiarlo en sus primeros pasos en la profesión de periodista. A Steve le entusiasmó la idea; él sabía lo mucho que Rupert había querido a su hijo, pero tenía miedo de hacerlo a escondidas de Gabriel. En realidad, este tenía derecho a opinar sobre todo aquello y quizá no le gustara la idea de aparecer mencionado en un artículo de la revista *The Scope*. Nana y Ágata le dijeron que no se preocupara, que cuando viera a su padre como algo más que un perdedor consumido por la bebida, seguro que estaría tan contento que no se molestaría en absoluto.

Una tarde, mientras Gabriel estaba reunido con Jack para hablar de unas fotografías, Ágata decidió llamar a Steve para preguntarle sobre los artículos robados. La última vez que lo vio no se atrevió a hacerlo porque Nana estaba delante, pero cada noche, cuando veía a Gabriel preocupado por ese tema, le remordía la conciencia por no haberlo hecho.

—Ágata, ¡qué casualidad que me llames! Ahora mismo estaba pensando en ti —dijo Steve al responder al móvil.

—¿Por qué? —preguntó ella.

—He pensado que sería genial tener una foto de Rupert con Gabriel para el artículo, y también podría ser buena idea contar con alguno de los textos que él haya escrito sobre algún tema sobre el que también hubiera escrito su padre. No sé, ¿qué te parece? —Steve hablaba a mil por hora; se notaba que le entusiasmaba la posibilidad de redimir la memoria de Rupert. En el fondo, se sentía culpable de no haberlo hecho antes, y de no haberlo ayudado lo suficiente mientras vivía.

—Me parece bien. Hablaré con Nana sobre la foto y luego llamaré a Sylvia, la mujer de Sam, para que me preste los artículos de Gabriel. Ella los tiene todos guardados —contestó Ágata.

—Genial. Supongo que Gabriel ha tenido mucha suerte de conocer a Sam y a su esposa. —Steve se frotó la cara con las manos—. ¿Les has contado a ellos lo del artículo de Rupert?

—Aún no. Pensaba hacerlo este fin de semana, pero Sam está en Escocia y quería hablar con los dos. Además... —Ágata se interrumpió, no sabía cómo continuar.

—Además ¿qué? —insistió Steve.

—Últimamente, Sam está muy preocupado por el robo de unos artículos. —Ya estaba, ya lo había dicho.

—¿El robo de unos artículos? —Steve parecía sincero.

—Sí, el robo de unos artículos. Hace ya unos meses que *The Whiteboard* tiene que cambiar algunos de los textos que va a publicar porque, antes de que lo haga, aparecen publicados en otra revista —dijo Ágata para ver si él reaccionaba.

—¿Artículos parecidos o idénticos?

—Idénticos.

—¡Vaya! Eso sí que es un problema; no me extraña que Sam esté preocupado. ¿En qué revista aparecen publicados? A lo mejor yo puedo hacer algo.

Había llegado el momento decisivo.

—En *The Scope.*

Silencio.

—¿Qué has dicho? —Steve subió el tono de voz.

—En *The Scope*.

—No puede ser. No estás hablando en serio. —Sonaba enfadado, pero al menos no había colgado.

—Muy en serio.

—Es imposible.

—Si quieres, puedo demostrártelo. —Ágata sabía que se estaba arriesgando mucho. Una cosa era ocultarle a Gabriel lo del artículo sobre su padre, y otra muy distinta hablar de lo que estaba hablando con el director de *The Scope*. Pero ella tenía que encontrar el modo de ayudarlo y Steve parecía un buen hombre. En cierto modo le recordaba a su padre, terco, pero con principios.

Steve tardó un poco en contestar.

—¿Por qué no me lo habías dicho antes?

—Porque no sabía si podía confiar en ti. —Ágata guardó silencio un instante y luego añadió—: Ahora que te conozco, creo que sea quien sea quien está robando los artículos, no lo ha hecho con tu aprobación.

—Gracias. —Steve también permaneció un rato callado antes de preguntar—: ¿Sabe Gabriel que me estás contando esto?

—No —respondió Ágata al momento—. Y no creo que le gustara.

—Ya, seguro que no. Dame un par de días para hacer algunas averiguaciones y la próxima semana, cuando me traigas las fotos y los artículos de Gabriel, te cuento lo que haya descubierto.

—Gracias. —Ágata estaba segura de que Steve no sabía lo de los artículos robados, y que haría todo lo posible por averiguar lo que había pasado. No solo porque quisiera ayudarla a ella, sino porque el prestigio y la reputación de su revista también estaban en peligro.

—Si necesito más información, te llamo o te mando un *e-mail*, ¿te parece bien? —preguntó Steve, que ya estaba pensando en que había dos redactores en *The Scope* que nunca le habían gustado demasiado.

—Perfecto. Ahora mismo llamaré a Nana para pedirle las fotos. Nos vemos la semana que viene.

Se despidieron y colgaron. Steve se quedó un rato aturdido por las noticias que le había dado Ágata. ¿Cómo había podido pasar eso en su revista? Él sabía que, en periodismo, como en todas las profesiones, había gente sin escrúpulos, pero le gustaba creer que no trabajaban para él. Siendo sincero, tenía que reconocer que en el último año había estado demasiado ocupado con otras publicaciones, y que había descuidado un poco *The Scope*. Bueno, ahora tenía motivos para recuperar el control, y debía averiguar quién estaba jugando tan sucio porque él no iba a permitirlo por más tiempo.

Ágata también se quedó en silencio un rato; sabía que se estaba arriesgando mucho al contarle todo eso a Steve. Tal vez debería decírselo a Gabriel, pero ¿cómo explicarle que había hablado con Steve sin descubrir a la vez lo del artículo de su padre? No, era mejor seguir así hasta el día en que se publicara el reportaje sobre Rupert. Ella quería darle esa sorpresa; Gabriel se merecía recuperar a su padre de esa manera, y seguro que entendería que no le hubiese contado la verdad desde el principio.

Esa noche, antes de que Gabriel llegara a casa, Ágata llamó a Nana para explicarle la idea que había tenido Steve para el artículo de Rupert, y le pidió fotografías de Gabriel con su padre. Ella le prometió que las buscaría y que el miércoles se las llevaría. Todo estaba ya en marcha. Lo único que le faltaba hacer a Ágata era hablar ese fin de semana con Sylvia y pedirle los artículos de Gabriel. Al cabo de tres de semanas, el artículo saldría publicado y este vería cómo su padre había sido mucho más que un hombre derrotado por una mujer. Ágata tenía la esperanza de que, al leerlo, Gabriel dejara de tener esas pesadillas y acabara haciendo las paces con el pasado. Y quizá entonces pudiesen hablar del futuro, de lo que pasaría cuando ella tuviera que regresar a Barcelona.

Faltaba menos de un mes para que finalizara su contrato y, cada vez que ella sacaba el tema, él evitaba responder. La mayor parte de las veces, la besaba y le hacía el amor hasta que Ágata ya no sabía de qué quería hablarle. La verdad era que no tenía ninguna queja del método de distracción que él utilizaba, pero ahora empezaba a preocuparle que se resistiera tanto a hablar del asunto. No había vuelto a decirle que estaba enamorada de él, pero estaba segura de que no hacía falta. Con cada beso, con cada caricia, con cada gesto, ella intentaba que Gabriel no tuviera ninguna duda de que eso era lo que sentía. Él nunca le decía nada, pero había noches en las que le hacía el amor como si no pudiera vivir sin su presencia, y si tenía pesadillas, no se tranquilizaba hasta que se abrazaba a ella. De día, él era cariñoso y atento, pero a veces, Ágata tenía la sensación de que hacía esfuerzos por controlarse, por mantener un poco de distancia. Seguro que eran tonterías; tal como decía su madre, había leído demasiadas novelas románticas. Confiaba en que antes de que se le acabara el contrato hablaran de ello y encontraran el modo de seguir juntos, en Londres o en Barcelona.

Llegó el fin de semana. Ágata había intentado hablar con Gabriel un montón de veces. Sabía que la idea de volver a Barcelona la tenía preocupada, pero él no sabía qué decirle. Por una parte, solo de pensar en estar sin ella se sentía desfallecer; durante todo ese tiempo que habían pasado juntos, Ágata había logrado recordarle que tenía un corazón y que era capaz de sentir. Ella no podía irse, sencillamente no podía. Pero, por otra parte, tal vez fuera lo mejor. Él aún no estaba convencido de que lo suyo fuera a acabar bien; aún había muchos temas que los separaban y, por otra parte, no podía quitarse de la cabeza qué demonios había estado haciendo Ágata con Steve ese día. Cuando le preguntó a Nana por una sorpresa, ella se hizo la loca y no contestó. No le dijo nada; se limitó a ignorar la pregunta. Gabriel no lograba dejar de pensar que lo mejor sería dejar que Ágata regresara a Barcelona, y esperar a ver cómo evolucionaban las cosas. Si algo tenía claro Gabriel era que no quería convertirse en su padre, y una relación a distancia le daba más seguridad. De ese modo, sería mucho menos probable que se enamorase de Ágata completamente, y tal vez lograse recuperar un poco el control de su vida y de sus emociones. Y, además, si las cosas se estropeaban entre los dos, quizá pudiese sobrevivir. Sí, eso sería lo mejor. Ahora tenía tres semanas para encontrar el modo de decírselo.

El sábado por la mañana, cuando Gabriel fue a correr con Jack, Ágata llamó a Sylvia para pedirle los artículos de Gabriel o, como mínimo, las fechas y las revistas en las que se habían publicado para poder encontrarlos. El problema fue que no encontró a nadie en casa, por lo que tuvo que conformarse con dejar un mensaje en el contestador:

—Sylvia, soy Ágata. Llamaba para pedirte un favor. —Ella odiaba hablar con una máquina—. Necesitaría que me mandaras los artículos de Gabriel. Ya te lo contaré, es una sorpresa. —En ese momento, no pudo evitar añadir—: Le quiero, y creo que he encontrado el modo de que perdone a su padre. Llámame. Adiós.

Al cabo de diez minutos, sonó el teléfono.

—¿Ágata? —preguntó Sylvia desde el otro extremo de la línea.

—¡Sylvia! Te oigo muy mal —respondió Ágata—. ¿Dónde estás?

—Estamos todos en Escocia. Las niñas y yo hemos venido a pasar unos días con Sam. Regresaremos la semana que viene.

—¡Qué bien! Así podéis tomaros unas pequeñas vacaciones. Me alegro.

—He oído el mensaje que has dejado en el contestador de casa y estoy muy intrigada —prosiguió Sylvia.

—Ya, bueno. —Ágata se sonrojó al recordar que había dicho que quería a Gabriel—. Nana, un amigo de Rupert y yo estamos preparando un artículo sobre el padre de Gabriel. —Prefirió no decir quién era ese amigo. No quería que Sam se preocupara innecesariamente durante esos días—. Te lo contaré cuando regreses.

—Estoy impaciente. —Sylvia se rio de algo que hacían las niñas con su padre—. Tengo que dejarte. Hazme un favor.

—Lo que quieras —respondió Ágata sin dudarlo.

—Dile a Gabriel lo que me has dicho en el contestador. —Colgó antes de que ella pudiera responder.

Después de dejar a Jack, Gabriel volvió a su casa solo, y pasó todo el camino pensando en cómo hablar con Ágata sobre su viaje a Barcelona. Gracias a la experiencia que ella había adquirido en Londres y a los contactos que Gabriel y Sam tenían en España, seguro que podría encontrar con facilidad un buen trabajo a su regreso. Él haría todo lo que estuviera en su mano para que así fuera. Podían seguirse viendo en vacaciones y los fines de semana; hoy en día eso no era ningún problema. Así, ambos tendrían tiempo y espacio para darse cuenta de lo que de verdad sentían. Sí, eso era lo mejor. Aunque había una pequeña parte de él que tenía miedo de que ella se fuera, tenía miedo de perderla. Pero no, eso era una tontería, y la alternativa de que ella se quedara a vivir con él era demasiado peligrosa.

Entró en casa y encontró a Ágata leyendo en el sofá.

¡Dios, cómo la iba a echar de menos!

—Hola, ya estoy aquí —saludó él, y se acercó para darle un beso.

—Hola. Te he echado de menos. —Ella le rodeó el cuello con los brazos—. Me encanta cómo hueles.

—No creo —respondió él sonrojándose—. Estoy todo sudado.

—Ya, por eso. —Ella le recorrió la oreja con la lengua.

—He creado un monstruo —sonrió él—. Suéltame. —Le dio un beso en la nariz y se apartó—. Voy a ducharme y luego preparé esos espaguetis que tanto te gustan.

Gracias a Ágata, Gabriel también se había aficionado a cocinar de vez en cuando, y su especialidad —espaguetis con atún y tomate fresco— era digna del mejor restaurante italiano.

—De acuerdo. Pero no creas que vas a librarte de mí tan fácilmente.

A Ágata le encantaba ver cocinar a Gabriel. Comparado con ella, era tan meticuloso que parecía que estuviera operando a alguien a vida o muerte en vez de estar cortando unos tomates a dados. Como siempre, la pasta le quedó buenísima, y durante la comida estuvieron hablando de lo que iban a hacer esa noche. Michael, uno de los mejores amigos de Gabriel, los había invitado a una fiesta para celebrar que él y su nueva novia se iban a vivir juntos. Todas sus amistades iban a estar allí, todos excepto Anthony, que había tenido que irse a Barcelona porque desde su oficina le habían pedido que se encargara de un proyecto en la ciudad condal.

—Tenemos que comprar algo —dijo Ágata mientras él empezaba a recoger los platos—. No podemos presentarnos allí con las manos vacías.

—Si tú lo dices... Seguro que sabes mucho más que yo de estas cosas de protocolo.

—No sé, si tú te fueras a vivir con alguien a una casa nueva, ¿no te gustaría que te llevasen un regalo? ¿O algo para la fiesta?

Gabriel se dio cuenta de que ese era el momento perfecto para sacar el tema de la partida de ella.

—Bueno, como yo nunca me iré de este piso... —respondió sin darse la vuelta—. Aquí estoy muy bien, y hay espacio de sobra para uno. —Era un cobarde, no se atrevió a decir lo que de verdad quería, y prefirió salir por la tangente.

Oyó cómo Ágata recogía las copas y se acercaba a él.

—Ya, pero hay gente que es más valiente, y que se atreve a irse a vivir con la persona a quien ama —replicó ella, y dejó las copas sucias en la cocina—. Supongo que Michael es de esos. —Ágata lo miraba mientras él seguía fregando los platos sin inmutarse—. Voy a salir a comprarles un regalo. ¿Me acompañas?

—¿Te molestaría mucho ir sola? —preguntó Gabriel casi sin mirarla—. Quiero repasar el artículo que estoy escribiendo por si este mes tenemos algún problema. —Cerró el grifo y se dio la vuelta.

—No, para nada. —Ella apretó la cinta del bolso para contener las ganas de acercarse a él y preguntarle qué le pasaba—. No tardaré.

Ya en la calle, Ágata pensó en la extraña conversación que acababa de tener con Gabriel. ¿A qué venía eso de decirle que él no pensaba mudarse nunca de aquel piso y que era lo bastante espacioso para una persona? Ella le había ofrecido miles de veces irse a un estudio, o alquilar una habitación en algún sitio, y él siempre se había negado. Si había cambiado de opinión, ¿por qué no se lo decía? Para ella, las últimas semanas habían sido las mejores de toda su vida, pero tal vez para él solo habían sido una manera entretenida de pasar el tiempo. No, Gabriel no era así. Él no había estado pasando el rato con ella; todos aquellos besos, aquellas conversaciones, no se tienen con alguien que no te importa. Lo único que pasaba era que Gabriel no estaba acostumbrado a compartir su vida y sus sentimientos con nadie, y tenía miedo de que le hicieran daño. Ella lo había sabido desde el principio, y aun así había decidido arriesgarse a estar con él. Lo mejor que podía hacer era hablar con Gabriel de una vez por todas; faltaba menos de un mes para que se acabara su contrato en *The Whiteboard* y ella se negaba a creer que su relación fuera a terminar con él.

17

Llegó el lunes, y Ágata y Gabriel seguían sin haber hablado del tema. La fiesta en casa de Michael acabó muy tarde, y el domingo se levantaron pasadas las diez y se quedaron todo el día en casa sin hacer nada. Él pasó casi toda la tarde con el ordenador, fingiendo trabajar, y ella intentó leer el último libro que se había comprado. Era como si los dos hubieran decidido que, de momento, era mejor dejar esa conversación.

Ágata se alegró de volver al trabajo. Al menos allí, al estar tan ocupada, no pensaba tanto en su relación con Gabriel. Se sentó a su escritorio y, al encender el ordenador, se encontró con un *e-mail* de Steve; en él le pedía si podía mandarle los artículos que les habían robado y las fechas en que se publicaron en *The Scope*. También le decía que creía haber averiguado algo, y que se lo contaría el miércoles cuando se vieran. A Ágata no le fue difícil dar con todos los artículos y respondió al *e-mail* enseguida. Llegó la hora de comer y Jack y Amanda fueron a buscarla. Esos almuerzos se habían convertido en uno de los mejores momentos del día, y si al final tenía que irse a Barcelona, Ágata iba a echarlos mucho de menos. Fueron a una cafetería que quedaba muy cerca de la revista.

—Dime, Amanda, ¿echas de menos a Sam? —preguntó Jack—. ¿Cuándo regresa de Escocia?

—Esta semana, y no, no le echo de menos. —Amanda se rio—. Bueno, un poco sí. La verdad es que estoy harta de ver a Clive merodeando por aquí.

—¿Clive está aquí? —preguntó Ágata, preocupada al pensar en lo incómodo que este hacía sentir a Gabriel.

—Sí, llegó el miércoles pasado. Me extraña que no haya ido a husmear por vuestra sección. —Amanda dio un sorbo a su café—. Se pasea por los despachos de arriba como si ya fueran suyos. Me pone los pelos de punta.

—Me pregunto qué demonios estará haciendo. —Jack fue a pagar—. No sé por qué no se queda en Nueva York y nos deja en paz para siempre.

—¡Ojalá! —añadió Ágata, pensando que quizá por eso Gabriel había estado tan raro los últimos días.

—Bueno, por suerte, Sam regresa ya esta semana, y entonces nos libraremos de él. —Amanda se levantó—. Tenemos que irnos. No quiero que ese impresentable tenga motivos para reñirme.

—Claro. Vamos.

Los tres salieron del local y empezaron a caminar hacia la revista. Amanda y Jack iban un paso por delante de Ágata, que para variar iba pensando en sus cosas. No podía quitarse de la cabeza la sensación de que algo no iba bien. Estaba nerviosa por lo del reportaje sobre el padre de Gabriel, y cada vez la angustiaba más haberle mentido sobre su encuentro con Steve. Lo mejor sería contárselo todo. Ágata no vio que el semáforo estaba rojo, ni tampoco la moto que salió de la esquina. Solo sintió el golpe y oyó cómo Amanda gritaba. Luego nada.

—¡Ágata! —Amanda estaba arrodillada a su lado, junto con un montón de gente. Entre ellos estaba el motorista, que se había quedado pálido del susto y no dejaba de disculparse—. No te muevas.

—¿Qué ha pasado? —preguntó ella aturdida. Estaba tumbada en el suelo, en mitad de la calle. Le dolía la espalda, la cabeza y no podía mover la mano derecha.

—Has cruzado en rojo y sin mirar —respondió Amanda angustiada—; el motorista no ha tenido tiempo de frenar. Por suerte, ha logrado esquivarte en el último momento, pero te ha tirado al suelo. ¿Cómo te encuentras?

—Creo que me he roto la mano derecha —contestó Ágata—. Me duelen mucho la cabeza y la espalda.

—Tranquila. Ya viene la ambulancia, y Jack ha salido corriendo a buscar a Gabriel. —Amanda le apretaba la otra mano—. No te preocupes. Suerte que no era un coche, o una moto más grande, porque no sé qué habría pasado entonces.

Ágata cerró los ojos. Ella tampoco lo sabía, y no quería ni imaginárselo. Estaba allí, muerta de miedo, tumbada en medio de una calle de Londres, y en lo único en lo que podía pensar era en que tenía que decirle a Gabriel que lo quería.

La ambulancia no tardó en llegar y Amanda subió con ella para acompañarla al hospital. Ágata tuvo una extraña sensación de *déjà vu*; era la segunda vez en menos de un año que iba al hospital. A ver si esta vez tenía más suerte con la enfermera.

Gabriel estaba en su despacho, repasando por enésima vez el artículo que había escrito sobre las mafias asiáticas. Sabía que en principio no se iba a publicar, solo lo había escrito para tener cubiertas las espaldas en caso de que volvieran a robarles material, pero tenía que estar perfecto. En ese momento entró Clive.

—¡Vaya, Gabriel! Veo que estás trabajando —comentó sarcástico.

—Sí, es una lástima que yo no pueda decir lo mismo de ti —respondió Gabriel sin apartar la vista de la pantalla.

Clive se rio.

—Siempre me ha gustado tu flema británica, y me encantaría discutir contigo, pero estoy buscando a Amanda. ¿Se puede saber dónde se ha metido? El día que yo me encargue de todo esto, se acabarán los almuerzos de más de una hora.

Gabriel ya no escuchó el último comentario. Era muy raro que Amanda se retrasara, ella nunca era impuntual, y menos aún sabiendo que la víbora de Clive estaba en la oficina. Descolgó el teléfono y marcó la extensión de Ágata. Nada, tampoco contestó. Aquello no le gustaba nada; seguro que había pasado algo. Iba a llamar a Jack cuando este entró corriendo en su despacho.

—¡Gab! —Jack apartó a Clive de la puerta—. No te asustes, pero Ágata ha tenido un accidente.

Al oír las palabras «accidente» y «Ágata» en la misma frase, Gabriel sintió cómo le daba un vuelco el corazón y se levantó de golpe para ponerse la americana.

—¿Qué ha pasado? —preguntó nervioso, sin importarle que Clive presenciara toda la escena—. ¿Dónde está?

—Se la han llevado al hospital del centro —respondió Jack, y al ver que Gabriel palidecía y empezaba a temblar, añadió—: La ha atropellado una moto. Tranquilo, no es muy grave, creo que solo se ha roto una mano, y Amanda está con ella.

—Tengo que verla. —Gabriel sabía que no se tranquilizaría hasta que viera con sus propios ojos que Ágata estaba bien. Salió disparado de su despacho sin despedirse y sin apagar el ordenador.

Jack salió tras él y lo acompañó hasta la calle.

—Gabriel, tienes que calmarte —le sugirió Jack—. Te juro que no es nada grave.

—Ya me calmaré cuando la vea —respondió el otro ignorando su sugerencia—. ¿Te importa vigilar esto hasta que Amanda regrese?

—Claro que no. Vete tranquilo.

Gabriel subió a un taxi y le dijo al conductor que si llegaba al hospital en menos de cinco minutos le pagaría el doble de lo que marcara el taxímetro.

Mientras Gabriel y Jack se despedían, Clive se quedó solo en el despacho de Gabriel.

—Gab, no puedo creer que me lo pongas tan fácil —dijo Clive para sí mismo mirando la pantalla del ordenador en la que aún estaba el artículo—. Así no tiene tanta emoción.

Clive hizo una copia con el *pen drive* que llevaba en el bolsillo, e incluso tuvo tiempo de mandar el artículo a su *e-mail* personal antes de que Jack regresara.

Llevaba años buscando el modo de vengarse de Gab, del maravilloso Gabriel Trevelyan y de todos sus principios. Cuando se conocieron en la universidad se hicieron amigos, no íntimos, pero sí amigos. Luego, con el paso del tiempo, se distanciaron. Clive estudiaba periodismo por tradición familiar y porque así tenía el futuro asegurado, pero estaba más interesado en las fiestas que en aprender nada, mientras que Gabriel solo iba a clase y a la biblioteca. Siempre que coincidían, Clive tenía la sensación de que Gabriel quería humillarlo, y la verdad era que Gabriel había dejado claro que despreciaba el tipo de vida que él llevaba. El santo de Gabriel Trevelyan. El día que Clive coincidió con Rupert Trevelyan en una fiesta organizada por una de las revistas de su familia y vio lo borracho que estaba, creyó que Dios le estaba haciendo un regalo. No pudo resistirse a tomar unas fotos del hombre en ese pésimo estado, e incluso charló un rato con él sobre las miserias de su exesposa. Fue genial. Al fin tenía algo que utilizar contra Gabriel, pero decidió guardarse esas fotos para un momento apoteósico; no tenía ningún mérito destrozar la reputación de un borracho, y su hijo aún no era lo bastante conocido como para importarle a nadie. Finalmente, llegó el momento de utilizarlas, pero no como Clive esperaba.

Cinco años atrás, Gabriel descubrió que Clive había estado robando dinero de una de las revistas del grupo de la familia Abbot, y cuando fue a ver a Clive para decirle que iba a contárselo todo a Sam, las fotos fueron lo único que lo salvaron. Por otra parte, contemplar la cara de Gabriel al verlas no tuvo precio. Fue uno de los mejores momentos de su vida. Se le desencajó la mandíbula y le brillaron los ojos. Había sido casi como tener un orgasmo. Entonces, Clive le propuso un trato a Gabriel: su silencio a cambio de no publicar nunca las fotografías. Primero, Gabriel se negó a aceptar, pues quería los negativos, pero Clive le dijo que no, que eran su seguro para saber que él nunca contaría nada. Al final Gabriel aceptó; su padre había muerto y su reputación, aunque bastante dañada, se había recuperado un poco. Además, él mismo no podría soportar volver a revivir todos aquellos comentarios sobre «el problema» de su padre con el alcohol. Así que, tras una acalorada discusión en una fiesta, ambos se pusieron de acuerdo.

Pero lo malo era que a Clive eso no le bastaba. Odiaba que su tío Sam defendiera siempre a Gabriel, y no podía soportar que todo el mundo lo halagara como periodista y como editor, mientras que a él nadie se lo tomaba jamás en serio. Por suerte, unos meses atrás se le ocurrió una idea genial: el mejor modo de hundir a Gabriel era cerrar *The Whiteboard*. El robo de los artículos fue más fácil de lo que él pensaba. La revista era una casa de locos, y todo el mundo tenía mucha confianza en los demás, por lo que hacerse con los archivos fue como robarle un caramelo a un niño de dos años. Y como en *The Scope* trabajaba una editora con la que él había tenido una relación, no le fue difícil convencerla a cambio del incentivo adecuado. Su plan empezaba a ir bien cuando, para variar, san Gabriel acudió al rescate con unos artículos alternativos que empezaban a llamar la atención de la crítica. Hacerse con esos artículos estaba siendo muy difícil, nadie sabía de dónde salían, pero ahora el mismísimo Gabriel se lo había servido en bandeja de plata. Sí, Dios debía de tener un extraño sentido del humor.

Gabriel llegó al hospital y se encontró a Amanda en la sala de espera.

—Amanda, ¿dónde está Ágata?

—Le están enyesando la mano y poniendo unos puntos en la ceja. No creo que tarden.

—¿De verdad está bien? —preguntó nervioso.

—Sí, de verdad. Tiene la muñeca rota, y un fuerte golpe en la espalda y la cabeza. El corte en la ceja no es muy grave. —Al ver que él no se tranquilizaba, añadió—: Tendrá que estar un par de días en casa, pero ya verás cómo se pondrá bien.

—¿Seguro? —Él no reconocía su propia voz.

—Seguro —respondió ella agarrándole la mano. En ese momento, apareció un doctor.

—¿Son ustedes familiares de la señorita Ágata Martí? —preguntó serio.

—Yo soy su novio. —Era la primera vez que reconocía en público que él y Ágata eran mucho más que amigos, y si Amanda se sorprendió lo disimuló a la perfección.

—La señorita Martí está bien, no se preocupe. Tiene una muñeca rota y un fuerte golpe en la espalda y en la cabeza, pero con unos días de reposo estará como nueva. Asegúrese de que se tome estos medicamentos, y en un par de semanas vuelvan para que le quitemos los puntos. —El médico le entregó una receta y se fue.

Pasados unos segundos, apareció una enfermera empujando una silla de ruedas con Ágata sentada en ella. Parecía asustada, y tenía los ojos hinchados de haber llorado. Él corrió a su lado.

—Ágata. —Se agachó y la besó con suavidad—. ¿Estás bien?

—Sí —respondió ella intentando controlar el temblor del labio inferior—. Lo siento. Iba despistada. Ya sabes, típico de mí. —Apretó la mano de él.

—Sí, ya sé que sueles soñar despierta. —Él se frotó la cara con la mano libre—. ¡Dios! Ágata, casi me muero del susto. —Se volvió a agachar para darle otro beso—. Si te hubiera pasado algo, yo... —No pudo continuar y volvió a besarla.

—Creo que puedo levantarme —susurró Ágata—. Deberías llevarme a casa. Me tumbaré en el sofá y esperaré a que regreses de la revista. —Ágata daba por hecho que él la dejaría en casa y regresaría al trabajo. La revista estaba pasando por un momento muy delicado y era muy importante que Gabriel estuviera allí mientras Sam siguiera en Escocia.

—Claro, pero me quedaré contigo. Hoy no pienso volver a la revista; seguro que pueden apañárselas sin mí. —Al ver que ella se sonrojaba, añadió—: Tú me cuidaste cuando estuve enfermo; ya va siendo hora de que te devuelva el favor.

Amanda se despidió de los dos y, tras prometerle a Gabriel que lo llamaría si pasaba algo grave, regresó a la oficina para salvar a Jack de las garras de Clive. En todo el camino no pudo dejar de pensar en lo contenta que estaba de que Gabriel hubiera reconocido por fin que estaba enamorado de Ágata.

Gabriel instaló a Ágata en el sofá y, a pesar de que ella insistió en que estaba bien, él no le dejó mover ni un dedo. Se fue a la cocina y le preparó un té. Su abuela lo había convencido de que el té servía para casi todo, así que seguro que tomárselo la reconfortaría. Cuando estuvo listo, se sentó a su lado y le sirvió una taza.

—Ágata, cariño, cuéntame qué ha pasado —le pidió mientras le acariciaba el pelo.

Ella cerró los ojos un instante.

—Me has llamado «cariño».

Él le acarició la mejilla y ella apoyó la cara en su mano.

—Sí. ¿Te gusta? —Él seguía acariciándola.

—Me gusta. Pero creo que prefiero que me llames «princesa».

Gabriel sonrió al acordarse de que, cuando hacían el amor, solía llamarla de ese modo.

—Bueno, ¿vas a contarme cómo has dejado que te atropellara una moto, princesa? —Se apartó de ella y la miró serio—. Cuando Jack entró en mi despacho y me dijo que habías tenido un accidente, casi me muero.

—Solo de pensar otra vez en ese instante, volvió a sentir la misma horrible sensación, y para asegurarse de que ella estaba bien y entre sus brazos, le dio un beso. Ese beso fue convirtiéndose en algo más, hasta que, sin querer, la abrazó demasiado fuerte y Ágata gimió de dolor.

—Lo siento. —Gabriel se apartó de ella de golpe—. No sé en qué estaba pensando. ¿Te he hecho daño?

—Si me das otro beso te perdono.

Él la besó con dulzura.

—¿A esto le llamas «beso»? —preguntó ella recostada en el sofá.

—Ágata, te han atropellado, llevas una muñeca escayolada, cuatro puntos en la ceja y tienes la espalda amoratada. No creo que soportar a un animal en celo sea lo que más te convenga.

—Tú siempre me convienes. Ven aquí y dame un beso de verdad. —Ella le rodeó el cuello con el brazo que no tenía herido.

—Está bien, pero solo porque no sé decirte que no. Gabriel se acercó a ella y la besó. Primero le cubrió los labios con los suyos, despacio, y luego, poco a poco, fue besándola con más fuerza. Le sujetó la cara con las manos y saboreó el interior de su boca como si quisiera fundirse con ella. Cuando se separó, Ágata lo miró a los ojos.

—Gabriel, te quiero. —Ella sintió cómo a él le temblaban las manos—. Ya sé que aún tenemos muchas cosas de que hablar, pero quiero que sepas que te quiero. —Y lo besó antes de que él pudiera reaccionar.

Gabriel no sabía qué hacer. Ágata lo quería. El único amor que él había tenido en su vida era el de su abuela, porque Nana solía decirle que su padre también lo quería, pero él nunca se lo había creído. Ninguna mujer lo había querido jamás, y tenía que reconocer que era una sensación maravillosa.

—Ágata, yo... —Se apartó un poco—. Yo... —Le dio otro beso—. Yo no sé qué decir.

Ella vio que estaba nervioso.

—Tranquilo. —Le acarició el pelo—. Lo entiendo.

—No. —Gabriel esbozó una sonrisa—. No creo que lo entiendas. —Cerró los ojos un instante y, cuando los abrió, había en ellos un brillo especial—. Yo nunca había sentido por nadie lo que siento por ti. Contigo soy feliz.

Ella sabía que para él eso significaba mucho, y le dio un nuevo beso.

—Creo que las pastillas están haciendo efecto. —Ágata se esforzaba por mantener los ojos abiertos—. Debería acostarme.

Gabriel la ayudó a levantarse y la acompañó a la habitación. Se quedó con ella hasta que se durmió, y luego fue incapaz de irse de allí. Se tumbó a su lado y la abrazó. Ágata le quería. Por increíble que pareciera, Ágata le quería. Y aunque el accidente de moto había sido una tontería, había servido para que Gabriel viera con total claridad que no podía vivir sin ella. Decidió que había llegado el momento de arriesgarse. Ágata le quería y se merecía que también él le confesara que estaba loco por ella y que no iba a dejarla marchar. No podía y no quería imaginarse la vida sin ella a su lado. Cuando se recuperara, la llevaría a pasar unos días a Bath. Sabía que la ciudad le encantaba, y era el lugar perfecto para decirle al fin lo que sentía. ¿Quién hubiese dicho que en el fondo era un romántico?

18

A la mañana siguiente, Ágata se encontraba mucho peor. El médico ya le había advertido que se sentiría muy magullada y que le dolería todo el cuerpo, pero ella creyó que exageraba. Por desgracia, tenía razón. Gabriel se fue a trabajar, pero antes de salir de casa le hizo jurar que lo llamaría si necesitaba cualquier cosa. Le dejó el teléfono al lado y a lo largo de toda la mañana la llamó unas cincuenta veces. Gabriel estaba tan poco concentrado en la revista, que por la tarde se rindió y se fue a casa con Ágata.

—Desde aquí puedo trabajar igual de bien —contestó cuando ella le preguntó por qué había vuelto tan pronto—. Además, así te hago compañía.

A medida que pasaban las horas, Ágata se encontraba cada vez mejor, y por la noche incluso fue capaz de sentarse a cenar con Gabriel.

—Ha llamado Nana. Primero no iba a contarle lo del accidente —confesó Gabriel—, ya sabes que se preocupa mucho por ti, pero no he podido aguantarme. Por tu culpa me estoy ablandando.

Gabriel sonrió, y Ágata se dio cuenta de lo mucho que le gustaba verlo tan relajado.

—¿Y qué te ha dicho Nana, señor tío duro?

—Ya te lo puedes imaginar. Primero me ha reñido por no haberla llamado inmediatamente, y luego me ha dicho que como mañana es miércoles y ella ya tenía previsto venir a Londres, llegará un poco antes para poder pasar un rato contigo. Me pregunto qué tendrá que hacer Nana en Londres.

Claro, Ágata se acordó entonces de que Nana tenía que darle las fotografías de Rupert para que se las entregase a Steve. Casi se le había olvidado.

—Ágata, ¿te encuentras bien? Estás pálida. —Gabriel le pasó la mano por la frente.

—Sí, solo estoy cansada —respondió ella un poco ausente—. Si mañana viene Nana podrás ir a trabajar.

—¿Tan mal lo hago como enfermero que ya quieres librarte de mí?

—No, no seas tonto. Es que me siento culpable de que estés aquí todo el día conmigo mientras la lagartija de Clive anda por allí sin Sam.

Gabriel se pasó las manos por el pelo y respondió:

—La verdad es que tienes razón. Mañana, cuando venga Nana, iré a la revista. Pero con una condición.

—La que quieras —respondió Ágata. Si él no estaba, podría incluso llamar a Steve para que pasara a recoger las fotografías y le contara lo que había descubierto.

—Quiero que ahora mismo te vayas a la cama y descanses. —Él se levantó y le dio un beso—. ¿De acuerdo?

—Está bien. Pero que conste que la próxima vez que quieras que me pase dos días en la cama, tú tienes que quedarte conmigo.

—Princesa, cuando te recuperes, estaré encantado de hacerlo.

Ágata se fue a dormir y, cuando se despertó, Nana estaba ya sentada junto a su cama, mirándola preocupada.

—Ágata, tienes que cuidarte.

—¿Y Gabriel? —preguntó Ágata medio dormida.

—Se ha ido, pero antes me ha hecho jurar que lo llamaría si te pasaba cualquier cosa. —Nana sonrió—. Tengo que decirte que lamento mucho lo que te ha ocurrido, pero me encanta ver cómo mi nieto pierde la cabeza por ti.

Ágata se sonrojó.

—Tengo que ducharme y ponerme algo más digno que este pijama de patitos.

—Mientras lo haces, yo te prepararé el desayuno —dijo Nana saliendo de la habitación.

Tardó un poco más de lo habitual en ducharse. Hacerlo todo con una sola mano no era tan fácil como se había imaginado, pero se las apañó bastante bien. Cuando entró en la cocina, vestida con unos vaqueros y una sencilla camiseta rosa, Nana ya la estaba esperando con unas tostadas recién hechas y té para dos.

—¡Qué bien huele!

—Gracias —respondió Nana—. Siéntate y cuéntame todo lo que ha pasado desde la última vez que nos vimos.

Ágata obedeció, y las dos empezaron a hablar.

—¿Has traído las fotografías que te pedí? —preguntó Ágata.

—Sí, ahora te las enseño. —Abrió el bolso y sacó un sobre lleno de fotografías de Gabriel con su padre—. He traído muchas para que podamos escoger.

Se pasaron las dos horas siguientes mirándolas y repasando todos aquellos recuerdos. Ágata aprovechó para llamar a Steve y, tras contarle lo del estúpido accidente, le pidió que fuera a su casa para recoger las fotos y contarle de paso lo que había descubierto. Steve le prometió que a eso de las cuatro pasaría por allí.

—Mis favoritas son estas dos —dijo Nana, y le mostró una fotografía en la que Gabriel debía de tener unos cuatro años y estaba en la playa, jugando con la arena, mientras Rupert lo miraba ensimismado; y otra en la que Gabriel tendría unos veinte años y los dos estaban charlando, sentados delante de la chimenea de su casa—. Se los ve tan compenetrados...

—A mí también me gustan. Las pondré en este sobre para dárselas a Steve. —Ágata las metió en el sobre y lo cerró con mucho cuidado.

—Asegúrate de que me las devuelva —dijo Nana a la vez que miraba el reloj—. Tengo que irme, no quiero llegar al tren demasiado tarde. ¿Seguro que no te importa quedarte sola?

—En absoluto. Steve estará a punto de llegar y no creo que Gabriel llegue más tarde de las seis —contestó Ágata—. Además, ahora solo me duele la muñeca y un poco la cabeza. Puedo quedarme sola perfectamente.

—Lamento no poder hablar con Steve. —Nana se levantó—. Me cae bien. Es una pena que no me decidiera antes a hablar con él.

—Bueno, lo importante es que al final lo hayas hecho.

—Ágata también se levantó para acompañarla a la puerta—. Le daré recuerdos de tu parte.

—Hazlo y dile que cuando aparezca el reportaje de Rupert, los invito a cenar, a él y a su mujer junto con vosotros dos. Me voy ya o perderé el tren. Adiós. —Le dio un beso en la mejilla—. Cuídate.

—Tú también. —Ágata también le dio un beso y cerró la puerta.

Apenas estuvo sola media hora, pues Steve llegó un poco antes de lo previsto.

—¿Qué te ha pasado? —le preguntó Steve al entrar.

—Ya te lo he contado por teléfono. —Ágata empezaba a estar harta de explicar la historia del atropello—. No es tan grave como parece. Estoy bien.

—Bueno, me alegro. ¿Nana ya se ha ido?

—Sí, se iba en tren y no quería salir tarde, pero me ha pedido que te diga que cuando publiques el reportaje, os invita a ti y a tu mujer a cenar con nosotros tres para celebrarlo.

—Claro que sí —respondió Steve sin dudarlo—. ¿Se lo habéis contado ya a Gabriel? —preguntó él sentándose en el sofá.

—No. Le daremos una sorpresa.

—¿Y supongo que tampoco le has contado que estoy al tanto del robo de los artículos?

—No —confirmó Ágata un poco incómoda.

—Ágata, creo que deberías decírselo. Si Gabriel se parece al tozudo de su padre, no se lo va a tomar nada bien.

—Ya lo sé, pero creo que es mejor esperar a que se publique el artículo de Rupert para contárselo todo. —Ágata se rascó el antebrazo justo por encima del yeso; era increíble cómo le picaba.

—Como quieras. ¿Tienes las fotos que te pedí? —preguntó él cambiando así de tema. Era obvio que ella se sentía incómoda.

—Sí, están en este sobre. Los artículos no los tendré hasta el fin de semana. —Tenía que esperar a que Sylvia y Sam regresaran de Escocia.

—No te preocupes, ya los he encontrado. Resulta que lo de Internet y las bases de datos realmente funciona —dijo Steve sonriendo.

—Ya, es fascinante. ¿Te apetece tomar algo? —Ágata tenía que mejorar sus modales como anfitriona.

—No, no te preocupes. —Steve se recostó en el sofá—. Creo que he averiguado algo en relación con el robo de los artículos.

—¿Ah, sí?

—Sí. Una de las editoras de *The Scope* empezó a alardear de coche nuevo justo cuando se produjo el primer robo, y desde entonces digamos que su ritmo de vida no se ajusta al sueldo que le pagamos. Además, todos los artículos han aparecido milagrosamente en su departamento.

—¿Y qué has hecho?

—De momento, nada. —Steve se pasó la mano por la cara—. Necesito alguna prueba más sólida que estas coincidencias, pero le he pedido a un informático de mi confianza que investigue el disco duro de su ordenador y su correo electrónico. Seguro que encontraremos algo.

—Ojalá. No me gusta hacer esto a espaldas de Gabriel. ¿Cuándo aparecerá el artículo sobre Rupert? —Ágata cambió de tema.

—Dentro de tres semanas. Tal vez podríamos ir a cenar esa misma noche, ¿qué te parece?

—Me parece genial. Así conoces mejor a Gabriel y le contamos todo esto.

—Perfecto. —Steve se puso de pie y, al ver que Ágata iba a hacer lo mismo, se lo impidió—. No, no te levantes. Puedo salir solo. Siento tener que irme tan rápido, pero tengo mucho que hacer.

—Tranquilo —contestó Ágata desde el sofá—. Supongo que Nana te llamará para confirmar lo de la cena.

—Nos vemos entonces. ¿Sabes una cosa, Ágata? —dijo Steve desde la puerta—. Estoy seguro de que a Rupert le hubieras gustado mucho.

Ágata se ruborizó, y Steve cerró antes de que ella pudiera contestar.

Gabriel salió más temprano del trabajo. No quería que Ágata estuviera sola, y sabía que Nana tenía que subirse al tren antes de las cinco. Iba andando por la calle cuando de golpe, a pocos metros del portal de su casa, se quedó petrificado. ¿Qué hacía Steve Gainsborough saliendo de su casa con un sobre en la mano? No podía creer lo que estaba viendo. Gabriel casi se había olvidado de lo que sintió el día en que vio a Ágata y a Steve saliendo de aquel café, pero lo que estaba sintiendo en esos momentos era un millón de veces peor. No había ninguna excusa posible. No podía decir que se habían encontrado por casualidad ni que era una coincidencia. ¡Ese hombre estaba saliendo de su casa! Eso solo podía significar que Steve y Ágata se conocían, y que ella tenía algo que él realmente quería. ¿Por qué si no había ido él mismo en persona hasta allí para recoger un sobre?

¿Qué había en ese sobre? La mente de Gabriel llegaba a multitud de conclusiones, y ninguna era agradable. Sus pies se negaron a dar un paso más. No podía entrar en su casa y hacer como si no hubiera pasado nada, y no se veía capaz de soportar que Ágata le mintiera a la cara, así que decidió dar media vuelta y regresar al trabajo.

Entró en el edificio como un autómata y se dirigió al ordenador de Ágata. Esa planta ya estaba vacía, todos se habían ido a casa. Mejor. Gabriel no quería que nadie viera lo que estaba a punto de hacer. Encendió el ordenador de Ágata; él conocía las contraseñas. Un día, Ágata le había contado que era tan despistada para esas cosas, que utilizaba la misma para todo. Miró los archivos y no vio nada que demostrara sus sospechas. Empezaba ya a sentirse avergonzado por haber desconfiado de ella, cuando se dio cuenta de que no había comprobado el correo electrónico. Ojalá no lo hubiera hecho. Ojalá hubiera ido más tarde a su casa. Entró en el correo y lo vio: el último *e-mail* se lo había mandado a Steve, y era una especie de resumen de todos los artículos robados con sus fechas correspondientes. ¿Qué era aquello? ¿Una especie de factura? Sintió náuseas y apagó el ordenador. Tenía que salir de allí. Vomitó en plena acera. La gente que pasaba por su lado lo miraba estupefacta y una mujer incluso se le acercó para preguntarle si necesitaba ayuda. Gabriel estuvo a punto de echarse a reír ante tal pregunta. Se quedó recostado un rato contra el muro del edificio, intentando recuperar el aliento, y luego empezó a caminar sin rumbo. No sabía adónde ir. Para él, a diferencia de su padre, emborracharse no era una opción. ¿Ir a casa de un amigo? ¿Para qué?

¿Qué iba a decirles? ¿Que la primera mujer de la que se había enamorado intentaba hundir su revista? No le creerían, y ni él mismo podía creer que eso fuera cierto. Tal vez había una explicación, pero por más vueltas que le daba al asunto no conseguía encontrar ninguna. Lo único que seguía viendo era a Steve saliendo de su casa. Y si no había ido allí a buscar los artículos, cualquier otra posibilidad era aún peor.

Eran más de las nueve y Gabriel seguía sin aparecer. Ágata empezaba a estar preocupada. Le había llamado al móvil y nada, había llamado al trabajo y tampoco. ¿Dónde podía estar? Llamó a Jack, y este le dijo que no se preocupara; seguro que se habría quedado en el despacho repasando algo y no se enteraba de que sonaba el teléfono. A Ágata le dolía la cabeza. Necesitaba tumbarse, y decidió irse a la cama y esperarlo allí. Debió de dormirse, las pastillas para el dolor le daban mucho sueño, y se despertó al oír la puerta. Eran ya las once.

—¿Gabriel? —preguntó aún medio dormida.

—Sí, soy yo —respondió él en tono seco, desde la entrada—. Sigue durmiendo. Tengo trabajo que hacer.

Ágata estaba demasiado aturdida para discutir, y volvió a dormirse enseguida.

Por la mañana, Ágata se despertó con la sensación de que Gabriel no se había acostado a su lado, pero eso era una tontería, la cama estaba deshecha y él se estaba duchando. Seguro que todo era culpa de aquellas horribles pastillas que la dejaban fuera de combate. Gabriel salió de la ducha y se vistió a la velocidad del rayo. No la miró ni una sola vez. ¿Qué estaba pasando?

—Gabriel —dijo ella desde la cama—, ¿pasa algo?

—¿Qué quieres que pase? —respondió él, cortante—. Tengo prisa. Mañana llega Sam y quiero que todo esté a punto. —Entonces la miró para ver si ella se ponía nerviosa, pero no vio nada raro—. No quiero que haya ninguna sorpresa desagradable de última hora.

—Claro, lo entiendo —dijo Ágata, pero en realidad no entendía nada.

—Llegaré tarde. No me esperes.

Salió de la habitación y del piso sin despedirse siquiera. Ni un beso, ni un comentario. Nada. Ágata volvía a tener sueño, no iba a tomar ninguna pastilla más. Odiaba esa sensación de no poder controlar el estupor.

Cuando volvió a despertarse, apenas se acordaba de la conversación que había mantenido con Gabriel, así que lo llamó a la revista. Amanda contestó al teléfono y le dijo que Gabriel no estaba, que tenía una reunión en la otra punta de la ciudad. Ágata pasó el día en casa y aprovechó para llamar a sus padres y contarles lo que le había sucedido. Como era de esperar, tanto a su madre como a su padre les molestó mucho que no los hubiera llamado antes, pero Ágata les dijo que lo había hecho para no preocuparlos. En realidad, lo había hecho para evitar que se presentaran allí sin avisar. Una vez los hubo tranquilizado, estuvieron charlando un rato, y no la dejaron colgar hasta que ella les prometió que iría a verlos dentro de tres semanas. Lo que no les dijo es que quizá, dentro de tres semanas, regresara para quedarse. Gabriel y ella seguían sin hablar del tema. Ágata había decidido esperar hasta que apareciera el artículo sobre Rupert, pero no sabía por qué Gabriel no había vuelto a decirle nada. A lo mejor cuando regresara Sam estaría más relajado y podrían recuperar la normalidad.

Llegó la noche, y Ágata seguía sin tener noticias de Gabriel. Esa reunión debía de ser muy importante. Se acostó e intentó esperar despierta a que él regresara, pero volvió a dormirse. No se había tomado ninguna otra pastilla, pero al estar todo el día en casa sin hacer nada, tenía la pereza impregnada en el cuerpo. Al día siguiente iría a trabajar. La espalda y la cabeza ya casi no le dolían, y si se quedaba otro día en el sofá iba a volverse loca.

Gabriel llegó a su casa pasadas las doce. Había dedicado todo el día a buscar una relación entre Ágata y Steve, pero no había encontrado nada. No sabía si sentirse aliviado o si sentirse aún más paranoico. Había momentos en que pensaba que lo mejor sería preguntárselo a ella directamente, pero para eso quería tener alguna prueba más sólida. No podía seguir así, tenía que hablar con Ágata. Sin embargo, antes lo haría con Sam; quizá él había logrado averiguar algo con relación a los robos. Como la noche anterior, se tumbó en el sofá; no se veía capaz de dormir al lado de ella sin perder la poca cordura que le quedaba y, por suerte, Ágata estaba aún demasiado cansada como para darse cuenta. Por la mañana se despertó y se duchó. Al salir de la ducha fue a verla; Ágata seguía durmiendo y tenía un morado en la frente. Gabriel sintió cómo le daba un vuelco el corazón; él sabía que era imposible que ella hubiera hecho nada para hacerle daño, pero seguía sin poder quitarse de la cabeza la imagen de Steve saliendo de su casa con aquel sobre en la mano.

Por desgracia, cuando llegó a la revista, sus peores pesadillas se hicieron realidad; encima de su mesa había el ejemplar de *The Scope* de ese viernes, y el artículo principal era sobre las mafias asiáticas. Era el artículo que él había escrito. El mismo. Nadie sabía que existían esos artículos. Nadie. Excepto Sam y Ágata.

19

Ágata se despertó y se dio cuenta de que Gabriel ya no estaba. Al principio se asustó, y por un instante pensó que quizá ni siquiera había ido a dormir, pero vio que la ducha aún estaba mojada y que en la cocina había una taza usada. Ese día se encontraba ya casi recuperada del todo, así que no dudó en arreglarse para ir a trabajar. Estaba contenta, tenía ganas de volver a ver a Jack y a Amanda, y seguro que esa noche ella y Gabriel podrían salir a cenar. Era el día en que regresaba Sam, Clive por tanto se iba y todo volvería a la normalidad.

Al llegar a la revista, Ed, el portero del edificio, le dio dos besos y le preguntó qué tal estaba. Todos la recibieron del mismo modo y Ágata se emocionó al ver que durante esos meses había hecho muchos amigos. Salió del ascensor en su planta y, tan pronto llegó a su sitio, apareció Jack.

—¿Se puede saber qué haces aquí? —preguntó él fingiendo estar enfadado—. Tendrías que estar en la cama.

—No te enfades. —Ella lo abrazó afectuosamente—. Si me quedo en casa un día más creo que me volveré loca. Además, hoy es viernes; tengo todo el fin de semana para descansar de las horribles tareas que me mandarás hacer.

—Está bien. Pero si Gabriel intenta matarme, tendrás que defenderme —accedió Jack—. Y tienes que prometerme que si te duele la cabeza o la espalda te irás a casa.

—De acuerdo. —Ágata se sentó y encendió el ordenador—. ¿Qué quieres que haga?

Jack se sentó a su lado y, justo cuando iba a enseñarle los archivos que quería que revisara, se abrió el ascensor y Gabriel apareció en la planta.

—Creo que es peor de lo que me imaginaba —susurró Jack—. Nunca lo había visto con esa cara.

Gabriel buscó a Jack con la mirada y, cuando se dio cuenta de que Ágata estaba allí, se lo vio aún más enfadado.

—¡Dios! Creo que va a estallar —comentó Jack, que empezaba a temer por su integridad física.

Ágata también empezaba a preocuparse. Gabriel atravesó la sala con paso firme, sin apartar la mirada de ella. En la mano derecha llevaba una revista que tiró encima de la mesa justo al llegar donde estaban ellos.

—¿Quieres explicarme esto? —le preguntó a Ágata sin mirar a Jack.

Ella levantó la revista y miró el artículo. Gabriel vio cómo le cambiaba la cara en el mismo instante en que se dio cuenta de lo que estaba leyendo.

—Es tu artículo —contestó paralizada—. ¿Cómo es posible?

—Dímelo tú —respondió Gabriel, que empezó a notar cómo se le hinchaba la vena que le cruzaba la frente—. Tú y Sam erais los únicos que sabíais lo de mis artículos de reserva.

Al ver que Ágata no contestaba y que Gabriel parecía estar a punto de perder los estribos, Jack se atrevió a preguntar:

—¿Se puede saber de qué estás hablando?

Gabriel lo miró como si hasta entonces no se hubiera percatado de que estaba allí, y respondió:

—La señorita Ágata Martí es quien nos ha estado robando los artículos. De eso estoy hablando.

Ella abrió la boca de par en par y sintió cómo los ojos se le llenaban de lágrimas. ¿Que ella había robado los artículos?

—Gabriel, eso es imposible —contestó Jack antes de que Ágata pudiera decir nada.

—¡Imposible! ¡Y una mierda! —Gabriel volvió a mirarla a ella—. Ágata, ¿te importaría explicarnos a Jack y a mí qué hacía Steve Gainsborough el miércoles en mi casa? —Gabriel vio cómo ella retrocedía un poco—. ¿O qué hacíais los dos juntos en el café Meridien hace tres semanas? O, mejor aún, ¿por qué no me cuentas por qué me mentiste cuando te pregunté adónde habías ido?

Ágata abrió la boca para contestar, pero él se lo impidió.

—¿Sabes qué? Mejor no digas nada. Hasta esta mañana, yo me habría creído cualquier cosa que me hubieras contado. —Gabriel se burló de sí mismo—. Pero cuando he visto mi artículo en *The Scope* he abierto los ojos. Tú y Sam erais los únicos que sabíais lo de esos textos de reserva, pero solo tú conoces la contraseña de mi ordenador. ¡Es el día que llegaste a Londres! —Gabriel miró a Jack—. Patético, ¿no? He sido tan estúpido... Como si lo que pasó con mis padres no me hubiera escarmentado bastante.

—Gabriel, yo... —Ágata sintió cómo le resbalaba una lágrima por la mejilla y, furiosa, la apartó con el dorso de la mano—. ¿Cómo puedes creer que yo sea capaz de hacerte esto? —Vio que él no se inmutaba, y añadió—: Yo te quiero.

Gabriel se tensó y, mirándola a los ojos, dijo:

—No te atrevas a decirme eso nunca más. Al menos yo he tenido la decencia de no decirte esa mentira. El día en que yo le diga a una mujer que la quiero, procuraré que sea verdad. Y te aseguro que por ti nunca he sentido nada parecido al amor. —Se alegró al ver que a ella le caían más lágrimas. Quería que sufriera tanto como él—. No sé qué has logrado con esto. No creo que sea por dinero; a ti no te hace falta. —Y volvió a insultarla—: Tal vez te parezcas más a tu hermano Guillermo de lo que crees y lo hayas hecho para obtener un empleo mejor en la competencia. —Él la atacaba donde más le dolía—. No lo sé ni me importa. Lo único que quiero es que te vayas de aquí, de mi casa y de mi vida hoy mismo.

Jack no sabía dónde mirar ni qué decir. Él no podía creer que Ágata fuera la culpable de los robos, pero las pruebas que tenía Gabriel parecían irrefutables. Vio que su amigo estaba tenso y que miraba a Ágata como si no pudiera soportar su presencia. A ella, por su parte, se la veía completamente abatida, pero tras unos instantes levantó la cabeza y miró a Gabriel a los ojos. Parecía como si hubiera tomado una decisión.

—Gabriel, yo no he robado los artículos. Ni este ni los anteriores. —Vio que él levantaba una ceja y desdeñaba lo que estaba diciendo—. No sé quién ha sido, pero espero que lo averigües pronto y, cuando lo hagas, no quiero que vengas a buscarme.

Él se rio de ese último comentario.

Ágata se frotó la cara con la mano que no tenía escayolada y empezó a recoger sus cosas.

—Me duele que me creas capaz de hacer esto, y me duele que no confíes en el amor que siento por ti, pero me niego a defenderme de todas estas tonterías. —Tomó aliento—. Pero en una cosa sí tienes razón. —Al ver que él la miraba interesado, añadió—: Tú nunca me has dicho que me quisieras, y ahora lo entiendo. Tú nunca me has querido. Si así fuese, ahora estarías buscando al verdadero culpable en vez de echarme de tu vida para siempre. ¿Sabes? Tú siempre has tenido miedo de parecerte a tu padre —a él, le tembló un músculo de la mandíbula—, pero en realidad te pareces a tu madre. Él fue lo bastante valiente como para sentir algo por alguien, pero tú, al igual que ella, no sientes nada. Supongo que solo era cuestión de tiempo que encontraras una excusa para apartarme de ti.

Gabriel se defendió de este último ataque:

—Ágata, toda esta psicología barata no hará que cambie de opinión y solo te pone en ridículo. Lárgate de aquí antes de que decida hacer algo peor, como llamar a la policía y acusarte oficialmente de los robos.

—Hazlo. A lo mejor ellos consiguen encontrar al verdadero culpable —le dijo, mirándolo desafiante a los ojos—. ¿Te acuerdas de esa noche en Bath cuando me preguntaste si creía que sabrías reconocer a la persona capaz de hacerte feliz? —Antes de que él dijera nada, añadió—: Pues bien, mi respuesta es no. No eres capaz. Tienes demasiado miedo, eres un cobarde y no mereces que nadie te entregue su corazón. Tú no tienes uno que dar a cambio.

—Vete de aquí ahora mismo.

A Ágata le resbaló el bolso y Jack la ayudó a recogerlo. La miró a los ojos, pero no le dijo nada.

—Gracias —susurró Ágata, devolviéndole la mirada.

Estaba ya a punto de entrar en el ascensor cuando Gabriel la llamó por última vez. Tal vez se había dado cuenta de que se equivocaba.

—Ágata, cuando salgas del piso deja las llaves encima de la mesa del comedor. No quiero tener que volver a verte.

—No te preocupes, no tendrás que hacerlo. Pero escúchame bien y grábate estas palabras: yo no he robado nada y, lo que es más importante, yo tampoco quiero volver a verte nunca más. —Entró en el ascensor y se fue.

Lloró todo el camino. La gente en la calle la miraba como si estuviera loca y un par de señoras le preguntaron si se encontraba bien. ¿Bien? No creía volver a estarlo en toda su vida. Lo poco que recordaba de anatomía era que no se podía vivir sin corazón, y a ella acababan de rompérselo en mil pedazos. Llegó al apartamento de Gabriel y empezó a hacer la maleta. Era como si otra persona hubiera tomado posesión de su cuerpo; a pesar de lo complicado que era doblar la ropa con una sola mano, terminó en tan solo una hora. Llamó a un taxi y le pidió que la llevara al aeropuerto de Heathrow, seguro que habría algún vuelo para Barcelona, Madrid o Sevilla. No le importaba. Lo único que quería era salir de allí y llegar a España cuanto antes. Al parecer, el destino la favorecía, y encontró billete para un avión que salía al cabo de media hora.

No hacía ni cinco horas que se había despertado y se había sentido la mujer más feliz del mundo, y ahora estaba en el aeropuerto, con la mano enyesada, el corazón roto y su vida hecha añicos. ¿Cómo había pasado? ¿Quién había robado el artículo de Gabriel? ¿Por qué él la había creído capaz de hacer eso? Ágata no podía dejar de preguntarse por qué, y llegó a la conclusión de que le había dicho la verdad; él nunca la había querido, por eso había estado tan predispuesto a creer que ella era la culpable. El avión aterrizó en Barcelona y Ágata se dio cuenta de que, si Gabriel no la quería, ella tendría que hacer todo lo posible por dejar de quererlo. Cuanto antes mejor. Se negaba a recordar a un hombre que no había luchado por ella y que la había echado de su lado sin pestañear. Volvería a instalarse en su piso, buscaría un buen trabajo y sería feliz. Tan pronto como pudiera dejar de llorar durante más de media hora seguida.

Ya en el aeropuerto de Barcelona, Ágata sacó el móvil de su bolso y llamó a Guillermo; no sabía a quién recurrir.

—¡Ágata! ¡Cuánto tiempo sin oír tu voz! ¿Qué tal va, peque? —contestó su hermano.

Al oír a Guillermo, Ágata se echó a llorar y fue incapaz de contestar.

—Ágata, ¿qué pasa? ¿Estás bien? Me estás asustando —dijo Guillermo, nervioso.

—Guille, estoy en el aeropuerto —consiguió decir Ágata.

—¿En el aeropuerto? ¿En qué aeropuerto? —Él estaba cada vez más nervioso.

—En el de Barcelona. ¿Puedes venir a buscarme? —Lloró unos segundos—. ¡Dios! Ni siquiera sé si estás aquí o en Estados Unidos.

—Estoy en Barcelona —contestó su hermano intentando tranquilizarla—. Dentro de media hora estoy ahí. Espérame y no te preocupes por nada. ¿De acuerdo?

—De acuerdo —respondió Ágata.

—Siéntate en una cafetería que yo ahora mismo llego.

—Gracias —dijo ella—. No sé qué haría sin ti.

—No digas tonterías. Te dejo, que voy a entrar en el coche. Adiós.

Guillermo colgó y se preguntó qué hacía su hermana pequeña sola en Barcelona y llorando. Más tarde llamaría a Gabriel, y más le valía tener una muy buena explicación para todo eso.

Guillermo llegó al aeropuerto y, cuando vio a Ágata, se le anudó la garganta. Nunca la había visto tan triste.

—Ágata, peque. —La voz de Guillermo la sacó de su ensimismamiento—. ¿Qué te ha pasado? —le preguntó su hermano mirando la escayola. Luego se centró en los ojos enrojecidos de Ágata y se detuvo en los puntos que aún llevaba en la ceja.

—Nada —contestó ella y con la mano buena se frotó la cara.

Guillermo se sentó a su lado, la abrazó y ella lloró durante unos minutos. Después se apartó y lo miró a los ojos.

—Gracias por venir.

—De nada. —Él parecía muy preocupado—. ¿Vas a contarme lo que te ha pasado? ¿Por qué llevas esta escayola y esos puntos en la ceja?

—Luego. Ahora solo quiero llegar a casa y ducharme.

—Después de todo lo que había pasado, Ágata solo deseaba meterse debajo del agua para ver si así desaparecía el dolor—. ¿Te importa que hablemos más tarde?

—No, no me importa. Solo dime una cosa. —Guillermo tiró de la maleta y empezó a caminar hacia la salida—. ¿Te lo ha hecho Gabriel?

—El yeso y los puntos, no... —Se le entrecortó la voz—. Lo demás...

—Entiendo —dijo Guillermo, pero en realidad pensó que, tan pronto como lo viera, iba a matar a ese infeliz—. No te preocupes. Cuando te sientas mejor ya me lo contarás.

Ágata supo entonces que iba a sentirse mejor, que iba a recuperarse del accidente, que iba a encontrar un trabajo estupendo y que iba a olvidar a Gabriel. Y si cuando él descubriera la verdad iba a buscarla, se encontraría con una Ágata muy distinta de la que había echado de su vida sin pestañear.

Guillermo llevó a Ágata a la casa familiar. Ella insistió en ir a su piso de Barcelona, pero su hermano la convenció de que se quedara con sus padres al menos durante un par de días. Ellos también la habían echado mucho de menos, y así no estaría sola; al fin y al cabo, aún no se había recuperado completamente del accidente.

Gabriel se pasó el día en la revista, sin hablar con nadie. Jack y Amanda intentaron acercársele en un par de ocasiones, pero él reaccionó como un león enjaulado. Ambos decidieron dejarlo solo. Llegó la hora de salir y se fue a su casa.

¿Estaría Ágata aún allí? Temía que así fuera. No había podido quitarse de la cabeza la imagen de ella al entrar en el ascensor. Parecía tan inocente, tan dolida, que le hizo dudar. Pero no, sabía que ella era la única que conocía su clave, y él había visto con sus propios ojos a Steve saliendo de su casa. Apagó las luces del despacho y se fue dando un rodeo hasta su apartamento. Una pequeña parte de él deseaba que ella estuviera allí, que lo estuviera esperando para discutir con él y demostrar su inocencia. Cuando abrió la puerta supo sin ningún género de dudas que ella ya no estaba. Fue una sensación extraña, como si le faltara el aire. Encima de la mesa, tal como él le había pedido, bueno, ordenado, estaban las llaves. En el armario y en el baño no quedaba ni rastro de ella ni de sus cosas. Se sentó en el sofá y vio que debajo del cojín había algo: *El conde de Montecristo*. Sintió que una lágrima le resbalaba por la mejilla.

20

Ágata y Guillermo llegaron a casa de sus padres a las diez de la noche, y todos se quedaron de piedra al verla en aquel estado; no solo por el yeso que cubría su muñeca o por los puntos que aún llevaba en la ceja, sino también porque tenía los ojos hinchados de tanto llorar. Guillermo los convenció de que primero la dejaran ducharse y, cuando salió de la ducha, con un pijama puesto, todos estaban esperándola.

Elizabeth y Eduardo habían preparado un poco de cena; Martina y Helena le estaban deshaciendo la maleta; Álex y Marc ponían la mesa, y Guillermo se paseaba arriba y abajo; solía hacer eso cuando pensaba.

Marc fue el primero que la vio.

—¿Estás mejor? —le preguntó colocando el último tenedor en la mesa—. ¿Necesitas algo?

Ágata dedujo entonces que su aspecto debía de ser lamentable; su hermano no solía ser tan atento.

—No, gracias. ¿Vamos a cenar? —respondió ella un poco incómoda.

—Sí, tan pronto como papá y mamá estén listos —dijo Álex.

Sus padres tardaron solo unos minutos y pronto estuvieron todos sentados a la mesa. Cuando Ágata hubo terminado su sopa, Guillermo no pudo aguantar más:

—¿Vas a contarnos lo que ha pasado o no? —le preguntó mirándola a los ojos.

A ella le tembló la mandíbula, pero logró controlar el llanto. Se había prometido a sí misma que no iba a llorar más. Empezó por el principio; les contó que se había enamorado de Gabriel, que había conocido a Nana y a todos sus amigos, que el trabajo era fantástico y lo del robo de los artículos. Todos la escuchaban atentamente, y notó que Guillermo apretaba su copa con fuerza cuando explicó que ella y Gabriel se habían acostado, pero siguió adelante. Pasó a cómo ella y Nana habían conocido a Steve, y lo del artículo sobre el padre de Gabriel que iba a aparecer al cabo de dos semanas. En ese punto, Eduardo y Guillermo empezaron a hacerle preguntas. Concretamente, querían saber qué tenía todo eso que ver con que ella hubiera regresado de repente hecha un mar de lágrimas.

Ágata respiró hondo y les explicó el resto. Les contó que había aparecido publicado el artículo que Gabriel guardaba para casos de emergencia, y entonces llegó lo más difícil: decirles que Gabriel la había acusado del robo de los artículos y la había echado.

Guillermo se levantó de golpe.

—¡Será imbécil! —exclamó indignado.

—No, pero me vio con Steve y yo le mentí —respondió Ágata sin pensarlo.

—¡No le defiendas! —dijeron Guillermo y Eduardo a la vez—. Gabriel debería saber que tú eres incapaz de hacer nada malo —añadió su padre.

Su madre se levantó y se sentó a su lado.

—Ágata, tranquila, ya verás cómo todo se arregla —la consoló Elizabeth.

—No, mamá, tú no lo entiendes. —Ágata se frotó los ojos—. Él cree que yo he estado todos estos meses aprovechándome de él y... —le tembló la voz— me dijo que no me quiere, que nunca ha sentido nada por mí.

—¡Eso es más que obvio! —exclamó Guillermo, furioso—. Si te quisiera, no habría creído todas esas tonterías. Voy a matarlo.

—No, no harás nada de eso —intervino Eduardo—. Bastante castigo tendrá cuando se dé cuenta de lo que ha perdido.

Helena y Martina miraron a su hermana con cariño.

—Tranquila, Ágata. Seguro que cuando vea el artículo de su padre vendrá a pedirte perdón de rodillas —dijo Martina.

—¡Pues ella no va a perdonarle! —apuntó Guillermo— ¿Quién se ha creído que es para tratar así a Ágata?

—No creo que él venga a pedirme perdón. —Ágata se frotó la cara con la mano buena—. Solo espero que, cuando descubra quién es el verdadero ladrón, se muera de vergüenza por lo que ha hecho.

—Bueno, a nosotros quien nos importa eres tú, así que el señor Trevelyan puede hacer lo que le plazca mientras no vuelva a hacerte daño —dijo su madre—. Creo que ahora deberíamos irnos todos a dormir. Es muy tarde.

—Sí, la verdad es que estoy muerta de sueño. —Ágata bostezó—. Llorar es agotador.

Todos se levantaron y fueron a sus habitaciones, pero Ágata vio que Guillermo se quedaba en el salón.

—Guillermo, no te preocupes —le dijo. Sabía que su hermano mayor se sentía culpable por lo que había pasado.

—No sé, Ágata. No puedo evitar pensar que todo esto es culpa mía. —Tomó aliento—. Si yo no te hubiera enviado allí...

—Si tú no me hubieras enviado allí —lo interrumpió ella—, yo seguiría aquí hecha un lío. Ahora sé que soy fuerte, y que puedo salir adelante sola, y eso te lo debo a ti. —Se puso de puntillas para darle un beso en la mejilla.

Él se incomodó un poco y se apartó.

—Tengo ganas de decirle a ese imbécil cuatro verdades. ¿Cómo puede ser tan estúpido?

—No sé —suspiró Ágata—. Pero prométeme que no le dirás nada de lo del artículo de su padre. No quiero que se sienta obligado a disculparse conmigo. ¿Me lo prometes?

—Te lo prometo. Anda, vete a la cama, que es tarde.

Los dos se fueron a sus habitaciones. Ágata se durmió enseguida, pero Guillermo, no. Estuvo mucho rato pensando en todo lo que le diría a Gabriel, su ex mejor amigo, al día siguiente. Él le había prometido a Ágata que no le diría nada sobre el artículo de su padre, pero no que no lo insultaría por haberle hecho daño a su hermana.

Gabriel se pasó la noche sentado en el sofá. No quería, no podía irse a la cama, a la cama que había compartido con Ágata. ¿Cómo había sido capaz de hacerle eso? ¿Por qué? ¿Adónde se había ido? Cuando llegó a casa y vio que ella no estaba sintió como si las paredes se le cayeran encima, pero pasada la primera impresión empezó a preguntarse adónde se habría ido. No quería hablar con ella, no quería volver a verla jamás, pero tampoco quería que le pasara nada malo. Llamó a Amanda; seguro que estaba allí. En los últimos meses, se habían hecho muy amigas, pero se equivocó. Amanda no sabía nada de Ágata desde esa mañana. Luego se armó de valor y llamó a Anthony; aunque entre él y Ágata nunca hubiera pasado nada, Gabriel sabía que Anthony sentía mucho cariño por ella. Cuando Anthony le contestó y le dijo que seguía en Barcelona, y que estaba cenando con unos compañeros de trabajo, Gabriel optó por no desvelarle el auténtico motivo de su llamada y limitarse a mandarle saludos. Ya tendría tiempo de escuchar sus insultos más tarde. Empezaba a estar preocupado y llamó a todos sus amigos. Nada, nadie sabía nada de Ágata. Descartó la idea de que hubiera ido a casa de Nana, pues de lo contrario su abuela le habría llamado seguro. Ni tampoco estaba con Sam y Sylvia, pues ellos habían cambiado de planes y no iban a regresar de Escocia hasta el domingo por la noche. ¿Dónde podía estar?

Eran ya las doce de la noche cuando se rindió y se dio cuenta de que solo había dos posibilidades: o Ágata era peor de lo que él se imaginaba y se había ido con Steve a pesar de que era un hombre casado, o él se había equivocado del todo y Ágata había regresado a Barcelona. No sabía si le daba más miedo la primera opción o la segunda, pero por el momento solo podía esperar. Esperar y llamar a Guillermo por la mañana. Seguro que el hermano mayor de Ágata sabía dónde encontrarla.

A las ocho en punto de la mañana del sábado, hora española, Gabriel llamó a Guillermo.

—Eres un hijo de puta —fue el saludo de este—. ¿Cómo has podido hacerle esto a Ágata?

Gabriel no se dejó intimidar por el insulto y respondió.

—Eso deberías preguntárselo a tu hermana. Creo que ha salido a ti; no tiene escrúpulos a la hora de mejorar su carrera profesional.

—¡Serás imbécil! —Guillermo apretaba el teléfono con tanta fuerza que tenía miedo de romperlo—. Mira, de mí puedes opinar lo que quieras, me importa una mierda, pero de mi hermana... —Intentó controlarse—. Hay que ser idiota para creer que ella es capaz de hacer nada malo.

—Guillermo, digamos que tú no eres objetivo. Ella es capaz de eso y de mucho más. —Gabriel también intentó recuperar el control; por lo que decía Guillermo, era obvio que estaba al corriente de todo—. La vi con mis propios ojos con Steve. ¿Cómo explicas eso?

Guillermo cerró los ojos un instante. Le había prometido a Ágata no contarle a Gabriel lo del artículo de su padre e iba a mantener esa promesa, se lo debía.

—Gabriel, siempre te había considerado inteligente. Pero ahora veo que me equivoqué. Creía que un buen periodista buscaba toda la información posible antes de llegar a una conclusión. —A ver si así se daba por aludido.

—¿Por qué lo dices? —preguntó Gabriel, intrigado por el cambio de tema en la conversación.

—Por nada. —Guillermo no podía decir nada más—. ¿Por qué me has llamado?

Gabriel se quedó en silencio durante un instante.

—Porque quiero saber dónde está Ágata. Quiero saber si está bien.

Guillermo se rio de un modo cruel.

—¿Así que ahora te importa? Pues no, ella no está bien. —Guillermo alzó la voz—. Ayer, después de que la echaras de la revista y de tu piso, hizo la maleta y, con la muñeca aún escayolada, se fue sola al aeropuerto para subirse al primer avión que encontró rumbo a Barcelona. —Guillermo estaba cada vez más furioso—. Se pasó todo el viaje llorando y llegó aquí agotada y destrozada. Así que no. No está bien.

Gabriel iba a contestar, pero Guillermo se lo impidió.

—Pero no te preocupes, dentro de poco sí lo estará. Se recuperará del accidente de moto, de Londres y de ti. Así que no se te ocurra llamarla ni aparecer por aquí. ¿Entendido?

Gabriel cerró los ojos y, dado que se le había cerrado la garganta, tardó un poco en contestar.

—¿Entendido? —insistió Guillermo.

—Sí, perfectamente. —Antes de que pudiera decir nada más, oyó cómo Guillermo colgaba.

¡Dios! Como si no hubiese bastante, ahora acababa de perder a su mejor amigo.

Gabriel se dio cuenta de que le temblaban las manos. Su vida iba de mal en peor. Si se quedaba en casa acabaría volviéndose loco; todo le recordaba a Ágata. Tenía que salir. Buscó las llaves y se fue a la calle. Caminó sin rumbo fijo; lo único que quería era pensar, tranquilizarse.

¿Por qué tenía la sensación de que había cometido el mayor error de su vida? Él había visto a Ágata con Steve, y no una, sino dos veces. Ella le había mentido. Ella era la única que conocía la contraseña de su ordenador. Ella le había mandado un *e-mail* a Steve con todos los artículos y las fechas. Era obvio que ella era la ladrona. Pero ¿por qué lo había hecho? ¿Por dinero? ¿Para mejorar su carrera profesional? Si hubiera sido por eso, ¿por qué habría regresado a Barcelona? ¡Dios! Había algo que se le escapaba.

Gabriel anduvo por las calles todo el día. Es increíble lo solo que se puede llegar a sentir uno en una ciudad llena de gente. Por la noche, al regresar a su casa, se detuvo ante el portal naranja. Ahí la había besado por primera vez, y en ese instante recordó perfectamente su olor y su sabor. Tenía que dejar de hacer eso, tenía que olvidarla y tenía que hacerlo ya. Ella lo había engañado, lo había utilizado, y cuanto antes se lo metiera en la cabeza, mejor. Lo que le resultaría difícil sería sacarla de su corazón, porque, a pesar de lo que le había dicho a Ágata, él sí se había enamorado de ella.

Pasó el domingo en ese mismo estado de estupor. El teléfono de su casa sonó tres o cuatro veces, pero él no contestó ninguna. Todas esas llamadas fueron seguidas por sus réplicas en el móvil, y vio que Jack, Amanda y Anthony, que ya se había enterado de lo que había sucedido, lo estaban buscando. Los ignoró. No quería hablar con nadie. No se veía capaz de contarles lo que había pasado. Llevaba dos noches sin dormir, estaba agotado, y por mucho que su cerebro se empeñara en lo contrario, su corazón echaba de menos a Ágata.

«¿Qué son esos golpes en la puerta?», pensó Gabriel entreabriendo los ojos e incorporándose en el sofá. Debía de haberse quedado dormido, porque aún llevaba la ropa puesta y la televisión estaba encendida. Volvieron a oírse los golpes, pero esta vez acompañados de unos gritos.

—¡Gabriel, si no abres la puerta de una vez, la echaré abajo! —La potente voz de Sam resonó por toda la escalera.

¿Sam? ¿Qué estaba haciendo él allí? Gabriel miró el reloj y vio que eran casi las doce del mediodía. ¡Mierda! En efecto se había dormido. Se pasó las manos por la cara y carraspeó.

—¡Ya voy! —Se levantó y caminó hacia la puerta—. Siento haberme dormido —dijo al abrirla—. Pero ¿desde cuándo vas a buscar a los empleados a su casa cuando llegan tarde?

—Desde que han cometido el mayor error de su vida —respondió Sam, enfadado y pasándole un vaso con un café para llevar bien cargado.

—¿No ir a trabajar el lunes por la mañana es el mayor error de mi vida? —preguntó Gabriel aún soñoliento.

—No. —Sam entró y cerró la puerta tras de sí—. Pero echar de tu vida a la primera y única mujer a la que has querido, sí lo es. —Al ver que Gabriel lo miraba atónito, añadió—: Bébete esto y enciende tu ordenador.

—Sí, claro, debajo del televisor. —Gabriel no entendía nada de lo que estaba pasando.

—Siéntate —dijo Sam—. No creo que puedas tenerte en pie después de verlo.

Sam se hizo con el portátil e introdujo los datos de su correo electrónico para acceder a un archivo de vídeo que le habían mandado. Cuando las imágenes empezaron a moverse Gabriel sintió como si le dieran un puñetazo en mitad del pecho.

21

Eran las imágenes de las cámaras de seguridad de las oficinas de *The White-board* y en ellas se veía claramente cómo Clive se sentaba delante del ordenador de Gabriel y copiaba unos archivos en un *pen drive*. Se veía incluso cómo mandaba un *e-mail* y luego, con mucha calma, apagaba el ordenador. En la pantalla aparecían la hora y el día de la grabación. Era el pasado lunes, justo después de que Gabriel saliera disparado de su despacho al enterarse del accidente de Ágata. Se había asustado tanto, que se olvidó de que Clive estaba allí, y ni se le ocurrió apagar o bloquear el ordenador. ¡Dios, qué estúpido había sido! El alivio inicial que sintió al darse cuenta de que Ágata no era quien le había robado el artículo, se transformó en dolor al ver lo que había hecho. Sam tenía razón: había echado de su vida a la única mujer que había querido jamás.

Sam se sentó a su lado y empezó a hablar.

—Antes de irme a Escocia, mandé instalar un montón de cámaras de seguridad ocultas. Hay una en cada despacho, un par en las salas de reuniones y tres en la zona de los diseñadores y los editores. —Sam le puso a Gabriel la mano en la espalda—. Con las prisas del viaje me olvidé de decírtelo, sí, y ya sé que he incumplido no sé cuántas leyes de protección de datos. No se lo digas a los abogados. Y después, cuando hablábamos por teléfono, había tantas cosas importantes que comentar que ya no volví a acordarme de ellas.

Gabriel era incapaz de decir ni una sola palabra.

—El sábado, Jack me llamó para contarme lo que había pasado con Ágata. —Tras una pausa, Sam añadió—: Y cuando se lo dije a Sylvia, ella me dijo que era totalmente imposible. —Al ver que Gabriel levantaba la cabeza y lo miraba intrigado, continuó—: Luego te cuento lo de Sylvia, ahora déjame que acabe con lo de mi «querido» sobrino. En fin, Sylvia insistió en que te llamara y, al ver que no me contestabas, creí que ya estaría todo solucionado. —Sam se levantó—. Esta mañana, cuando he llegado al despacho, lo primero que he hecho ha sido pedir las grabaciones de las cámaras a la empresa de seguridad. Como comprenderás, ver a Clive hurgando en tu ordenador no me ha hecho especialmente feliz, pero tampoco puedo decir que me haya sorprendido. Aun así, antes de venir a verte, le he pedido a un informático que comprobara qué archivo era el que Clive había copiado y me ha confirmado que es el del artículo de las mafias asiáticas.

A Gabriel nunca le habían temblado tanto las manos como en ese momento.

—Pero... —Fue incapaz de continuar—. No entiendo nada.

—Yo tampoco, pero supongo que Clive nos lo aclarará. —Sam volvió a sentarse—. Le he pedido que nos espere en mi despacho. No te preocupes, Jack y Amanda le están haciendo compañía para que no se aburra. ¿Qué dices? —Le dio una palmada en la espalda—. ¿Quieres venir?

Gabriel se duchó y se vistió en un tiempo récord.

Media hora más tarde Sam y Gabriel llegaban a *The Whiteboard*. Tal como Sam le había dicho, en su despacho los esperaban Clive junto con Jack y Amanda. Al verlos entrar, Jack y Amanda salieron para dejarlos a solas, pero antes de salir, Amanda miró a Gabriel con reprobación. A él no le sorprendió, se lo tenía merecido.

—Clive —dijo Sam—, ¿te importaría explicarnos de qué va todo esto?

Clive se levantó de la silla y los miró desafiante, pero no le contestó.

—Mira, Clive —lo amenazó Sam—, tengo pruebas de que fuiste tú quien envió el artículo a *The Scope*, así que más te vale empezar a hablar.

—Tienes mala cara, Gabriel —se burló Clive—. ¿Has perdido a tu novia?

Gabriel no pudo más y le dio un puñetazo. Llevaba años deseando hacerlo, y al oírle mencionar a Ágata estalló.

—¡Gabriel, suéltale! —exclamó Sam—. Y tú —se dirigió a Clive— empieza a hablar.

Clive se puso bien la americana y se lamió el borde del labio, del que le caía una gota de sangre.

—¡El santo de Gabriel! No te soporto desde que nos conocimos en la universidad. —Clive miró a Gabriel con cara de asco—. Tú y tus rígidos y absurdos principios.

Gabriel tenía los puños tan apretados que los nudillos empezaban a quedársele blancos por falta de circulación.

—Cuando conocí a tu padre en esa fiesta y vi que era un borracho, no me lo podía creer. —Volvió a lamerse el labio, que no dejaba de sangrar—. Creía que esas fotografías de él en ese estado tan patético te mantendrían a raya.

—¿Qué fotografías? —preguntó Sam, pero ninguno de los dos le hizo caso.

—Pero no —continuó Clive—. Tú tenías que entrometerte en mis negocios y descubrir lo del desfalco de Nueva York.

—¿Estuviste involucrado en el desfalco de Nueva York? —Sam estaba atónito, aunque empezaba a entender lo que pasaba. Su sobrino nunca había sido santo de su devoción, pero él creía que tenía sus límites. Era obvio que no—. ¡Dios mío, Clive! ¿Por qué?

—Porque me encanta vivir bien. Además, las arcas de la familia ni siquiera se inmutaron. Pero, por desgracia, Gabriel sí lo hizo, y estuvo a punto de delatarme ante ti y ante el consejo de administración. —Clive miró a Gabriel y a Sam—. ¿Sabes por qué no lo hizo?

Gabriel tenía ganas de volver a pegarle.

—Porque llegamos a un acuerdo. Él no le decía nada a nadie y yo no publicaba ni vendía a ningún medio las fotografías de su querido papá borracho como una cuba, vomitando en medio de la calle e incapaz de mantenerse en pie.

—Gabriel —le interrumpió Sam—, tendrías que habérmelo dicho.

Gabriel seguía sin hablar.

—O no, tío. Gabriel nunca necesita a nadie. Él solo puede con todo. ¿No es así? —Clive se sentó en la butaca que había en el despacho—. Después de llegar a nuestro acuerdo, me fui durante un tiempo, pero cuando regresé no paraba de oír elogios de Gabriel y de *The Whiteboard*. Me daban náuseas. Además, cada vez que trataba de intervenir en la gestión de la revista, el bueno de Gabriel me recordaba lo de mis pecados en Nueva York. Ya iba a darme por vencido cuando tuve una magnífica idea: el mejor modo de hundirte —dijo mirando a Gabriel— era hundiendo tu preciosa revista.

—Tú robaste los artículos y los vendiste a *The Scope*. —Gabriel abrió la boca por primera vez.

—Sí y no. Yo robé los artículos, pero pagué para que se publicaran. A lo mejor te cuesta creerlo, pero me costó bastante lograr que aparecieran en *The Scope*. —Clive se pasó las manos por el pelo—. Aunque tengo que reconocer que, solo con verte sufrir para mantener la revista a flote, ya me sentí recompensado.

Sam no daba crédito a lo que estaba oyendo. Clive no había tenido ningún escrúpulo a la hora de tratar de hundir la revista.

—¿Y Ágata? —preguntó Gabriel, apretando los dientes.

—¿Ágata? —Clive se rio—. Me temo, mi querido Gabriel, que no puedo atribuirme el mérito de eso. Si llego a saber que perder a esa chica iba a hacerte tanto daño, yo mismo me habría acostado con ella.

Gabriel lo agarró por el cuello de la camisa y lo golpeó contra la pared.

—¿Con quién estás más enfadado, conmigo o contigo? —se burló Clive, sarcástico.

—Gabriel, suéltalo. —Sam se levantó—. Yo también tengo ganas de pegarle, pero eso no arreglará nada.

Gabriel no lo soltó y le apretó el cuello aún más.

—¿Ágata no tiene nada que ver? —insistió arrastrando cada palabra.

—No. —Clive no dejaba de sonreír—. Nada en absoluto. Tú solito has conseguido que se fuera. —Soltó una carcajada—. Y si los chismes son ciertos, después de lo que le dijiste delante de todos, no creo que vuelvas a verla nunca.

Ante ese último comentario, Gabriel retrocedió como si le hubieran dado un puñetazo. Por repugnante que fuera, Clive tenía razón. Él solo tenía la culpa de que Ágata se hubiera ido.

—Me tengo que ir —dijo Gabriel tras soltar a Clive—. Sam, ¿te encargas tú de este individuo?

—Será un placer —respondió Sam mirando a Clive—. ¿Qué vas a hacer?

—Voy a hacer algo que debería haber hecho hace mucho tiempo. Voy a buscar a Steve Gainsborough y preguntarle qué hacía ese día en mi casa con Ágata.

Gabriel salió del despacho de Sam muy aturdido. ¡Ágata no había robado los artículos! Pero si no lo había hecho, ¿por qué no se defendió cuando él la acusó delante de todos? «Sí lo hizo, cretino, pero tú no quisiste escucharla», le dijo una voz dentro de su cabeza—. «Y tampoco quisiste creerla.»

No tenía ni idea de lo que Sam decidiría hacer con Clive, y la verdad era que le daba igual. Lo único que le importaba era que ella no lo había utilizado y, de algún modo, saber eso hizo que su corazón volviera a latir de nuevo.

Llegó a *The Scope* y, cuando le dijo a la recepcionista que Gabriel Trevelyan quería hablar con el señor Gainsborough, ella le respondió que podía subir, que el señor Gainsborough lo esperaba en su despacho. Había sido mucho más fácil de lo que se imaginaba. Llegó arriba y Steve abrió la puerta antes de que él pudiera golpear para entrar.

—¡Gabriel! Me alegro mucho de verte. —Steve le tendió la mano, amistoso.

Gabriel no entendía nada.

—¿Ágata no está contigo? —Cada vez estaba más perdido—. ¿Sabes? Me alegro de que por fin ella y Nana te hayan contado lo del artículo de tu padre. A mí no acababa de gustarme la idea de publicarlo sin que tú pudieras verlo antes.

—¿El artículo de mi padre? —Gabriel empezó a sudar y a marearse, y su cara debió de perder color porque Steve le ofreció que se sentara y le trajo un vaso de agua.

—No sabes de qué estoy hablando. —No era una pregunta, sino una afirmación.

—No tengo ni idea. —Gabriel bebió agua y se frotó la cara—. Pero me encantaría saberlo.

Steve se sentó en su silla y lo miró preocupado; luego abrió un cajón del escritorio y sacó una carpeta.

—Mira esto. —Empujó la carpeta hacia él.

—¿Qué es? —preguntó Gabriel, ansioso, y empezó a hojear los papeles.

—Hace unas semanas, Ágata me llamó y me dijo que quería hablar conmigo sobre Rupert.

Al oír el nombre de su padre, Gabriel levantó la cabeza.

—No sé si te acordarás —continuó Steve—, pero tu padre era mi mejor amigo. Como comprenderás, me intrigó mucho que, tantos años después de su muerte, alguien quisiera hablar de él, así que acepté reunirme con ella.

Gabriel bebió un poco más de agua y murmuró:

—En el café Meridien.

—Exacto, ¿cómo lo sabes? —preguntó Steve, curioso, pero al ver que Gabriel no contestaba, siguió con su historia—: Esa tarde, me contó que ella y Nana estaban preocupadas por ti y por el recuerdo que tienes de tu padre. —Hizo una pausa—. Eres muy afortunado de que las dos te quieran tanto.

Gabriel se sonrojó al oír cómo ese hombre, al que casi no conocía, le recordaba lo estúpido que había sido.

—La verdad —continuó Steve— es que yo siempre había lamentado no haber sido capaz de ayudar más a Rupert. Él era un gran periodista y no se merecía acabar como lo hizo. Así que, entre los tres, tuvimos una idea: publicar un reportaje sobre tu padre.

Gabriel sentía cómo empezaban a escocerle los ojos y Steve se levantó de su silla para colocarse a su lado.

—Siento no haberlo hecho antes —dijo Steve también emocionado—, y siento no haber tratado de hablar contigo durante todos estos años. Creía que tú no te habías enterado de todo eso. —Tras unos instantes en silencio, añadió—: En fin, el miércoles pasado Ágata me entregó unas fotografías tuyas para añadir al artículo y yo le dije que creía que lo mejor sería que tú lo supieras todo antes de que apareciera publicado, pero ella y Nana querían darte una sorpresa.

—El miércoles fuiste a mi casa a recoger las fotografías. —A Gabriel le costaba pronunciar cada palabra.

—Sí. —Steve abrió la carpeta—. El artículo va a quedar así. —Le dio tres hojas—. Si a ti, a Nana y a Ágata os parece bien, esta misma tarde lo mandaré ya como definitivo.

Gabriel aceptó el documento y empezó a leer. El reportaje era perfecto; en él se repasaban los logros de su padre como periodista, había extractos de sus mejores artículos y también se hablaba de él como persona sin caer en la sensiblería ni en el cotilleo. Había unas fotografías de Rupert de joven y un par de mayor en las que también aparecía Gabriel, una de pequeño y otra de adolescente, sentados juntos delante de una chimenea, charlando. Esa siempre había sido una de sus favoritas. En ese instante, Gabriel comprendió que su padre había sido mucho más que un hombre enfermo y derrotado. Había sido un gran periodista, un gran padre y, tal como había dicho Ágata, un hombre valiente que se atrevió a sentir. Gabriel se avergonzó de haberlo utilizado como excusa para no entregarse nunca a nadie.

—¿Qué te parece? —le preguntó Steve, obligándolo a salir de su ensimismamiento.

—Es perfecto. —Gabriel no levantó la vista del artículo—. No sé cómo darte las gracias.

—No tienes que hacerlo —respondió Steve—. Me conformo con que cenemos los cinco. —Al ver que Gabriel tampoco sabía nada de esa cena, le explicó—: Nana ha organizado una cena, y mi mujer está impaciente por conoceros a ti y a Ágata. Así celebraremos juntos la publicación del reportaje de Rupert y brindaremos por él.

Gabriel no tuvo valor de decirle que Ágata no iba a estar en esa cena. ¡Era un imbécil! ¿Cómo diablos se había equivocado tanto? Lo que Steve le dijo a continuación, acabó por hundirlo en la miseria.

—Casi se me olvida. —Steve se levantó y se dirigió a su ordenador—. Ágata también me contó lo de los artículos robados. Lamento no haberlo sabido antes, pero hoy mismo he descubierto quién es la culpable.

Gabriel ya no sabía cómo dejar de sudar; Ágata no solo lo había ayudado a recuperar a su padre, sino que también había salvado la revista. Nunca podría perdonar lo que él le había hecho.

—Nosotros hoy hemos averiguado quién robaba los artículos en *The Whiteboard*... —dijo Gabriel.

—Clive Abbot —lo interrumpió Steve—. Lo sé. Una de mis editoras, ahora exeditora, aceptó valiosos regalos a cambio de publicar esos artículos en nuestra revista. Ella y Clive habían mantenido una relación hace un par de años.

Gabriel estaba petrificado, pero logró preguntar:

—¿Qué has hecho con ella?

—La he despedido. —Steve se frotó la cara con las manos—. No puedo hacer nada más, pero si vosotros tenéis intención de iniciar algún proceso legal, podéis contar con toda mi ayuda.

—Gracias.

—Como ya te he dicho, lamento no haberme dado cuenta antes de que pasaba algo raro.

Gabriel levantó la mano para quitarle importancia al comentario.

—¿Os va bien quedar a las siete? —preguntó Steve mirando su agenda—. Conozco un restaurante precioso donde podríamos cenar. A tu padre le encantaba.

—¿A las siete? —Gabriel estaba tan aturdido que no podía pensar.

—Dentro de dos semanas. El viernes. Para celebrar lo del artículo. —Steve lo miraba con una sonrisa en los labios—. Cuando frunces el ceño te pareces más a Rupert.

—Sí, a las siete está bien. —Gabriel se levantó—. Allí estaremos. —Ojalá estuviera diciendo la verdad—. Gracias por todo, Steve. —Le tendió la mano.

—De nada. —Steve le dio un afectuoso apretón, lo acompañó hasta la salida y añadió—: Saluda a Nana y a Ágata de mi parte, y diles que estoy impaciente por verlas.

—Se lo diré —respondió Gabriel. Él también estaba impaciente por verlas.

22

El lunes, Ágata todavía estaba fatal. Ya no lloraba tanto, pero la tristeza la estaba consumiendo. Eso de enamorarse era horrible. En todas las novelas que había leído, se suponía que el amor era maravilloso, pero para ella no lo había sido. Bueno, sí, pero había durado muy poco, y cuando el viernes Gabriel la miró a los ojos y le dijo que nunca la había querido, destrozó los recuerdos que ella tenía. No podía ser cierto. Se negaba a creer que él no hubiese sentido nada. Se negaba a creer que fuera capaz de hacer el amor de ese modo con otra mujer, que le sonriera así a nadie más. No, era imposible. Ya estaba, ya volvía a llorar de nuevo. Tenía que hacerse a la idea de que sí, de que él no había sentido nada por ella. De haberlo hecho, no la habría creído culpable de los robos y no la habría echado sin parpadear.

Gabriel salió de *The Scope* y se fue a su casa. Desde allí, llamó a Sam y le contó todo lo que había pasado. No tenía valor de decírselo a la cara y ver cómo él lo miraba con reprobación. Sam lo escuchó con atención y, cuando acabó, no le recriminó nada, sino que se limitó a preguntar:

—¿Qué vas a hacer?

—No lo sé. —Gabriel fue sincero—. Pero creo que ya no puedo hacer nada.

—Vamos, no digas tonterías —lo animó Sam—. Ágata te quiere, seguro que te perdona.

Gabriel no estaba tan convencido.

—No sé, tal vez sí me quería. Pero después de lo que le dije el viernes no creo que quiera volver a hablar conmigo.

—Ya se te ocurrirá algo. —Sam suspiró profundamente—. ¿Por qué no te quedas en casa y descansas? Seguro que no has dormido nada en todo el fin de semana. Ya verás cómo luego lo ves todo más claro.

—Quizá tengas razón —respondió Gabriel—. La verdad es que estoy agotado, casi no puedo tenerme en pie. ¿No te importa?

—No, tranquilo. Nos vemos mañana.

Y, por extraño que fuera, Gabriel se durmió en el sofá.

No se despertó hasta el martes por la mañana, y lo primero que hizo fue llamar a Ágata. Como era de esperar, tenía el móvil apagado. Lo intentó tres o cuatro veces y ninguna tuvo éxito. Luego llamó a Guillermo. El móvil de Guillermo sí estaba encendido, pero su amigo no respondió a ninguna de sus llamadas. Llamó diez veces. Las nueve primeras no dejó ningún mensaje. La décima le pidió por favor que lo llamara, pero, típico de Guillermo, este ignoró su petición. Bueno, la verdad era que no le extrañaba. Se había comportado como un cretino.

Esa tarde hizo algo que había estado retrasando: llamar a Nana para contárselo todo. Cuando Nana dejó de reñirlo, le preguntó:

—¿Qué vas a hacer?

Últimamente todo el mundo le preguntaba eso.

—No lo sé —respondió él de nuevo.

—¿Es que eres idiota?

Bueno, en eso, Nana se había diferenciado de Sam.

—Te he preguntado si eres idiota —insistió su abuela—. ¡Dios! No sé quién es peor, si tú o tu padre.

—¿Por qué lo dices? —preguntó Gabriel.

—Porque tu padre se empeñó en luchar por una mujer que no lo amaba y tú no eres capaz de hacerlo por una que te quiere con locura.

Gabriel no supo qué responder a eso.

—¿De verdad lo crees, Nana?

—¿El qué? —Nana estaba enfadadísima—. ¿Que eres idiota o que Ágata te quiere?

—Lo de Ágata. —Gabriel no se veía capaz de pronunciar la pregunta entera—. Lo de que soy idiota ya lo has dejado claro.

—Por supuesto que te quiere, Gabriel —respondió Nana ya más cariñosa—. ¿Por qué crees que quiso hacer lo del reportaje de tu padre? ¿O por qué crees que no se defendió de tus estúpidas acusaciones?

—No lo sé. —Gabriel tenía un nudo en la garganta.

—Sí lo sabes. —Su abuela no iba a darle tregua—. Pero lo que de verdad es importante es si tú la quieres a ella.

—Con todo mi corazón —respondió Gabriel sin dudarlo.

—Entonces, no tienes nada más que pensar. —Nana se sintió orgullosa de su nieto—. Ve a buscarla.

Gabriel se dio cuenta de que Nana tenía razón; tenía que ir a buscar a Ágata. Ya había perdido demasiados días.

—Nana, te quiero. Eres la mejor.

—Ya lo sé. Llámame desde Barcelona. —Su abuela sonrió—. Y dale un beso a Ágata de mi parte.

—Lo intentaré.

Colgaron el teléfono y Gabriel encendió el ordenador para comprar un billete para Barcelona. Miró las páginas web de todas las aerolíneas para encontrar el primero que llegara a la ciudad condal, y tuvo suerte, pues había un vuelo de British Airways que salía el miércoles a las ocho de la mañana. Solo quedaban plazas en la categoría de *Business*, pero lo compró igualmente. Como decía ese anuncio de tarjetas de crédito, hay cosas en la vida que no tienen precio, y recuperar el amor de su vida era una de ellas. Se preparó una bolsa con un poco de ropa y guardó en ella *El conde de Montecristo*. Si ella no lo perdonaba, no tenía intención de devolvérselo. Llamó a Sam para decirle que no iría a trabajar en un par de días.

Antes de colgar, Sam le hizo prometer que lo llamaría para contarle todo lo que pasaba, y oyó cómo Sylvia le deseaba suerte. Iba a necesitarla.

El vuelo salió de Heathrow a la hora prevista. Gabriel se pasó las dos horas del trayecto pensando en qué iba a decirle. No sabía por dónde empezar. Tenía miedo de que ella no quisiera verlo, de hecho, le había dicho que cuando descubriera al verdadero ladrón no fuera a buscarla. Él había revivido ese último encuentro una y otra vez en su memoria y, por más que lo intentaba, no lograba cambiar el final. No podía olvidar lo triste y dolida que se veía ella, ni lo estúpido y engreído que había sido él. El avión aterrizó y, cuando Gabriel pisó el suelo del aeropuerto, se dio cuenta de que no tenía ni idea de adónde ir. No sabía dónde estaba Ágata. Conectó su teléfono y llamó a Guillermo. Como era de esperar, no contestó. ¡Maldita fuera! Decidió alquilar un coche; se negaba a presentarse en casa de los padres de Ágata en taxi.

Salir del aeropuerto de Barcelona en coche no le resultó nada fácil. ¿Por qué colocaban las señales cuando ya no se estaba a tiempo de girar? En fin, Gabriel supuso que no era tanto culpa de la señalización como de su estado nervioso, y después de la segunda vez que se perdió, logró por fin dar con la autopista.

Llegó a Arenys y vio que la memoria no lo había traicionado: la casa de la familia Martí seguía siendo tan acogedora como recordaba. Aparcó el coche y se dirigió a la entrada. Las manos no dejaban de sudarle. Llamó al timbre y Elizabeth, la madre de Ágata, le abrió la puerta.

—¿Gabriel? —preguntó ella mirándolo de arriba abajo—. ¿Eres tú?

—Me temo que sí —respondió él, inseguro.

—Pasa, pasa. —Elizabeth se apartó de la puerta para que pudiera entrar—. Supongo que has venido a ver a Ágata.

—Así es. —Antes de que Elizabeth pudiera decir nada más, él añadió—: Siento mucho todo lo que ha ocurrido.

Elizabeth lo miró, se acercó a él y le pasó la mano por el pelo.

—Lo sé —dijo ella enigmática—. Solo hay que mirarte a los ojos para ver lo mal que lo estás pasando.

Gabriel no intentó disimular ni negar lo que ella acababa de decirle.

—¿Puedo hablar con Ágata?

—Pues la verdad es que no. Ella y Guillermo se han ido al hospital, a Barcelona. —Al ver que él se ponía tenso al oír la palabra «hospital», aclaró—: Ágata está bien, han ido a que le quiten los puntos de la ceja. Pero luego se quedará en Barcelona.

—¡Ah! —Fue lo único que él atinó a responder.

—¿Quieres que te dé la dirección del piso de Ágata? —Elizabeth empezó a escribir en un papel—. Toma.

—No lo entiendo. ¿No estás enfadada conmigo? —No pudo evitar preguntar.

—Bueno —respondió Elizabeth—, claro que estoy enfadada por el daño que le has hecho a mi niña. Pero, a diferencia de su padre y de su hermano mayor —añadió mirándolo a los ojos—, creo que tiene que ser ella la que decida si quiere volver a verte o no.

—Gracias. —Fue lo único que Gabriel consiguió decir.

—Vamos, vete. —Elizabeth lo acompañó a la puerta—. Ya tendrás tiempo de agradecérmelo más tarde, si es que aún quieres hacerlo. —Ella sonrió—. Creo que mi hija te hará pagar todo lo que le has hecho pasar.

Gabriel intentó devolverle la sonrisa, pero no lo consiguió y, tras agradecérselo de nuevo, se fue y se dirigió a Barcelona.

Ágata y Guillermo salieron del hospital y fueron a desayunar. Ella estaba un poco más animada. Había pasado unos días muy malos, pero estaba convencida de que saldría adelante. Sus padres y sus hermanos la habían malcriado descaradamente en esos tres días, pero había decidido volver a instalarse en su piso de Barcelona. Guillermo la había acompañado al hospital para que le quitasen los puntos y ahora, con una nueva cicatriz en la ceja, Ágata estaba dispuesta a enfrentarse al mundo. Empezaría a buscar trabajo; gracias al tiempo pasado en Inglaterra, tanto su currículum como su inglés habían mejorado mucho, y estaba segura de que encontraría algo enseguida. Guillermo le había sugerido un par de empresas por las que debería interesarse y, si no, siempre podía hacer un máster o un postgrado. Iban hablando de todas esas cosas cuando Guillermo redujo un poco la velocidad.

—Ágata, creo que hay alguien en el portal de tu edificio. —Empezó a maniobrar para aparcar. Habían tenido mucha suerte de encontrar un sitio cerca de su casa.

—Bueno, eso no es nada raro. Cerca hay una academia, y muchas veces se sientan en el escalón de entrada para charlar o para fumar —respondió ella sin mirar.

—No, Ágata. Creo que es Gabriel —dijo Guillermo, y detuvo el coche—. Si quieres nos vamos de aquí ahora mismo. No tienes por qué verle.

Ágata se fijó en el chico que estaba de pie frente a su casa y supo sin ninguna duda que era él. No porque le viera la cara, sino porque su corazón empezó a latir sin control.

—No, está bien —respondió Ágata, aunque apretó insegura el bolso entre sus manos—. Tengo que hacerlo. No puedo ni quiero esconderme de él. ¿Me acompañas?

—Por supuesto, peque. —Guillermo salió del coche y caminó junto a su hermana hasta el portal del edificio donde ella vivía.

Guillermo detectó el preciso instante en que Gabriel se dio cuenta de que ellos dos se estaban acercando, pues vio cómo se erguía y cerraba los puños con fuerza. Nunca había visto a su amigo tan nervioso.

—Hola —saludó Gabriel. No era muy original, pero no se le ocurrió otra cosa que decir.

—¿Qué haces aquí? —preguntó Guillermo enfadado, sin apartarse de su hermana.

—He venido a ver a Ágata —contestó Gabriel mirándola a los ojos. La había echado tanto de menos que solo con verla ya empezaba a sentirse mejor.

Ágata no dijo nada.

—Ella no quiere verte —respondió Guillermo—. Es mejor que te vayas, Gabriel.

—No voy a irme a no ser que Ágata me lo pida. —Gabriel intentó acercarse más a ella, pero Guillermo, que era enorme, seguía en medio de los dos—. Ágata, ¿quieres que me vaya? —preguntó, y aguantó la respiración.

—Claro que quiere que te vayas —insistió Guillermo.

Ágata seguía sin decir nada. No podía. Ver a Gabriel de nuevo la afectaba más de lo que había supuesto.

—Ágata, por favor, necesito hablar contigo. —De algún modo, él logró decir eso sin que le temblara la voz—. Luego, si quieres, me iré.

Guillermo miró a Gabriel y a su hermana; era obvio que aún tenían muchas cosas que decirse, así que se dio la vuelta y rodeó a Ágata por el hombro.

—Ágata, ¿quieres hablar con él?

Gabriel se sorprendió al ver el cambio de actitud de Guillermo.

—Sí —respondió ella en voz baja.

—Está bien. —Guillermo le dio un cariñoso beso en la mejilla—. Llámame luego. ¿Lo prometes?

—Te lo prometo. No te preocupes. —Ágata le dio un abrazo.

Guillermo se dio la vuelta de nuevo y se dirigió a Gabriel.

—Haz que no me arrepienta. —Aunque era una amenaza, Gabriel sintió como si, en el fondo, su amigo le estuviera dando su consentimiento para salir con su hermana.

—Te juro que no te arrepentirás —dijo Gabriel—. Gracias.

—Ya me estoy arrepintiendo.

Guillermo miró a su hermana de nuevo y se fue hacia su coche.

Los dos se quedaron solos delante del portal.

—Te han quitado los puntos. Te ha quedado una pequeña cicatriz. —Él levantó la mano para dibujarla con su dedo, pero ella se apartó.

—¿De qué quieres hablar? —preguntó en tono seco.

Él retrocedió un poco, pero no iba a permitir que ese pequeño rechazo empañara el éxito que había tenido al lograr que aceptara hablar con él.

—¿Te importaría que fuéramos a otro sitio? —Gabriel se puso las manos en los bolsillos para controlar las ganas que tenía de tocarla.

—Podemos subir a mi piso —dijo Ágata tras dudar un instante, y sacó las llaves de su bolso.

—Gracias. —Gabriel le aguantó la puerta para que entrara.

Subieron la escalera a pie y en silencio. Ella aún no lo había mirado a la cara y él no podía dejar de mirarla.

Ágata abrió la pesada puerta de roble y los dos entraron. La maleta que había traído de Londres estaba en medio del comedor.

—Aún no has deshecho el equipaje —murmuró Gabriel.

23

Ágata fingió no haber oído ese comentario y se sentó en el sofá. Cruzó las piernas como una india y se colocó un cojín entre las manos a modo de escudo.

Gabriel quiso sentarse a su lado, pero al ver que ella se ponía tensa, optó por sentarse en un sillón que había delante del sofá.

—Ágata.

Ella seguía sin mirarlo, y él no podía soportarlo más.

—Ágata, mírame. Por favor.

Tardó unos segundos, pero poco a poco lo miró a los ojos, y Gabriel se alegró al ver que ella estaba tan afectada como él.

—Lo siento —le dijo marcando cada palabra—. Lo siento mucho.

A Ágata le resbaló una lágrima por la mejilla, pero la apartó furiosa con la palma de la mano. No quería volver a llorar delante de él.

—Siento haberte acusado de algo tan horrible. Siento no haber confiado en ti. Siento haberte hecho daño. Siento haber sido un imbécil. —Al ver que ella empezaba a llorar, él no pudo controlarse más y se levantó para sentarse a su lado—. Tengo que abrazarte.

La rodeó con los brazos y ella se acurrucó entre ellos.

Lloró contra su pecho y él apoyó la barbilla entre su pelo. Unos minutos más tarde, Ágata dejó de llorar e intentó apartarse.

—Ya estoy mejor. —Se separó de él y se frotó la cara con las manos.

Gabriel la soltó y, al ver que ella volvía a levantar sus defensas, regresó a su sillón.

—¿Has descubierto quién robó los artículos? —preguntó Ágata.

—Sí. —Gabriel se sonrojó al darse cuenta de que ella creía que él solo había ido a verla para disculparse por haberla acusado de eso—. Fue Clive.

Ágata levantó las cejas sorprendida, pero antes de que pudiera decir nada, Gabriel la interrumpió.

—Pero no he venido a hablar de eso. Si quieres, después te lo cuento todo. —Se pasó las manos por el pelo.

—¿Después de qué? —preguntó ella, mirándolo a los ojos.

—También he conocido a Steve. —Gabriel quería confesárselo todo antes de decirle el verdadero motivo por el que había ido a verla.

—¿Cuándo?

—El lunes. Me contó lo del artículo de mi padre. —Al ver que Ágata parecía incómoda, añadió—: Pero tampoco he venido aquí para hablar de eso.

Ella lo miró incrédula y él volvió a levantarse del sillón.

—Te estoy muy agradecido, pero no he venido hasta aquí por eso.

—¿Y entonces por qué has venido? —Él se sentó a su lado.

—He venido por esto.

Antes de que ella pudiera reaccionar, Gabriel le sujetó la cara entre las manos y la besó. Primero, Ágata estaba demasiado sorprendida como para reaccionar, pero al sentir la lengua de él recorriéndole el labio inferior, no pudo evitarlo. Gabriel la besó como si quisiera entrar dentro de ella, como si la necesitara para respirar. Poco a poco, fue relajando la presión de sus manos y las deslizó hasta su espalda. Cuando ella se dio cuenta de lo que estaba pasando, se apartó de él. Si quería superar algún día lo que sentía por ese hombre, tenía que ser fuerte y resistirse a su seducción.

—Esto —Ágata hizo un gesto con las manos— nunca ha sido un problema. Esto —colocó una mano sobre el corazón de él— sí lo es.

Ella empezó a apartarse, pero Gabriel capturó la muñeca y le dejó la mano donde estaba.

—No me has dejado terminar —dijo, mirándola a los ojos—. Siento mucho haberte mentido.

—¿Mentido?

—Sí. —Gabriel respiró hondo—. El viernes, cuando te dije que lo que sentía por ti no era amor, te mentí. Te quiero, Ágata.

A ella le resbaló una lágrima por la mejilla y, decidida, le apartó la mano. Se levantó del sofá y se alejó un poco de él.

—No te creo —susurró, y Gabriel sintió como si se le parara el corazón—. Tú no me quieres; si me quisieras, no habrías pensado que yo robaba los artículos. —Le resbaló otra lágrima—. Si me quisieras, no me habrías echado de tu vida sin pestañear. Te doy las gracias por haber venido a disculparte de haberme acusado del robo, y también supongo que estás agradecido por lo del artículo de tu padre. Pero no creo que debas confundir esas cosas con amor.

Gabriel estaba sin habla; de todas las situaciones posibles, esa ni siquiera se le había ocurrido.

Ágata se acercó a la puerta y la abrió.

—Si no te importa, preferiría que te fueras. Gracias por disculparte, pero ahora quiero estar sola, y tú seguro que tienes que regresar a Londres.

Gabriel se levantó en estado de trance. No podía ser que todo fuera a acabar de ese modo. Cerró los ojos un instante buscando en su mente algo que decir que pudiera hacerla cambiar de opinión, y lo encontró:

—Te olvidaste una cosa en mi piso. —Vio que ella lo miraba intrigada, pero esperó a que formulara la pregunta.

—¿El qué?

—*El conde de Montecristo*. Me dijiste que era uno de tus libros favoritos. —Ágata seguía sin hablar, así que continuó—: Me dijiste que te lo había regalado tu abuelo. ¿Quieres que te lo devuelva?

—Pues claro que quiero que me lo devuelvas. —Ella empezaba a estar furiosa. Gabriel no tenía bastante con haberle roto el corazón; ahora quería quedarse con uno de sus tesoros más preciados—. Además, ¿qué ibas a hacer tú con él?

—Podría leerlo. —«Y torturarme pensando en lo estúpido que he sido», pensó—. No voy a regresar a Londres. No sin ti.

—No digas tonterías —dijo ella sin soltar el pomo de la puerta.

—En estos últimos días, me han insultado más que en toda mi vida. Y si bien Nana y Sam tenían razón al decir que me he portado como un idiota, te aseguro que tú te equivocas de pleno. —A Gabriel se le estaba acelerando el pulso—. No estoy diciendo tonterías. No pienso regresar a Londres sin ti.

Ágata entrecerró la puerta y lo miró a los ojos.

—Mira, sé que lamentas haberme acusado del robo, y estoy segura de que te sientes culpable de que tuviera que ir sola al aeropuerto y todo eso. —Tomó aliento—. Pero no quiero volver a Londres.

—Entonces me quedaré yo aquí, en Barcelona. Seguro que Sam puede ayudarme a encontrar trabajo —dijo Gabriel esperanzado.

—No, no lo entiendes. No quiero volver a estar contigo. —Ágata vio cómo Gabriel perdía toda la esperanza de golpe—. ¿Te acuerdas de aquella conversación que tuvimos sobre lo de encontrar a alguien especial? —Gabriel asintió con la cabeza, y ella continuó—: Yo no soy tu persona especial.

—Eso no es verdad. —A Gabriel le costó respirar.

—Sí lo es. —Llegar a esa conclusión había sido lo único que había logrado consolar un poco a Ágata. De haberlo sido, él no habría sido capaz de hacer lo que hizo—. Y supongo que tú no eres la mía.

—No digas eso. —Gabriel sintió cómo le escocían los ojos, e hizo un esfuerzo por controlarse—. Por favor.

—Lo mejor será que lo olvidemos. Seguro que dentro de un mes ya ni te acuerdas de mí. —Intentó sonreír pero no pudo.

—Mira —Gabriel se pasó nervioso la mano por el pelo. Aquella conversación iba de mal en peor—, no voy a regresar a Londres. Anthony sigue aquí, en Barcelona, y seguro que puedo quedarme unos días con él.

—Eso no cambiará nada.

Pero él no estaba dispuesto a rendirse.

—¿Podemos vernos mañana? Así te devuelvo tu libro.

—No, prefiero que no. Pero puedes dejar el libro en el buzón. —No podría resistirse a él si lo veía otra vez.

—No. Solo te lo devolveré en persona. Si no, me lo quedo para siempre. —Gabriel sabía que se estaba pasando, pero estaba desesperado.

—Mañana no puedo, tengo una cita. —Gabriel se puso tenso al oír esa palabra, y Ágata no lo tranquilizó. Solo había quedado con sus hermanas para ir al cine, pero no le iría mal sufrir un poco—. ¿Cuánto tiempo vas a quedarte?

—Todo el que sea necesario. —Ella ignoró ese comentario, así que Gabriel se tragó el poco orgullo que le quedaba y le preguntó—: ¿Cuándo podríamos volver a vernos?

Ágata pensó un instante; como mínimo necesitaba un par de días para recuperarse de su visita.

—El sábado por la tarde estoy libre. —Lo estaba todo el día, pero no quería que él lo supiera—. Si aún estás aquí, tú y Anthony podéis venir a eso de las seis.

—Vendré yo solo. —Gabriel tuvo que morderse la lengua para no decirle lo que pensaba de sus tácticas de despiste.

—Entonces, si no tienes nada más que decir —Ágata volvió a abrir la puerta—, tengo mucho que hacer.

Gabriel se paró delante de ella y, antes de que pudiera reaccionar, la besó con toda la pasión y todo el amor que sentía. La besó para intentar demostrarle con su cuerpo lo que no lograba hacerle creer con palabras. La besó porque, si no lo hacía, se iba a morir. La besó porque necesitaba saber que ella aún sentía algo por él. La besó porque no se imaginaba salir de aquel piso sin su sabor en los labios.

—Ya está —dijo al apartarse—. Eso es lo que quería decirte. Vendré el sábado. —Estaba de pie en la puerta cuando añadió—: ¿Puedo llamarte?

—Sí, claro —respondió Ágata, aún aturdida por aquel beso que le había llegado al alma.

—Nos vemos el sábado, princesa —fue lo último que dijo Gabriel antes de bajar la escalera a toda prisa. Si no se iba de allí rápido, volvería a besarla, y Ágata aún no estaba preparada para eso. Antes de poder volver a hacer el amor con ella, tenía que convencerla de que la quería.

Gabriel llegó a la calle y buscó su móvil para llamar a Anthony, pero al abrirlo vio que tenía un mensaje de Guillermo que decía que lo esperaba en la cafetería de la esquina. Bueno, tarde o temprano tendría que hablar con él, y ese era tan buen momento como cualquier otro. Solo esperaba que, a diferencia de su hermana, su mejor amigo estuviera dispuesto a escucharlo.

Guillermo estaba sentado a una mesa, con una taza de café delante. Parecía estar concentrado repasando su agenda electrónica, pero tan pronto como Gabriel entró en el local, levantó la cabeza y le indicó que fuera a sentarse con él.

—Bueno, veo que sigues con vida —dijo Guillermo, sarcástico.

—Si a esto se le puede llamar «vida» —respondió Gabriel sin pensar.

—¿A qué te refieres?

—A que no creo que se pueda vivir sin corazón. —Gabriel sabía que el único modo de lograr que Guillermo lo perdonara y lo ayudase era siendo completamente sincero con él. Y a esas alturas ya no le avergonzaba reconocer que estaba enamorado de Ágata.

—Tenía ganas de matarte, pero ahora que te veo creo que no será necesario. —Guillermo bebió un poco de café—. Estás hecho una mierda.

—Ya. —Gabriel se frotó la cara y pidió que le trajeran un café doble—. Espera que te pase a ti.

—A mí no va a pasarme.

—Ya —repitió Gabriel—. Seguro. —Dio un sorbo a la bebida que acababan de traerle—. Siento todo lo que he hecho. Siento haber pensado mal de Ágata. Siento haberte insultado por teléfono. —Tomó aliento—. Pero no siento haberme enamorado de tu hermana. Ella es lo mejor que me ha pasado en la vida.

Guillermo lo miró unos instantes en silencio y luego sonrió.

—Me alegra ver que no me había equivocado contigo, Gabriel. —Ante la mirada atónita del otro, continuó—: Siempre pensé que eras muy valiente por haber superado lo de tus padres como lo hiciste, pero cuando

Ágata me contó todo lo que le habías dicho el viernes pasado, pensé que en realidad eras solo un cobarde y un imbécil.

—Lo soy, o lo fui. —Gabriel se obligó a decir la verdad—. Todo lo que te ha contado Ágata es cierto. La insulté delante de todos. La acusé de haber robado los artículos y la eché de allí sin escucharla siquiera. ¿Y sabes qué es lo peor?

—¿Qué? —Guillermo no sabía cómo reaccionar ante la confesión de Gabriel. Le impactó mucho ver que su amigo, al que siempre había visto risueño y relajado, estaba al borde de las lágrimas y del agotamiento.

—Que una parte de mí siempre supo que Ágata era incapaz de haber hecho todo eso, pero aun así, la acusé de ser la ladrona. Creo que prefería pensar que ella era una arpía calculadora a creer que era una mujer increíble de la que me había enamorado.

—¿Y ahora qué crees?

—Ahora sé que es una mujer increíble, que estoy enamorado de ella y que estoy dispuesto a hacer todo lo que sea necesario para recuperarla.

—Me alegro. La verdad es que habría lamentado mucho tener que darte una paliza. —Guillermo sonrió—. En el estado en que te encuentras, no habría tenido gracia.

—No estés tan seguro. —Gabriel sonrió, agradecido de que su amigo pudiera bromear sobre el asunto—. Aún puedo tumbarte en menos de tres segundos.

—Sigue soñando, Trevelyan.

Después de despedirse de Guillermo, con quien quedó para comer al día siguiente, Gabriel llamó a Anthony y se preparó para recibir otro sermón.

—Dime que lo que Jack me ha contado no es cierto —fue lo primero que dijo Anthony al contestar el teléfono.

—Lo es —dijo Gabriel resignado.

—Serás...

Gabriel lo interrumpió:

—Si vas a llamarme «imbécil» o «idiota», ahórratelo, ya me lo han dicho.

—¿Y «estúpido»? Porque hay que serlo para creer toda esa basura sobre Ágata. Y ahora ¿qué? ¿Qué vas a hacer?

—Todo lo que haga falta. Estoy aquí, en Barcelona, y no me iré hasta que me perdone. ¿Puedo quedarme contigo?

—Por un instante, Gabriel tuvo miedo de que Anthony no quisiera ayudarle.

—Sabes que sí —respondió su amigo sin dudarlo—. Tú y Ágata tenéis que estar juntos. ¡Dios! Si por vuestra culpa estoy dispuesto a creer que eso del amor y la fidelidad existe.

—Ojalá Ágata crea lo mismo. —Gabriel empezaba a dudarlo.

—Lo cree. Vamos, no te rindas o pensaré que me das vía libre para salir con ella. —Anthony se rio.

—Ni lo sueñes.

—¿Necesitas que vaya a buscarte a algún sitio? Aún estoy en el trabajo pero puedo escaparme. Apunta la dirección de mi piso. —Como Anthony tenía que quedarse allí unos meses, su empresa había preferido alquilar un piso y no seguir pagando habitaciones de hotel—. Si quieres, puedes esperarme allí. Llamaré ahora mismo al portero para decirle que te abra.

—Gracias, la verdad es que estoy agotado y me iría bien descansar un poco.

Gabriel se despidió de Anthony y se fue a casa de él a dormir un poco. Tal vez ahora que había visto a Ágata podría cerrar los ojos y no pensar en que la había perdido para siempre.

Unas horas más tarde, Gabriel se despertó. Tardó unos segundos en acordarse de dónde estaba, pero tan pronto como se centró, buscó el móvil y marcó el número de Ágata. Al fin y al cabo, ella le había dado permiso para llamarla. Vio que eran más de las doce de la noche y dudó un segundo, pero aun así decidió arriesgarse.

—¿Gabriel? —Ágata parecía preocupada, y eso le dio ánimos—. ¿Pasa algo?

—Te echo de menos —respondió él.

—¿Sabes qué hora es? —Pasada la sorpresa inicial de que la llamara tan tarde, Ágata decidió seguir manteniendo las distancias.

—Más de las doce. Te echo de menos.

—Eso ya lo has dicho —repuso ella enfadada, pero no pudo evitar sonreír.

—¿Y tú?

—¿Yo qué? —No iba a ponérselo tan fácil.

—¿Me echas de menos? —Gabriel optó por preguntárselo directamente.

—¿Llamas para preguntarme esa tontería?

—No es ninguna tontería. —Gabriel se dio cuenta de que Ágata no le había contestado. Tal vez fuera porque no quería mentirle, se dijo a sí mismo para darse ánimos. Si realmente no le echara de menos seguro que se lo diría—. Solo quería decirte que estoy instalado en el piso que Anthony tiene alquilado. —Ella no dijo nada y Gabriel continuó; al menos no le había colgado—. Mañana comeré con tu hermano.

—¿Y esto me lo cuentas por...?

—Por si necesitas hablar conmigo.

—Tranquilo, no lo necesitaré —replicó ella casi al instante, aunque dudaba que fuera cierto.

—Bueno —Gabriel se mordió el labio inferior. Una retirada a tiempo era una victoria—, será mejor que vaya a acostarme. —Aprovechó que ella seguía en silencio y dijo—: Buenas noches, Ágata. Te quiero.

—Buenas noches. —Y colgó antes de sucumbir a la tentación de decirle que ella también lo quería.

24

A la mañana siguiente, Ágata intentó por todos los medios no pensar en Gabriel. Le resultó casi imposible. A pesar de que él solo había estado en su piso una media hora, ya le era imposible mirar la entrada sin acordarse de él y del increíble beso que le había dado antes de irse. No sabía qué creer. Ella sabía que Gabriel se sentía culpable por haberla acusado de los robos, y también sabía que lamentaba el modo en que la había tratado ese día en la oficina, pero ¿eso era amor? Ágata tenía miedo de creérselo, que luego él volviera a darse cuenta de que no estaba preparado y desapareciera para siempre. No sería capaz de soportar ese dolor una segunda vez. Lo mejor que podía hacer era concentrarse en buscar trabajo y salir con sus hermanas, tal como tenía planeado.

Gabriel se pasó la mañana al teléfono. Primero llamó a Nana para decirle que Ágata aún no lo había perdonado, pero que no iba a irse de Barcelona hasta que lo hiciera. Como siempre, su abuela le dio ánimos y le aconsejó que fuera paciente, que lo mejor que podía hacer era decirle a Ágata lo que sentía, y seguro que ella acabaría por darle otra oportunidad. Luego llamó a Sam; a él también le contó lo que había pasado, pero además tuvo que pedirle un favor: que le diera una semana de vacaciones. Gabriel sabía que la revista estaba pasando por momentos difíciles, así que si Sam le decía que volviera no tendría más remedio que hacerlo. Aunque hubieran solucionado lo del robo de los artículos, aún tenían mucho trabajo por hacer. Por suerte, Sam le contestó que lo tenía todo controlado y que podía quedarse allí unos cuantos días. La única condición que le puso fue que, cuando regresara, trajera a Ágata consigo; de lo contrario Sylvia, Jack y Amanda no volverían a dirigirle la palabra. Gabriel le dijo que así lo haría, y cuando colgó deseó que fuera verdad. Finalizadas las llamadas, se preparó para ir a comer con Guillermo y Anthony, que al final también se había apuntado. Gabriel no tenía demasiadas ganas de quedar, pero supuso que hablando con ellos se tranquilizaría un poco y podría pasar un par de horas sin preguntarse qué estaría haciendo Ágata.

Se equivocó. Unas horas más tarde, sentado delante de Guillermo y Anthony, se dio cuenta de que el único tema de conversación que tenían aquellos dos energúmenos que eran sus mejores amigos, era lo mal que se había portado con Ágata. Él lo sabía perfectamente, no hacía falta que se lo recordaran cada dos minutos. Cuando acabaron de comer, Anthony regresó al trabajo y él se quedó a solas con Guillermo un momento. Este tenía una reunión en la otra punta de la ciudad, pero antes de despedirse se apiadó de él y le dijo:

—¿Vas a ver hoy a mi hermana?

—No —respondió él tenso—. Me dijo que tiene una cita.

Guillermo sonrió al darse cuenta de que Ágata no le había dicho con quién tenía esa misteriosa cita.

—Ya lo sé. Pero no ha quedado hasta las siete. Ahora son las cinco.

—Gracias. —Gabriel tuvo que controlar las ganas que tenía de abrazarlo y salió disparado del restaurante.

Ágata estaba sentada en el sofá, intentando por enésima vez corregir su currículum, cuando sonó el timbre. Aún faltaba un par de horas para ir al cine con sus hermanas, pero quizá una de ellas había decidido pasarse antes por su piso. Tanto Helena como Martina estaban muy preocupadas por ella. A Ágata le dio un vuelco el corazón cuando vio a Gabriel parado delante de su puerta. Aún no había logrado levantar de nuevo sus defensas.

—¿Puedo pasar?

—¿Qué quieres? No habíamos quedado hasta el sábado. Hoy es jueves.

—Ya sé qué día es hoy. Quería verte. —Ella seguía bloqueándole la entrada—. ¿Puedo pasar? —repitió.

—De acuerdo, pero solo porque no quiero que mi vecina te vea y empiece a chismorrear. —Antes de que él se pusiera demasiado cómodo, añadió—: Y solo puedes estar aquí un momento. He quedado.

Gabriel aceptó las condiciones y se sentó en el sofá.

—¿Qué estabas haciendo? —preguntó él al ver el ordenador portátil abierto encima de la mesa.

—Repasando mi currículum. Estoy buscando trabajo —respondió Ágata, y bajó la pantalla de golpe.

—En Londres sigues teniendo trabajo si quieres. Todos te echan de menos. —Gabriel aprovechó ese momento para sujetarle con cuidado la mano—. No creo que Jack y Amanda vuelvan a hablarme si no regresas conmigo.

—No te preocupes. Los llamaré y les diré que te has disculpado y que todo está olvidado.

—Eso no me preocupa. No me importaría que no me hablaran si tú volvieras a estar conmigo. —Le acarició la mano con el pulgar.

—Los llamaré. —Ágata apartó la mano.

—Ayer me olvidé de contarte cómo descubrimos a Clive. —Gabriel sabía que recordarle lo del robo de los artículos no iba a ayudarlo demasiado, pero creía que Ágata se merecía saber toda la verdad—. Fue gracias a Sam. Antes de irse a Escocia, mandó instalar cámaras de seguridad en todos los despachos.

—¿Y grabaron a Clive hurgando a escondidas en tu ordenador? —Por mucho que Ágata intentara aparentar indiferencia, no pudo disimular el interés que sentía por saber qué había pasado.

—No exactamente. ¿Te acuerdas del día que tuviste el accidente?

—¿Cómo olvidarlo? Aún me duele la mano y tengo una cicatriz en la ceja que me lo recuerda cada vez que me miro en el espejo. —Ágata no añadió que también se acordaba de que ese día ella le había dicho que lo quería y él no había respondido.

—¿Aún te duele? —preguntó Gabriel acariciándole la mano—. Ya te dije que no debías forzarla, pero para variar no me has hecho caso.

—Bueno, ahora ya no es asunto tuyo —dijo Ágata, recuperando su mano.

—Siempre será asunto mío. Mira, tal vez logre asumir que no me perdonas, que ya no sientes nada por mí, pero yo nunca, nunca, voy a dejar de quererte, así que para mí tú siempre serás asunto mío. —Vio que a Ágata se le llenaban los ojos de lágrimas y se levantó del sofá—. Tal vez no debería haber venido hoy. Será mejor que me vaya y espere al sábado. Así los dos estaremos más tranquilos.

Estaba ya delante de la puerta cuando Ágata volvió a hablar:

—¿Qué tiene que ver lo del accidente con Clive?

Gabriel se detuvo en seco. No le había pedido que se quedara, pero tampoco había dejado que se fuera. Eso debía de significar algo, ¿no?

—Cuando Jack entró en mi despacho para contarme lo que te había pasado, yo estaba con Clive. Tan pronto como oí tu nombre con la palabra «accidente» al lado, dejé de pensar y salí corriendo para estar contigo. Tenía que comprobar con mis propios ojos que estabas bien. —Al ver que ella seguía sin entenderlo, continuó—: Antes de que entrara Clive, yo había estado repasando mi artículo, y cuando salí me olvidé de apagar el ordenador. El resto ya puedes imaginártelo.

—¡Vaya! —exclamó Ágata, estupefacta—. Jamás me lo habría imaginado.

—Clive y yo tenemos un pasado. Es una historia muy larga que si quieres algún día te contaré entera, pero basta decir que Clive no me tiene demasiado cariño, y creyó que hundir la revista era el modo más eficaz de hacerme daño. Pero se equivocó. Perderte a ti ha sido mucho peor.

—Nunca quisiste tenerme. Pero no hablemos de eso. —Ágata se sentó en el sofá e intentó aparentar indiferencia—. ¿Y cómo consiguió que se publicaran en *The Scope*?

—Sobornó a una de las editoras. Al parecer, habían tenido una aventura años atrás. —Gabriel miró el reloj—. ¿A qué hora tienes esa cita? —Él ya lo sabía, pero no quería traicionar a Guillermo.

—Dentro de una hora. Deberías irte, tengo que cambiarme.

—Supongo que eres consciente de que me muero de ganas de preguntarte con quién has quedado, pero no voy a hacerlo. —Vio que Ágata lo miraba sorprendida—. Voy a levantarme del sofá y me iré sin rechistar, pero antes quiero que me prometas una cosa.

—No creo que estés en condiciones de pedirme nada —dijo ella.

—Voy a hacerlo de todos modos. Prométeme que no intentarás enamorarte de él esta noche. Prométeme que no lo besarás. Por favor.

—No —respondió Ágata. Primero su intención había sido no decirle nada más, pero al ver cómo el dolor invadía sus ojos, continuó—: No voy a prometerte eso. Siempre que veo a mis hermanas les doy dos besos.

Gabriel le sujetó la cara entre las manos y la besó. Igual que el día anterior, fue un beso apasionado y dulce, y Ágata vio que él estaba tan afectado como ella. Podía sentir cómo le temblaban las manos y se le aceleraba el corazón.

—Si no fuera porque te quiero tanto, ahora mismo te... Me lo has hecho pasar muy mal. ¿Sabes con cuántas imágenes de ti paseando con un imbécil me he estado torturando?

—No con las suficientes. Vete de aquí antes de que me arrepienta de haberte dejado entrar. —Ágata necesitaba que se fuera. Si seguía besándola, terminaría por perdonarle, y aún no sabía si estaba dispuesta a hacerlo.

—Me voy. ¿Puedo verte mañana? —preguntó desde la puerta.

—No. Y no vuelvas a aparecer por aquí. No estaré. —Vio que él levantaba una ceja—. Le prometí a mi madre que la acompañaría a visitar a una amiga. ¿Qué, ya estás contento?

—No, pero espero volver a estarlo. ¿Puedo llamarte?

—¿Serviría de algo que te dijera que no?

—No demasiado —respondió Gabriel, sincero—. Nos vemos el sábado.

—Trae mi libro —le recordó Ágata antes de cerrar.

El viernes, tal como le había dicho a Gabriel, Ágata acompañó a su madre a visitar a una amiga fuera de la ciudad. A Ágata siempre le había gustado pasar el día con su madre, pero esa mañana apenas se enteró de que estaba allí. No podía dejar de pensar en Gabriel. No sabía qué pretendía quedándose en Barcelona. Él le decía que la quería, pero ella no sabía si creerlo. La verdad era que tenía miedo. En Londres, ella le había entregado su corazón y él, en cambio, ni siquiera había confiado en ella. Si lo hubiera hecho, no la habría acusado del robo de los artículos.

Gabriel no podía seguir así. En los dos días que llevaba en Barcelona apenas había visto a Ágata un par de horas. En Londres se había acostumbrado a desayunar con ella, a pasear con ella, a dormir con ella. Y ahora, hacer cualquiera de esas cosas sin ella carecía de sentido. Si Ágata no tenía intención de perdonarlo, lo mejor que podía hacer era regresar a Londres; al menos allí podría refugiarse en su trabajo. Gabriel tenía serias dudas sobre si Ágata lo perdonaría o no. Había momentos en que creía que sí, que ella aún lo quería y que pronto volverían a estar juntos, pero había otros en que creía todo lo contrario; Ágata apenas podía mirarlo a la cara y aún no le había vuelto a decir que lo quería. Tras pensarlo mucho, decidió que lo mejor sería no llamarla en todo el día y esperar al sábado. Entonces le preguntaría directamente si podía llegar a perdonarlo, y si ella respondía que no, se subiría al primer avión que se dirigiera a Londres. Solo esperaba tener fuerzas para hacerlo.

El sábado a las doce de la mañana, Gabriel se presentó en casa de Ágata. Él sabía perfectamente que habían quedado a las seis de la tarde, pero se veía incapaz de esperar seis horas más. Bastante le había costado hacerlo hasta las doce. Si Ágata no estaba en casa, la esperaría en el portal. Al menos así no se subiría por las paredes del piso de Anthony, quien por cierto ya lo había amenazado con atarlo a una silla si no se tranquilizaba. Llamó al timbre y Ágata, vestida con aquel pantalón gris y aquella camiseta rosa que lo volvía loco, abrió la puerta. Aquello iba a ser mucho más difícil de lo que creía.

—Gabriel, ¿qué haces aquí?

—He venido a verte. Sé que no tenía que estar aquí hasta las seis, pero lo que tengo que decirte no podía esperar.

—Pasa —dijo ella un poco nerviosa. Jamás había visto a Gabriel tan alterado—. ¿Te has acordado de traer mi libro?

—Aquí lo tienes. —Gabriel dejó su querido ejemplar encima de la mesa que había delante del sofá—. Ahora ya no tendré ninguna excusa para volver a verte, y eso me aterroriza.

—Bueno, si Guillermo y tú seguís siendo amigos, tarde o temprano volveremos a coincidir.

—¿Es eso lo que quieres? —preguntó Gabriel mirándola a los ojos—. ¿Quieres que seamos unos viejos conocidos que coinciden de vez en cuando e intercambian frases cordiales?

—No. ¿Y tú? ¿Qué quieres tú? —Gabriel iba a contestar, pero Ágata levantó una mano y lo detuvo—. ¿Qué pretendes quedándote en Barcelona? Mira, yo no puedo jugar a esto, así que lo mejor será que te vayas.

—¿Jugar? Yo no estoy jugando a nada. Te quiero.

—Ya sé lo que te pasa. —Ágata siguió hablando como si él no hubiera dicho nada—. Te sientes culpable por todo lo que pasó y crees que me quieres, pero dentro de unos meses sucederá algo y volverás a dudar de mí, de nosotros, y yo no podré soportarlo. —Ágata por fin estalló. Llevaba días pensando todo eso y sabía que había llegado el momento de dejar las cosas claras—. En Londres hice todo lo que estaba en mi mano para hacerte feliz. Te lo di todo y no sirvió de nada. Te di mi corazón, mi confianza, y tú te comportaste como un cobarde. Cuando tuviste una duda, no confiaste en nosotros, preferiste creer que yo te había traicionado y así poder echarme de tu lado. Yo te quería y tú, tú... —Ágata respiró hondo para intentar serenarse—. Será mejor que te vayas. Esto no nos lleva a ninguna parte. Yo estoy empezando a recuperar mi vida y... Vete. Vete y no vuelvas.

—No voy a irme. Ni ahora ni nunca. Ágata, mírame. —Se colocó justo delante de ella, pero sin tocarla—. Te quiero. Te quiero. —Le acarició la mejilla con los nudillos y vio que ella temblaba—. Cuando apareciste en Londres trastocaste mi vida. Me obligaste a salir de mi caparazón, y cada día que pasaba, con cada sonrisa, con cada beso que me dabas, me enamoraba más de ti. No te das cuenta. Sin ti me moriré, me convertiré de nuevo en ese ser gris y malhumorado que no sabe que *Drácula* es una película que tiene que verse a la luz de las velas, que no sabe cómo se formó la constelación de la Osa Menor o que Sinatra es la mejor música para cocinar. Si no me perdonas, si no vuelves conmigo, tendré que pintar la entrada de mi casa de color gris, porque sin ti es imposible que pueda volver a mirar esa puerta naranja. Cada vez que la veo, me acuerdo de tu olor. —Él empezó a abrazarla—. De tu sabor. —Le dio un pequeño beso en los labios—. De que el día en que te besé por primera vez, mi corazón empezó a latir de nuevo. —Capturó la mano de ella y volvió a colocarla encima de su pecho—. Ágata, princesa, te quiero. —A él le cayó una lágrima—. Siento haberte hecho daño, pero no sabía qué hacer. —Le empezó a temblar un músculo de la mandíbula y ella le acarició la mejilla con la palma de la mano—. Nunca había sentido esto por nadie. En mi vida, nunca ha habido nadie como tú. No sabía qué hacer y me asusté. —Otra lágrima—. Perdóname, no sabía cómo protegerme y ahora tengo tanto miedo de haberte perdido para siempre que... —La abrazó con fuerza e intentó serenarse, pero las lágrimas ya le caían sin control. Hasta ese momento, la única vez que había llorado en su vida había sido cuando murió su padre.

—Tranquilo, tranquilo. —Ágata le acarició la espalda—. No me has perdido. Estoy aquí, siempre estaré aquí.

Él la abrazó y sintió cómo ella le devolvía el abrazo, y, aunque fuera un tópico, entendió lo que significa estar hechos el uno para el otro.

Él se apartó un poco y, sin disimular que estaba llorando, le preguntó:

—¿Me crees? ¿Crees de verdad que te quiero? Dímelo, por favor. Si no me crees, me iré. Regresaré a Londres hoy mismo, pero si me crees... —Tomó aliento y cerró los ojos—. Si me crees, me quedaré y haré todo lo que esté en mi mano para que me perdones, para volver a conquistarte. Aunque no tengo ni idea de lo que hice para que sintieras algo por mí. Dímelo, por favor. ¿Me crees?

—Sí —respondió ella sin dudarlo, y lo besó.

Gabriel tardó un segundo en responder. ¡Ágata lo estaba besando! Separó los labios para saborearla de aquel modo que tanto le gustaba, y cuando se tranquilizó un poco, la soltó.

—¿Y tú? —preguntó Ágata.

—¿Yo qué? —Él quería volver a besarla.

—¿Crees que yo te quiero de verdad? —Al ver que él no contestaba, añadió—: En la oficina me dijiste que no creías que...

Él la besó y no la dejó continuar.

—Ese viernes en la oficina solo dije un montón de tonterías —dijo cuando se apartó—. Pero ahora no me atrevo a creerlo. Después de todo lo que te he hecho, de todo lo que te dije, no sé qué sientes por mí.

Ella le acarició, cariñosa, el pelo.

—Mira que eres tonto. —Le sujetó la cara y lo miró—. Yo te quiero, Gabriel. Te quiero con todo mi corazón.

Él sonrió.

—¿De qué te ríes? —le preguntó Ágata mirándolo a los ojos.

—Tú me has llamado «tonto». Nana, en cambio, cree que soy idiota.

—Ya, bueno, Nana te conoce mejor que yo. —Antes de que él pudiera contestar, ella volvió a besarlo.

Gabriel respondió a ese beso con todo el amor que sentía por ella y, poco a poco, empezó a perder el control. Deslizó las manos por su espalda hasta llegar a sus nalgas y la apretó contra él.

—Te he echado tanto de menos... —susurró contra sus labios, y empezó a besarle el cuello.

—Y yo a ti. —Ella le sacó la camisa de los pantalones y le acarició la piel.

—Creía que nunca me perdonarías. —Gabriel quería quitarle la camiseta, pero le temblaban demasiado las manos—. Estaba dispuesto a todo para que me perdonaras.

—¿Ah, sí? —Ella le sujetó las manos y le besó los nudillos—. Dime, ¿qué me he perdido por haberte perdonado tan fácilmente?

Él no contestó, sino que la levantó en brazos y la besó con fuerza.

—¿Dónde está tu habitación? —preguntó andando ya hacia el pasillo.

—La primera puerta —respondió Ágata un poco nerviosa. Nunca lo había visto así—. ¿Puede saberse qué pretendes hacer?

Él la sentó encima de la cama y la miró.

—Voy a pedirte perdón de todos los modos que se me ocurran. No quisiera que creyeras que no me he esforzado lo suficiente.

Se arrodilló delante de ella y le desató el pantalón gris. Lo deslizó por sus piernas y se las acarició durante todo el recorrido. Luego besó cada centímetro de ellas y, cuando llegó a sus muslos, levantó la vista y le preguntó:

—¿Me perdonas?

Ella no pudo contestar. Cuando él la miraba así, perdía la capacidad de razonar, de modo que se limitó a asentir con la cabeza. Él le quitó la camiseta con lentitud, sin dejar de mirarla a los ojos, y siguió con su táctica de besar cada centímetro de piel que desnudaba. Volvió a preguntarle:

—¿Me perdonas?

Ágata esta vez no pudo ni asentir con la cabeza, pero él debió de interpretar el gemido que salió de sus labios como una afirmación. La tumbó en la cama, se quitó la camisa y los pantalones y se tumbó a su lado, también en ropa interior. Los dos se miraron y empezaron a besarse como si fuera la primera vez que lo hacían. Tras uno de esos demoledores besos, él volvió a preguntarle:

—¿Me perdonas?

Ágata lo miró a los ojos y respondió:

—Claro que te perdono. Te quiero, Gabriel.

—Yo también te quiero. —Él la abrazó y ella sintió cómo temblaba—. Siento mucho todo lo que ha pasado. Mi abuela tiene razón, soy un idiota. ¿Cómo pude ser tan cobarde y creer esas tonterías sobre ti?

—Basta, ya está. Ahora estamos juntos.

—No, no basta. Ni siquiera estando juntos toda la vida podré compensarte lo que te he hecho.

Ella tembló al oír esa frase.

—¿Toda la vida?

—Claro. ¿Acaso crees que te dejaré escapar otra vez? —Gabriel le dio un beso—. Quiero que estemos juntos toda la vida. Aquí, en Londres, donde tú quieras. A mí no me importa. Solo quiero estar contigo.

Ágata empezó a llorar.

—No llores, Ágata. —Él le acarició las mejillas con los pulgares—. No hago nada bien, ni siquiera declararme.

—Sí, sí lo haces bien. —Ella sonrió—. Yo también quiero estar contigo toda la vida. —Al ver que también él se emocionaba, añadió—: Ahora ven aquí y hazme el amor antes de que ninguno de los dos digamos más tonterías.

—A tus órdenes, princesa.

EPÍLOGO

Londres, dos años más tarde

Gabriel y Ágata paseaban por la ciudad cuando sonó el móvil de Gabriel.

—¿Cómo está Ágata? —preguntó Guillermo.

—Igual que ayer. —Gabriel miró embobado a Ágata, que estaba ya en su séptimo mes de embarazo—. Guillermo, te juro que si pasa algo te llamaré enseguida. No tienes que llamar cada día.

Ágata se acercó a Gabriel y le dio un beso antes de quitarle el teléfono de las manos.

—¡Guille! ¿Dónde estás?

—En el aeropuerto de Nueva York. Acabo de aterrizar.

—¿Qué tal el vuelo? —le preguntó mientras Gabriel le compraba un refresco en un quiosco.

—Como siempre, aburrido y cansado. Pero después de despegar me he peleado con una chica.

—¿Ah, sí? —Guillermo nunca mencionaba a nadie en sus llamadas, así que Ágata supuso que esa pelea había sido importante.

—Sí. Tenía una teoría muy interesante sobre cómo sentarse en un avión. En fin —suspiró Guillermo—, seguro que a ti te caería simpática. Espera un momento. ¡Se está llevando mi maleta!

—¿Quién? —Ágata se dio cuenta de que Guille ya no la estaba escuchando, y que había empezado a gritar.

—¡Señorita! ¡Esa es mi maleta! ¿Por qué me compraría una maleta negra?

«Porque eres un soso», pensó Ágata mientras Guillermo seguía refunfuñando.

—Ágata, te dejo, la impresentable que se ha pasado todo el vuelo con el sillón reclinado, se está llevando mi maleta. ¡Llámame cuando vayas a Barcelona!

—Lo haré —respondió ella, pero Guillermo ya había colgado.

—¿Qué le pasaba a tu hermano? —preguntó Gabriel antes de sentarse a su lado en el banco.

—No lo sé, creo que una chica se estaba llevando su maleta por error. —Ágata sonrió—. La compadezco; cuando Guillermo está enfadado da miedo.

—Lamento ser yo quien te lleve la contraria, pero tu hermano da miedo incluso sin estar enfadado.

—Muy gracioso. —Ágata le besó el cuello. Desde que estaba embarazada, el olor de Gabriel la volvía loca—. Me encanta cómo hueles.

—Para o tendremos que regresar a casa antes de que hayas caminado todo lo que te ha recomendado el médico.

—Está bien, aguafiestas. —Ágata se levantó y siguieron andando—. ¿De qué te ríes? —preguntó al ver cómo Gabriel sonreía.

—Me estaba acordando del día en que fui a buscarte al aeropuerto —respondió él, enigmático.

—¿Y?

—Pues pensaba que si a tu hermano le pasa lo mismo que me pasó a mí, esa chica de la maleta no tiene ninguna posibilidad.

—¿Qué te pasó a ti? —Ágata se detuvo delante de él y lo miró a los ojos.

—Que te vi.

—¿Y? —Aun ahora, cada vez que él la miraba de ese modo se le derretían las piernas.

—Y perdí la capacidad de razonar.

Él la besó hasta que vio que un par de ancianos que pasaban por allí los miraban mal.

—Vamos, creo que ya has caminado bastante.

—¿En serio? —A ella le encantaba tomarle el pelo.

—En serio. Además, creo que hay un modo mejor de hacer ejercicio y de demostrarte lo que quiero decir.

Fueron a su casa. Habían decidido que la niña nacería en Barcelona, pero luego regresarían allí, a aquel edificio con un portal naranja donde se habían enamorado.

Después de hacer el amor, Gabriel acurrucó a Ágata entre sus brazos.

—Te quiero, Ágata. —Él aún se sorprendía de que fuera tan fácil decirlo.

—Yo también te quiero, Gabriel. Las dos te queremos.

—Ágata apoyó la barbilla en el pecho de Gabriel—. ¿Sabes una cosa?

—¿Qué?

—Ojalá tengas razón con lo de mi hermano.

—¿A qué te refieres?

—No sé, me gustaría que por una vez perdiera la cabeza por amor. Igual que nosotros.

—No creo que él pueda ser igual de... ¿Cómo era eso que me decías hace unos minutos? —se burló él—. ¡Ah! Ya me acuerdo, «maravilloso», que yo.

—Ya bueno, pero puede intentarlo.

Gabriel volvió a besarla para dejar claro que su hermano aún tenía mucho que aprender.

GABRIEL Y ÁGATA UNOS AÑOS MÁS TARDE

Capítulos exclusivos de la edición especial

1

Carretera entre Londres y Bath. Cinco años más tarde

El coche se detuvo para dejar pasar a dos enormes ovejas peludas y estas balaron las gracias a los ocupantes del vehículo. El conductor sonrió, sorprendido de haberse convertido en la clase de persona capaz de una reacción así, y que empeoró cuando ella le atusó el pelo.

—Tú y las niñas me habéis convertido en un idiota —dijo Gabriel, capturando la muñeca antes de que se alejase de su rostro para depositar un beso justo donde latía el pulso.

—Pues se te ve feliz, idiota —sonrió Ágata.

Él se quedó en silencio unos segundos, cambió la marcha del coche y reanudó el camino saludando con dos dedos a las ovejas que ya se alejaban por el lateral.

—Lo soy.

Ágata lo miró como el gato que se ha comido el canario y después desvió la mirada hacia la parte trasera.

—Es raro ir solos en coche.

—Sí. Cuando he puesto el coche en marcha he tardado un par de minutos en darme cuenta de que no teníamos que seguir escuchando esa música horrible. Y nadie nos ha preguntado cuánto falta para llegar.

—Pero no lo cambiarías por nada del mundo —añadió Ágata pensando en sus dos hijas, que se habían quedado en Londres bajo el cuidado de Sam y Sylvia. Seguro que se lo pasarían en grande. El anterior jefe de Gabriel se había convertido en esos últimos años en una especie de tío de las niñas y Mia y Charlie adoraban a las hijas de Sam.

No le hacía falta que él le reafirmase que era feliz; lo comprobaba a diario. Decía esas frases porque sabía que a Gabriel todavía le costaba creerse que todo eso le estuviera sucediendo a él. Le costaba creerse que se merecía esa clase de felicidad.

—Agui —él alargó de nuevo una mano hacia ella—, tú y las niñas sois mi mundo.

El coche volvió a detenerse; habían llegado a un cruce de caminos y tenía que ceder el paso a los vehículos del otro lado. Ágata observó durante un segundo a Gabriel y la intensidad con la que él la miraba le encogió el corazón. Soltó el cinturón de seguridad y, antes de que él pudiera quejarse, se acercó y le dio un beso en los labios. Gabriel tardó un instante en reaccionar, probablemente porque tener a Ágata cerca siempre le fundía el cerebro y porque siempre que las llevaba a ella y a las niñas en el coche estaba aterrorizado. Pero el sabor de Ágata, el suspiro de ella contra su piel le aceleró el pulso y le recordó que besar a esa chica era su principal motivo para existir. Le rodeó la cintura con las manos y le separó los labios para besarla con mayor intensidad.

Un claxon los obligó a separarse.

Gabriel no se inmutó y antes de reanudar la marcha volvió a besarla, esta vez con suavidad.

—Llegaremos tarde —susurró Ágata.

—Me da igual —respondió Gabriel ignorando el coche de antes que ahora los adelantaba por la derecha insultándolo. Volvió a agachar la cabeza hacia la de Ágata, pero ella lo detuvo con una mano en el pecho.

—¿Estás intentando no llegar a casa de Nana? ¿Es eso? —Él se giró con brusquedad y apretó el volante tan fuerte que la piel crujió—. Es eso —afirmó ella ante el silencio de él—. Podemos dar media vuelta,

Gabriel. —Él apretó entonces la mandíbula y ella suspiró y levantó una mano para acariciarle la incipiente barba—. Podemos dar media vuelta, cielo.

—No tengo miedo —dijo él muy enfadado adivinando lo que ella estaba pensando porque justamente de eso lo había acusado días atrás—. No tengo miedo de enfrentarme al recuerdo de mi padre.

—Claro que no.

Él levantó una ceja amenazante y Ágata sonrió.

—No me hables como le hablas a las niñas cuando no se portan bien.

—Son tercas como su padre.

—Y no seas cariñosa conmigo. Estoy enfadado.

—¿Ah, sí? ¿Por qué? —Ágata deslizó los dedos de la mandíbula de Gabriel hacia el cuello y se mordió el labio inferior cuando notó que él tenía que tragar saliva.

—Porque has insinuado que te estaba besando porque quiero llegar tarde a casa de Nana.

—Yo no...

—Y me molesta, no, me hacer hervir la sangre pensar que después de todos estos años creas que necesito una excusa para besarte cuando es lo único en lo que pienso. Es incluso molesto. Antes era capaz de concentrarme y ahora, en cambio, nada. Nada de nada.

Ágata no podía dejar de escucharlo ni de mirarlo embobada. No esperaba esa reacción.

—Y desde que nacieron las niñas ha ido a peor. Creía que con los años se me pasaría, pero no. Va a peor —siguió Gabriel incrédulo.

—¿Peor? —Ágata tuvo que contener la risa.

—Mucho peor. —Gabriel, muy serio, se incorporó al último tramo de carretera con la mirada fija en el tráfico—. Ahora quiero besarte a ti y hacer que las niñas vuelvan a ser pequeñas para poder tenerlas a las dos entre mis brazos y protegerlas de todo mal. Iría así todo el día, con ellas en brazos y apartando a palos a cualquiera que se les acercase. Solo las soltaría para hacerle cosas a su madre. El otro día, un indeseable iba de la mano de Mia cuando salían del cole.

—Ese indeseable tiene cinco años, Gabriel. Y ¿cosas? ¿Qué clase de cosas? —Ágata no podía seguir disimulando. Gabriel no solo se había vuelto protector con el nacimiento primero de Mia, hacía cinco años, y después con el de Charlie, Charlotte, hacía dos, sino que ahora se sonrojaba cuando hablaba de sexo o utilizaba eufemismos absurdos incluso cuando estaban a solas.

—Ni te imaginas todo lo que se me pasa por la cabeza.

—Bueno, pues espero que me hagas todas esas «cosas» pronto. No he insinuado que me besabas para llegar tarde. Vale, tal vez lo he hecho —se corrigió al ver que él desviaba el rostro para mirarla—, pero yo tampoco necesito excusas para besarte, ¿sabes? Y nada me gustaría más que pasarme la eternidad haciéndolo. En realidad, me conformaría con los próximos veinte minutos. Últimamente...

—¿Por qué no me lo habías dicho? —Gabriel se giró de nuevo.

No hizo falta que explicase a qué se refería, Ágata respondió sincera. Tal vez tendrían que haber iniciado esa conversación en otro lugar y no en el coche de camino a casa de Nana.

—Tu trabajo, mi trabajo. Las niñas. Mi familia. Esta celebración de Nana. Vamos tan cansados que..., no sé. Te echo de menos.

Gabriel volvió a apretar el volante y no dijo nada durante unos segundos. Tomó la siguiente salida.

—Biel, esa no es la salida de casa de Nana. La de Bath es la siguiente.

—Lo sé. Tendría que haber hecho esto antes, mucho antes.

—¿El qué?

—Hace un mes o dos, no estoy seguro, busqué un hotel para pasar un fin de semana los dos solos. Lo tenía todo organizado; iba a dejar a las niñas con Nana y tú y yo íbamos a estar solos, pero...

—¿Fue cuando Guillermo y Emma estuvieron en Londres?

—No, cuando vino Martina sin avisar. Lo anulé y después —soltó el aliento—, después yo no podía o tú tenías entregas o las niñas tenían fútbol o fiestas de cumpleaños. La agenda de esas dos es terrorífica. Da igual. Tendría que haber buscado la manera.

—También podría haberla buscado yo.

—No. —Él alargó la mano para entrelazar los dedos con los de ella—. Estoy convencido de que esto tenía que haberlo hecho yo.

Ágata no dijo nada porque no podía; si abría la boca se pondría a llorar o a decirle a Gabriel lo mucho que le quería. Nunca se acostumbraría al amor que veía brillar en los de él siempre que la miraba. Tomó aire e intentó recuperar la calma; no podían presentarse en casa de Nana tan alterados. La señora se daría cuenta y la abuela de Gabriel ya estaba mayor para tener sustos innecesarios.

—¿Y quieres enseñarme el hotel que habías reservado?

—No exactamente —respondió Gabriel, enigmático.

Condujo por la carretera secundaria unos minutos, hasta que giró a la derecha y se metió en un camino flanqueado por árboles. No se detuvo hasta llegar a una verja de hierro y, tras llamar al timbre, esta se abrió y les dio paso. Gabriel llevó el coche hasta la entrada de una preciosa y antigua mansión victoriana. No era demasiado grande, si ese era el hotel como mucho tendría diez habitaciones, y el jardín que la rodeaba parecía sacado de un cuento de hadas.

—Espera aquí, por favor. —Gabriel se desabrochó el cinturón de seguridad y abrió la puerta—. Enseguida vuelvo.

—Vale —fue lo único que atinó a responder Ágata por culpa del beso que él le dio al bajar del coche.

Lo observó subir los peldaños que precedían el precioso edificio y, como le sucedía siempre que miraba a Gabriel, se le aceleró el pulso. Él no le había dicho nada, pero esas fechas siempre le resultaban difíciles; en pocos días coincidían el aniversario de la muerte de su padre, el abandono de su madre y también, por tristes casualidades del destino, la fecha en la que ellos dos discutieron y rompieron.

A Ágata no le gustaba recordar esa época, jamás podría olvidar la mirada de Gabriel el día que discutieron y ella se fue de Londres. Y tampoco la del día que él fue a buscarla a Barcelona para pedirle perdón. Habían sido unos días muy difíciles y se le cerraba la garganta solo con pensar en qué habría pasado si ellos dos no hubiesen hecho las paces, si no hubiesen luchado para encontrar el camino de vuelta el uno hacia el otro. Ágata no se consideraba una persona taciturna ni le gustaba especialmente recrearse en el pasado, y probablemente todo lo que le estaba pasando por la cabeza era culpa del motivo de ese viaje o de la conversación que acababa de tener con Gabriel.

Le vibró el móvil y al abrirlo se topó con una fotografía de Mia y Charlie embadurnadas de chocolate. Sonreían de oreja a oreja, igual que las dos adolescentes que también había en la foto, las hijas de Sam y Sylvia. Tras la foto había un mensaje de Sylvia:

Están muy bien. Os mandan besos. Cuida de Gabriel.

Respondió con un mensaje corto. Llamaría mañana por la mañana; así había quedado con Sylvia. Echaba de menos a las niñas, no era la primera vez que pasaba una noche sin ellas, pero al parecer ese viaje la estaba afectando más de lo que había anticipado. Lo mejor sería que saliera del coche y caminase un rato; le iría bien tomar el aire. Gabriel seguía en el interior del edificio georgiano, podía entrar a buscarlo, aun así descartó la idea y se dirigió hacia un precioso banco de hierro que vio entre unos árboles. Cerró el vehículo y con el móvil en el bolsillo empezó a alejarse.

Inglaterra era desde hacía años su hogar y, aunque una parte de ella siempre echaría de menos el mar Mediterráneo, lo visitaba con la frecuencia suficiente para que fuera llevadero. Gabriel había insistido desde el principio en pasar los veranos en el pueblo donde se habían conocido y donde seguían viviendo los padres de Ágata, y esa decisión, sin que fuera analizada ni cuestionada por nadie, también la habían tomado el resto de hermanos Martí. Lo que significaba que los veranos en la casa de Arenys eran un locura. La isla británica tenía sus más y sus menos, desde que la conocía mejor había aprendido que no siempre es tan bucólica ni tan elegante como aparece en las series de la BBC, pero le gustaba, y la zona de Bath era su favorita. Llegó al banco y, al ver que el jardín continuaba, descartó sentarse y siguió andando. Unos metros más allá descubrió una pequeña carpa blanca y vio pasar un chico cargando una cámara. Probablemente estaba rodando algo; no sería la primera vez que se cruzaban con algo así cerca de Bath. No parecía que estuviesen rodando nada en ese momento, así que se atrevió a seguir adelante. Una chica vestida de negro y con los dedos cubiertos de anillos les sonrió y se acercó a ella.

—Hola —la saludó Ágata—. ¿Molesto? No quería interrumpir.

—¡No, qué va! ¿Eres la nueva técnica de sonido?

—Me temo que no. —Tendió la mano—. Soy Ágata. Solo estaba paseando por aquí.

La chica sonrió.

—Tienes un nombre precioso. Yo soy Steph. Bueno, Stephanie, pero si alguna vez ha existido alguien a quien no le pegue su nombre, esa soy yo.

—Encantada, Steph.

—¿Tú no sabrás arreglar micros, por casualidad?

—Me temo que no. ¿Puedo preguntar qué estáis rodando?

—De momento nada —respondió Steph—, por suerte. Hoy todo ha salido mal. Pero cuando consigamos que las cosas funcionen como es debido, vamos a rodar un documental relacionado con Jane Austen.

—Bueno, al menos estáis en un lugar precioso. Jane vivió cerca de aquí, ¿no?

—Estás aquí. —Apareció Gabriel—. Te estaba buscando.

Las dos se giraron hacia el recién llegado.

—Sí, me apetecía caminar. Estos jardines son preciosos. Ella es Steph, me ha contado que están rodando un documental. Él es Gabriel.

—Encantada. ¿Puede ser que tu cara me suene?

Gabriel se sonrojó; jamás se acostumbraría a eso.

—Puede ser —respondió Ágata, al ver que Gabriel se había quedado mudo—. Gabriel es periodista y...

—¡Trevelyan! Eres el director de *The Whiteboard*. —Steph silbó—. Creo que vais a escribir sobre el documental; uno de mis jefes lo mencionó.

Gabriel se quedó pensando unos segundos y, cuando su mente ató cabos, volvió a hablar.

—Estáis rodando el documental sobre las cartas de Jane Austen —afirmó—. Es una historia fascinante.

—Lo es —confirmó Steph, orgullosa de que él hubiese acertado—. Es una lástima que no estéis en el hotel, porque a todo el equipo le encantaría charlar con vosotros.

—La verdad... —Gabriel se giró hacia Ágata—. La verdad es que sí que estamos hospedados en el hotel.

—¿Qué? —Ágata lo miró confusa.

—Steph, ¿te importa que te dé mi número? Necesito hablar con mi mujer, pero si quieres puedes llamarnos luego y, si al resto del equipo le parece bien, Ágata y yo podemos acercarnos.

—Claro, genial. Van a flipar cuando les cuente que estás aquí. —Steph sacó el teléfono y se guardó el número de Gabriel—. Nos vemos luego. *Ciao.*

Gabriel esperó a que Steph se hubiese alejado un poco, colocó las manos en la cintura de Ágata y se agachó para besarla.

2

A Ágata siempre le había gustado besar a Gabriel.

Había algo en el modo en que él parecía sorprenderse siempre que ella le devolvía el beso, en cómo soltaba el aliento, que le aceleraba el corazón y le encogía el estómago y la llevaba a preguntarse una y otra vez cómo habían tenido la suerte de encontrarse.

No podría decir que recordaba todos y cada uno de los besos que se habían dado, por suerte eran muchos, pero sí que nunca olvidaría ese. Si creyera que viajar en el tiempo era posible, afirmaría que ese beso la había llevado al pasado, a su primer beso, porque estaba lleno de la misma intensidad y las mismas preguntas y anhelos.

—Biel —suspiró cuando él se separó y se quedó mirándola a los ojos.

—Hola, Agui.

No pudo contener la sonrisa ni tampoco que le brillaran los ojos.

—Hola —susurró con la voz igual de frágil que las lágrimas.

—Vamos a quedarnos a pasar la noche aquí. ¿Te parece bien? —Ante la mirada confusa de Ágata, añadió—: He hablado con Nana y me ha dicho que nos espera mañana. Vale, me ha dicho más cosas, después te las cuento. Ahora dime si te parece bien quedarte aquí a pasar el resto del día y la noche conmigo.

Ágata observó a Gabriel. El chico que la había conquistado sin remedio con apenas diez años se estaba convirtiendo en un hombre del que cada día se enamoraba un poco más, por increíble que pareciera. Estaba segura de que lo conocía mejor que a sí misma y en estos momentos, aunque nada le gustaría más que seguir perdiéndose en sus besos, la tristeza se escondía en el fondo de sus ojos verdes.

—Claro que me parece bien, Biel. —Le acarició la mejilla y él soltó el aliento, una prueba más de que le sucedía algo—. ¿Vas a contarme qué pasa? Y no me refiero a que me expliques por qué vamos a quedarnos a pasar la noche aquí. Soy yo, y sabes que estoy y siempre estaré a tu lado.

—Gloria —respondió como si no pudiese contener la palabra por más tiempo—. Mi madre.

—¿Tu madre?

Gabriel le tendió la mano.

—¿Te lo cuento dando un paseo? Quieto me resulta más difícil contener la rabia. Es como un veneno, Ágata, y lo noto extendiéndose dentro de mí.

—Claro, vamos. —Preocupada, entrelazó los dedos con los de él—. No digas eso.

Gabriel había dejado atrás muchos de los miedos e inseguridades que habían marcado su infancia y adolescencia hasta el punto de convertirlo en alguien que no creía en el amor, pero quedaban resquicios dentro de él de los que jamás lograría desprenderse. Ágata sabía que el nacimiento de Mia (que en realidad se llamaba Whildemia en honor a Nana) y después el de Charlotte («Charlie» en honor al primer libro que su madre le había regalado a su padre) habían llenado de luz la existencia de Gabriel, y que él quería a las niñas y a ella con locura. Pero de vez en cuando seguía dudando de que él fuera digno de recibir los mismos sentimientos por parte de ellas o de cualquiera de las personas que formaban parte de su vida.

La reaparición de Gloria seguro que no le había recordado nada bueno, y más en unas fechas como esas, justo antes de la cena que Nana organizaba en recuerdo de Rupert.

Caminaban en silencio. Ágata apretaba fuerte los dedos de Gabriel mientras él no disimulaba, por fin, lo furioso que estaba.

—Llamó a Nana hace unos días con la excusa de decirle que había visto el libro de los artículos de mi padre en el aeropuerto de Madrid.

Gracias a Steve, Gabriel había conseguido publicar un libro recopilatorio de los mejores editoriales de su padre, y sin sorprender a nadie excepto a Biel, había funcionado muy bien. Lo único que le importaba a Gabriel era que, por fin, había hecho las paces con la memoria de su padre y con las emociones que su prematura muerte le había causado.

—No me digas que se atrevió a preguntarle si ella o tú estabais ganando mucho dinero con el libro.

—No, al parecer eso se lo preguntó hace tiempo. —Notó que Ágata se detenía y lo miraba asombrada—. Sí, Nana tiene mucho que contarnos. Pero me ha adelantado que fue maravilloso oír a través del teléfono cómo Gloria se sulfuraba al enterarse de que todos los beneficios del libro van a la beca para periodismo que creamos con el nombre de mi padre.

—Me encantaría haberla oído —dijo Ágata.

—Y a mí.

Reanudaron la marcha. El hotel estaba situado en medio de una gran extensión compuesta por varios jardines y un lago. Vieron una glorieta al fondo y, sin preguntarlo el uno al otro, se dirigieron hacia allí.

—Entonces, ¿qué quería realmente cuando llamó hace unos días?

Gabriel volvió a tensarse y Ágata se dijo que esperaría a que respondiera.

—Quiere conocer a las niñas.

Nada la había preparado para esa respuesta.

—¿Qué? ¿Por qué?

—No tengo ni idea. De hecho, soy el menos indicado para responderte. A mí, su hijo, me dejó tirado sin más. No tengo ni la más jodida idea de por qué quiere hacer de abuela.

Gabriel le soltó la mano y allí, en medio de aquel prado verde, fue como si lo golpease un rayo.

—Me abandonó. Es un milagro, un jodido milagro, que yo sea un buen padre. Y no creas que me engaño; sé que es gracias a ti.

—Eso no es verdad.

—Sí que lo es.

—No, no lo es. Gabriel, escúchame. —Se acercó a él y, colocándose de puntillas, le sujetó la cara entre las manos. Él se agachó y la besó con toda la rabia que llevaba dentro, como si temiera que sin el amor de ella ese dolor se convertiría en algo horrible e incontrolable—. No lo es, Gabriel. Eres un buen padre porque eres tú. —Ágata le colocó una mano en el pecho, justo encima del corazón—. Eres tú.

—Tú me dijiste que me parecía más a mi madre que a mi padre.

Ágata intentó recordar cuándo le había dicho eso y, al conseguirlo, fue ella la que se apartó.

—Sabes que cuando te dije eso estaba muy dolida; fue cuando me acusaste de robar los artículos. —Esperó a que él se sonrojara avergonzado. Gabriel nunca se había perdonado a sí mismo haber hecho eso—. Y sabes que no lo decía en serio. Sabes que no lo pienso.

—¿Y si es verdad?

—No lo es. —Reanudó la marcha y, con las manos unidas, le pasó el pulgar por los nudillos para recordarle que ella siempre estaba de su parte—. Vamos, caminemos un poco más. Quiero llegar a esa glorieta.

Él aceptó y se dejó llevar.

—Es mi madre.

—¿Y? ¿Acaso crees que Gloria tiene algún poder sobre ti? Te abandonó, os abandonó a ti y a tu padre cuando eras un niño. Cualquier efecto que pudiera haber tenido sobre ti, cualquier influencia que hubiera podido causarte, hace tiempo que la dejaste atrás. Gloria no es tu madre, no lo es y no lo fue porque ella así lo quiso. Tú eres el padre de Mia y de Charlie porque las quieres, porque estás con ellas, porque las cuidas, porque lo haces todo por ellas, no porque lleven tus genes.

—Sabes que te quiero más que a nadie, ¿no?

Solo Gabriel era capaz de decir algo tan bonito y sonar enfadado al mismo tiempo. Ágata escondió la sonrisa y siguió caminando.

—Lo sé. Yo también te quiero más que a nadie.

—A veces, ¿qué digo «a veces»?, siempre he creído que quererte es lo que hago mejor en la vida, que es lo único que se me da bien de verdad.

Pero saber que me quieres es la mejor sensación del mundo. Saber que tú me quieres es... Jamás olvidaré lo que sentí cuando me lo creí por primera vez. No fue la primera vez que me lo dijiste; entonces no me lo creí.

—Lo sé.

—Ya, bueno, era un idiota. La primera vez que me lo creí fue como cuando sales del agua después de haber estado a punto de ahogarte, como abrir los ojos en medio de la peor pesadilla del mundo y descubrir que nada es verdad, nada excepto la persona que está a tu lado en la cama. Tú. Tengo miedo de que Gloria consiga que me olvide de eso.

—Imposible.

—Ojalá pudiera estar tan seguro.

—No hace falta que lo estés. —Llegaron a la glorieta y Ágata le soltó la mano para ponerse de puntillas delante de él—. Ya lo estoy yo por los dos.

Gabriel sonrió y parte de la tristeza de antes desapareció de su mirada.

—Gracias, princesa.

Ágata le dio un beso largo y lento, dulce y repleto del amor que nunca dejaría de sentir por él.

—¿Quieres mi consejo sobre Gloria?

Gabriel enarcó una ceja.

—Claro.

—Tú no la necesitas, y las niñas y yo, tampoco. Mia y Charlie tienen tíos y tías para elegir y tienen a Nana, a mis padres, a Sam y a Sylvia. Gloria no les hace ninguna falta. Y está claro que tú no le debes nada. Decidas lo que decidas, no lo hagas con rencor ni justificando la decisión tras un extraño sentimiento de venganza.

—¿Estás insinuando que le dé una oportunidad?

—No. Estoy diciendo que hables con ella y que decidas entonces. Eras un niño cuando la viste por última vez, quizá te iría bien verla ahora. Como enfrentarte al hombre del saco.

—No es mal consejo.

—Soy la mejor dando consejos. Por eso te casaste conmigo.

Gabriel soltó una carcajada y la sujetó por la cintura para levantarla y hacerla girar. Ágata se sintió muy orgullosa de sí misma por haber conseguido disipar toda la tristeza de la mirada de Biel. Esa carcajada le había salido de dentro.

—No me casé contigo por eso.

—¿Ah, no?

—No.

—Entonces, ¿por qué?

—Vamos al hotel y te lo explico como Dios manda.

La siguiente carcajada fue de Ágata.

3

En Inglaterra la lluvia siempre está al acecho y pilló a Ágata y a Gabriel de regreso al hotel.

Gabriel se había ocupado antes de la reserva y había subido la bolsa de viaje a la habitación mientras Ágata paseaba. Nunca se había alegrado tanto de tener una llave y de no tener que detenerse en la recepción, porque necesitaba desnudar a su esposa, recorrer su cuerpo a besos y perderse dentro de ella. La necesitaba tanto que tenía miedo de arrancar la cabeza a cualquiera que se cruzase en su camino e intentase hablar con ellos.

Le quemaba la piel y lo único que conseguiría calmarlo sería tener la de ella encima, debajo, donde fuera, pero mucho más cerca de lo que estaban ahora. Tiró de ella hacia la escalera y, cuando llegaron al primer rellano, tuvo que detenerse para besarla porque no podía dar ni un paso más sin el sabor de sus labios. Se obligó a apartarse antes de perder definitivamente el poco control que le quedaba y corrieron hacia la habitación.

Cuando sacó la llave del bolsillo y le cayó al suelo bufó resignado.

—Me conviertes en un manojo de nervios, princesa.

No esperó a que Ágata contestase, abrió por fin la maldita puerta y tiró de ella hacia el interior. La suave risa de Ágata estuvo a punto de llevarlo al límite, así que la apoyó contra la puerta y la besó como necesitaba. Ojalá pudiera decir que la desnudó con suavidad o como mínimo con calma, pero Gabriel no estaba para nada excepto para besar, acariciar y adorar cada centímetro de su mujer, así que le arrancó la ropa y dio gracias a Dios porque ella estaba tan impaciente como él y también tiraba de su jersey y del cinturón de los vaqueros para desnudarlo.

—¡Joder, Agui! —le mordió el cuello—. Estoy perdiendo el control.

—No hables y sigue con lo que estabas haciendo.

Gabriel soltó otra carcajada. ¡Cómo quería a esa chica! Al ver que por fin estaban los dos desnudos, la levantó en brazos y entró en ella apoyándola contra la pared.

—¿Te refieres a esto?

Incapaz de responder porque lo único que quería era volver a besarlo, Ágata enredó los dedos en el pelo de Gabriel y acercó su rostro al de ella. Y el beso se convirtió en otro, en susurros y jadeos, en prisas, en caricias que empezaban y no terminaban y Gabriel lo olvidó todo excepto la mujer que tenía en brazos y que lo era todo para él.

Unas horas más tarde, Ágata abrió los ojos y sonrió al descubrir a Gabriel aún dormido a su lado en la cama. Las sábanas estaban arrebujadas en el suelo y la ropa de ambos seguía hecha un lío frente a la puerta de la habitación. Le acarició el pelo y después la mejilla, donde empezaba a salirle la barba porque esa mañana no se había afeitado. Él todavía tenía que contarle muchas cosas, como por ejemplo desde cuándo sabía que Gloria había reaparecido en la vida de Nana, o desde cuándo le estaba dando vueltas a esa frase que ella le había dicho años atrás cuando rompieron.

No se sentía culpable por haberle dicho a Gabriel que estaba comportándose como Gloria; en aquel momento lo pensaba y él acababa de romperle el corazón. Los dos se hicieron daño en esas conversaciones, pero después habían sabido encontrar el camino de regreso hacia el otro.

Salió de la cama con cuidado y lo dejó descansar un poco más. Recogió la ropa, ruborizándose al recordar cómo se habían arrancado cada pieza, y se llevó la bolsa de viaje al baño para darse una larga ducha de agua caliente. Bajo el agua no pensó en nada. Se dejó llevar por los sonidos que llegaban desde el jardín; pájaros y el viento colándose por entre las ramas.

En medio de esa calma le sucedió algo extraño y mágico. En casa, cuando se duchaba, pensaba en lo que tenía que hacer durante el día, en el trabajo que tenía pendiente, en las actividades de las niñas, en cómo Gabriel y ella se organizarían para llevarlas o traerlas del colegio. Pero allí, en la ducha de ese hotel, solo pensó en lo mucho que quería y necesitaba al hombre que ahora dormía en esa cama, y en que si Gloria o quien fuera intentaba hacerle daño, antes tendría que lidiar con ella.

Minutos más tarde y vestida con el batín del hotel, llamó a Nana sin salir del baño y le preguntó directamente por Gloria.

—Menos mal que el idiota de mi nieto ya te lo ha contado. —Fue lo primero que le dijo la anciana.

—Tendría que haberme dado cuenta de que no solo estaba preocupado por la revista.

—No digas tonterías, Ágata. Cuando Gabriel se propone ocultar algo, nadie es capaz de averiguarlo. Además, sabes perfectamente que sin ti mi nieto estaría perdido y que has convertido su vida en algo maravilloso. —Sorbió por la nariz.

—Nana, ¿estás bien?

—Sí, sí, lo siento. Estas fechas siempre me afectan. Lo curioso es que recordar a Rupert fue doloroso durante mucho tiempo, pero entonces no lloraba, básicamente estaba enfadada. Pero desde que Gabriel ha hecho las paces con el recuerdo de su padre y celebramos estas cenas, voy por el mundo hecha un mar de lágrimas. Es horrible.

A Ágata se le encogió el corazón.

—¿Estás segura de que no quieres que vengamos esta noche? Todavía estamos a tiempo, podemos dejar el hotel.

—¡No! Quedaos allí donde estáis. Yo estoy bien. Esta noche iré a cenar con Steve y su mujer; tenemos muchas cosas que comentar sobre la nueva edición del libro de Rupert. Y sabes que mañana por la mañana he quedado con mis amigas para desayunar. Podéis llegar tranquilos hacia el mediodía y después seguimos con la agenda que habíamos previsto.

—¿Estás segura?

—Segurísima.

—¿Me prometes que me llamarás si Gloria aparece por aquí o si te llama?

—Esa arpía se guardará mucho de aparecer por aquí —afirmó Nana—. Siempre ha odiado Bath.

—Eso espero.

—¿Tú crees que vendrá? —Nana bufó—. Sería la primera vez que su alteza real se digna a hacer acto de presencia en un evento en honor de Rupert.

—No lo sé. No conozco a Gloria.

—Suerte que tienes.

—Pero, por lo que me has contado, yo no descartaría la idea.

—Está bien, de acuerdo. Si aparece por aquí y no me la cargo, te llamaré. Lo prometo.

—Ojalá pudiera estar segura de que estás bromeando, Nana.

Nana se rio y Ágata se sintió muy orgullosa de sí misma por haber conseguido que los dos Trevelyan de su vida riesen el mismo día.

—Prometo que no le haré daño. No quiero que mis biznietas vengan a visitarme a la cárcel.

—Me alegro de que Mia y Charlie te sirvan de motivación. Cuídate. Nos vemos mañana.

Abrió la puerta del baño con cuidado, por si Gabriel todavía estaba durmiendo, y se tumbó en la cama junto a él para volver a acariciarle el pelo.

Gabriel sonrió.

—Buenos días, princesa.

—¿Buenos días? Son las seis de la tarde, Biel —lo corrigió con un beso en los labios.

Él la sujetó por la nuca para alargarlo unos segundos más.

—Da igual; días, tardes, noches. Me has fundido el cerebro.

—Te hará bien. —Ágata le acarició la mejilla—. Piensas demasiado.

—¡Eh! ¿Qué pasa? —Parpadeó y la miró preocupado.

—Nada. —Soltó el aliento y se sentó en la cama—. Tendrías que haberme contado antes lo de Gloria. Creía que después de estos años ya te había quedado claro que estoy a tu lado. Somos un equipo, Gabriel.

Gabriel le copió la postura y antes de responderle tomó las manos de Ágata para protegerlas dentro de las suyas.

—Lo sé. Créeme, nunca me olvidaría de eso. Pensarás que soy un idiota.

—No.

Gabriel sonrió ante la mentira piadosa y siguió.

—No te lo dije porque quería convencerme de que no me afectaba, de que las llamadas de Gloria no tenían ninguna importancia. Igual que no te cuento si me llaman para venderme un seguro de coche, no quise contarte que Gloria me había llamado.

—Pero sí que te afecta.

—Sí —tomó aire—, la verdad es que sí. Y tendría que habértelo contado antes. Lo siento.

—Yo siento no haberme dado cuenta antes de que te pasaba algo.

Gabriel le soltó las manos para sujetarle el rostro entre ellas y volver a besarla. Y volver a desnudarla, porque no entendía por qué había una capa de tela separándolos y porque estaba convencido de que estar con ella era lo único que necesitaba para enfrentarse al mañana. Lo único que necesitaba, sin más.

Más tarde, de nuevo enredados y sin nada entre ellos, Ágata habló con la respiración todavía entrecortada.

—Supongo que esto también es una opción. Podemos quedarnos aquí encerrados y hacer el amor hasta desfallecer.

—No es mal plan. —Gabriel deslizó un dedo por la espalda de Ágata.

—Tus hijas te echarían de menos.

—Eso es verdad.

—Y tengo hambre.

—¿Queda muy mal que te diga que ahora mismo me siento muy orgulloso de mí mismo?

Ágata se rio.

—Vamos, cavernícola, llévame a cenar.

—De acuerdo. A tus órdenes, princesa.

Cenaron en el restaurante y Gabriel le contó a Ágata con todo detalle las dos tersas e incómodas conversaciones que había mantenido con Gloria. Ella lo escuchó como hacía siempre y, aunque por dentro se imaginaba mil y una maneras de hacer sufrir a la madre de Gabriel, por fuera mantuvo una postura tranquila y le recordó a Gabriel que estaría a su lado decidiera lo que decidiese. Después hablaron también de otras cosas, no iba a darle a Gloria el poder de echar a perder una cena como esa, y cuando llegaron a los postres Ágata pensó que hacía meses que no veía a Gabriel tan tranquilo.

Vibró el móvil que él tenía guardado en el bolsillo y lo sacó para comprobar que no era una mensaje sobre sus hijas.

—¿Es de Sam? ¿Quiere devolvernos a las niñas? —le preguntó Ágata.

—No. Es de Steph, la chica de antes. Dice que casi todo el equipo de dirección y los productores del documental de Jane Austen están aquí y que, si queremos, nos invitan a tomar un café o una copa con ellos. Están en el salón privado que hay junto al vestíbulo.

Gabriel dejó el aparato encima de la mesa sin responder.

—¿Quieres ir? —Ágata enarcó una ceja.

—Como tú quieras. Conocí a uno de los productores hace un par de meses. Creo que te lo conté, también es de Barcelona.

—Me lo contaste; un ingeniero que ha inventado una especie de superinteligencia artificial, ¿no?

—Ese mismo. Me pareció que tenía una historia muy interesante que contar.

—Entonces, ¿quieres ir?

Gabriel no lo pensó ni un segundo y levantó el teléfono para teclear el mensaje.

—¿La verdad?

—Siempre.

—No. Prefiero estar aquí contigo.

—Yo también.

—Decidido. —Se puso a teclear.

—¿Qué le estás diciendo?

—Que no vamos a ir; que ahora mismo voy a pedir la cuenta para volver a nuestra habitación y hacer el amor contigo.

—¡Dame el teléfono!

Gabriel soltó una carcajada y se guardó el móvil en el bolsillo.

—Le he dado las gracias por la invitación, pero que no podemos ir. Le he ofrecido que nos veamos mañana para desayunar, ¿qué te parece?

—Que estás tardando en pedir la cuenta.

Gabriel volvió a reírse y llamó al camarero.

Por la mañana, vestido y con la bolsa de viaje cargada al hombro, Gabriel se quedó frente a la puerta observando el interior de la habitación.

—¿Sucede algo? —Ágata estaba en el pasillo del hotel—. ¿Nos dejamos algo?

—No. —Sacudió la cabeza—. Pero me he dado cuenta de algo.

—¿De qué?

—Que necesitaba volver a encontrarte. —Notó que Ágata le daba la mano.

—Vamos, desayunaremos con esa gente y después iremos a Bath.

—De acuerdo.

El desayuno fue muy agradable. Ágata y Gabriel compartieron mesa y conversación con Anne y Manel, el matrimonio que producía el documental porque, al parecer, había sido el punto de origen de su reconciliación. El documental giraba en torno a unas cartas que podían ser o no de Tom Lefroy, el hombre que supuestamente había roto el corazón a Jane Austen.

—Siempre me ha ofendido esa teoría que afirma que si Jane Austen hubiese estado casada y feliz no habría escrito —afirmó Manel.

—Cierto. Además, ¿por qué suponen que tener marido habría garantizado su felicidad? El matrimonio hace desgraciada a mucha gente —apuntó Gabriel, que cuanto más charlaba con ese hombre, más convencido estaba de que tenía que entrevistarlo para *The Whiteboard*.

—Pero hay algo más —dijo Ágata—. Solo se somete a tal escrutinio a las escritoras. Mira las Brontë, por ejemplo, todas las teorías que hay sobre su vida sentimental o sexual.

—Exacto. —Anne levantó su taza de té—. Por no añadir que, hoy en día, hay demasiada gente que clasifica sus obras como novelas «de tacitas», como si eso fuera un insulto. Vivan las tacitas, las mejores obras literarias de todos los tiempos.

Anne y Manel vivían en Estados Unidos, pero dado que la familia de ella residía en Londres y la de él en Barcelona, visitaban ambos países a menudo. Así que, antes de despedirse de la pareja, Gabriel no tardó en buscar una fecha para entrevistar a Manel sobre la inteligencia artificial que había creado y que había bautizado con el nombre de «Jane».

De nuevo en el coche, Gabriel conducía con una postura muy distinta a la del día anterior. Silbaba y aprovechaba cada segundo para entrelazar la mano izquierda con la de Ágata. Llamaron a Sam para preguntar cómo estaban las niñas y fueron ellas mismas las que les contaron a gritos y atropellándose la una a la otra al hablar que se lo estaban pasando muy bien, aunque les echaban mucho de menos.

—Eso último, Charlie lo ha dicho para que no nos sintamos mal —sugirió Gabriel.

—Seguro.

Llegaron a Bath con tiempo de sobra y, cuando aparcaron delante de la casa de campo de Nana, ella salió a recibirlos porque los había visto llegar desde la ventana junto a la que leía.

Ágata fue la primera en abrazarla mientras Gabriel cerraba el vehículo.

—Hola, Nana.

—Hola, querida. Tienes muy buen aspecto —le dijo guiñándole un ojo, a lo que Ágata se sonrojó.

—Seguro que tenías preparado el comentario hace rato.

—Desde que hablamos ayer, querida. —Nana sonrió—. Me alegro mucho de que os detuvierais en ese hotel. A los dos os ha sentado muy bien —añadió mirando a su único nieto.

Gabriel tuvo que agacharse para besar a su abuela en la mejilla y, a modo de venganza y porque le encantaba hacerla reír y sulfurarla, la levantó del suelo y la hizo girar.

—Hola, Nana.

Nana rio y le dijo:

—Ya era hora de que volvieras a ser el de siempre.

4

La celebración en honor al recuerdo de Rupert Trevelyan tenía lugar en el que había sido su *pub* favorito, The Raven, un local céntrico y con más de cien años de antigüedad donde, citando palabras de Rupert, «respetaban las buenas tradiciones», lo que se traducía en que la cocina casera era excelente y las bebidas, auténticas.

A Gabriel le había costado mucho reconciliar la imagen de su padre como el estudiante y periodista que acudía al *pub* para reunirse con sus amigos, o incluso para pasarse horas escribiendo, con el hombre que murió alcoholizado. De pequeño no había perdonado a su padre por haberle abandonado de esa manera, por haberse abandonado a sí mismo, pero gracias a Ágata, a Nana, a sus amigos y a un número considerable de sesiones de terapia, ahora podía vivir con ambos recuerdos: con el del Rupert que leía libros con él, lo llevaba al cine o lo ayudaba a hacer los deberes y con el del Rupert deprimido, vacío de vida e incapaz de estar a su lado.

Todo había empezado con esa llamada de Guillermo y, aunque le gustaba creer que él y Ágata se habrían reencontrado de alguna otra manera, se le formaba un nudo en el estómago solo de pensar qué habría sucedido si no hubiese aceptado ayudar a su mejor amigo y ahora cuñado.

Nana, Gabriel y Ágata fueron al *pub* paseando y, durante el trayecto, Nana les contó que no había vuelto a saber nada de Gloria.

—Se habrá cansado —dijo Ágata con alivio.

A Gabriel le habría gustado poder afirmarlo, que seguro que su madre se había cansado, pero no conseguía quitarse de encima el mal presentimiento de que Gloria reaparecería de un modo u otro. Aun así, asintió con la cabeza y se conformó con cambiar de tema.

En la puerta del *pub* los estaban esperando antiguos amigos de Rupert con los que Nana y Gabriel habían reconectado esos últimos años y Steve con su esposa, a quienes ahora ya consideraban familia. Realmente Ágata tenía razón, pensó Gabriel mientras recibía el cariñoso abrazo de Steve; Mia y Charlie tenían tíos y abuelos donde escoger. Eran unas niñas muy afortunadas, y él mucho más por tenerlas.

—Me alegro mucho de verte —le dijo Steve al soltarlo.

—Igualmente.

Entraron en el *pub* y ocuparon la mesa que la propietaria ya había preparado para la ocasión; la misma donde Rupert solía sentarse a escribir. En la pared, en medio de fotografías de personalidades locales y de algún que otro viejo anuncio de cerveza enmarcado, había un retrato de Rupert con Gabriel sentado en sus hombros. La fotografía la había desterrado Steve de sus archivos personales. Gabriel no se acordaba de aquel día, algo comprensible porque a juzgar por la foto solo tenía cuatro o cinco años, pero al parecer Rupert había quedado con Steve, porque en esa época estaban trabajando juntos, y se llevó a Gabriel con él.

A Steve le encantaba contar la anécdota de cómo Gabriel se había pasado todo el rato pintando garabatos en una hoja de periódico fingiendo que escribía como ellos. A Gabriel le encantaba esa fotografía, tenía una copia en la pared de su oficina, pero le daba un vuelco el corazón cada vez que la veía colgada allí. Quizá porque solo acudía a The Raven para esa celebración y entonces, de golpe, lo asaltaban la añoranza y los remordimientos por el tiempo que la vida le había arrebatado a su padre.

—¿Estás bien? —Notó que Ágata le acariciaba la mano.

—Sí, claro. —Entrelazó los dedos con los de ella. Estaban sentados alrededor de la mesa, escuchando cómo Steve hablaba sobre la cantidad de llamadas que había recibido en los últimos meses interesándose por el libro de artículos de Rupert y donde él había escrito el prólogo—. Muy bien.

Gabriel se agachó y dio un suave beso a Ágata.

Gabriel no había querido escribir el prólogo, le había parecido deshonesto por su parte, y no importaba cuántas veces se lo preguntasen, siempre estaría convencido de que Steve era quien debía hacerlo.

Le tocó el turno a Nana y los asistentes se giraron hacia ella levantando, como ya era tradición, la copa o el té que estaban bebiendo. Los brindis de Nana eran legendarios, y después de escucharlos Gabriel siempre pedía a los astros que los periodistas que trabajaban en *The Whiteboard*, o incluso él mismo, tuvieran una décima parte del ingenio de su abuela.

La puerta del *pub* se abrió y a Gabriel se le heló la sangre al ver quién entraba.

—No, ni hablar —farfulló.

—¿Qué pasa? —le preguntó Ágata, que lo oyó a pesar de que él lo había dicho en voz muy baja.

—Gloria.

Gabriel se puso en pie y Nana se detuvo a media frase, a lo que él respondió decidido.

—No. Sigue adelante, abuela. No dejaré que Gloria interrumpa este momento. Enseguida vuelvo.

—¿Y tú? —Nana lo miró preocupada.

—Ahora mismo lo importante es mi padre. No voy a permitir que esa mujer le haga más daño del que ya le hizo. —Y mirando a Ágata añadió—: Estaré bien. Si te necesito vendré a buscarte.

—De acuerdo. —Con el corazón en un puño, Ágata miró a Nana y le dijo—: Sigue adelante con el brindis, por favor.

—Está bien.

Gabriel se alejó de la mesa con la certeza de que todas y cada una de las personas que estaban allí sentadas estaban de su lado y del de Rupert, y comprendió que, si tenía eso, nada de lo que Gloria pudiera decirle en los siguientes minutos podría hacerle daño.

La interceptó en la barra y, sin decirle ni una palabra, la sujetó por el codo y la hizo girar hacia la salida.

—Espera un momento, hijo —se quejó.

Gabriel tuvo que apretar los dientes.

—Hablaremos fuera, Gloria.

—Podrías habérmelo pedido. No hace falta que me arrastres.

No iba a decirle que no se fiaba de ella, de hecho, no iba a gastar en ella más palabras de las que fueran necesarias para decirle que se largase de allí y no volviese nunca. La soltó al llegar a la calle y se cruzó de brazos para reprimir las ganas que tenía de frotarse la mano con el pantalón y eliminar así cualquier rastro de ella. Durante la adolescencia se había pasado años pensando qué le diría a esa mujer si volviera a verla. Se había imaginado cientos de situaciones en las que ella regresaba arrepentida y les suplicaba a su padre y a él que la perdonasen. Y, aunque le dolía reconocerlo, se había imaginado qué sucedía después de que la perdonasen. Después, cuando el paso de los años puso en evidencia que Gloria no regresaría, se pasó bastante tiempo eligiendo los insultos que le diría o las frases con las que la atacaría. Ahora que la tenía delante comprobó, entre sorprendido y aliviado, que solo quería decirle dos palabras:

—Adiós, Gloria.

Después de pronunciarlas sintió que se levantaba la presión que tenía en el pecho e incluso sonrió. Las personas que le importaban estaban dentro del *pub* o esperándole en Londres jugando a piratas con uno de sus mejores amigos. Ahora entendía qué había querido decir Ágata cuando le dijo que no se presionase, que se diese tiempo, que él solo encontraría la manera de lidiar con Gloria.

—¿No quieres saber por qué estoy aquí?

Gabriel, que ya había dado un paso hacia la puerta del *pub,* se detuvo y volvió a mirarla.

—No, la verdad es que no.

Volvió a girarse.

—Yo... me arrepiento de lo que hice, de haberte abandonado.

Gabriel podía cruzar la puerta del local, irse de allí sin decirle nada más, estaba en su derecho, pero algo lo llevó a darse media vuelta por última vez. Quizá porque pensó que se lo debía a su padre o quizá porque quería estar seguro de que no se quedaba dentro ni una gota de veneno.

—Pues tendrás que vivir con ello igual que tuvimos que hacerlo yo y mi padre. No fue culpa mía y tampoco de papá, y me da igual si ahora te sientes culpable. No pensaste en nosotros entonces y está claro que ahora no piensas en mí, porque si lo hubieras hecho, si durante un segundo te hubieses preocupado por mí, sabrías que invadir la intimidad de una celebración como la de hoy es una pésima idea, y que llamar a Nana es también una pésima idea. No, Gloria, tú estás aquí porque te interesa, no porque hayas pensado en mí.

Tal vez si Gloria le hubiese pedido que la escuchase, si hubiese visto el mínimo atisbo de emoción en su mirada, Gabriel habría dudado de su respuesta, pero con cada palabra que salía de su boca ella se tensaba más y más, igual que hacen los políticos cuando mienten. Gabriel tenía experiencia con eso. Mentiría si dijera que durante un segundo, quizá un poco menos, le dolió comprobar que había acertado con ella, pero se dijo a sí mismo que así lograría por fin borrarla de su mente.

—Rupert escribió la mayoría de los artículos del libro mientras estábamos casados.

Gabriel tuvo que contar hasta diez antes de contestar.

—Voy a fingir que no he oído eso y por tu bien te aconsejo que tú hagas lo mismo. Jamás entenderé qué vio mi padre en ti ni por qué no se defendió nunca de tus ataques; la única explicación que encuentro es que te quería y por eso no voy a decirte lo que pienso ni voy a emprender ninguna acción legal en tu contra. Pero acércate de nuevo a Nana o vuelve a insinuar que tienes alguna clase de derecho sobre la obra de Rupert y dejaré de contenerme. Si me has investigado, como supongo que has hecho antes de venir a verme, disfrazado de falso instinto maternal, ya sabrás que nunca miento. ¿Te ha quedado claro?

—Gabriel...

—¿¡Te ha quedado claro!?

—Clarísimo.

Gabriel la recorrió con la mirada y esperó unos segundos para volver a moverse, porque se lo debía al niño que se había pasado años llorando y esperando a esa mujer. Ella sujetó el bolso ofendida y se largó sin dirigirle una sola palabra más.

No podía estar seguro de si Gloria reaparecería con nuevas exigencias en el futuro; lo dudaba porque, si algo sabía de esa mujer, era que primaba por encima de todo su comodidad, y estaba claro que si volvía a acercarse a él o a su familia él le complicaría mucho las cosas. Algo le decía que no volvería a verla nunca más y sí, ojalá viviera en el mundo de las películas que veían Mia y Charlie, donde todo acababa bien siempre, pero a él le gustaba mucho su vida y no la cambiaría por nada.

La puerta se abrió y no tuvo que mirar hacia allí para saber quién salía a buscarlo.

—Ya se ha ido —le dijo a Ágata, rodeándola por la cintura.

Ella le acarició la mejilla y Gabriel soltó el aliento.

—¿Estás bien?

—Ahora sí. Muy bien.

Ágata apoyó la mejilla en el torso de él para oír cómo le latía el corazón y sonrió cuando él le acarició el pelo.

—Vamos, nos esperan dentro —dijo Gabriel.

—Tu abuela hace los mejores brindis.

—Lo sé. ¿Cuánta gente ha llorado?

—Todo el mundo —Ágata sonrió—, incluso Steve. Te lo he grabado.

—Eres la mejor. —Se agachó y la besó lleno de alegría—. Te quiero.

—Y yo a ti.

—Vamos —Gabriel enlazó los dedos con los de ella—, quiero bailar contigo antes de irnos.

Ya era tradición terminar la celebración en honor de Rupert bailando.

—Y no te olvides de que tenemos que pararnos en esa librería que les gusta tanto a las niñas para comprarles un libro a cada una.

—No me olvidaré. Baile. Beso. Libros. Rescatamos a Sam y a Sylvia de nuestras hijas. Baño. Cama. Y, por fin, podré hacerte el amor de nuevo —enumeró él al empezar a bailar, dándole el beso de la lista en cuestión.

Ágata soltó una carcajada al apartarse, balanceándose entre los brazos de Gabriel.

—¡Vaya! Veo que lo tienes todo planeado.

—Todo no, y lo cierto es que estoy impaciente por ver qué sucederá después. Al fin y al cabo, princesa, no hay nadie como tú.

NOTA DE LA AUTORA

Nadie como tú, la primera novela de los hermanos Martí, se publicó en abril de 2008. Fue mi primera novela y por eso y por mucho más ocupará siempre un lugar especial en mi vida y en mi corazón.

Nadie como tú se publicó en Esencia, el sello de literatura romántica de Planeta en el año de su creación y, junto con Rebeca Rus (gran escritora y ahora amiga), fuimos las primeras autoras españolas que publicaban sin un pseudónimo en inglés. En ese momento la literatura romántica nacional era un riesgo y pocas librerías nos daban una oportunidad, porque confiaban más en las autoras estadounidenses o inglesas que en nosotras. El tiempo, el talento de mis compañeras de profesión y la pasión de las lectoras les ha demostrado que se equivocaban.

En 2008 la literatura romántica apenas existía, y cuando ibas a comprar libros de este género casi tenías que disculparte por leerlo. Además, las librerías que tenían algún ejemplar lo escondían en las estanterías relegadas al último pasillo o cerca del baño. Cuando tenías la suerte de encontrar algún ejemplar (con gloriosas excepciones, como la gran Nieves Hidalgo), era de una autora estadounidense o inglesa. Y si la literatura romántica casi sonaba a idioma desconocido, los subgéneros de esta, como el *New adult*, donde actualmente colocarían a *Nadie como tú*, ni se sabía qué era y la paranormal o la erótica escrita por españolas era un imposible.

Hoy, si después de leer estas últimas páginas, sales a la calle y entras en cualquier librería, casi seguro que tendrán libros románticos, y eso es algo maravilloso. Es maravilloso que podamos encontrar estas historias. Historias que hablan del amor y que defienden el final feliz o casi feliz. Historias que se centran en protagonistas normalmente imperfectos en busca de algo tan importante y necesario como su lugar en el mundo, porque la literatura romántica no solo habla del amor, sino también y sobre todo de ser tú misma o tú mismo, de la forma que sea y como sea, y de reclamar ese derecho que tenemos todos a la felicidad.

Cuando Titania y su editora, Esther Sanz, me ofrecieron la posibilidad de reeditar *Nadie como tú,* se me paró el corazón. Nunca pensé que sucedería algo así; la alegría fue y es inmensa, y al mismo tiempo sentí pánico. ¿Volver a publicar mi primera novela después de tanto tiempo? ¿Tenía sentido? Lo pensé durante meses y, dado que tienes la novela entre tus manos, sabes que dije que sí.

Dije que sí porque durante estos años, en casi todas las presentaciones que he hecho, en clubs de lectura o en las redes sociales (que cuando salió *Nadie como tú* apenas existían), siempre había alguien que me preguntaba por los Martí. Dije que sí porque estoy convencida de que la historia de Ágata y Gabriel, y las del resto de hermanos Martí, todavía son vigentes y pueden llegar al corazón de nuevas lectoras. Dije que sí porque quería que las lectoras que me dieron esa oportunidad hace años, cuando era una desconocida y cuando nadie, o casi nadie, leía autoras nacionales, vieran cómo están ahora Ágata y Gabriel.

Y dije que sí porque este año se publica la historia de la última hermana, Martina, esa que me ha llevado todos estos años a escribir. Supongo que necesitaba crecer como escritora para contar algo tan especial.

La novela que acabas de leer es la misma que se publicó, lo único que tiene distinto son los capítulos añadidos al final sobre Ágata y Gabriel cinco años después y que no cambian lo más mínimo el argumento. Quería que esta edición fuese especial y, al mismo tiempo, mantener la versión original; primero, porque siento que debo hacerlo así y segundo, porque respeto demasiado a las lectoras que me dieron una oportunidad hace años para ahora decirles que esa novela ha cambiado.

He cambiado yo, de eso no hay duda, por eso mis novelas han cambiado conmigo, pero eso no significa que ahora deba modificar el pasado o los libros que me han llevado hasta aquí.

Si me has acompañado en este viaje, gracias por estar aquí, por leer y por darme la oportunidad de contar mis historias. Si me has conocido con esta novela, también gracias por estar aquí y por leer. Ojalá volvamos a encontrarnos en otras páginas y con otros personajes.

AGRADECIMIENTOS

No puedo empezar estos agradecimientos sin dar las gracias a Esther Escoriza y al equipo que componía Esencia en 2008. Si Esther no me hubiese dado esa primera oportunidad, mi vida habría sido muy distinta, y tanto con ella como con el resto de profesionales que cuidaron ese primer manuscrito aprendí muchísimo. Gracias por ese principio tan maravilloso.

Gracias a todas las editoras y equipos editoriales que han trabajado en todas y cada una de mis novelas; ha sido un privilegio contar con vuestros conocimientos y sé que mis historias y yo somos mejores por haberos conocido.

Gracias a todas las libreras y libreros que hace años empezaron a apostar por un género que algunos vaticinaron que no funcionaría. Gracias por recomendar historias escritas por mujeres, por defender la calidad literaria de este género y por creer firmemente que los finales felices son tan respetables y necesarios como los trágicos.

Gracias a los clubs de lectura y a las lecturas conjuntas que desde el principio se han organizado alrededor de estas novelas. Lecturas honestas, sinceras y sin complejos, auténticas y llenas de pasión.

Gracias a todas las bloggers, instagramers, booktubers y a todas las personas que desde su pequeño o gran rincón han recomendado libros románticos a pleno pulmón y que seguirán haciéndolo pase lo que pase porque no se imaginan la vida sin leer. Yo tampoco.

Gracias a ti, que hoy has elegido esta edición de *Nadie como tú* y gracias a las lectoras y lectores que hicieron lo mismo hace años. Sin vosotros seguro que nada habría sido igual.

Gracias a Esther Sanz, editora de Titania, y una de las personas más generosas y con más talento que he tenido la suerte de cruzarme en la vida. Gracias por acompañarme en esta aventura, por recordarme que las historias bonitas siempre encontrarán su lugar en el mundo y por guiar mis palabras hasta conseguir la mejor versión de sí mismas.

Gracias a mi familia. Mis padres y mis hermanos son la inspiración que se esconde detrás de los Martí. Mis cinco hermanos (Marina, Maria, Guillem, Josep y Júlia) son increíbles, imperfectos, locos y maravillosos. Sé que harían cualquier cosa por mí, desde hacerme pasar vergüenza delante de alguien importante hasta cruzar medio mundo para estar a mi lado. Yo haría lo mismo por ellos, haría cualquier cosa, incluso escribir cinco libros sobre unos hermanos que crecen juntos y que siempre están cuando se necesitan.

Gracias a Marc, porque cuando le dije que quería ser escritora me escuchó y sigue haciéndolo, porque cada vez que se me ocurre una idea se la cuento y se ilusiona conmigo (y busca fallos para ayudarme a resolverlos). Y porque su amor siempre me ha dado alas.

Gracias a Ágata y a Olivia. Sí, fui tan cursi como para poner el nombre de mi hija recién nacida a la protagonista del primer manuscrito que terminé. Nunca me planteé cambiarlo porque creí que era imposible que lo publicasen, y cuando sucedió no quise hacerlo porque pensé que me traería suerte. No sé hasta qué punto la suerte tiene nada que ver con todo esto, pero sí sé que Ágata y Olivia son lo mejor de mi vida. Y sí, Olivia también tiene una protagonista con su nombre porque si no habría tenido serios problemas en casa. Gracias a las dos por ser valientes, dulces y generosas, y por entender el extraño trabajo que tengo. Sin vosotras nada valdría la pena.

¿TE GUSTÓ ESTE LIBRO?

escríbenos y
cuéntanos tu opinión en

 /Sellotitania  /@Titania_ed

/titania.ed

#SíSoyRomántica